河南省教育厅人文社科项目"汉译英中概念隐喻的翻译原则及策略研究"
2016-QN-151

艺术哲学视角下的

莎士比亚与汤显祖戏剧美学观之

比较研究

汪 莹/著

中国水利水电出版社
www.waterpub.com.cn
·北京·

内 容 提 要

　　本书运用了中西方比较美学原理,借用艺术哲学的诗学框架分析了西方戏剧大师莎士比亚与中国戏剧大师汤显祖戏剧美学观的异同。主要是在分析莎士比亚和汤显祖的时代背景、哲学基础、宗教影响、戏剧主题、人物塑造、美学生命观的实质、理学文化的批判的基础上,对莎士比亚与汤显祖的戏剧美学观的史学价值、人文内涵和现实意义进行了总结与分析。全书结构清晰,逻辑严谨,语言通俗易懂,对于进一步加深对两位戏剧大师作品的理解有着深刻的意义。

图书在版编目(CIP)数据

　　艺术哲学视角下的莎士比亚与汤显祖戏剧美学观之比较研究 / 汪莹著. -- 北京 : 中国水利水电出版社,2017.3(2022.9重印)
　　ISBN 978-7-5170-5153-4

　　Ⅰ. ①艺… Ⅱ. ①汪… Ⅲ. ①莎士比亚(Shakespeare, William 1564-1616)—戏剧文学—文学研究 ②汤显祖(1550-1616))—戏剧文学—文学研究 Ⅳ. ①I561.073②I207.37

　　中国版本图书馆CIP数据核字(2017)第022032号

责任编辑:杨庆川　陈　洁　　　　封面设计:马静静

书　　名	艺术哲学视角下的莎士比亚与汤显祖戏剧美学观之比较研究　YISHU ZHEXUE SHIJIAO XIA DE SHASHIBIYA YU TANGXIANZU XIJU MEIXUEGUAN ZHI BIJIAO YANJIU
作　　者	汪　莹　著
出版发行	中国水利水电出版社
	(北京市海淀区玉渊潭南路1号D座 100038)
	网址:www.waterpub.com.cn
	E-mail:mchannel@263.net(万水)
	sales@mwr.gov.cn
	电话:(010)68545888(营销中心)、82562819(万水)
经　　售	全国各地新华书店和相关出版物销售网点
排　　版	北京鑫海胜蓝数码科技有限公司
印　　刷	天津光之彩印刷有限公司
规　　格	170mm×240mm　16开本　15.75印张　282千字
版　　次	2017年4月第1版　2022年9月第2次印刷
印　　数	2001-3001册
定　　价	48.00元

前　　言

伊丽莎白时代的莎士比亚是西方戏剧天才,而中国明代的汤显祖则被人称为"中国的莎士比亚"。他们二人生活的年代相近,但所受的中西方文化相差甚远。因此,他们的戏剧美学观也是同中有异、异中见同,有很大的可比性。本书将运用中西方比较美学原理,借用艺术哲学的诗学框架来分析莎士比亚与汤显祖戏剧美学观的异同。这对于进一步加深对两位戏剧大师作品的理解有着深刻的理论指导作用,也对中西方文化的多角度比较起着一定的推动作用,甚至还有利于中西方文化的深层交流。

艺术哲学的阅读视角和分析模式向我们揭示了汤显祖和莎士比亚关于"人的解放"这一伟大人文民主思想的新的、深层次的意义。如果不从他们所受的戏剧美学思想的背景知识的文化角度来全面考察、评论他们的美学概念,就无法进一步认识他们美学理论的深度和特色。莎士比亚在剧作中表达了人文主义的价值伦理观,肯定、强调了人的存在、价值、视野和能力,其间"善"的范畴也得到了前所未有的扩展;而汤显祖人文主义思想的核心是"贵生说",他第一次把封建礼教模式中的个人主体欲望作为一种合理的存在提升到了一个可以令几代人去为之奋斗、为之崇尚的人生主题。二人各有千秋。他们的戏剧美学理论中都敢于将"情"和"理"对立起来,敢于肯定"情"是生活的客观规律,是人的本性和欲望。但由于两者宗教信仰的终极目的完全不同,因而受基督教文化影响颇深的莎士比亚的"情"表现为一种对灵的追求的出世文化,而汤显祖的"情"则更多地表现为一种对欲的追求的入世文化,即所谓的"幸福就在人间"。莎士比亚与汤显祖戏剧中所倡导的道德原则和生活理想是他们人文主义美学思想的集中体现,这种浪漫主义形象化艺术表现手法的运用对刻画人物、升华主题也起到了关键作用。

从艺术哲学和美学比较原理切入莎士比亚和汤显祖的戏剧研究是作品的本质和内在要求使然,因为对美学思想主题的关注是汤显祖和莎士比亚思考人性、表达人文理想的一个至关重要的着眼点。基于此,这两位伟大戏剧家的文本分析为中西比较文学的文论体系建构提供了一个非常好的梳理范例,反之,美学批评学术方法的介入也为比较、研究他们的作品提供了一个崭新的、切实有效的解读路径和研发视角。

汪 莹

2016 年 1 月于郑州龙子湖畔

目　　录

前言

第一章　中国的莎士比亚与西方的汤显祖………………………… 1
　第一节　时代背景 ……………………………………………… 2
　第二节　哲学基础 ……………………………………………… 18
　第三节　宗教影响 ……………………………………………… 30

第二章　戏剧主题的基调 ……………………………………… 44
　第一节　爱情至上 ……………………………………………… 45
　第二节　以情越理 ……………………………………………… 53
　第三节　浪漫主义 ……………………………………………… 59

第三章　人物形象的塑造 ……………………………………… 70
　第一节　艺术手法 ……………………………………………… 70
　第二节　男性形象 ……………………………………………… 90
　第三节　女性形象 ……………………………………………… 99

第四章　美学生命观的实质 …………………………………… 123
　第一节　缘境起情 ……………………………………………… 124
　第二节　灵魂之梦 ……………………………………………… 127
　第三节　意趣神色 ……………………………………………… 155

第五章　理学文化的批判 ……………………………………… 170
　第一节　爱之天下 ……………………………………………… 171
　第二节　法之天下 ……………………………………………… 176
　第三节　情之天下 ……………………………………………… 189

第六章　结语 …………………………………………………… 208
　第一节　莎汤戏剧美学观比较的诗学价值 ……………………… 209

第二节　莎汤戏剧美学观比较的人文内涵……………………… 222

第三节　莎汤戏剧美学观比较的现实意义……………………… 231

参考文献…………………………………………………………… 241

第一章　中国的莎士比亚与西方的汤显祖

汤显祖和莎士比亚分别是 16 世纪中国和英国伟大的戏剧家,他们在时代背景、文学创作形式、文学成就以及作品的主题思想等方面有着极大的相似之处和可比性。汤显祖和莎士比亚的作品中都处处体现出他们呼唤人性解放的人文思想,而他们对扭曲和压抑人性的封建父权制的鞭挞则成为他们思考人性、表达人文理想的一个重要着眼点。16 世纪,汤显祖和莎士比亚所处的社会有着相似的政治、经济和思想背景。两人所处的社会都被压制人性、贬低人性的思想所束缚,经过进步人士的不懈努力,充满人文主义气息的新思想终于冲破传统,使人性得到解放。相似的社会根源使得两者有着相似的文学创作思想倾向。

莎士比亚的伟大意义远远超过戏剧艺术本身,是绝妙艺术和崇高思想的完美结合,是真、善、美的有机统一体。他所反映的生活也远远超出他自己的时代,对任何时代都有着现实意义和指导作用。尽人皆知,莎士比亚除了审美价值外,他的思想、理想、伦理道德通过艺术手段对人都能起到通常教育方法所难达到的功效。不懂得美的人就不能创造美。一切伟大的艺术家不仅能以敏锐的目光发现生活中的美,而且能依照美的规律创作出不朽的艺术杰作,给人们以美的享受。莎士比亚正是这样,他按照自己审美意识和美学理想的"设计图"建造了辉煌的艺术宫殿。因此,探索莎士比亚的美学思想,寻找艺术创作中"美的程序"就变成了对莎士比亚艺术进行总体研究的关键。而汤显祖的戏剧作品之所以能在当时社会上产生巨大影响,与他在作品主题中所反映的社会现实问题以及他在戏剧创作中的美学指导思想有着密切的关系。而这两点,又都与汤显祖在当时社会思想斗争中所表现出的思想倾向有关。因此,探讨一下汤显祖的美学思想倾向,将有助于弄清他戏剧创作的指导思想,有助于正确评价其戏剧作品的社会历史意义。当然,汤显祖不是一位美学家,既没有系统的美学论著,也未构成完整的哲学美学体系,但他一生的诗文书信和剧作却包括了他对戏曲美学的全部看法。他是一位非常善于进行美学思考的戏剧家,他的戏剧创作就是他进行美学思考的继续和深化。因此,考察汤显祖的美学思想,对于认识《玉茗堂四梦》的立意主旨和艺术奥秘有着重要的意义。

第一节　时代背景

　　莎士比亚生活在英国历史上的文艺复兴时期,汤显祖生活在明代中、晚期,身历嘉靖、隆庆、万历三朝。他们所处时代的一个共同特征是:由于城市经济的发达、市民阶层的兴起和统治者的提倡,出现了戏剧繁荣的局面。莎士比亚时代是伊丽莎白、詹姆斯一世先后统治的时代,这是封建制度解体、资本主义兴盛的时期。英国自 15 世纪开始的"圈地运动"刺激了工厂手工业的畸形繁荣,它利用所处大西洋航路中心的优越区位,积极开展对外贸易和海外掠夺,成为海上霸主,国力强盛。伦敦成为国际贸易和信贷中心,市民生活富裕,文化生活成为其必需品。和中国明代相似,伦敦市民也很喜欢戏剧,最多时平均每周有十分之一的居民去看戏。统治者由于政治统治和宫廷享受之需要也大力扶植戏剧,戏班子为使戏剧顺利演出,也不得不投身于权贵之下。据不完全统计,仅在 1603 至 1616 年的 13 年间,宫中演戏达300 多场。此时,英国戏剧也达到成熟阶段。16 世纪初,研究古典的风气盛行,大、中学校教师,往往摹仿古罗马的悲、喜剧写成剧本,在学校中表演,这在很大程度上促进了英国戏剧的全面发展。到莎士比亚时代,戏剧演出改变了在城乡利用临时舞台演出的形式,开始在固定剧场演出。据统计,从1558 至 1616 年间,公开营业的和为贵族特设的戏院达 18 所,戏班子有 35个,剧本在 500 个以上,剧作家不少于 180 人,戏剧盛况和汤显祖所处的时代极其相似。

　　在明代,封建剥削阶级的疯狂掠夺与兼并导致了土地高度集中,与此相一致的是政治上的高度集权。从经济、政治到思想文化方面的封建统治,像浓密的阴云笼罩着神州大地。而在朱明王朝业已腐溃的土壤中,却已朦胧地呈现出资本主义萌发的星星之火,正是它的出现以及"市民等级"的成熟和"市民运动"的发展,促进了思想文化领域内的深刻变革,使两宋以来逐渐形成的"市民文学"繁荣起来,汤显祖时代的戏曲艺术也发展到一个更高的阶段。《大明律》虽禁止"搬做杂剧",却束缚不了戏曲在民间的蓬勃发展。戏曲史上著名的弋阳、昆山、余姚、海盐"四大声腔"①都在汤显祖时代各显千秋。其中海盐腔成为汤显祖传奇创作中曲词格律的依据。就传奇创作的思想内容来看,到明代中、晚期,富有人民性的作品迭相出现,戏剧作品以批判统治阶级、倾吐百姓心声为主要特点。莎士比亚和汤显祖所处时代的历

---

　　①　周育德:《汤显祖论稿》,北京:文化艺术出版社,1991 年,第 126 页。

史文化背景除上述相似之外，也有显著差异，主要表现为时代的主导精神以及作家素质与社会处境的不同。

如果探索汤显祖与莎士比亚的创作同他们当时社会思潮的关系，我们将发现莎士比亚的条件显然比汤显祖有利。莎士比亚的戏剧是文艺复兴的产物，它是作为中世纪的宗教剧、讽谕剧的对立物而出现的。封建关系在英国受到比别的国家更为彻底的摧毁。在莎士比亚的时代，个性已经成为先进思想家注意的中心。他们信仰人的个性力量，保卫所谓天赋的个人权利。

汤显祖的《牡丹亭》的主题，同当时左派王学的某些近似个性解放的说法有渊源关系，但无论是进步或反动的理学家，对爱情即所谓人欲的态度是一律否定的。只有以理学家而兼文学批评家的李贽一个人例外。他曾在《藏书》卷二十九的《司马相如传》中提出反对封建婚姻制度的思想。但《牡丹亭》完成于《藏书》出版的前一年，很难说直接受到后者的启发。而且，汤显祖时代的左派王学又是一种主观唯心主义哲学，它对封建礼教的批判不可能是坚强有力的。汤显祖和同时代的小说戏曲作家不时在作品中乞求鬼神的助力，同这种唯心主义的有神论思想有千丝万缕的联系。

对于现代的中国读者来说，欣赏莎士比亚译本可能比领会汤显祖的作品容易些。一个是现代汉语，加上少量的西方典故，一些原来是西方文学特有的表现手法，现代读者已经适应了，不觉得难以接受。一个是文言，再加上大量的本国典故以及古典文学特有的表现手法，在这方面没有素养的观众往往有雾里看花的感觉。

汤显祖同莎士比亚的种种不同有如上述，但他们的作品在外形上却有很多类似之处。以戏剧传统而论，汤显祖的条件却比莎士比亚好。在莎士比亚时代，英国戏剧不久前才摆脱了中世纪的落后状态而成长起来，历史很短。在汤显祖以前三个世纪，中国已经出现过一个戏曲的黄金时代，这就是以关汉卿、王实甫为代表的元代杂剧。在高则诚的《琵琶记》之后，民间的南戏也已经发展成为传奇，汤显祖生活在传奇的全盛时期。富有民主性的元代杂剧并未受到明代文人的普遍重视，汤显祖所收藏的元代杂剧却据说达一千种之多。这个数字为现在所知的元代剧目的两倍。近千种戏曲的精彩处，他都能一一背诵。这是姚士粦和他交谈后所得的印象。《牡丹亭》对元代杂剧的成句、熟语那么灵活自如地广泛运用，可以证明姚士粦的记载大体是可信的。臧懋循也曾承认他所编集的《元曲选》一百种，其所根据的部分材料——抄本杂剧三百余种就出于汤显祖的鉴定和选择。元代杂剧中，《西厢记》（包括金代的诸宫调在内）《倩女离魂》《两世姻缘》《碧桃花》《墙头马上》《张生煮海》以及其他多种杂剧都同反对封建婚姻制度的主题有关。《西厢记》现存的一种传本即系汤显祖所校注。从文学语言来看，《西厢记》比任何一种元代杂剧对《牡丹亭》的影响都要大。当然最值得注意的是《倩女离魂》和《两世姻缘》两个杂剧。前者是中国戏曲里《惊梦》这一个曲目的最早来源。深闺小姐在现实生活中不能出之于口的被抑制的愿望,被戏曲家巧妙地通过梦魂的形象传达出来了。它十分有力地描写了封建压迫下青年女性对自由幸福的向往。这个主题在《牡丹亭》里得到更深刻的展现。后者玉箫女和韦皋的再世姻缘、她的自画肖像等情节对《牡丹亭》的相应部分肯定有借鉴作用。而且,这一杂剧的第四折也是《牡丹亭》最后一出《圆驾》的蓝本。

莎士比亚与汤显祖所处的时代文化背景有一个共同的特征:由于城市经济的相对发达、市民阶层的兴起和统治者的提倡,出现了戏剧繁荣的局面。但二者也有显著差别,主要表现为时代的主导精神及作家素质与社会处境的不同。他们既显示了处于不同文化系统的人们在艺术上的探索和表现上的某些共性,也显示了主观差异所产生的独特个性。从戏剧类型看,莎士比亚的戏剧是诗剧,汤显祖的戏剧是传奇;但以曲子的合辙押韵程度看,其创作取材相似,均源于历史、典故、民间传说和其他文学作品,而且两者都非常注重剧作的戏剧性。在艺术手法上,他们不约而同地让神怪、传奇因素参与戏剧情节。在结局处理上有些不同,莎氏戏剧结局有悲剧式的也有喜剧式的;汤显祖的戏剧结局则是大团圆式的。经数百年历史的检验,莎士比亚被证明代表了西方古典戏曲的最高成就;而汤显祖则以《牡丹亭》的创作成为中国文学史上的不朽作家。二人同辈,但分属不同时代:当莎士比亚的故乡进入文艺复兴时代,汤显祖之后的中国,封建主义还延续了两百多年。二人相隔遥远,很少有文化交流的可能,但在很多方面他们都表现出惊人的一致,也非常有代表性地反映了中西方社会生活、思想观念、文化传统、审美心理以及戏曲艺术等方面的区别。因此,研究他们对于了解其各自的创作、中西方社会文化及戏剧研究具有重要的意义。

在莎士比亚生活的时代,戏剧创作并非为了案头阅读,它的目的是舞台演出。从 16 世纪 70 年代伦敦建成正式的专业剧场,到 1642 年当局下令关闭剧场、停止演出,英国伦敦的戏剧市场达到前所未有的兴盛阶段,剧团之间竞争激烈。英国文艺复兴时期的戏剧萌芽于中世纪宗教仪式,最初的演剧场所是教堂内部,后随戏剧表演的发展,转移到了教堂之外的市井场所。在有专门剧院之前,戏剧演出没有固定场所,或在街头,或在旅馆的天井,戏班还到各地巡回演出。戏剧演出进一步商业化后,对演出场地有新的要求的专业剧场应运而生。伊丽莎白·雅各宾时期伦敦的剧场分为两种:大的环形剧场(amphitheater)和小而精致的封闭室内剧院(hall playhouse)。已知最早的是建于 1576 年的"唯一剧场"(the Theater),有记载的还有帷幕剧场（the Curtain；1577）、玫瑰剧场（the Rose；1587）、天鹅剧场（the Swan；1595—1596）、环球剧场（the Globe；1599）、幸运剧院（the Fortunate；1600）、红牛剧院（the Red Bull；1605）、希望剧院（the Hope；1614）。这些剧场仿照斗兽场的结构，呈环形或多边形。下面以和莎士比亚联系最密切的环球剧场为例介绍其演出环境。

1598 至 1599 年，因为泰晤士河南岸渐趋兴旺，宫内大臣剧团有意与海军大将剧团争夺市场，在南岸建起环球剧场。1599 年以后，莎士比亚的剧团经常在环球剧场演出。环球剧场是木结构八角形的露天建筑，可容 2 500 至 3 000 人。舞台离地面一人高，向前突出，站客可以围住舞台的前三面（在格林布拉特作顾问的电影《莎翁情史》中复原了这一场景）。剧场周围是有顶的楼座，但站席顶上没有遮拦。舞台的上方有天顶，用两根柱子支撑（柱子在演出中有时被用作树）。舞台后部有帷幕和后室，上面有阳台，再上面是乐池。除了散发戏单（playbill）做宣传，剧场顶上挂的旗帜和伸出的喇叭是当时的主要宣传方式。露天剧场受天气影响较大，冬季观众尤其少。从 1609 年起，莎士比亚的剧团在冬天关闭了环球剧院，而专用黑僧剧院（the Black-friars Theater）——一家室内剧院。这样的室内剧院当时在伦敦有四家：黑僧剧院（1576—1577）、白僧剧院（the White-friars；1606）、斗鸡剧院或称凤凰剧院（the Cockpit 或 Phoenix；1616—1617）和圣保罗教堂的剧院（St. Paul's）。

汤显祖生活的晚明时期，党权之争和农民战争等危机四起，严重动摇了明王朝的封建统治，国势江河日下。作为地主阶级的一员，作为一个有较强时代感的青年知识分子，为了寻求复兴明王朝的出路，他以新的精神姿态参与现实斗争，力图挣脱封建礼教积淀的束缚，激烈批判意识形态的理学禁锢，希望建立新的王朝秩序。汤显祖两次拒绝首相张居正的延纳，宁肯自己去闯一条布满荆棘的仕宦道路。这不仅仅是为了表明他的清高，更重要的恐怕在于他想以此来显示他实现政治理想的信心和决心。我们知道，汤显祖官做得不大，在政治斗争中也终究成为失败者，但在思想斗争中却是勇猛的斗士。也正因为政治斗争的艰难困苦，他积极在思想领域鸣锣开道，倾注了自己的才华和生命。

封建社会的臣子一般都希望致君尧舜，希望当时的皇帝能够像秦皇汉武那样建立英雄业绩，可是秦皇汉武的事业在汤显祖心中已失去了固有的魅力，社会生活使他看到"斗在不得，得在不斗"①的现实，他希望"二仕交而用之，以二为一"（《答舒司寇》），希望淳于梦、卢生这类人"梦醒时心自忖"，

---

① 周育德：《汤显祖论稿》，北京：文化艺术出版社，1991 年，第 18 页。

放弃"以眷属富贵影像执为吾想"(《南柯记题词》)的迷恋,与杜丽娘、柳梦梅共同造立"情之天下"。对此,汤显祖并非深信不疑,"兄以二梦破梦,梦竟得破耶?"(《答孙俟居》)杜宝式的人物既不肯承认杜丽娘、柳梦梅的感情、理想,淳于棼、卢生这类人物也不可能放弃"法之天下""情之天下"的艺术造诣。"词家四种,里巷儿童之技,人知其乐,不知其悲"(《答李乃始》),这是汤显祖"恍惚""怅然"的真正原因。

尽管汤显祖不能提出解决社会矛盾的科学方法,然而他的《牡丹亭》《南柯记》《邯郸记》描绘的各类人物和生活,反映了明代嘉靖、万历时期中国封建社会内部资本主义逐渐萌发、封建社会日趋没落、反封建思想不断高涨的时代精神,表现了对"法之天下"的否定,对"情之天下"的憧憬,成了中国启蒙文化的先声。接下来的故事就更可以说明杜丽娘身为封建礼教束缚下的官宦小姐的思想属性了。当杜丽娘返回人间、与柳梦梅即将真正成为夫妻的时候,她之前所表现出的为爱而死、为爱而生的大无畏精神却退缩了,变得胆怯多虑、思前想后,竟然要求柳梦梅请媒人保媒,还要征得父母的同意,方可完婚,理由是"鬼可虚情,人需实礼"[1],表现得和一般的邻家女子并无二致。实际上,从这一点我们才真正看出作者的态度。这是因为作者之前让杜丽娘为爱痴情、狂想、生生死死,都是在幻想中进行的,现实中的杜丽娘唯父母命是从,不让去后花园,就三年都不曾去过,倘若她稍稍有些叛逆、胆量稍稍大些,就是为了好奇也要去看看的,哪里会有这么听话的孩子?而就是这样一个生活中如此胆小拘谨的千金小姐,量她也成不了什么大的气候,即使有个张生在后花园等她,她也还要有胆量肯去才行。等待她的就是嫁个贵婿,平淡度日,虚掷年华。而作者却让这样一个柔弱女孩,完成如此惊心动魄的壮举,恐怕连作者本人都会觉得汗颜。那么怎么办呢?作者只有把这个柔弱女子当作女妖来看待,故事可以顺理成章地发展下去。正如我们前面说的,事实也是如此。杜丽娘死后随处飘摇,寻找柳梦梅,后又与之人鬼幽媾,分明是女妖的行为。当杜丽娘还魂后,杜父认为她私自婚恋,玷污了门风,违背了他对于礼教的信念,坚决不认女儿,"论臣女呵,便死葬向水口廉贞,肯和生人做山头撮合"[2]。他指责女儿为妖,要皇帝杀死妖魂,再不就在金阶毒打她。最后对簿公堂,就连皇帝也不敢断言其是人是妖,最后荒唐到以镜试妖,好在最终被确定为人。可见杜丽娘在冥界所作所为的属性了。然而,一旦这个女妖返回了人间,成为一个鲜活的女性,她就必须按照人们习以为常的约定行事,而不能超越礼教的束缚,自作主张,这就是汤

---

① 汤显祖:《玉茗堂全集》(第23卷),上海:上海古籍出版社,1995年,第45页。
② 汤显祖:《玉茗堂全集》(第32卷),上海:上海古籍出版社,1995年,第56页。

显祖对现实的态度，从根本上来说还是没有彻底摆脱封建主义的桎梏。

由此可知，早年的汤显祖精神世界有两重归属，只是入世的积极投身现实争斗的意向占绝对优势；晚年由于政治斗争的失败，再加上长子夭折给他带来的巨大打击，汤显祖入世的意向在现实生活中失去存在的依据，而出世躲避现实的斗争意向反而在内心世界里找到了足够的扩散空间，上升为优势。但是汤显祖终究没有立地成佛，也没有去做道士，他仍处于一种非常矛盾的精神状态，一方面他不能完全割弃壮岁苦苦寻求过的一切，无法超然虚空之中，另一方面他再度投身现实斗争无门，才不得不到佛道精神世界去寻找心灵慰藉，"厌逢人世懒生天，直为新参紫柏禅"①，就是这种苦闷心境的写照。汤显祖只好一脚踏在佛道虚空境界的门槛上，一脚踏在文学的自由天地里，过着"不乱财，手香；不淫色，体香；不诳讼，口香；不嫉害，心香"②的四香戒生活，同时非常勤奋地从事《南柯记》和《邯郸记》的创作，视文学为自己的全部精神寄托和人格现实，把"宜伶学二梦"③这样的戏剧编导表演活动当作"道学"来看待。由于精神极度伤感颓废，他的"后二梦"中就流露出较多的幻灭情绪。

明中叶以后，封建统治集团为了维护自身的统治，极力打击一批初具民主思想的知识分子。比如李贽，由于他那闪耀民主光彩的"异端邪说"为统治者嫉恨，被迫入狱、终至惨死。而一些被压制受打击的文人，他们看不到新生力量的希望和出路，内心积郁着深重的伤感。因此，在文学作品里就表现为一股感伤思潮，产生出一批抒发感伤情调、表现人生虚幻的文学作品。汤显祖作为这股思潮的前期代表人物，肩负双重任务，既要在文学实践上开拓和探索，又要在理论上鼓吹倡导。

汤显祖在晚年的时候，曾与别人谈及自己从事文学创作的发展过程和写作上的追求。他说："吾少学为文，已知訾謷王李，愔愔然骈枝俪叶，从事于六朝。久而厌之，是亦王、李之朋徒耳。泛滥词曲，荡涤放志者数年，始读乡先正之书，有志于曾、王之学。而吾年已往，学之而未就也。子归，以吾文视受之，不蕲其知吾之所就，而蕲其知吾所未就也。知吾之所就，谓王、李之朋徒耳；知吾之所未就，精思而深造之，古文之道，其有兴乎！"（钱谦益《初学集》卷三十一《汤义仍先生文集序》引）这段话是汤显祖辞世前一年讲的，实是对他自己一生文学活动的最后鉴定。它的重要含义在于表明了作者从"少学为文"的时候起，一直到晚年，同复古主义作斗争是始终如一的，并瞩

---

①　汤显祖：《玉茗堂全集》（第24卷），上海：上海古籍出版社，1995年，第54页。

②　汤显祖：《玉茗堂全集》（第34卷），上海：上海古籍出版社，1995年，第45页。

③　汤显祖：《玉茗堂全集》（第4卷），上海：上海古籍出版社，1995年，第114页。

望后人在前、后七子的行径之外，探出一条正确的创作道路来。汤显祖曾这样说过："文家虽小技，目中谁大手？何、李色枯薄，余子定安有？"（《答陆君启孝廉山阴》）"北地诸君，亦何足接逐也！"（《答费学卿》）这种同前、后七子作斗争的气概和斗争的坚决性是和"公安派"一样的。

汤显祖在谈到文学发展的时候，提出了"时势使然"的看法："上自葛天，下至胡元，皆是歌曲。曲者，句字转声而已。葛天短而胡元长，时势使然。"（《答凌初成》）从时代变化的角度来解释文学现象，这是汤显祖的一个比较重要的观点。由此还可以得出进化或退化二种截然相反的结论。一般来说，前、后七子也承认各朝文学的不同，但他们认为文以秦汉为最好，西汉以后的文不足观；诗以盛唐为顶峰，中唐以后的诗不必读。汤显祖的文学崇尚与前、后七子不同，六朝、初唐、中唐的诗和宋代的散文他都取为学习的对象，这本身就包含对复古主义者文学退化论的否定。他肯定宋代也有和汉代一样写得极好的文章，可以作为后人的范文。"汉、宋文章，各极其趣者，非可易而学也。学宋文不成，不失类鹜，学汉文不成，不止不成虎也。"（《答王澹生》）这更是直接对前、后七子鄙视宋文的反唇相讥。

汤显祖反对前、后七子"文必秦汉，诗必盛唐"[1]的主张，还基于这样一个认识：诗歌（包括其他文学）的产生同环境有密切的关系，不同的环境决定诗歌不同的风貌，所以应该让不同风格的诗歌共同存在，而不能强求其同一。他在《金竺山房诗序》里说："诗者，风而已矣。或曰，风者物所以相移，亦物所自足，有不可得而移者。十三国之风，采而为《诗》。舒促鄙秀，澹缛夷隘，各以所从。星气有直，水土有比。宫商之民，不得轻而徵羽。明条之地，不得垂而闾莫。此仪所以南操，而岛所以庄吟也。"[2]所谓"物所自足，有不可得而移者"，正是指一种文学区别于他种文学的不同特点，而这又恰好是它存在下去的内在根据，没有自己特点的文学是不会有生命力的。所以，从不同特点的文学中学习长处是应该的，以此厌彼大可不必。汤显祖说："江以西有诗，而吴人厌其理致。吴有诗，江以西厌其风流。予谓此两者好而不可厌，亦各其风然，不可强而轻重也。"（《金竺山房诗序》）前、后七子文学主张的一个显著错误，就在于漠视古今条件的不同而强求今人同于古人，结果走上了句拟字模的歧路，丢失了自己的性情，成了古人的影子。汤显祖一针见血地指出他们写作的通病是"赝"，"李梦阳而下至琅琊，气力强弱巨细不同，等赝文尔"（《答张梦泽》）。这确实击中了复古主义文学的要害。

汤显祖在我国文学批评史上所以引人注目，不只是因为他在反对前、后

---

① 周育德：《汤显祖论稿》，北京：文化艺术出版社，1991年，第11页。

② 汤显祖：《玉茗堂全集》（第34卷），上海：上海古籍出版社，1995年，第132页。

七子复古主义的斗争中发挥了重要作用,而成为"公安派"的先驱者,还在于他提出了一些精辟的文艺见解。任何一篇文学作品无不是由内容和形式两个部分构成的整体,但是,有人重视内容、忽视形式,有人却注重形式、轻视内容。至于内容与形式的关系,持形式决定说的人也为数不鲜。当然这都是片面、错误的见解。在我国古代文学理论术语中,往往用神貌、神形、文质来表示内容和形式这一对概念,但文质一词在多数场合下指语言的文采和质朴,都是形式方面的特点,对此一定要作具体区分,不可混淆。

汤显祖"时势使然"和"物所自足,有不可得而移者"①的文学观点到"公安派"那里就发展成为"代有升降,法不相沿"(袁宏道《叙小修诗》)的著名论断。二者都肯定了文学随时代而变化,都否定了文学退化论。所不同的是,袁宏道的提法较汤显祖更为鲜明和确定,论述也更为详尽和完整,而汤显祖较袁宏道又更注重对历史上优秀文学遗产的学习和继承,这正反映了从汤显祖到"公安派"的一个发展和变化。汤显祖反对前、后七子复古主义的理论,但高度重视学习古代的优秀文学遗产。据邹迪光《临川汤先生传》记载:"公于书无所不读,而尤攻汉、魏,《文选》一书,至掩卷而诵,不诧隻字。"他自己也说过:"才情偏爱六朝诗。"(《初入秣陵不见帅生,有怀太学时作》)这显然是指他早期的学习情况。中年以后,他学习的范围变得更大,唐、宋以及本朝的文学作品他都取来学习。他把"无所不学,而学必深"(《超然楼集后序》)作为作家取得成功的一个重要条件。他高度赞赏作家化"十年之力,销熔万篇"(《义墨斋近稿序》)的刻苦学习精神,指出:"词虽小技,亦须多读书者方许之。"(《玉茗堂评花间集》评语)相反,对"资日薄而学日以浅"(《刘氏类山序》)则表示不满。汤显祖重视学习,但反对以借鉴代替自己的创作,认为"成言成书",必须"有得乎内而动乎外",有感而写,有为而作,要不断地追求新意,即要"文情不厌新"(《得吉水刘年侄同升喟然二首》之二)。所以,汤显祖同前、后七子相比,不仅学习的范围有宽阔与狭窄之分,更重要的是学习的目的也有拟古与创新之别,而同后来的"公安派"一度不够重视学习古代的文学传统相比,汤显祖的学习热情和认真态度又显得十分可贵。

汤显祖精神中至真至诚的个性品质和意趣充盈的精神风貌,最终的价值旨归是心灵自由。纵观汤显祖一生,其个性精神最本质的东西,就是对自由的向往与追求。这是他文学家个性精神蕴含最深层的东西。在中国漫长的专制社会中,中国文人的个性精神遭到了严重摧残,加之意识形态领域中儒家正统思想的长期灌输,中国文人的心灵自由受到了极大的束缚。汤显祖是在明代社会结构巨变的大环境中代表那些力图冲破封建文化和思维方

---

① 　汤显祖:《玉茗堂全集》(第43卷),上海:上海古籍出版社,1995年,第234页。

式的局限、自由追求文学旨趣与社会理想的文学家之一,尽管他们对封建专制社会、封建正统思想的冲击,最终没有导致一场深刻的社会变革,但他们那种上下求索、追求真理的自由精神,足以震撼一代又一代人的心灵,具有弥久愈鲜的伟大启蒙魅力。

在汤显祖的尺牍中,我们可以感受到他向往"雨尽秋天远,云空野壑深"①的悠远旨趣,具有"明月孤映、高霞独举"的绝俗心灵,更有"阅世常高卧,怀人向独醒"②的独立精神。为了探求真理、实践理想,他要"尽读天下书",以期使自己有广博的知识、卓绝的见识。他游思于儒、释、道之间,又能独具慧眼,披开杂芜,发现各派学家中有价值的思想和具有理想色彩的精神,并吸收融会到自己的精神中去,很少受正统思想的左右。他在《答管东溟》书中,表达了对具有叛逆思想和无畏精神的罗汝芳、达观、李贽这些人的钟情和偏爱。尤其对李贽,这个被统治者视为洪水猛兽,这个最具启蒙思想、最有自由精神的"狂人",汤显祖给予了特别的关注和由衷的推崇。李贽的书他一看到便急欲托人觅得一部。汤显祖对李贽的敬慕,与他本人所具有的自由精神是分不开的。

但是专制的黑暗现实根本容不得人民的自由独立个性,即便具有这样的个性,也要被那个泯灭人性的环境磨灭、吃掉。汤显祖对这样的现实有深刻认识。他早年写过一篇《嗤彪赋》,描写了一个因贪口而落入圈套,久而久之失去雄风、任人摆弄的老虎。汤显祖这篇赋的寓意是很明显的:虎的豪气丧失的过程就是仕途中人人格独立、精神自由丧失的过程。汤显祖认识到此寓意在现实中的普遍性。不过黑暗的现实可以禁锢一个人的自由之身,却禁锢不了理想者的自由之心。汤显祖的自由精神在戏曲文学创作中得到了尽情的舒展,他要在精神领域参与改造现实、启迪心灵的伟大社会实践。他倾心于戏曲的创作与演出是因为,在当时只有戏曲最能充分表现文学家对真理、理想的自由探索,最能发挥改造现实、启发人智的巨大现实作用。汤显祖追求真理的自由心灵选择了戏曲表现形式,而戏曲也需要汤显祖这样崇高的文学家来创作它,这是文学内在精神在其主体与形式上的契合。汤显祖的作品对真情至情的高标,并由此表现出来的对一个春天新时代到来的自由期望和憧憬,正是他丰富个性、自由心灵最鲜明的体现。

从以上的分析中,我们可以看到汤显祖所具有的文学家个性精神是以至真至诚的个性品质为基点、以意趣充盈的精神风貌为审美内涵、以心灵自

---

① 孙爱玲:《从汤显祖的尺牍看其文学家个性精神》,宁夏社会科学,1994 年第 1 期,第 86 页。

② 同上。

由为价值方向的崇高精神。正是由于具有了这样的个性精神，才使他成为一位中国乃至世界文学史上不朽的文学家。当然，作为一个人，汤显祖的个性精神刻有传统和时代的烙印。这种烙印与他的文学家个性精神相交织，彼此或相融、或尖锐冲突。这在汤显祖的人格中是一个复杂深刻的问题，有待我们进一步深入研究。一个以和谐为中心的理想世界的图景，贯穿于莎士比亚戏剧的始终，而爱则是莎士比亚达成这一理想世界的方式。只是在不同的时期，爱有不同的内涵。早期的莎士比亚，从关怀人、维护人的价值与尊严的人文主义思想出发理解爱。在他的笔下，爱就等同于人文主义。他认为对人的价值与尊严的肯定就是对爱的肯定，对爱的肯定也就是对人的价值与尊严的肯定与维护。也就是说，他希望通过爱来实现和谐的理想世界。

莎剧与汤剧是西方与东方文艺戏曲衔接的一座桥梁。近几年中，我们既看到英国 TNT 等剧团来华演出莎剧，也看到上海京剧院把京剧版《王子复仇记》带到英国爱丁堡国际戏剧节，昆剧《牡丹亭》在美、英、希腊等国巡演。莎士比亚（1564—1616）生活的时代对应明代嘉靖末期，隆庆、万历年间，与汤显祖（1550—1616）、王衡（1561—1609）、徐复祚（1560—1627）等中国剧作家是严格意义上的同代人。莎士比亚时代是英国戏剧的第一个黄金时代，同时期的中国戏剧经过宋元和明初的发展也处于一个趋近完美的兴盛阶段。

莎剧与中国传统戏剧的剧本、舞台、艺术理念等方面的异同与沟通早已引起戏剧研究者和实践者的兴趣和关注，对莎士比亚与汤显祖作品、经历的比较研究由来已久。本书将探讨莎剧时期中西方演剧环境的物质条件和现实因素，为莎剧与同期中国戏剧的比较提供现实条件方面的信息与思考。本书对国外莎士比亚时期戏剧演出的研究资料和国内明代戏曲演出的研究资料进行梳理、综合和比较，从演剧环境的角度探索莎士比亚时代中西戏剧特征之所以然。与创作和演出联系最密切的是演出场地、剧团经营方式等物质条件，将它们和观众成份、社会舆论等社会条件一起梳理才能勾勒出莎士比亚时代戏剧演出环境的概貌。同时在每一方面对比同期的中国戏剧的演剧环境，呈现两种文化中戏剧创作、欣赏习惯所受的物质条件的影响。

由莎士比亚的剧团长期租用的黑僧剧院坐落在城市中心的显赫地段，黑僧剧院远远小于环球剧场，可容纳约 500 观众。由于英格兰天气变化无常，封闭设计有巨大的优势。这里与露天剧场相比，顶棚于它算是讲究的，每个观众都有座位，舞台周围不会站着混乱的人群。而且，由于可用烛光，室内剧院不受黑夜影响，下午和晚上都可以演戏。有后代研究者认为，莎士比亚创作后期传奇剧流行，与室内剧院的环境有直接关系。室内封闭剧院环境优雅，票价提高，改变了观众的层次和品味；照明条件支持更长的演出时间，因而传奇剧更适合品味细腻的观众，且时间跨度很大，结构松散绵长。莎士比亚的剧团在环球和黑僧两处同时演戏 33 年。这些公共演剧场所商业气氛浓厚，票价有不同层次，吸引社会各阶层的观众。莎士比亚的创作效率很高，作品在主题、语言风格上丰富多变，与剧团在营业性剧场频繁演出有直接的关系。

　　莎士比亚时期的英国王室对戏剧演出非常爱好，当红剧团常在宫廷和贵族府邸演出。伊丽莎白女王在位期间，莎士比亚所在的宫内大臣剧团共进宫演出 32 次，和他们竞争的海军大将剧团 20 次，其他剧团共 13 次。女王也曾到剧院观看宫内大臣剧团演出。詹姆斯一世国王于 1603 年继承王位，此后个久，他便亲任莎士比亚所在剧团的保护人，宫内大臣剧团变为国王供奉剧团，成为最受宫廷喜爱的艺人。英国还专设了宴乐部（Revels Office），由宴乐官（Master of the Revels）管理宫廷戏剧演出活动。莎士比亚的剧团常在圣诞节等假日或贵宾来访时为宫廷演出，也曾用演戏庆祝王室婚礼。其《第十二夜》很可能是圣诞节后的第十二夜，女王招待来访的佛罗伦萨贵族时上演的；《麦克白》很可能是丹麦国王来探望女儿即英格兰王后时，招待活动的一部分。莎士比亚时期的剧团还在王公贵族家中演出。剧团入宫演出是荣耀的标志，也是财富的来源。莎士比亚的剧团在宫廷演出每场收入高达 10 镑。据记载，1605 至 1611 年，此剧团每年圣诞和新年进宫演出可收入 90 英镑，这在当时是很大的数目。

　　除在公共剧场、宫廷贵族中演出，莎士比亚的剧团和其他剧团也携装备外出巡回演出。例如，莎士比亚所在剧团曾在 1604 年到过牛津，1605 年到巴恩斯特普尔和牛津，1606 年到牛津、莱斯特、多佛尔、萨弗隆·沃尔登、梅德斯通和马尔堡。他们各地巡演时也亮着皇家宠优的金招牌。专业剧团、戏班的组织方式，一般不外乎三类：一为隶属于国家、政府的剧团；二是王公贵族、豪门仕宦私家蓄养的剧团；三是在民间流动演出，以艺谋生的剧团。借用中国古代的称呼，这三类演出组织分别为"官乐"（汉代的乐府、唐宋元明朝代的教坊和清代的升平署等国家音乐戏剧机构）、"家乐"（明代后期之后兴盛的私家戏班）和"散乐"（勾栏中的杂剧艺人和临时搭台演出的"路歧艺人"等组织）。莎士比亚时代活跃在伦敦的剧团从组织形式来看应属民间剧团，尽管他们也为官方演出。

　　伦敦的演出市场存在激烈竞争，被《伊丽莎白时期的舞台》一书描述的就有二十家成人剧团和十来家童伶剧团。1576 年伦敦的人口只有 18 万，即使到 1642 年上升至 35 万，这个数字也仅相当于北京市 2009 年人口的

1.8%，而其中有钱有闲、能够成为戏剧观众的，只占总人口的一小部分。几个剧团逐渐在市场竞争中占据重要地位，包括莎士比亚所在的宫内大臣剧团（后改称国王供奉剧团）和他们的主要竞争对手海军大将剧团（Lord Admiral's Men）。童伶剧团也在和成人剧团竞争。著名的剧作家约翰·黎利为童伶剧团创作宫廷喜剧，面向较为文雅的观众。《哈姆莱特》就曾影射童伶剧团抢占成人剧团的演出市场。

莎士比亚是编剧、演员，也是经纪人。剧团的经营方式使剧作者对市场和观众喜好非常敏感。莎士比亚的创作与各类观众的口味直接呼应。这一点将在观众成份部分继续阐述。莎士比亚时期伦敦民众本就关心政治，剧团频繁进宫或到贵族宅邸演出，接触权力高层人物。这种现实条件使莎士比亚剧作中有大量对权力运作、政权更迭等国家政治问题的描绘与思考。他的创作既反映了人们对当时政局的忧患，也会不失时机地甚至修改历史（如《麦克白》）来歌颂当代的统治者。

中世纪的欧洲戏剧还在借用教堂和临时建筑物作为演出场地，而中国宋、元、明初已经流行着商业化的演出场所——瓦舍勾栏。这种中国早期的剧场具有环形结构，观众从高处环绕观看，与莎士比亚的环形剧场有相似之处。然而到明代后期，大众剧场的演出已经衰落，在私宅进行的堂会演出成为主流。堂会演剧的历史在我国由来已久。没有正式戏台的时候，私宅中的堂会演出就已开始。同时，戏班也会为官府演出，且得赏钱较高。此外，还有一种戏班组织——当时江南风行的家乐戏班则专为本家主人的娱乐服务。

明清以后堂会舞台和房屋建筑进一步融合。利用四合院建筑的整体布局作为剧场的，通常是主人坐正厅，而把正厅前面的对厅拆去格子墙板，作为戏台，两边的厢房正可以作备演场地之用。明代张岱的《陶庵梦忆》卷三"包涵所"中提到主人在设计房屋时就考虑了演剧的需要，对房屋结构进行改造。也有人家的戏剧演出为求热闹，在大门口搭戏台，或是在庭院里扎彩棚。《金瓶梅词话》（六十三回）和记录明嘉靖年间故事的清代小说《歧路灯》（第七十七、七十八回）都记载了为办喜事或做丧事搭棚唱戏的情景。

我们很容易想到莎士比亚的剧团到宫中和贵族府中演戏和中国明代戏曲艺人演出的私宅堂会之间的相通之处。它们都在节庆场合，或交际场合演出。莎士比亚的剧团就经常在圣诞节、婚庆典礼、外使来访等时刻演出。中国明代，不仅公侯，一般富户也常招戏班到家中演戏，将演出和日常生活融合得非常紧密。在婚丧嫁娶、宾客往来等活动中也惯用演戏的方式庆祝、纪念。"万历以前，公侯与豪绅及富家，凡有宴会小集，多用散乐……大会则用南戏。"①普通市民中的富户,一年之内都能够唱十来遭戏,可见其名目繁多。1581 年意大利耶稣会传教士利玛窦来到中国,对此印象颇深:"我相信这个民族是太爱好戏曲表演了……有极大数目的年轻人从事这种活动……凡盛大宴会都要雇用这些戏班……客人们一边吃喝一边看戏,并且十分惬意,以至宴会有时要长达十个小时,戏一出接一出,也可连续演下去直到宴会结束。"②

观众的层次和戏剧演出的风格关系最为密切。莎士比亚观众的最突出特点是层次混杂。曾有学者认为露天剧场以大众观众为主而室内剧场的观众层次较高。前者包括商人、手工业者、自耕农、旅客以及为数不少的小偷和妓女;后者包括受教育程度更高、社会阶层更高的贵族、绅士和法学院学生。莎士比亚的创作是面向所有大众,因而其观众的代表是环球剧院的伦敦工匠或市区的劳动者。而其他童伶剧团的作家们为更文雅的上层观众写作。于是有了雅俗的"竞争传统"之说:莎士比亚吸引平民观众,童伶剧团作家吸引富裕阶层。雅俗竞争的观点后来受到了驳斥和修正。有学者认为,上层观众是莎士比亚时期观众的代表。另外,有研究认为,莎士比亚的对手汉斯娄的剧团偏重迎合市民大众的常规趣味,以保守的方式表现爱情婚姻;而莎士比亚的剧团在 16 世纪 90 年代对爱情题材的表现迎合法学院学生和时髦青年的口味。即使后来在与童伶剧团竞争的强大压力下,莎士比亚的剧团也没有追随汉斯娄剧团的固守市民阶层的保守品位的道路,而是尝试探索新的模式。

尽管按照当时的社会观念,女性进剧场看戏是不适宜的举动,而从公共剧场兴起到剧场全面关闭之前的整个阶段,女性观众都是剧院的常客。莎士比亚在《皆大欢喜》的收场白中,特意向女观众致意:"我要先向女人们恳请。女人们啊! 为着你们对于男子的爱情,请你们尽量喜欢这出戏。"③莎士比亚在创作上要兼顾各种观众的品味,从处于权力核心的女王、国王到贵族、大臣、学者、普通市民以及低收入的劳动者。另外,伦敦的观众身处政治中心,对国家政治较为敏感。16 世纪末至 17 世纪初的英国,国家小,没有常备军,既与爱尔兰作战,又来自西班牙、法国的威胁;国内还有宗教派系的纷争;在未婚的女王进入老年后又面临王位继承问题。因此在莎士比亚的作品中,既有适应市民品味的生活化场景,甚至低俗的玩笑;也有优雅的

---

① 汤显祖:《玉茗堂全集》(第 1 卷),上海:上海古籍出版社,1995 年,第 289 页。

② 利玛窦:《利玛窦中国札记》(第一卷),北京:中华书局,1997 年,第 24 页。

③ 莎士比亚著,朱生豪译:《莎士比亚全集》(第 4 卷),南京:译林出版社,1994 年,第 377 页。

诗行和浪漫的感情；还可以看到英格兰的历史、国家之间的战争、君臣关系、权力交替的忧患等与国家政治相呼应的大问题。[①]

中国勾栏里的观众与莎剧观众一样成份混杂。如前所述，明代后期更流行的是私宅演剧。有能力邀请民间戏班到家中演戏的须是富户。戏班在家中演剧时，观众多为一户人家或宾主双方，是一种较私人性的娱乐。家乐戏班，尤其文人蓄养的戏班是这一时期中国江南戏剧演出的特点。这一时期的中国文人班主兼观众有几个特点：首先，班主学问渊博，家资富足；其次，有些人几代拥有家班，如张岱家自祖父以来先后有过六个家班；最后，文人家班的艺术名气和他本人的名气交相辉映，如沈璟的家班闻名江南，戏剧家祁彪佳和邹迪光的家班也都很出名。更重要的是，这些家乐戏班形成了极有特色的戏剧创作和欣赏的风气，颇有一些士大夫家班主人"妙解音律，……躬自度曲"[②]，集班主、编剧、导演、教师于一身，同时也是非常有品位的观众和批评家。文人班主之间也会交流技艺。昆曲正是在这段时间里发展起来的，士大夫家乐戏班对昆曲艺术特色的形成功不可没。

综合来看，莎士比亚时代的观众成份混杂，远非"雅俗"之分所能概括的。莎士比亚的同代人认为当时社会有四个主要阶层：贵族与士绅、市民（包括商人）、自耕农和小业主、工匠和工人。属于高阶层的伯爵（如 Salisbury 伯爵）在 1608 至 1612 年的年收入是 5 万英镑，属于底层的手工匠人年收入还不到 4 英镑。莎士比亚的观众中既有达官显贵，也有商人、工匠，甚至小偷、妓女；既有文人骚士，包括诗人学者菲利普·锡德尼，宫内司库大臣塞西尔胡，也有只字不识的人。但当时英国女性的文盲率达到 90%，剧院里有大量的女性观众，可以推测戏剧对于不识字者也是一桩流行的娱乐。

与莎士比亚创作受演剧条件影响一样，明代家乐戏班的演出形式影响着演出内容。家乐演出在剧目选择上有三个特点：一是青睐传统经典剧目；二是常演《玉茗堂四梦》《浣纱记》《长生殿》等符合文人豪绅阶层审美品位的剧目；三是演出主人自创的新剧。我们还看到，家乐戏班倾向于演出折子戏。这既是因为财力、人力的限制，也更符合曲宴聚会需要；同时，因主人文化素养较高，谙熟剧本内容，折子戏更能满足其审美要求。中国的民间戏班最初是由家庭成员或亲属组成的家班，大中城市里的名演员收入相当可观。杂剧《蓝采和》中说"学这几分薄艺，胜似千顷良田"[③]。至明代，与莎士比亚

---

① 刘昊：《莎士比亚与汤显祖时代的演剧环境》，戏剧艺术，2012 年第 2 期，第 80 页。

② 赵山林：《中国戏曲观众学》，上海：华东师范大学出版社，1990 年，第 65 页。

③ 廖奔：《中国古代剧场史》，河南：中州古籍出版社，1997 年，第 55 页。

同期的民间戏班采用伶人搭班制度。这时期的民间戏班有一个重要特点，即与文人学士有密切的交往。戏班与文人的关系颇有传统。元初由于改朝换代而失意遁世的一批知识分子、士大夫借创作剧本抒发胸中块垒，戏班的剧本创作便和文人挂钩。元曲名家关汉卿、杜善夫、白朴等都是当时的著名文人。

首先，文人富户私家蓄养的家乐戏班是一种更为重要和有特色的戏班组织形式。家乐戏班兴盛于明代以后，是一类被豪门仕宦蓄养、基本只为一家服务而不做营业演出的戏班。一些颇有学养的仕宦在政界失意，或无心仕途而退居林下。他们以富足的家资购置家乐戏班，沉溺于戏曲的欣赏、创作和研究中。尤其万历年间，江南一带家班林立。其中包括上海豫园的建造者潘允端，《陶庵梦忆》的作者张岱，大戏曲家沈璟及变节文人阮大铖。汤显祖弃官后经济状况不佳，没有真正的家班，只有能唱戏的仆人，他也常召伶人到家中，指导他们排戏。明清时期，"养优蓄乐成为上流社会的风尚"。作为剧团核心人物的剧作家兼演员、剧场股东，莎士比亚的创作是面向市场的。他创作的剧本同样为大众剧场和宫廷仕宦的舞台演出。他的同代人汤显祖及同期的一批文人剧作家的创作则是弃官归里后无心世事，寄情词曲，或是"为情作使，劬于伎剧"①。

其次，莎士比亚戏剧和中国戏剧的观众成份都复杂多样，既有堂会上的贵族士绅，也有公共剧场的平民观众。莎士比亚戏剧和中国传统戏剧都有雅俗共赏、庄谐相济的特点。莎士比亚的创作中可以看到观众成份的影响。有研究者认为，伊丽莎白时期的公共剧院中复杂的观众结构，是对莎士比亚戏剧结构产生影响的关键因素，使剧本中不同的文体杂糅，视角相互覆盖。中国戏剧总体上有雅俗共赏的特点，但在晚明时期亦突显了文人的审美品位。戏剧在与明代文人的接近中，促进了精雕细琢的昆曲风格的形成，剧本趋向文词雅丽，情节宛曲，意蕴绵长。

再次，在中国明代流行的私宅演出，偏重私人性和舒适自在的欣赏情趣，没有严格的时间限制。这种欣赏环境促生了闲适舒缓的审美习惯和对艺术的细腻雕琢。相比之下，我们在莎士比亚戏剧中更能看到紧张的节奏和激烈的戏剧冲突。莎剧演出长期面向公共剧场，有了大规模的观众群。相比私宅演出，剧场演出时间有限，观众对演出更专注，渴望新奇刺激，因此情节的激烈和结构的紧凑是必要的因素。即使剧团从环形剧场转移到室内剧院演出后，莎士比亚转入结构松散的传奇剧创作阶段，我们仍能看到以上差别。

---

① 赵山林：《中国戏曲观众学》，上海：华东师范大学出版社，1990年，第62页。

最后，演剧环境的对比可以联系戏剧创作的动机和戏剧主题的差别。莎士比亚的创作面向市场，为大众剧场和宫廷仕宦演出，而汤显祖等一批剧作家的心态则是无心世事，寄情词曲。编剧对于莎士比亚来说是职业和谋生致富手段，他的创作与观众市场密切呼应；对于汤显祖及一批士大夫戏曲家来说，编剧更像自娱与艺术品位的提炼，世事之外的情感寄托。从创作主题的特点看，莎士比亚剧团的保护人是大臣，后变为国王，剧团常要取悦于核心政治集团的人物。当时的伦敦观众对政治问题也有着高度的兴趣，因此，部分莎剧中表现出对时政的深入观察和关注、影射。相比之下，中国明代的很多剧作家在审美与伦理教化方面表现的兴趣胜过对时事政治的兴趣。这一时期的剧作以情爱和市民生活，以及忠孝故事为题材。另外，明代戏剧在私宅演出的流行，使得观看戏剧成为家庭活动。当时的著名剧本中体现了对个人情感、家庭伦理的重视。这也反映了中国文艺观的传统"乐在族长乡里之中，长幼同听之，则莫不和顺；在闺门之内，父子兄弟同听之，则莫不和亲"。像莎士比亚时代的女性观众一样，中国同期的女性观众也不被社会正统舆论所认可。私宅中举行堂会演出时，女性观众要另坐一处，隔帘观看。有女性在场时，剧中的插科打诨要受限制。但女性观众与戏曲之间产生的深层共鸣在明代文献中也多有记载，既有"挑灯夜读牡丹亭"的才女冯小青，也有《吴山三妇共批牡丹亭》的三位家庭妇女，正所谓"闺阁中多有解人"（三妇共批牡丹亭语）。

莎士比亚时代的人们并不觉得剧本是高雅的文学作品。戏剧的繁荣说明戏剧演出受到大众的欢迎和王公贵族的喜爱。也有以锡德尼爵士为代表的学者认为好的戏剧警示世人，称赞戏剧的教益。然而宗教人士与伦敦市政官员对戏剧演出采取压制态度。清教徒谴责戏剧的道德危害，认为演员传播罪恶，亵渎神灵；伦敦市政官员反对演剧则因为人众聚集易造成社会混乱和传播瘟疫。当第一所剧场于1576年建成时，因出版《英格兰描述》而著名的哈里逊（William Harrison）批评说，"优伶富裕得盖起剧场，这是时代堕落的标志"①。从1579年起，宴乐官职能扩大，兼作剧本审查官，主要审查渎神言语，不利于政府的讽刺和政治性的鼓动之辞。《理查二世》中废黜国王的一场就曾被删去。而疑为莎士比亚和另几位剧作家合写的《托马斯·莫尔爵士》在首演之前没能通过审查，改动之后也似乎没能上演。中国同时期社会舆论对戏剧的态度与英国有相似之处，即道学者反对演剧，尤其反对女性看戏，视之为伤风败俗；但大众对戏剧喜闻乐见。明代政府很重视并善于

①　刘昊：《莎士比亚与汤显祖时代的演剧环境》，戏剧艺术，2012年第2期，第81页。

利用戏剧的影响力。明初，国家以剧本作为教化的工具赐给藩王。"洪武初年，亲王之国，必以词曲一千七百本赐之。或亦以教导不及，欲以声音感人，且俚俗之言易之乎？"①值得注意的是，与莎士比亚同代的中国有一批重视戏曲伦理和审美功能的有影响力的文人。

王守仁学说地位的确立是晚明思想史上的重要现象。王阳明肯定戏剧的教化作用，认为"只取忠臣孝子故事，使愚俗百姓人人易晓，无意中感激起他的良知起来，却于风化有益"②。王阳明的态度对戏剧的发展有正面影响。如果说，在英国戏剧发展的第一个黄金时期，推动莎士比亚等一批戏剧家进行创作的动力之中经济利益占了很大的比例，那么，中国同期戏剧发展的推动因素中，文人的纯审美欲望和伦理意识是非常重要的因素。

综合对比以上四方面演剧条件，可以看到四百年前的现实条件与我们今天看到的中西戏剧的特征有密切的关系。在研究如何把中西方传统相结合时，这些曾经支持两种传统的现实因素可以作为我们的参考。在现代看来，一方面，当年影响莎剧和中国戏剧的现实条件已经发生变化；另一方面，某些最初产生于现实条件的审美习惯，如今已深入本民族的欣赏心理，并未轻易随物质条件的改变而消失。在中国传统戏剧与莎士比亚戏剧频繁互动的今天，戏剧演出的环境可以有多种选择。回顾两种戏剧传统中的物质条件和现实因素，希望有助于我们探讨两种戏剧传统的发展与沟通问题。

第二节　哲学基础

莎翁不仅注重刻画戏剧之圆，而且注重刻画戏剧之方。如果说，圆以柔性者和谐为基本特质的话，那么，方便是以刚性的抗争为基本特质。圆，追求和谐；方，要打破和谐。在《周易》中，不仅赞美"蓍之德，圆而神"；而且推崇"直、方、大"。《文子·微明》及《淮南子·主术》并言。"智欲圆而行欲方"，"方者、直立而不挠，素白而不污。"可见，方不仅指形式之方、行为之方，而且指内容之方、品性之方。所谓刚直不阿、清廉方正，便是指人格之方。在莎翁笔下，既凸显了哲学之圆，又凸显了哲学之方。如果说，莎翁善于在喜剧艺术中表现哲学之圆的话，那么，在悲剧艺术中，他更善于表现哲学

---

① 谭帆，陆炜：《中国古代戏剧理论史》，北京：中国社会科学出版社，1993年，第300页。

② 程炳达，王卫民：《中国历代曲论释译》，北京：民族出版社，2000年，第65～60页。

之方。

首先，莎翁善于把握生活中的矛盾冲突的主要特质，去深刻地揭示时代精神，表现真善美与假恶丑的对立，描绘人文主义与封建主义的对立，从而歌颂人文主义，抨击封建主义。也就是赞美人文主义的方正，谴责封建主义的邪恶。莎翁通过哈姆莱特之口说："自有戏剧以来，它的目的始终是反映自然，显示善恶的本来面目，给它的时代看一看它自己演变发展的模型。"（《哈姆莱特》第三幕第二场）莎翁正是以人文主义为时代精神而去尽情地讴歌的，这便是莎翁戏剧之方的真谛。18世纪德国大文豪歌德曾以"说不尽的莎士比亚"来称颂莎翁作品的美妙、丰硕、神奇。的确，莎士比亚的作品简直像辽阔无垠的海洋，它那情节的丰富性、语言的生动性、性格的复杂性、形象的鲜明性、哲理的深邃性，是无与伦比、不可企及的。从"一千个读者就有一千个哈姆莱特"这句名言中，就可窥及莎翁剧作的强大艺术魅力。在莎翁笔下，千头万绪，五光十色，像无数道光束，向四面八方辐射，但却属于同一光源。这智慧之光的总汇，便是莎翁对于艺术哲学之方圆的总体认知与把握。方与圆，是一对矛盾。它不仅体现在事物的形态中，而且起伏在心灵的振荡中。它既可以是有形的，又可以是无形的。方由直线构成，意味着突兀、峥嵘、奇崛、抗争；圆由曲线构成，意味着圆润、顺达、流转、平和。方，强调一个刚字；圆，强调一个柔字。在方与圆的对立统一中，特别注重一个圆字。古希腊毕达哥拉斯学派美学家认为"一切平面图形中最美的是圆形"，德国美学家黑格尔则以哲学比圆心，莎士比亚戏剧美学的哲学根源主要就在于一个圆字。关于这一点，我们可从德国19世纪伟大诗人海涅对于莎士比亚作品的评价中得到不少启发。海涅说："正如莎学家单凭一个圆的最小断片，便能立刻确定这个圆和它的圆心一样，诗人只要从外界看到现象世界的最小断片，他便立刻理会到这个断片的整个普遍关系，他仿佛把握住一切事物的轨迹和中枢，它是按照最广泛的范围和最深刻的集中点来理解事物的。"[1]这里，海涅显然是把数学之圆上升到哲学之圆，从而去透视莎士比亚艺术思想的。如果我们用来剖析莎士比亚戏剧作品，就可揭示出个中圆的实质。

莎翁是以圆的目光去体察、巡视人生的，正如海涅所说："他的戏剧舞台是这个地球。"[2]人类的繁衍，社会的发展，历史的前进，时代的更迭，仿佛圆

---

[1]　杨周翰：《莎士比亚评论汇编》（上册），北京：中国社会科学出版社，1979年，第327页。

[2]　杨周翰：《莎士比亚评论汇编》（上册），北京：中国社会科学出版社，1979年，第328页。

的旋转运动，永不休止。它不是简单的重复与循环，而是螺旋式的上升，是由初级到高级的过渡、发展、蜕变。莎士比亚通过哈姆莱特之口所咏颂的人的赞歌，就是以哲学的圆镜去关照历史和人生的。人类由原始社会向奴隶社会、封建社会的更迭，虽说是在不断演进，但到了莎士比亚时代，封建主义已成为生产力发展的桎梏，新兴的资产阶级的崛起预示着资本主义社会的到来；为了冲破封建主义对人性的束缚，莎翁高举人文主义的旗帜，通过哈姆莱特之口大声疾呼"人类是一件多么了不得的杰作！多么高贵的理性！多么伟大的力量！多么优美的仪表！多么文雅的举动！在行为上多么像一个天使！在智慧上多么像一个天神！宇宙的精华！万物的灵长！"(《哈姆莱特》第二幕第二场)人，就是哲学之圆上所旋转着的核心；人，才是推进作为哲学之圆的社会发展车轮运作的动力。这种人，在莎翁心目中不是指封建的腐朽势力，而是指当时促进资本主义发展的新兴阶级。这正是莎翁所处的时代的真实。正由于莎翁能以哲学家的目光巡视宇宙，以艺术家的妙笔刻画世界，因而他才可尽情地囊括自然，并使人世波澜流于笔底，而构成了一幅幅长卷的运动的形象画面。法国伟大作家雨果在《莎士比亚的天才》中说："莎士比亚把整个自然都斟在自己的酒杯里，他不仅自己喝，而且还让你也来喝。"[1]这正是莎翁哲学之圆的天才的艺术写照！圆，既有以一生万的衍发性、开放性，又有万取一收的集中性、概括性；既可化生万物，又可囊括万物。它和太乙(太一)、太极是有异曲同工之妙的。我国宋代理学家朱熹在《太极图说解》中说："异者，无极而太极也。"帕斯卡在《思辩录》里云："譬若圆然，其中心无所不在，其外缘不知所在。"莎翁戏剧艺术之圆，就具有极其丰富、深邃的内涵与广漠无垠的外延。它是抽象与具象的交融、概括与具体的叠合、无限与有限的互渗，既奥妙无穷，又不可言传！正因为如此，它才显示出巨大的生命力和永恒的价值。

其次，莎翁喜剧艺术的乐观主义或大团圆的场景，也是莎翁哲学之圆运作的硕果，是莎翁艺术圆镜关照的结晶。在纷纭复杂的现实生活中，人既有悲，也有喜。如果在任何艰难困苦的逆境中，以乐观主义的情怀对待，则可在悲的氛围中染上喜的色彩；如果在平和、安详、顺利的情境中，不断添加喜的因素，则始终洋溢着乐观主义。前者如《错误的喜剧》，剧中人物伊勤被处以死刑，历尽艰难曲折，最后却化险为夷，获救生还，造成喜剧；后者如《皆大欢喜》中所描绘的黄金世界，从王子到农民，无不文雅、欢乐，符合自然。这便是圆的哲学在情感、情绪上的显示。可见，乐观主义可以克服困境中的艰

---

[1]　杨周翰：《莎士比亚评论汇编》(上册)，北京：中国社会科学出版社，1979 年，第420 页。

难险阻，可以消除生活中的分歧误会，可以用圆通的观点透视万物，使万物臻于和谐美。所以，和谐美乃是圆的哲学精义的最高表现，也是莎翁喜剧所追求的最高境界。[①]

再次，正由于莎翁是以哲学之圆关照世界的，因而在喜剧人物性格塑造过程中，时时注意贯穿着一个圆字，给笔下的女性、情人、小丑、弄臣及其他市民阶层人物灌输柔情，这种柔情便成为人物性格的基本品质，因而追求一个柔字便成为莎翁喜剧之圆的主要特征。大凡莎翁喜剧性格都或多或少地具有圆和、圆润、圆通、圆合的品格，其人生艺术观均闪耀着圆的光轮。具体表现在：其生活希望虽因屡遭挫折而产生失望，但失望之余并不心如死灰，而是又燃起希望之火。其理想之光，虽被现实阴霾之气所笼罩，但却不气馁，最终驱尽暗淡，而使理想之光重现于天下。因而他（她）们的人生观便实现了希望—失望—希望的圆合，也就是实现了理想—现实—理想的圆通。这种过程，乃是圆的不断运动、不断超越的过程。莎翁笔下喜剧性格就是在这不断超越中而得到升华的。《无事生非》《皆大欢喜》《第十二夜》所描写的男女主人公的爱情可以征服一切的情景，就形象地体现了这个特点。[②]

关于戏剧反映自然问题，海涅在《莎士比亚的少女和妇人》中说："莎士比亚对于历史所显示的忠实和真实，我们发现他对于自然也同样具备着。人们惯说，他给自然照镜子。这种说法是难以苟同的，因为它使人误解诗人对于自然的关系。反映在诗人心灵中的，并不是自然，而是自然的形象，这种形象恰似最忠实的镜象，乃是诗人的心灵生来就有的；他仿佛给世界带来他自己的世界……"[③]另外，莎翁哲学之方也表现在他所描绘的悲剧中。主人公（正义、方正的代表）在矛盾冲突中受到邪恶势力的摧残，以失败或死亡的命运而告终，遂造成美的毁灭。比如《罗密欧与朱丽叶》中的罗密欧、朱丽叶，《奥赛罗》中的苔丝狄蒙娜，就是美的典型。在他们身上，体现了爱情的纯洁无私、品性的方正清白。当然，在莎翁悲剧中，也写过主人公身上裂变出来的邪恶，如李尔王、奥赛罗，但他们在复杂的矛盾纠葛中，最后毕竟不同程度地洗刷了自己身上的污泥浊水，还方正以本来的面目，从而显示出方正战胜邪恶、美克服丑的胜利。

---

① 王木春：《莎士比亚戏剧艺术的哲学根源》，安徽大学学报（哲学社会科学版），1999 年第 3 期，第 24 页。

② 同上。

③ 杨周翰：《莎士比亚评论汇编》（上册），北京：中国社会科学出版社，1979 年，第327～328 页。

这里告诉人们：莎士比亚并非简单地机械地反映自然，而是带着自己的思想情感和美学观点去反映自然的，因而它既含着自然的客观真实性，又含着诗人情感的主观性。它是客观与主观的统一。它是莎翁主观心灵所改造过的自然的形象，因而莎翁笔下的自然乃是自然的形象，其所描绘的世界乃是他自己的世界。这就表现出莎翁的现实主义。他严格地忠于现实的本质真实性，这表现出他的一丝不苟、严肃认真，也正是他那哲学之方的显示；同时，又表现出他对现实的真实（自然）的主观倾向性，表现出他对人生勇于负责的积极主动精神，也是他方正人格的显示。莎翁戏剧哲学之方，并非与圆绝缘，而是相互渗透，紧密联系的。如前所述，圆性为柔，方性为刚。以刚入柔，柔中有刚；以方入圆，圆中有方。以柔入刚，刚中有柔；以圆入方，方中有圆。方与圆，就是这样对立地统一在一起的。雨果在《莎士比亚的天才》中把莎翁的一正一反的原则称为"最基本的对照""永恒而普通的矛盾"[1]。莎翁的悲剧中有喜剧的因素，就是方中有圆的表现。罗密欧与朱丽叶为了追求纯洁的爱情，冲破封建家族仇恨的樊篱而结合在一起，最后以死殉情。这种宁折不弯、至死不渝的精神，突出了他俩高尚的方正的品格，完成了悲剧性格塑造。但他们的死亡，却产生了强大的不可抗拒的冲击波，终于冲垮了两大家族对抗的樊篱，致使世仇冰释，言归于好，因而给悲剧结局增添了亮色和喜剧色彩。此外，莎翁的喜剧中有悲剧的因素，就是圆中有方的表现。《威尼斯商人》这一讽刺喜剧中所表现的安东尼奥的忧郁、厄运，就染上了悲的色彩。总之，莎翁戏剧中所显示的哲学方圆虽各有特点，但却是相互撞击、彼此过渡的。方圆互补，能方能圆，各尽其妙，成为莎翁戏剧方圆本质的特点。当然，这里是就方圆所显示出来的积极的肯定的意义而言。它的内涵是极其丰富复杂的。莎翁戏剧所表现的方圆，乃是指符合哲学方圆的某种特质，而不是哲学方圆的全部；此外，莎翁戏剧的哲学价值与美学价值也不止于方圆。这是必须指出的。

汤显祖13岁起师从理学家徐纪之子、进士徐良博与泰州学派二传弟子罗汝芳、李贽和达观禅师，又历观南京、南昌、北京、广州、扬州、常州、福州、杭州等工商业发达的城市，其哲学思想有其特色。《朋复说》云："吾儒日用性中而不知者，何也？'自诚明谓之性'，赤子之知是也。"[2]这是在宣传王艮的"百姓日用之道""百姓日用为学"。《〈阴符经〉解》"生死相根，恩害一门。

---

① 杨周翰：《莎士比亚评论汇编》（上册），北京：中国社会科学出版社，1979年，第415页。

② 蔡文锦：《东方的莎士比亚——论泰州学派后期重要传人、戏剧大师汤显祖》，南京广播电视大学学报，2004年第3期，第36页。

生者死之,死者生之。恩者害之,害者恩之。乃为反覆天地,圣功也。"①他提倡从老百姓的心愿出发,为老百姓所拥戴。《渝水明府梦泽张侯去思碑》列父老之言始二美二首之二:"每爱袁郎思欲飞,仍传子建足天机。湘中岁月初投佩,江外云山一染衣。雪唱晓风吹的躁,雨花秋水带菲微。佳人迟暮难重今,肠断汤头匹马归。"可见,汤显祖与泰州学派渊源有加。

　　在哲学和社会思想方面汤显祖有几个观点,与他的文学思想关系非常密切。第一点是他的"因革观"②。他在《江西按察司修正衙宇记》一文中说:"事固未有离因革者。因而莫可以革,革而莫有以因,则亦犹之乎因革而已。惟夫因而必不可以无革,革而幸可以无失其因,则一不为过劳,而永可以几逸,法易以维新,而众可与乐成。此其善物也。"③事物的发展离不开"因"(继承)和"革"(创新)两个方面。文学的发展也表现为"因革"相对立统一的运动过程,在每一个时代的文学中均留有先前文学的痕迹,也打上了新时代的烙印。因而不革,迁今人而就古人,此为复古派;革而不因,割断历史,以我作古,此为放诞派。汤显祖从事文学活动的时代,正是复古主义盛行之时,它产生的弊端给文学发展带来了很多危害,并引起了有识之士的激烈反对。在这些反对者中也出现了一些轻视古代优秀艺术传统的倾向。汤显祖本着因革相结合的认识,在主要反对复古主义文学思想的同时,对后一种倾向也提出了批评,表现出一位严肃的文学批评家的科学态度。

　　第二点是他对致知辨物的看法。他在《顾泾凡小辨轩记》中提到:"学道者,因'至日闭关'之文,为主静之说。夫自然之道静,知止则静耳,安所得静而主之?《象》曰:'商贾不行,后不省方。'此非主静之言也。环天下之辨于物者,莫若商贾之行,与夫后之省方。何也? 合其意识境界,与天下之物遇而后辨。夫遇而后辨,固有所不及辨者。若夫不行而行,不省而省,所谓自然之辨也与。"④辨物,即对事物的认识。在汤显祖看来,存在着两种不同的辨物,一种为"遇而后辨",一种为"自然之辨"。"遇而后辨"指人的"意识境界与天下之物"相遇而获得对事物的认识。他肯定实践是知识的来源,同时又指出它的局限在于不能认识所有的事物("固有所不及辨者")。这里,他认为通过个人有限的经历不可能穷尽对天下无限事物的认识,所以还要依靠"自然之辨"。"自然之辨"即所谓"不行而行,不省而省",通过头脑思索和

---

　　①　蔡文锦:《东方的莎士比亚——论泰州学派后期重要传人、戏剧大师汤显祖》,南京广播电视大学学报,2004 年第 3 期,第 36 页。

　　②　汤显祖:《玉茗堂全集》(第 24 卷),上海:上海古籍出版社,1995 年,第 176 页。

　　③　汤显祖:《玉茗堂全集》(第 39 卷),上海:上海古籍出版社,1995 年,第 322 页。

　　④　汤显祖:《玉茗堂全集》(第 43 卷),上海:上海古籍出版社,1995 年,第 132 页。

想象活动来获得知识。其实,这只是对来自于客观外界感性材料的加工,并非是一种神秘的力量。汤显祖说的"自然"带有"先天"的因素,这在他的文学观点上也有所反映。一方面,他重视客观环境、作家的经历和后天的学习对创作的影响,重视作家的主观因素在写作中所起的作用;另一方面,他又把作家的"灵性"同先天的文学才能联系在一起。

就哲学与戏剧文学两者之间的历史关系及其现实联结而言,汤显祖论说联结"天理"与"私欲"的艺术之"道学",在黑格尔那里,曾经被表述为人的"热情"与人类历史"一切行动"之间的历史联结。在这位哲学老人看来,"热情",即"对私人利害的关心",是指个人的"个别兴趣和自私欲望的满足目的",这是人类历史"一切行动的最有势力的源泉"[①]。"哲学狐狸"黑格尔机智地把现实体现历史发展必然性的个体个性的自由发展,归结为"理性的狡计"的实施。恩格斯批判他"不在历史本身中寻找这种动力,反而从外面,从哲学的意识形态把这种动力输入历史"[②]。与黑格尔不同,汤显祖却是从其所处的特定社会个性发展不平衡的现实境遇中,把历史逻辑和现实关系之间的联结,作为美学生命原动力"输入"到戏剧的艺术本性,使之构成美学个性自由发展的生命活体。这种前所未有的美学生命观,可以真切地见之于汤显祖作为艺术个体"伉壮不阿"的生存状态,彷徨苦闷于入世与出世之间的两难心路,以及由"实"而"虚"的戏剧观念嬗变历程。

"情"与"理"对立的哲学观,"情之天下"与"法之天下"的社会观,贯穿在汤显祖的剧作中。他的《牡丹亭》是"情之天下"的赞歌,《南柯记》《邯郸记》是"法之天下"的檄文。在诸如"曲意"与"音律"之间因人因时而异的艺术表达观念上,汤显祖与沈璟之间近乎于殊途同归的艺术现象背后蕴含指涉的历史事实应当是,对艺术中的"使用"和"功能"两个概念的认识差异。所谓"使用",在音乐人类学家阿兰·P·梅内姆那里,指的是"在特定的场合内人类运用音乐"这类交流方式;所谓"功能",则"涉及使用音乐的理由,尤其是它所为之服务的更宽泛的目的"。如果我们接受这样的定义,那么,再通过对"汤沈之争"所显示的艺术行为的功能与目的的分析,就能够确认这样的简单事实,即使受到史实材料和各自理解力的限制,却同样能够由此而"为历史提供世俗基础"。汤显祖因填曲至"赏春香还是旧罗裙"句,不觉伤心而掩袂痛哭(见《剧说》);又杭州女伶商小玲演"寻梦"唱至"待打并香魂一

---

① 张艳玲:《解析黑格尔"理论的狡计"——神本形式下的人本内容》,学术交流,2007 年第 7 期,第 20 页。

② 周宏,徐志坚:《恩格斯在〈终结〉中对马克思哲学的理解》,江海学刊,2013 年第 4 期,第 228 页。

片,阴雨梅天,守得个梅根相见",竟然泪随声飞,气绝而殒(见《碉房蛾术堂闲笔》);至于扬州女子金凤钿读《牡丹亭》后则致书于汤,自愿委身以事却因信抵达稍迟,当若士赶到已经含情而死(见《三借庐笔谈》)。固然,诸如此类的事实记载确凿与否完全可以阐疑待考,却起码可以见得汤显祖艺术行为及其所引发的他人之自发性审美行为是源自人的艺术天性或"似本能"的"缪斯性母语"(布约克沃尔德)的交流活动。这即便在狭义的语言学意义上也是如此。因为,这种"情"之所起而生发的艺术活动具有同人类说话一致的交流功能,创造联系、交流信息、显示各自的生存状态。当这些根植于人的大脑和身体中的功能,由个体性或个别自发性离散状态,转化成"社会化"的过程即建构为普遍共享的交流规则时,正体现出它在"人与自然"或"自然与文化之间"的"结构性的连续性"(布约克沃尔德)。因而,在汤显祖看来,音律只是在这种历史和逻辑一致意义上的实践美学范畴的艺术结构规则:"曲者,句字转声而已";"总之,偶方奇圆,节数随异。四六之言,二字而节,五言三、七言四,歌诗者自然而然。乃至唱曲,三言四言,一字一节,故为缓音,以舒上下长句,使然而自然也。"(《答凌初成》)因此,汤显祖以"自然"为美学原则,提出了由艺术主体变通而实现自由运用的创作主张。在《再答刘子威》中,汤显祖也作如是观:"南歌寄节,疏促自然。五言则二,七言则三,变通疏促,殆亦由人。"①

由此可见,汤显祖所反对的只是将作为艺术规则的音律与其规范美学范畴的定规相混淆。而且,在他看来,后者作为前人或特定社会形态和文化关联域中历史形成的艺术规则的延续与伸展,是后人或其他不同审美语境中主体的艺术参照系,同样是因人因时而异,与前者构成互为参照、互为生发的艺术生产关系。这可视为,艺术家与属于"他人生命生产"范畴的自然和社会的"现成因素"以及已有的或既定的不同形态和范式的艺术语言之间的关系。汤显祖曾经肯定音乐的艺术认识史正是一个在这种意义上的变化发展过程。他甚至认为,不应当拘守于"希微""绵渺"的古乐雅音,而认为可以用民间的("野")和外族的("戎""胡")音乐作为参照性文化关联域。这既在于艺术表达的共同本质,是在不同审美语境中各自自身以及相互之间美学意义上的"生命生产"的"生产关系"历史和逻辑一致的现实构成,是"人与自然的统一",即所谓"上自葛天,下至胡元,皆是歌曲";又在于艺术表达的语言及其方式在"社会化"的历史进程中,经由其艺术规则的不间断的历史性选择而规化为规范美学范畴的艺术规范。这同样体现出它在"自然和文化之间"的"结构性的连续性",即所谓"曲者,句字转声而已。葛天短而胡元

---

① 汤显祖:《玉茗堂全集》(第 34 卷),上海:上海古籍出版社,1995 年,第 189 页。

长，时势使然"①。而贯穿其间的美学生命原则，正是"自然而然"或"疏促自然"。

汤显祖并不是有神论者，相反他接受了我国古代阴阳五行说朴素的唯物主义思想，否认天是有人格有意志的神。在《阳符解》中，他系统地阐述了宇宙是由混沌的元气构成的唯物主义思想。他说："一气混成，三才（天、地、人）互吞，以成宇宙，以生万物。"②"气"是万物的本源，自然界的一切物质是由金、木、水、火、土等元素，即五行变化生成的，自然界物质有自己运行变化的规律，"日月在于数中，大小定于象中，率而倪之，历而步之，非有神奇也"。汤显祖认为神不过是自然界的一种功能，"人知神之为神，故以天文星宿地理蛇龙之类为圣。我知不神之所以神，故以时文物理为哲"。同时，他认为自然界的物质并不是固定不变的："天道阴阳五行，施行于天，有相变相胜之气。"③任何事物都存在对立面，万物的运动变化是由阴阳二气相互交感而成的："器者，运动之象。"器是物质在运动变化过程中表现出来的具体物象，物质发展到一定的阶段就会向对立面转化。相互矛盾、相互转化是自然界的普遍规律，汤显祖用木与火说明物质的转化："木中有火，火出则木死。"木头能转化为火，当木头转化为火时，作为木头这一具体的物质也就消亡了。没有死，就没有生。

"天之道自然"，"天地交合，宇宙不散，人在其中。"天、地、人都是自然物，三者之间的关系是相互矛盾、相互制约的。人只要"观天之道，执天之行"，就能够擒制自然。人们凭借自己的力量和才智是可以利用自然和征服自然的，不过人们要征服自然、利用自然，首先要掌握自然变化的规律。汤显祖认为"取天地之力，极五行之用，开塞利害，减益盈固，早算旁拮，时察颖断，非才莫可以也"④。能掌握自然规律，动静以时的人就是圣人。在利用和征服自然的过程中，无论什么人仅仅依靠个人的智慧和力量都不能取得成功。

汤显祖反对正史立道学传的主张对清初的《明史》编纂产生过重大影响。朱彝尊《史馆上总裁第五书》中提到，明史馆总裁的"手疏史目"，即体例初稿中"有儒林传又有道学传"，朱彝尊、黄宗羲等人均上书反对。结果，《明史》不立道学传。此外，汤氏将"误国诸臣"归入《奸佞传》，删五代入宋诸臣之碌碌者，补南宋建炎以后名臣，也是为了尽量给予历史人物以恰当的评

---

① 汤显祖：《玉茗堂全集》（第23卷），上海：上海古籍出版社，1995年，第234页。

② 汤显祖：《玉茗堂全集》（第44卷），上海：上海古籍出版社，1995年，第321页。

③ 汤显祖：《玉茗堂全集》（第1卷），上海：上海古籍出版社，1995年，第319页。

④ 汤显祖：《玉茗堂全集》（第32卷），上海：上海古籍出版社，1995年，第189页。

价,而这种褒贬的标准当然与他的历史观点密切相关。至于"列濮、秀、荣三嗣王独为一卷",则是他的情理兼顾的主张在史书编纂中的具体反映。英宗、孝宗、理宗均是以旁支入承大统的,按照封建宗法制度,"为人后者为之子,不得顾私亲"(《宋史·司马光传》)。这就使英宗、孝宗、理宗在如何确定与本生父母的名分及如何追尊自己的本生父母等问题上陷入了尴尬的境地。英宗于治平二年诏议崇奉濮王典礼时,便引起一场轩然大波。司马光、吕海等人认为追崇濮王是英宗"厚所生而薄所继,隆小宗而绝大宗"(《宋史·吕海传》),主张英宗称生父为皇伯而不称亲,即不以亲情妨碍纲常。欧阳修、韩琦等则主张"为人后者,为其父母,报、降三年为期,而不没父母之名"(《宋史·欧阳修传》),即主张丧服的规格可以降低,但本生父母的名分不能去除。事情闹得不可开交,只好由皇太后手诏中书,"尊濮王为皇,夫人为后,皇帝称亲"。再由英宗下诏谦让,不受尊号,但称亲。即不敢尊濮王为皇但保留父子名分,风波才算平息。《宋史》恪于礼法,尊大宗,故将濮王、秀王与宗室诸王并列甚至未为荣王立传。

放眼世界文坛,明代中、晚期,也就是莎士比亚时代的英国正处于文艺复兴时期。当时,欧洲的资本主义关系已在封建制度阵容中逐渐形成,新兴的资产阶级为反对宗教神学兴起了一场思想文化活动——文艺复兴,旨在冲破封建神学思想体系,伸张资产阶级人性、人权。人文主义体现了文艺复兴的思想原则,其根本标志是以人为本,为人所具有的一切——包括人的生理、心理、情感、理性等争得合法权利。人文主义者的这种根本性的观念激发了文艺复兴时期要求个性解放、全面享受生活的巨潮。在汤显祖时代,虽然东西方在由封建社会向资本主义过渡的起步时间上大体接近,但由于彼此的历史条件和具体的国情不同,其后的发展便大相径庭了。明代中、晚期,临近末路的封建势力仍相当强大,相形之下,资本主义萌芽显得稚弱多了。由于资产阶级及其人文主义思想尚未形成,因而当时的戏剧家包括汤显祖在内,不可能超脱儒家范畴,其思维语言仍是传统"中国式"的。

汤显祖作为明清之际伟大的戏剧家是世所公认的。但是,汤显祖并不仅仅是一个戏剧家。之所以明万历年间的学官诸弟子,争先北面承学于他,就因为他们认定汤显祖不仅仅有诗赋灵性、艺术天才,更重要的是有思想。而且,其深邃广博为一般学官闻所未闻,以至"诸弟子执经问难靡虚日,户屦常满,至廨舍隘不能容"①。汤显祖的《玉茗堂四梦》之所以在明清思想启蒙运动中产生了巨大的影响,也源自他思想的涵盖力。过去,对汤显祖思想的研究多局限于他的审美情至论,而对他的道气论、贵生论、性命论等哲学思

————————

① 毛效同:《汤显祖研究资料汇编》(上),上海:上海古籍出版社,1986年,第99页。

想很少涉及。限于篇幅,本书着重就他在《顾泾凡小辨轩记》一文中提出的"意识境界"①加以简要论述,以就教于方家。

汤显祖"意识境界"的提出,与先贤的"主静"之说和"格物"之说有较大的分别。先看"主静"。"主静"之说肇端于老子。老子说:"致虚极,守静笃,万物并作,吾以观复。夫物芸芸,各复归其根,归根曰静,是谓复命"。"致虚""复命"都在"守静"。总之,芸芸万物都归根于"静"。王弼在《周易注·复卦》中发挥老子的思想,提出"静非对动者也"的看法,强调动的相对性,静的绝对性、根本性。宋初周敦颐在《太极图说》中则视主静为道德修养的主要准则,所谓"圣人定之以中正仁义,而主静,立人极焉"。然而,宋明理学家也并非都"主静",程颐即反对王弼对《周易·复卦》的解释,而肯定宇宙天地的运动变化,生生不已,以动为本根。所谓"一阳复于下,乃天地生物之心也。先儒皆以静为见天地之心,盖不知动之端乃天地之心也。非知道者,孰能识之?"汤显祖的思想倾向是"主动",所以,他对以静为天地之心的看法是不能接受的。汤显祖以道气为宗,重生生之序,肯定"以动养其气","足以吐纳性情通极天下之变"②。

汤显祖的好友真可(达观)曾引远公语"一微涉动境,成此颓山势",用以劝汤显祖不要"昧性而恣情"。汤显祖重情,一生"情太重",扬"情至"大旗。而"情"即"动境"。汤显祖在对道家经典《阴符经》的解说中亦辨难动静,认为"至静之性,乃天性也"。将"静"视为天性的自然之静,而反对人为地用"静"去限制"天性"的自然发展。那么,什么是"天性"呢?汤显祖认为,"天机"者"天性";"天性"者,人心。总之,汤显祖强调"发、斗、变"。而这一切都本于自然而然的"道"。他说:"道不自然,有害无恩。"即不取法于"发""斗""变"的天道之自然规律,而一味守静,必然有害而无恩。从自然之道来看静,静是以动为本根。汤显祖说:"自然而静者,浸也;浸而生者,推也。浸以推,浸以移,因浸以胜阴阳之制,自然也。"③

由"发""斗""变",到"静""浸""生""推""移""胜",都是本于自然之道,而"发""斗""变""浸""生""推""移""胜"等,都是动境。可知,"静"在其中,只是"动"的一种特殊状态,无"动"之姿,也就无所谓"静"之态。

而"道"以气充,故制在气。"制在气,静相生也,浸相胜也。"④"气"是无

---

① 徐朔方:《汤显祖文集》(第 2 卷),上海:上海人民出版社,1973 年,第 1106 页。

② 汤显祖:《玉茗堂全集》(第 40 卷),上海:上海古籍出版社,1995 年,第 312 页。

③ 汤显祖:《玉茗堂全集》(第 23 卷),上海:上海古籍出版社,1995 年,第 153 页。

④ 江西省文学艺术研究所:《汤显祖研究论文集》,北京:中国戏剧出版社,1984 年,第 302 页。

定形的运动状态。道即阴阳混沌之气所聚，因而"道可道，非常道"，道也总是变动不居、运生不息的。由主动之思，汤显祖更重与主静者的"心之观"不同的"目之观"，认为"目"是"转易之关"，天机"发""斗"在"目"。主动地"转易之关"，就能认识万事万物。这就是所谓"知之哲也"，即"以时文物理为哲，便能知不神之所以神"。在汤显祖看来，认识的关键在于"持转易之关"，"食其时，动其机"。这是朴素的唯物认识论。再看"格物"。宋明理学特别重视《大学》提出的"格物""致知"说。何为"格物"呢？程颐说，格，犹穷也。物，犹理也。犹曰穷其理而已也。如何"穷"呢？程颐认为"凡一物上有一理，须是穷致其理。穷理亦多端：或读书讲明义理；或论古今人物，别其是非；或应接事物而处其当，皆穷理也"。

黑格尔说："思维之超出感官世界，思维之由有限提高到无限，思维之打破感官事物的锁链而进到超感官世界的飞跃，凡此一切的过渡都是思维自身造成的，而且也只是思维自身的活动。"[①]"反思"即超越感官世界，而向超感官世界飞跃，由有限上升为无限。黑格尔认为，如果没有造成这种过渡或提高的过程，那就像禽兽一样是没有思想的。禽兽终是没有超越、上升的认识活动的。汤显祖由虑止，复也，到止而虑，辨也，这正是"对思想的思想"的"反思"过程。虑止，复也，正是扬弃、超越事物的感觉、表象，而获得初级的认识（概念）；止而虑则是"反过来思考"，回溯到思维、概念的本质，这即是"辨"。"复"是由感官世界飞跃到超感官世界，由有限上升为无限的"过渡"。而"辨"则是对超越、上升的"反思"活动。

这个"辨"的反思活动，汤显祖也强调其"反身性"，所谓"天下而反之身心意"。汤显祖的"反身性"与黑格尔的"反过来思考"一脉相通，也有笛卡尔"沉思"自我意识的反身性思维的含义，还包括洛克反省的观念，即要以感官印象为前提，人心本来是一块"白板"。汤显祖虽不会说出人心本是"白板"一类的话，但他强调先"天下而反之身心意"，正是说明人心之识，若不以感官印象为前提，再灵异的人心也只能像"白板"一样无识愚昧。汤显祖强调先"天下而反之身心意"，正是注重主体认识先与天下之物"遇"，这样才能使认识以感官印象为前提，使思维（概念）与对象保持一致。"遇"天下之物，正是健全之思、灵异之思的源头活水。

值得注意的是，汤显祖所说的"反之身心意"是一个"递相复也，递相小也"的认识过程，即认识不断反复、深化，思维（概念）不断精确、清晰。"递相小也"之"小"，即指超越感官的思维，不断纯化、精确化，不断逼近真理的程度。这就是不断反思的"辨"之特征，这是具有相当科学性的朴素认识论思

---

① 　黑格尔：《美学》，北京：商务印书馆，1979 年，第 136 页。

想。"递相复也,递相小也",这是对认知的无止境性和真理的相对性的提示。

第三节 宗教影响

从西方戏剧发展史来看,戏剧与宗教也有密切关系。悲剧一词的希腊文为"Tparwdos",意为"山羊之歌"。他们在祭神时用一只山羊作牺牲,一群人穿着羊皮衣服模拟神的从者,绕着神坛载歌载舞。后来才逐渐加入戏剧因素,演变为兼演其他神、人或英雄的故事。后来,这种活动进入雅典城,称为城市酒神节,专门发动诗人创作戏剧,戏剧内容也大多为人民熟悉的神话故事。希腊喜剧也源于酒神的仪式,喜剧一词就来自希腊语"Komos",即狂欢者,由秋季收获葡萄时节祭祀酒神的狂欢歌舞发展而来。中国戏曲与西方戏剧的起源与宗教巫术、鬼神的密切联系使得鬼魂出现在莎汤二人的剧作里成为自然的事。当然,作为一类特殊的戏剧,鬼魂戏的出现显然与鬼魂文化传统有着更为重要的渊源关系。或者可以这样说,鬼魂文化传统是鬼魂戏的原型基础。没有鬼魂文化传统,鬼魂戏也无从产生。首先让我们进一步了解一下,鬼文化传统里对于鬼的解释。泰勒以"万物有灵"的观点探求鬼文化传统时发现:"万物有灵观的理论分解为两个主要的信条:其中的一条,包括着各个生物的灵魂,这灵魂在肉体死亡或消灭之后能够继续存在;另一条则包含着各个精灵本身,上升到威力强大的诸神行列,以幻象的形式出现。"[①]人是唯一知道自己会死亡的生物,这也是人无法逃避的悲剧所在。但庆幸的是,"万物有灵"的信条让人们在鬼魂——生命的非实体延续中找到了终极归宿。个体生命通过体验和思索形成的鬼魂意识,经过沉淀和升华,构成了群体灵魂心理,并不断受到宗教、哲学等因素的影响而得到完善。无论是中世纪的英国还是中国明代,人们完全接受鬼魂的说法。另外,从人类的认知来讲,鬼魂也是一种未知力量的代表。人是具有强烈自我意识的生物,人最关心的事情莫过于自身的存在。自人类诞生以来,人类不断受到自然和社会异己力量的支配和左右。而面对异己力量时,人就无法主宰自己的命运,因此就会不可避免地把自己生存所系的异己力量幻想成超自然的存在物。人类关注自身存在和命运是人类的自然本性,所以,鬼魂的产生有着广泛的人性基础和文化传统。与生俱来的死亡意识与对未知

---

① 高旭:《戏剧中的黑暗精灵——论〈哈姆雷特〉与〈牡丹亭〉的鬼魂戏》,攀枝花学院学报,2007 年第 4 期,第 58 页。

世界的恐惧笼罩着文学天国时,鬼魂也就顺理成章地登上了文学殿堂,成为一个重要的角色和题材。

但是需要补充的是,鬼魂戏与鬼魂文化又有着本质的区别。鬼魂戏不是鬼魂文化的演绎,不是给虚幻的鬼魂赋予形象,也不是鬼魂民间传说的戏剧表演,更不是原始鬼魂信仰的戏剧化。鬼魂戏实际上是人的自我认识的反映,是借助鬼魂文化所进行的新的艺术想象和艺术创造。鬼魂戏中的鬼魂形象已经不是原来鬼魂文化中的鬼魂,而是剧作家以全部生命热情和潜意识投射而创造出的一种全新的艺术形象,一种全新的艺术符号,一种全新的艺术象征,一种全新的艺术原型,因而具有撼人心魄的艺术力量。除拥有共同的戏剧渊源和鬼文化传统外,莎翁和汤翁各自不同的时代形势和文化背景以及二人在此环境中的思想发展使得他们的作品同中有异,显示了不同的美学旨趣。

今天有研究者指出莎士比亚戏剧的舞台与中国传统舞台有相通之处,以简单灵活见长,而不是像后代的西方舞台一样依赖写实布景。这种舞台风格固然受审美观念的影响,而演剧与各种交际场合的融合也是形成简约灵活风格的重要物质条件。值得注意的是,1660年之后,伦敦舞台上便引进了可移动的写实布景;而中国戏剧尽管在发展中有过个别复杂布景的尝试,简单空灵的舞台一直延续到近现代。恩格斯在称赞歌德摆脱了"宗教枷锁"时对莎士比亚有所诟病:"歌德很不喜欢跟'神'打交道;他很不愿意听'神'这个字眼,他只喜欢人的事物,而这种人性,使艺术摆脱宗教枷锁的这种解放,正是他的伟大之处。在这方面,无论是古人,还是莎士比亚,都不能和他相比。"此语尖锐地指出,莎士比亚戏剧中存在着显而易见的神学话语和宗教意识。海伦·加德纳认为,莎士比亚"对《圣经》了如指掌,……似乎比他同时代的大多数剧作家对《圣经》都精通许多。……他是《圣经》的讲读者,而不仅仅是旁听者"[①]。

从事莎剧研究时不可忽略宗教的影响。本书尝试运用"终极关注"概念对莎剧中的宗教问题进行初步考察。学术界对莎士比亚戏剧的价值诉求早已做过深入的研究。面对人生,莎士比亚礼赞青春、爱情、友谊,主张破除禁欲主义、解放人的情感、维护人的自由、开发人的智慧、确立人的地位、保障人尽情享受快乐和幸福的权利;在社会政治领域,他痛斥昏君暴政,讴歌贤明君主,崇尚以仁治国,向往一个安定统一、祥和美满的社会。这些观念彰显了人类文明的精华,为莎剧赢得了盛誉。然而,莎士比亚的目光却未滞留于人世悲欢的寻常层面。透过芸芸众生的喜怒哀乐和世间万象的盛衰荣

---

① 阿尼克斯特著,安国梁译:《莎士比亚传》,郑州:海燕出版社,2001年,第71页。

枯,他还进入人类心灵的最深层次。莎士比亚的每个剧本都有独特的人物系列,如安东尼奥、鲍西娅、夏洛克之于《威尼斯商人》,哈姆莱特、克劳狄斯、雷欧提斯之于《哈姆莱特》。然而统观其全部剧作,还有一个无形的角色纵贯始终,那个角色缺席于直观的戏剧舞台,却出席于每个人物心中的舞台,对人们的心理、意志、情绪、言论和行为潜在地发生这样那样的作用。他便是基督教奉拜的上帝。

莎士比亚沉思人性的关键词之一是"罪",各种各样的罪恶被他花样翻新,百写不厌。他的喜剧常在轻松幽默的气氛中描写罪行,结局往往是制造冤案的罪人被制裁,蒙冤受屈的好人得平反。比如在《无事生非》中,巡官道格培里曾称被捕的康拉德和波拉契奥犯了"说假话""信口诽谤""做假见证"等罪行,触犯了上帝规定的"十诫"法典。莎氏的历史剧和悲剧则以各种重大罪行尤其血腥的王位之争串连情节,以致读者看到,腥风血雨、尔虞我诈的氛围中处处酝酿着阴谋,时时暗藏着杀机,人头落地之事接连不断。莎氏传奇剧的代表作《暴风雨》亦以兄弟越权、谋权篡位的罪恶为潜在的起点,但落难荒岛的兄长普洛斯彼罗却未以牙还牙,冤冤相报,而是用超越仇恨的宽恕之心化解了矛盾,前提是犯罪者已经真心忏悔,这种行为为仁慈的上天所悦纳。

忏悔和祈祷甚至影响到剧作家对哈姆莱特性格的表现。弑兄僭位的克劳狄斯在面临复仇的恐惧时想到忏悔:"试一试忏悔的力量吧,什么事情是忏悔所不能做到的?"继而跪下向天祷告。这本是哈姆莱特为父复仇的绝佳时机,不料他却从基督徒的价值观出发,认定对正在忏悔之人不能行凶。基督教认为世上有两部大书,一部是《圣经》,另一部是上帝创造的世界,二者都寓有神圣的启示。据此,大自然被视为上帝的创造物、神意和神谕的负载者,亦即秩序、规律和等级的象征。但从亚当夏娃被逐出伊甸园后,自然万物就受连累而被诅咒,失去原初的和谐状态;直到未来的新天新地降临,这种反常状况才能扭转,尽善尽美的乐园才会再度出现。莎士比亚戏剧多处印证了这种自然观。在《皆大欢喜》中,被流放到亚登森林的老公爵就触景生情地颂扬上帝的智慧:"我们的这种生活虽然远离尘嚣,却可以听树木的谈话;溪中的流水,便是大好的文章;一石之微,也暗寓着教训;每一件事物中间,都可以找到些益处来。"

莎士比亚的上帝观与基督教正统神学对上帝的理解如出一辙。基督教声称上帝具有种种形而上的或绝对的属性,如全知、全能、遍在、永恒等,还有一些圣爱的或道德的属性,如仁慈、至善、正义、信实等,这些属性无一例外地由莎剧人物做出忠实诠释。先看绝对属性。莎剧人物笃信上帝的无所不知和无所不能。当奥赛罗因听信伊阿古的谗言而怀疑苔丝狄蒙娜失贞时，苔丝狄蒙娜在百口莫辩的困境中向上帝呼求。她深信上帝是全知的，必能见证自己的清白。在《亨利八世》中，凯瑟琳王后亦怀着上帝全知的信念斥责道貌岸然的红衣主教伍尔习。在《李尔王》中，当葛罗斯特从悬崖上跌落而安然无恙时，爱德伽立即想起全能的上帝。在莎剧人物看来，上帝还是无所不在且永久长存的，如亨利王称，犯罪的士兵虽能一时逃脱法网，却插翅难逃过上帝的手心。这些言论的表述方式固然有别于牧师布道，其中流露的上帝观念就基本内涵而言却无逊色之处。

再看上帝的道德属性。莎剧人物经常谈到上帝的仁慈和至善，以及相关的富于同情心、怜悯心，乐于宽恕人、救助人等，使观众看到一个博爱众生的在天之父。在《麦克白》中，老翁与洛斯对话时，示意上帝的本性乃为善，不仅对人满怀爱心，还让人化恶为善，化敌为友。在《泰特斯·安德洛尼克斯》中，塔摩拉说："作为高尚人格之真实标记的慈悲来自天神，世人欲效法天神，就应有一颗慈悲之心。"在《威尼斯商人》中，鲍西娅与夏洛克进行法庭辩论时更是陈述了慈悲之德的非凡功能和神圣起源："慈悲不是出于勉强，它是像甘霖一样从天上降下尘世；它不但给幸福于受施的人，也同样给幸福于施与的人；它有超乎一切的无上威力，比皇冠更足以显出一个帝王的高贵；御杖不过象征着俗世的威权，使人民对于君上的尊严凛然生畏；慈悲的力量却高出于权力之上，它深藏在帝王的内心，是一种属于上帝的德性；执法的人倘能把慈悲调剂着公道，人间的权力就和上帝的神力没有差别。"这种源于上帝的"慈悲"使人联想起中国古籍《礼记·大学》所谓《大学》之道……在止于至善"之说，二者所指都是凡人无法企及的终极境界。"至善"意味着至高之善、纯粹之善、善的本身或本体，如同慈悲，它只能是"属于上帝的德性"和世人修身养性的坐标，而不可能真正为人所及，因为"人无完人"，人的品德无法达到至真至善的完美程度；倘若达到，人就不再是凡夫俗子而成为圣人或圣徒，这种事其实只是在神话叙事中才可能发生。

上帝的仁慈不仅体现为莎剧人物的信念，而且影响着剧情的演变。在《一报还一报》中，克劳狄奥因使女友未婚先孕而被代理执政的安哲鲁判处死刑，克劳狄奥的姐姐伊莎贝拉前去求情，说"一切众生都是犯过罪的，可是上帝不忍惩罚他们，却替他们设法赎罪"，试图以上帝的仁慈打动刚愎自用的安哲鲁；继而又称上帝怜悯那些无助的普通人："上天是慈悲的，它宁愿以雷霆的火力劈碎一株槎枒壮硕的橡树，却不去损坏柔弱的郁金香。"这番话终于感动了安哲鲁，使之收回强硬的判决，亦使剧情改变。与仁慈和至善交相辉映，上帝的另一类道德属性——公正、严明、对一切罪恶都严惩不贷的法官特质——也为莎剧人物所展现。这方面的属性由于直接针对各种恶德败行，更富于批判现实的社会意义，成为研究莎剧现实主义艺术的一个重要方面。《亨利八世》中，凯瑟琳王后面对红衣主教的诬陷，坚信上帝对是非曲直必有公断："我们大家的头上还有青天，在天上还有个审判官，他是任何国王所不能腐蚀的。"《李尔王》中，多行不义的康尔华公爵遭仆人行刺后身亡，消息传到奥本尼公爵耳中，他认定此事彰显了上帝的正义："啊，天道究竟还是有的，人世的罪恶这样快就受到了诛谴！"正因为上帝公正严明，一切为非作歹之徒才难逃覆灭的下场，此即《泰尔亲王配力克里斯》中的赫力堪纳斯之言：放纵情欲的安提奥克斯国王虽然"势力强大，却逃不过上天的谴责"，因为"罪恶必然有它应得的惩罚"。

在基督教神学体系中，作为终极存在的上帝不但是核心，而且渗透于神学网络各处，与其他教义形成一种普遍的相互关联，构成某种牵一发而动全身之势。类似现象也出现在莎士比亚戏剧中，下面即从上帝与人、上帝与自然、上帝与历史三个角度略做说明。基督教依据《创世记》认为，人由上帝所造并赋予管理万物的权力，但自从始祖亚当夏娃偷吃禁果犯下原罪后，人固有的"上帝形象"就遭到破坏，陷入犯罪的泥沼，只能由上帝救赎；而人的得救之道唯在于虔诚忏悔，全身心地信奉上帝。这种对神人关系的基本理解始终弥漫于莎剧舞台上。哈姆莱特的名言"人类是一件多么了不得的杰作！……宇宙的精华！万物的灵长！"历来被视为莎士比亚人文主义价值观的集中体现。其实，其直接源头为《创世记》所谓人由上帝指令在伊甸园里管理万物。它后面的台词"可是在我看来，这一泥土塑成的生命算得了什么？"便流露出莎士比亚对人类本质的神学思考。但自然界除了风和日丽，也会出现"灾祸、变异、叛乱、海啸、地震、风暴、惊骇、恐怖"，它们要"震撼、摧裂、破坏、毁灭这宇宙间的和谐"。这种异常灾变往往是人间罪行的预示或反映，如麦克白杀害邓肯王之夜，"空中有哀哭的声音，有人听见奇怪的死亡的惨叫，凶鸟整整地吵了一个漫漫长夜"。直到次日，在"应该有阳光遍吻大地的时候，地面上仍被无边的黑暗所笼罩"。莎翁时而也憧憬未来的黄金时代，他透过《暴风雨》中的贡柴罗说，那时"大自然中的一切产物都不用血汗劳力而获得；大自然会自己生产出一切丰饶之物，养育那些纯朴的人民"。

关于上帝和历史的关系，基督教强调上帝对历史的主导作用，称此作用始于创世，迄于末世乃至其后永无终期的新世纪。其中涉及末世的学说构成探讨历史最终结局和人类终极命运的"末世论"，谓现世的终点亦即末世将发生善恶大决战，几经交锋后上帝终于制伏魔鬼，进行最后审判，使义人升天堂享永福，恶人下地狱受永刑，而后开创一个由基督永远称王的新世代。这个历史框架亦隐现于莎剧人物的观念世界中，天堂、地狱、魔鬼、末日审判等概念尤其频现于戏剧台词中。在《亨利八世》中，勃金汉公爵受刑前请众人为其祷告，"作为给我的甘美的祭奠，超度我的灵魂升天堂"；凯瑟琳王后临终前自语："让我坐在这儿默想我将要体验的天堂上的和谐吧"。二人亦严肃地提到"天堂"。

作为上帝的对立面和一切邪恶势力的总代表，《圣经》中的魔鬼特指撒旦。莎士比亚多就其比喻义使用该词，如称"那邪恶可憎的诱惑青年的"福斯塔夫是"白须的老撒旦"。而在更多情况下，剧作家把穷凶极恶的坏人喻为魔鬼，如理查三世、麦克白、麦克白夫人、伊阿古等。伊阿古甚至以恶魔自谓："恶魔往往用神圣的外表引诱世人干最恶的罪行，正像我现在所用的手段一样。"至于"末日"，莎士比亚有时在庄重的语境中使用，如《亨利六世中篇》中的小克列福之语："叫这个万恶的世界毁灭吧，让那末日的烈焰提前燃起，把天地烧成一团吧！"有时也以戏谑的语调谈及，如《错误的喜剧》中，大德洛米奥描述一个帮厨的胖丫头时说："她浑身都是油腻；要是她活到世界末日，那么她一定要在整个世界烧完以后一星期，才烧得完"，足见那女孩肥胖和油腻的程度。

对莎剧与上帝概念的普遍联系进行一番检阅之后，再回到"终极关注"的命题上来。保罗·蒂利希曾引用哈姆莱特的名言"存在还是不存在"论述终极关注，说："人最关注的是自己的存在及意义。"在此向度上，"存在还是不存在"是一种终极的、无条件的、整体的和无限的关注。人无限地关注着那无限，他属于那无限，同它分离了，同时又向往着它。人整体地关注着那整体，那整体是他的本真存在，它在时空中被割裂了。人无条件地关注着那么一种东西，它超越了人的一切内外条件，限定着人存在的条件。人终极地关注着那么一种东西，它超越了一切必然和偶然，决定着人终极的命运。据其所见，终极关注所涉及的是人在精神上生死存亡的重大问题，表现形态即宗教信仰。就一般层面而言，宗教信仰乃是被某种终极关注所制约的生存状态，其对象实际上是专属于人类精神的"终极存在"，它的替换符号或象征物则是"上帝""神"或其他神圣者。终极关注除了具有不言而喻的终极性外，还有无限性、整体性和无条件性；它们不但是人的特殊精神属性，而且构成整个人类精神生活的特殊本质。从这个意义上说，体现为宗教信仰的终极关注在人类生活中不可或缺也无所不在，对于那些负载着人类文明重要成果的文学经典而言尤其如此。

在此视域中反观莎士比亚戏剧，发现其间常有上帝出没就不难理解了。莎剧作为世界戏剧史上的巅峰之作，理所当然地成为人类终极关注的出色展示者，而在终极关注的网络中，汇通所有终端的总枢纽就是上帝。海伦·加德纳说，莎士比亚等伊丽莎白时代的戏剧家们所用的术语和概念，他们从事创作所置于其中的知识结构，以及他们借以形成戏剧的情节，及其从中引出对人类行为和人类事务的警句式评论的那种与观众共同享有的宗教观和伦理观,当时的人们,特别是基督徒们都十分熟悉,因为它们都是在基督教思想历时 16 个世纪的千锤百炼而得以形成的。由此可见,莎士比亚进行戏剧创作时不可能摆脱当时无处不在的基督教话语。相反,他生逢宗教改革和文艺复兴的盛世,既目睹了希伯来基督教文化如何渗入社会的伦理道德、文学艺术乃至日常生活的每个细胞之中,又亲历了古希腊罗马人本主义传统的复兴,这为他贯通二者的精髓提供了必要的背景条件。正是在这种语境中,他满腔热忱地拥抱希腊精神,肯定人的健全欲望,歌颂人性、青春、爱情和友谊;同时也真诚地张扬希伯来精神,由衷推崇高尚的道德和仁慈博爱理念,从而为人类文库贡献出一部部既洋溢着现世快乐,又引导人趋于崇高的戏剧精品。

莎翁身在教堂之内,而他笔下的罗密欧与朱丽叶却用肉身交换了精神的解脱,其矛头指向的却是教堂外的政治与社会制度。汤氏身在庙堂之外,杜丽娘与柳梦梅却是用精神的解脱换取了肉身的自由,其矛头指向的是庙堂内的精神枷锁。宗教是人类世界创造的精神世界的"彼岸",它与艺术不同,以"此岸"世界作为参照,来求得人今生世界的精神慰藉。所以宗教的世界是一种虚构的世界。凭借"基督复活"的肉身意义,莎翁的宗教空间是"以实入虚",用肉身来拯救精神,用"实在"呼唤精神,所以我们看到的是本有的肉身进入虚构宗教空间后的"虚空"——身体被"虚空"所噬而最后终成悲剧。它引发的是从肉身的欢娱到精神的震撼。但对汤显祖来说,佛道的佛界仙境是可期的,宗教空间成了"按图索骥"的"桃花源",所以,杜丽娘的性爱追求,反倒成了"以虚入实"的精神所为——为情而生,因情而生,性爱的肉身从不曾介入,所以就没有了肉身被消灭的可能与机会,反而因为精神的孜孜不倦而得到了性爱的永生。所以,在《牡丹亭》中,肉身的生生死死是不重要的,重要的是不朽的精神解放。

与宗教不同,艺术是人的精神传播与精神交流的最终途径。通过舞台表演对人的存在世界的模仿而再造的这一精神世界,特别是在表现男女两性的性爱关系这个问题上,表现出了对现世的思考与期望。在所有的人类生理需求中,诸如睡眠、口渴、饥饿、冷热等,没有一种像性爱需求那样,在"生理"与"心愿"之间,会有那么大的差距。人类从两性的关系中,得到的是双重的喜悦:精神的愉悦与肉身的愉悦。这是人区别于其他一切物种的最根本的差别。罗密欧与朱丽叶在教堂中双双殉情而死,基督俯看着他们的自由精神,解脱的肉身能不能上天堂,我们不知道。杜丽娘与柳梦梅,却是因杜丽娘在地狱中走了一遭而找回了俩人的肉身,那么,他们能不能上天堂,我们也不知道。但有一点是清楚的:莎翁用宗教空间解决了当下的性爱问题,未来的时间性信仰被推出了舞台之外;相反,汤氏却是依靠宗教时间的信仰,填补了当下的肉身性欲的空间,当下的宗教性被戏谐性地挤出了戏台之外。

所以,我们又可以说,汤显祖用宗教的"彼岸"来期望"此岸"的人生愉悦,莎士比亚用艺术"此岸"来获得"彼岸"的精神解放,殊途同归,身心的最终获取自由是同一的。汤氏与莎翁都想告诉我们的是:上不上天堂是不紧要的,紧要的是我们今天对生活的自由追求。对汤显祖来说,是从精神切入来追寻情爱的愉悦。他所创造的杜丽娘形象,反对封建礼教的僵化,追求宗教的世俗化的性爱的精神解放,用精神的喜悦来打动观众。"画"是汤显祖的精神支柱,杜丽娘因"画"而获得精神的性爱,但也由"画"而排挤了肉身之爱——因精神而再生,在精神中游弋,在精神中获得解放。虽然肉身被挤出舞台,但伴随生而后死、死而复生的精神解放,肉身也得到了喜悦:肉身再生。所以《牡丹亭》是部悲情性的喜剧,更确切地说,是苦戏中的笑戏。但对莎士比亚来说,是从肉身切入来追寻情爱的永恒,他所创造的朱丽叶形象,反对中世纪宗教的僵化,追求基督教人性化,用肉身的悲剧来打动观众的精神。"药"是莎士比亚的肉身"入口",朱丽叶因"药"而获得肉身清欲的可能,但也因"药"而肉身被最终毁灭。——因药而使肉身覆灭,传递出的是精神抛弃了肉身。虽然肉身死了,但肉身的生死转变却是获得性爱的前提保证:肉身死亡。所以,《罗密欧与朱丽叶》是部喜剧性的悲剧。

汤显祖的《牡丹亭》是人们公认的古典戏曲名著,对他的《南柯记》《邯郸记》评价都有分歧,有人认为"二梦"(《南柯记》《邯郸记》)宣扬了佛道思想,散布了"人生如梦"的消极世界观。为什么写于 1598 年的《牡丹亭》是进步的,写于 1600 年的《南柯记》、1601 年的《邯郸记》是落后的?这是一个令批评家困惑而又必须回答的问题。于是,出现了《南柯记》《邯郸记》是汤显祖晚年之作的说法。可是,从《牡丹亭》写定到《邯郸记》问世,其间只有 3 年,距 1616 年汤显祖逝世还有 15 年,所谓是晚年之作很难成立。一个作家在同一个时期写的作品,有些进步、有些落后,这并不是罕见的艺术现象,假如"二梦"是消极落后的,倒也不必硬把它们说成是汤氏的晚年之作。问题在于"二梦"是否宣扬了佛道思想,散布了"人生如梦"的世界观。《南柯记》《邯郸记》和《牡丹亭》是姊妹篇,闪烁着同样的思想艺术光辉。汤显祖在《青莲阁记》中说:"世有有情之天下,有有法之天下。唐人受陈隋风流,君臣游幸,率以才情自胜,则可以共浴华清、从阶升,娭广寒。令白也生今之世,滔荡零落。尚不能得一中县而治。彼诚遇有情之天下也。今天下大致灭才情而尊吏法,故季宣低眉而在此。假生白时,其才气凌厉一世,倒骑驴,就巾拭面,岂足道哉！"①汤显祖提出的"情之天下"与"法之天下"的社会学观点值得关注，因为此前并没有人从社会学的角度来审视封建社会。从社会学的角度研究汤显祖，是认识汤显祖剧作旨趣的关键。

老子认为，"道"是先天地而生、独立不改、惟恍惟惚、不可认识的东西。汤显祖认为"自然之道"是可以认识的，显然汤显祖的恍惚并不是老子的恍惚，同时他否认有所谓神仙的存在。汤显祖的恍惚也不是佛教的四大皆空。他在《续天妃由记》中说："神无求于人，而善悲人，悲心不除，所以止为神也。"在《妙智堂观音大士像赞》中说："稽首大悲观世音，百千手眼利群小……我思菩萨未觉时，初与众人无异同，众人忽有一觉者，亦与菩萨无同异。众生菩萨但是名，究始闻始宁真实。"②在这两篇记赞中，汤显祖说的"悲心"和"利群小"与他说的"贵生"思想是一致的，这正是汤显祖念佛和取号"海若士"、由"寸虚"改为"广虚"的秘密所在。根据汤显祖对神仙、菩萨的认识、理解，其号为海若士，由"寸虚"改为"广虚"，究竟是"出世"还是"入世"？应当是后者而不是前者，这就使其"悲心""利群小"的思想更加博大了。

弄清了汤显祖的宇宙观和他从佛教吸取的基本思想，就可以知道他在《南柯记题词》中说的"梦了为觉，情了为佛"③，正是要破除那些笃信"天理""法之天下"人的梦幻，要他们做一个"觉者"，做一个具有"悲心""利群小"的真人。

汤显祖的《牡丹亭》完成于1598年，莎士比亚的《罗密欧与朱丽叶》完成于1595年。《牡丹亭》是汤显祖的晚期作品，却是他一生创作中最伟大的传奇作品；《罗密欧与朱丽叶》是莎士比亚的早期作品，是莎士比亚前期创作中最具悲剧色彩的一部经典作品。《牡丹亭》一问世，便"家传户诵，几令《西厢》减价"；《罗密欧与朱丽叶》虽不是莎翁最伟大的悲剧作品，但它问世后，却是世界上流传最广、被改编最多的作品之一。《牡丹亭》与《罗密欧与朱丽叶》问世的年代，也都是中西方宗教变革的年代。而且，非常有趣的是，这一时期，中西方的宗教都在不约而同地进行着世俗化的转变。

汤显祖对佛学禅宗和黄老之学的嗜好，与紫柏大和尚的深交，使汤氏的王学左派（王艮、李贽为代表）思想带有了"异端"性批判与"消极"性出世的双重色彩。而莎翁身处16世纪欧洲基督教国家宗教改革运动旋涡的中心，其时，宗教改革不但发展到了一个新阶段，并且发展成遍及西欧各国的运

①　汤显祖：《玉茗堂全集》（第32卷），上海：上海古籍出版社，1995年，第235页。
②　汤显祖：《玉茗堂全集》（第12卷），上海：上海古籍出版社，1995年，第154页。
③　汤显祖：《玉茗堂全集》（第34卷），上海：上海古籍出版社，1995年，第122页。

动。宗教改革不但动摇了天主教会的神权统治,而且冲击了神学对科学、自由思想以及身体的禁锢。无疑,宗教改革运动在莎士比亚的戏剧创作中留下了深深的烙印。英国当代莎剧研究学者奈特在《莎剧演出原理》一书中就曾提出,莎翁的悲剧含有宗教思想,即祭献观念与牺牲观念。德国的格勒弗特教授说得更明确:"莎士比亚生活与写作的环境是一个笃信基督教的世界。尽管天主教徒、英国国教徒与清教徒间有强烈的敌意,但整个伊丽莎白一世时期的文化是以基督教为基础是无法改变的事实。在莎士比亚的作品中基督信仰题材无所不在。"①

宗教的这种世俗化转变影响了汤氏与莎翁的生活与创作。作为莎士比亚历史"他者"参照的汤显祖,他的最伟大的创造——杜丽娘,与莎士比亚所创造的朱丽叶,是两个决然不同的女性。可见,封建礼教和贞节观念残酷地禁锢着妇女的身心。《牡丹亭》虽假借宋代故事,写的却是明代生活。明初则是一个程朱理学所倡导的"存天理,灭人欲"的说教所盛行的社会。官僚乡绅、文人学士提倡忠、孝、节、烈。汤显祖本人生活的时代,中国封建社会已开始走向没落。在思想上,明王朝为了维护封建统治,从一开始就继承了元代的方针,仍定程朱理学为官方正统思想,以理学教民,以理学取士。然而,随着理学被奉为绝对权威,发展到这个时期已日趋教条,严重束缚了人们的思想。同时,社会上出现了一批假道学家,他们借理学以谋取个人利禄,满口仁义道德,满肚子男盗女娼,也使理学在一些进步思想家和正直人们的心中名誉扫地。因此,到明代中期,出现了一批怀疑程朱理学的思潮。

在众多的怀疑程朱理学的流派中,"泰州学派"的成就最高。这个学派由王阳明的学生王艮开创,汤显祖的老师、泰州学派的著名学者罗汝芳等人是代表人物。他们强调本心自鸣,良知不学不虑,都是为了更彻底地说明封建伦理纲常根植于人的本性之中,不须外求,不须修养,只要在日常生活中,按照一定的规范去做即可。他们当时发表的这些理论,原是想更好地为封建伦理纲常服务。因此,在他们主观上并没有想要去违背封建礼教。汤显祖的思想受到泰州学派的影响,特别是在以李卓吾为代表的进步思潮的影响下,《牡丹亭》表现出了以"情"抗"理"的积极性。但因时代的局限,作者不能不受封建传统思想的制约,因而剧中流露出的思想印痕和阶级局限性是不难理解的。

伟大的文艺复兴时代造就了伟大的戏剧家莎士比亚。当时著名的戏剧家本·琼生曾一针见血地预见到莎士比亚是"时代的灵魂",认为他"不属于

---

① 歌德著,张可、元化译:《莎剧解读》,上海:上海教育出版社,2003年,第110页。

一个时代而属于所有的世纪"。莎士比亚的悲剧以其丰富生动的语言、恢宏磅礴的气势及光辉的人文主义思想震撼着不同时代读者的灵魂。他塑造的各类人物形象更为世界艺术画廊增添了光彩。然而我们不能忽视,在莎翁的剧作里还活跃着一群神秘的形象——鬼魂。这些鬼魂的形象不但反映了当时人的意识信仰,而且具有特殊的艺术传统和审美价值。正如莱辛所说:"整个的古代都相信鬼神,因此,古代的戏剧家有权利用这种信仰。"鬼魂是一种文学上的弹簧,只有在剧情衔接的地方才用得上它,我们对它本身不感兴趣,莎士比亚的鬼才真正是剧中的人物,尤其是著名的《哈姆莱特》中的老王鬼魂,更是全剧不可缺少的形象。它的独特戏剧价值和艺术内蕴一直牵引着人们探究的兴趣。

同样伟大的时代也孕育了一个东方的戏剧大师——汤显祖。这位比莎士比亚大 14 岁的中国明代戏剧家,生活在明代思想极为活跃的嘉靖、万历时期,被认为是当时无论在戏剧界还是整个文坛进步文艺思想和文学创作的主将。他的《牡丹亭》以其深刻的思想内涵和高度的艺术成就成为明代戏曲最杰出的代表。而巧合的是,在这部名剧里,也有一出缥缈离奇的鬼魂戏。这出戏不仅成为全剧转折的重要环节,其中的鬼魂形象也对整个戏剧的艺术表现产生了举足轻重的影响。那么对于《哈姆莱特》和《牡丹亭》这样两部产生于同一时代且具有典型意义的东西戏剧文本,我们完全可以就其中共同的鬼魂戏进行比较,找到其中的深层价值所在。莎士比亚和汤显祖都不约而同地写到了鬼魂。虽然处于同一时代,但他们毕竟相隔万里,我们无法找到二者的直接接触或一些相互影响的痕迹。这是否意味着仅是一种巧合?不是。首先我们可以从戏剧的生成源泉上探索他们的契合点。

戏剧的生成与宗教、巫术都有密切的关系。这一点上东西方有极其相似的地方。我国近代戏剧史论家王国维认为,后世戏剧实则起源于巫。他说:"是则灵之为职,或偃蹇以象神,或婆娑以乐神,盖后世戏剧之萌芽,已有存焉者矣。"①张庚、郭汉城先生也认为"中国戏曲的起源可以上溯到原始时代的歌舞"。这种歌舞与劳动有关,同时也与宗教有关。《周礼·春官》记载:"司巫若国大旱,则帅巫而舞雩。"中国民间傩戏就是一种宗教文化,源自宗教祭祀,由自然崇拜转化为主神崇拜,表演宗教故事以达到驱邪逐疫、祈求平安的目的。这说明巫、鬼、神对于我国戏曲都有极深远的影响。所以在《牡丹亭》这样的中国传统戏曲里出现鬼魂并不鲜见。

---

① 高旭:《戏剧中的黑暗精灵——论〈哈姆雷特〉与〈牡丹亭〉的鬼魂戏》,攀枝花学院学报,2007 年第 4 期,第 51～52 页。

　　伊丽莎白时代，英国文学出现了前所未有的戏剧繁荣，将英国文学推上了第一个高峰，其间上演的几百部戏剧中都有鬼魂的出现，这些不是偶然的。当时的文学受到古希腊、罗马文学的影响。文艺复兴的第一个阶段是15世纪末叶至16世纪前半叶。在此期间，英国出现了研究古希腊、罗马文学与哲学遗迹的第一批人文主义者，而在古希腊、罗马文学中，鬼魂意识是普遍存在的。伊丽莎白时代的神学家、玄学家、巫师和相士们大量的研究鬼魂，而把鬼魂作为一个角色搬上舞台的即是这个时代的戏剧家们。这无疑受到了古罗马剧作家赛内加悲剧的直接影响。在赛内加的戏剧里，复仇者常常被类似幻影的东西催生、衍发。[①]

　　而鬼魂戏作为我国传统戏曲中的一个特殊类别，自宋元古典戏剧形式成熟以来，在此后每一朝代都有大量作品问世。汤显祖在当时采用鬼魂形象不仅秉承了这种家学渊源，而且与当时的社会环境有关。晚明期间，虽然王朝政权内部的矛盾和伊丽莎白王朝一样，日渐加剧，但是城市经济反而趋向繁荣，资本主义的生产方式有了萌芽的迹象。市民阶层兴起，这使适应于经济基础的社会思潮也有了张扬人的主体精神为指归的陆王心学盛行于大江南北，作为一种催化剂，引发出那一时代的思想解放运动。汤显祖更是师承陆王心学中最激进的一派泰州学派，并且受到了李贽和佛学大师达观的深刻影响，崇尚真性情，自称是"为情作使"者。此"情"包含着自由生命意识，包含着"真"，也包含着对于情欲的肯定。但是他所处的时代同时又是中国封建专制统治最残酷的时代之一。以"存天理，灭人欲"为主导的程朱理学，在明初得到大力推广，对妇女的人身限制和禁锢尤为惨烈与残酷。汤显祖的情论就是在禁锢与反禁锢的斗争中形成的。要解决人内心深处的长久压抑只能通过一种合乎正确道德规范的替代形式外化出来。于是汤显祖给《牡丹亭》选择了梦，但是梦不能够最终解决理想实现的问题。要使问题的解决得到世俗的认可，只能通过一种超自然力量的出现，而这种力量又必须为当时的人所接受。因此，在"梦而死，死而生"的关键环节里，鬼魂顺理成章地出现了，更进一步将压抑的情感释放出来，通过杜丽娘的鬼魂"随风游戏"，追随情人柳梦梅，将浪漫的情感交融推到了高峰。最后更以《冥判》让杜丽娘的魂魄讲出自己的一片心声，换得重生，实现了汤显祖的情至的归宿。虽然处于不同的人文思想支配之下，但所产生的艺术效果是相似的。下面仍以《哈姆莱特》和《牡丹亭》这两部戏剧为例进一步探讨鬼魂戏的审美特色。

---

　　① 高旭：《戏剧中的黑暗精灵——论〈哈姆雷特〉与〈牡丹亭〉的鬼魂戏》，攀枝花学院学报，2007年第4期，第52～53页。

鬼魂戏实现了戏剧形象的造型丰富和内蕴扩展,鬼魂形象填补了戏剧形象造型中的空白,以其独有的神秘性、朦胧性、陌生性和虚幻性吸引了观众的视线,成为戏剧舞台上一道特殊的风景线。当《哈姆莱特》的序幕拉开,首先感受到的就是由几个守夜人口述的鬼魂带来的恐惧和紧张感,接着老王的鬼魂出现,一下就将恐惧的气氛推到顶点,观众的精神为之惊奇,获得了新的感受。当然在这部戏里,人们更会将其与整个剧的气氛融合,预感到悲剧的压抑和凄凉。这是别的舞台形象无法办到的。同样,当杜丽娘的魂魄"作鬼声,掩袖上",整个戏曲舞台就进入了虚幻的鬼魂情境——鬼魂意识源于先民对神秘异己力量的集体意识,在这样的原始意识影响下,人们能够自然的接受鬼魂的出现,同时进入了神秘的心理情境。在这种特殊的情景里,虽然舞台上没有布景,观众也能够感受到"夜荧荧、墓门人静","冷冥冥、梨花春影"。和杜丽娘一样,"这影随形,风沈露,云暗门,月勾星,都是我魂游境也"。旦角的一举一动都体现着魂魄飘逸的形态,"(旦)一弄儿绣幡飘迥,这几点落花风是俺杜丽娘身后影"[①]。旁人的描述更使戏剧形象充实有趣,让戏剧气氛更加神秘诙谐:"(丑)则这灯影荧煌,躲首瞧时,见一位女神仙,袖指花幡,一闪而支。怕也,怕也!"[②]更特殊的是,她所作的事都十分自由,完全摆脱了原有的礼教束缚。与前回目相比,鬼魂形象给观众带来一种摆脱压抑后的痛快感。这样的感受就不仅来源于造型的多样化,而源于鬼魂戏强大的艺术生命力——鬼魂形象所承载的深层内涵。鬼魂形象融合了荣格所划分的人的"心理模式"和"幻觉模式"两种创作模式,从而呈现出与其他非鬼魂戏不同的特殊思想深度和强度。荣格说:"心理模式加工的素材来自人的意识领域,例如人生的教训、情感的震惊、激情的体验以及人类普遍命运的危机,这一切便构成了人的意识生活,尤其是它的情感生活。"而"幻觉模式"的素材是来自人类心灵深处的某种陌生的东西,他仿佛来自人类史前时代的深渊,又仿佛来自光明与黑暗对照的超人世界。这是一种超越了人类理解力的原始经验。鬼魂戏中"常人"的形象所呈现的就是"心理模式"的艺术情境,突出了人的意识领域的现实内涵。它更多地再现了人在现实生活中受到的种种磨难和压抑。而鬼魂形象则体现了"幻觉模式"的艺术内涵,表现了剧作对于无意识领域的探索。鬼魂形象是幻觉世界的主角,充分显示了理想境界里的独立与自由,在精神上物质上都会得到满足。丹麦老王生前遭到了克劳迪斯的谋杀,死后郁结的怨愤通过鬼魂将苦难和仇恨宣泄出来,能够促使哈姆莱特复仇。在这里,通过"幻觉模式"的无意识经

---

① 汤显祖:《玉茗堂全集》(第 34 卷),上海:上海古籍出版社,1995 年,第 192 页。

② 汤显祖:《玉茗堂全集》(第 4 卷),上海:上海古籍出版社,1995 年,第 159 页。

验,人们可以感受到鬼魂是正义的代表,它的出现使王子的活动符合传统的道德准则并充满了庄严的使命色彩。而杜丽娘也能够死后三年,仍可与柳梦梅魂游、幽媾,完全摆脱了现实"理"的束缚,而纯为"情"活动,充分展示了自由的浪漫色彩。

第二章 戏剧主题的基调

爱情自古以来就是人们吟咏歌颂的话题，在莎剧和汤剧中也是如此。在他们的作品中，爱情展现了巨大的力量。《罗密欧与朱丽叶》中，纯洁真挚的爱情超越了家族的世代仇恨；《奥赛罗》中，苔丝狄蒙娜不顾种族肤色的严格限制，与奥赛罗结合；《威尼斯商人》中，罗伦佐与杰西卡的爱情超越了种族、宗教的束缚；《终成眷属》中，海丽娜凭着自己的聪明才智和执着的爱情追求，终于和罗西昂喜结连理。爱情打破了森严的社会等级界限。《紫钗记》中，霍小玉与李益的爱情战胜了强权的压迫和富贵的利诱。《牡丹亭》中，爱情的力量更发挥到了极致，惊天地，泣鬼神，超越了生死。①

和莎士比亚相比，汤显祖生活的明代中后期思想受到更强的禁锢。资本主义虽然有所萌芽，但根本没有动摇封建主义这棵大树。汤显祖虽受到王学的影响，但是最终没有完全摆脱正统儒学的影响。"中国的浪漫主义仍然不脱古典的理性色彩和传统。"②汤显祖生活的社会不允许他像莎翁那样公开地颂扬自由的爱情，否则就会像李贽那样有灭顶之灾。因此，他在反封建礼教的同时，又具有对现实妥协的一面。他尝试着在情和理的问题上寻找新的结合点。汤显祖的戏剧中的爱情包含着爱情和仕途之间相平衡的理想，他把科举、仕途的成败看作是人生价值实现与否的重要标志。《玉茗堂四梦》中的男主人翁都接受了求仕、尽孝、遵从家长等责任，这似乎成为爱情通向世俗婚姻的一条必经之路，爱情似乎也多了一份教化功能。《牡丹亭》中的丽娘还魂回生后，还得遵从"父母之命，媒妁之言"，最终还是走了"奉旨完婚"的旧途才落得个大团圆。这从一个侧面展现了汤显祖的精神困境，他并没有真正摆脱封建思想规范的牢笼。在情和理的矛盾冲突下，汤显祖采取与现实理性相妥协的办法作为归宿，他通常借助于梦幻等非现实的方式来实现他的梦想，从而赋予作品一定的悲剧色彩。

---

① 吴秀华：《明末清初小说戏曲中的女性形象研究》，南京：江苏古籍出版社，2002年，第 171 页。

② 余秋雨：《戏剧理论史稿》，上海：上海文艺理论出版社，1983 年，第 86 页。

第一节　爱情至上

汤显祖是主情论者,他受到王学的影响,肯定人欲的合理性。《牡丹亭》中《惊梦》描写了青春萌动期的杜丽娘在情欲这种生命本能的驱使下,难耐青春寂寞,与柳梦梅梦中幽会,两情交快。丽娘自叙思春暮色之情时感到"没乱里春情难遣",并把这份情大胆地告诉春香:"咱不瞒你,花园游玩之时,咱也有个人儿。"①丽娘思慕男女情欲,其实是对自我生命的肯定,她对柳梦梅的生死之爱是由"欲"到"情"的过程。她首先是因自然涌发的生命冲动引向,大胆地投入情人的怀抱,结一时之欢却孕育了死生不渝之情。传统封建礼教对她的影响开始瓦解,丽娘的这种自然天性和女性意识的觉醒促使她开始了情与理的对抗。汤显祖将人的自然情欲诗意化、审美化,这样的思想高度穿越了时空,《牡丹亭》也因此成为中国戏曲史上的一座高峰。

莎士比亚的喜剧多半是在比较包容的思想氛围中创造出来的,展现了英国资产阶级上升时期的一种繁荣景象。最关键的是文艺复兴带来的人文主义气息,给他的创作带来了蓬勃向上的朝气。莎士比亚的喜剧成功地塑造了一批闪耀着人文主义理想光辉,敢于冲破封建伦理道德、传统偏见、宗教禁忌的青年男女形象。首先,莎士比亚的爱情观具有一种乐观主义精神,他认为爱情是伟大的,他相信巨大的爱情力量能够冲破一切阻碍,正义能够战胜邪恶。正如《维洛那二绅士》中开始恋爱的小姑娘裘丽亚表达她对情人的爱情一样,"你越把它遏制,它越燃烧得厉害。汩汩的轻流如果遭遇障碍就会激成怒湍;可是它的路程倘使顺流无阻,它就会在光润的石子上弹奏柔和的音乐,轻轻地吻着每一根在它巡礼途中的芦苇,用着这样游戏的心情,经过了许多曲折的路程,而到了辽阔的海洋。"②《温莎的风流娘们》中的安痕拒绝父母包办婚姻,密谋和情人私奔;《仲夏夜之梦》中的黑美霞为了爱情毅然离家出走,等等。这些执着的爱情故事使我们看到作者对真、善、美的追求。此外,莎士比亚爱情观的乐观性还包含了他对人的缺点的宽容,他相信人能够受到正义和道德的感化。《冬天的故事》中,郝美温妮在遭到丈夫误解之后,在宝琳娜的帮助下,以坚毅的意志生活下来,终于等到了丈夫醒悟和悔改的那一天。面对妒忌成性的国王,宝琳娜毫不畏惧,当面谴责他的

---

①　汤显祖:《玉茗堂全集》(第14卷),上海:上海古籍出版社,1995年,第221页。

②　莎士比亚著,朱生豪译:《莎士比亚全集》(第6卷),南京:译林出版社,1994年,第112页。

荒谬猜忌以及对王后的残酷与凌辱。她以自己的勇敢、机智，促使了奇迹出现。西西里国王利翁替斯也经历了十几年的哀痛折磨，真心悔过自己的过错。

　　生活在同一个时代下的汤显祖和莎士比亚，他们的爱情观都具有反传统性，他们讴歌纯真、忠诚的爱情，批判虚伪的矫情和禁欲主义。由于他们生活的文化土壤不同，代表的社会阶层不同，因此他们的爱情观又具有各自的特性。无论是东方的汤显祖还是西方的莎士比亚，他们借助于戏剧中的男女主人翁对建构在自由爱情基础上的婚姻进行大胆追寻，对压抑人性的封建伦理道德进行无情的批判，在当时具有极大的超前性与现代性。莎士比亚和汤显祖的人道主义理想和坚强的人格魅力惠泽了全人类，值得我们再次重读。著名原型批评家弗莱说过伟大的诗人在于其伟大的主题。在戏剧中也不例外。莎士比亚与汤显祖在戏剧主题选择上的惊人相似验证了这一经典论述。通过文本阅读与对比分析，笔者发现他们都表现了爱情至上、嫉妒、贪婪及追求和谐的主题，同样成功却又各有千秋。

　　从早期喜剧各遂所愿的结局中，可以看到莎士比亚幻想用世俗的爱实现和谐的理想。他笔下的爱是迷人的，它既是对现实社会的一种嘲讽，也是对理想社会的希冀。现实世界充满了错误、盲目和愚蠢，必须在其上强加一种欲望的形式，从而使人们的理想得以实现。如同弗莱所说："文学在使理想世界形象化上所起的原型功能，表明它并不是对'现实'的逃避，而是人类生活企图效仿的世界的真正形式。"①莎士比亚代表整个人类根据自己的愿望所创造的梦境世界，与经验世界大相径庭，是一幅以爱为纽带联结的乐观、向上、浪漫的理想主义图画，是对自由、道德、美好理想和友善的人与人之间关系的憧憬。爱是诱人的，但建立在抽象人性基础上的、温情脉脉的爱，被商业伦理和资本扩张的铁律击得粉碎。英国社会的急剧变动，圈地运动的猛烈开展，使一切和谐的田园美景荡然无存，取而代之的是一片凄凉。人性的堕落与沉沦，使莎士比亚的爱船在风雨中飘摇，也促使他对通过爱而达成的和谐世界的理想进行重新审视。在这种审视中，他清楚地意识到实现和谐理想的艰难，意识到人的无知、渺小、脆弱、贪婪、放纵，以及其他无数丑恶的本性；意识到爱也具有两面性，使人既神又兽。但莎士比亚并没有放弃通过爱来达成和谐理想世界的追求，只是赋予了爱以伦理的内涵。哪怕是在思考"是生存还是毁灭"的时候，在用暴力反抗邪恶的时候，也是以爱为基础的。但是，被赋予善的伦理内涵的爱，是否就能达成和谐的理想呢？对此，莎士比亚用他的悲剧创作做出了回答。

---

　　①　王蠡甫：《西方文论选》（上册），上海：上海译文出版社，1985 年，第 284 页。

　　勃鲁托斯作为爱的化身，不愿走上以恶抗恶的道路，而是幻想用不流血的方式，用爱来打动凯撒，从精神上战胜他。可是这一切并不能使国家和人民免于灾难，并不能感化凯撒，于是他走上了暴力反抗的道路。然而，爱的愿望却没有得到和谐的回报。结局是善与恶的同时毁灭，是爱的毁灭，是和谐理想的破灭。勃鲁托斯摧毁了邪恶，但却使国家陷入了更大的灾难之中，最后自己也不得不以自杀的方式同邪恶一起毁灭。《哈姆莱特》是一曲以暴力抗恶的悲歌，也是一曲爱的悲歌。对于哈姆莱特，"任何邪恶都激起他心头的愤怒，而一切善良和爱都会使他感到幸福。"[①]他"延宕"的过程，我们也可以理解为寻找爱的过程。是用爱去感化作恶者，还是用剑去征服他们？如勃鲁托斯一样，最初他并不想用流血的方式来实现他的理想。复仇并不是目的，以爱为中心的和谐世界的理想才是他的最终追求。既然叔父已有悔改之意，想放弃王位和王后，重新做人，就不应该再杀他。他的延宕是在尽力争取寻找一条不流血的方式来达到理想。然而，他的叔父悔改的决心不够坚定，再次派人谋杀他，终于他选择了以暴力抗恶、挺身反抗人世无涯苦难的斗争方式。随同邪恶毁灭的是他自己的毁灭，甚至搭上了整个丹麦宫廷。用爱征服一切几乎不可能，而以暴力抗恶则意味着善与恶的毁灭。

　　如同苔丝狄蒙娜的毁灭一样，奥赛罗的毁灭也是爱的毁灭。他杀死苔丝狄蒙娜并非缺乏爱心，而是因为爱得太深，唯其爱的深刻才恨的强烈，在他看来，杀死苔丝狄蒙娜是出于"爱"，是为了铲除邪恶，维护善与爱。然而他不仅成了爱的殉葬品，而且成了罪恶的帮凶。如同哈姆莱特和勃鲁托斯一样，他的暴力反抗的结果也是爱与邪恶的同归于尽。西方有人认为《李尔王》是"以爱为中心，它宣传的就是爱"，而考狄利娅则象征着"神圣之爱"。考狄利娅对父亲的爱是真挚的，闪耀着人文主义的光芒，然而她面对的却是豺狼当道的世界，没有仁慈、怜悯和爱的现实，这一切使她用生命来捍卫爱。李尔王是个一度偏离了爱的航道，被环境异化了的国王，而残酷的现实又使他回归到了爱的世界里。他在狂风暴雨荒野上的呼唤，既是为民请愿的呼喊，也是对爱的呼喊。莎士比亚通过李尔王的眼睛向我们展示了一幅饥寒交迫的图画，其中充满了深刻的人道主义精神。李尔王为人民的苦难所震动，被小女儿的爱所感化，他同考狄利娅一道，走上了反抗邪恶，维护人的价值和尊严的道路。虽然这种以恶抗恶的方式维护的尊严，体现了作为人的真正价值，然而它仍是以善和爱的毁灭的沉重代价来换取恶的毁灭的。

　　超越生死的情与爱同样是莎士比亚剧作的一大主题，在其著名的爱情

---

　　① 王佐良，何其莘：《英国文艺复兴时期文学史》，北京：外语教学与研究出版社，1995年，第80页。

悲剧《罗密欧与朱丽叶》中也张扬起了"情"的大旗,描写了在家族仇恨阴影笼罩下的爱情故事,信使早到一步或朱丽叶早醒一会皆可避免悲剧的发生,莎翁在这里仅仅打了一个时间差,让本来可以获取成功的爱情突转为爱情悲剧。《奥赛罗》一剧中,奥赛罗误听他人谗言而误杀了苔丝狄蒙娜,造成了至爱死亡。正如鲁迅所说,悲剧是将美好的东西撕毁给人看,爱人离开人世已是人间之大不幸。尤其是因为自身的过错造成对方的非正常死亡更是令人揪心。虽然二者都对爱情不惜笔墨,但差异还是有的:莎士比亚处于欧洲文艺复兴时期,这一时期的时代症候,表现为宣扬个性、尊重人、重视人的情感等人文主义倾向,他的爱情观是这种时代精神的体现,针对的是中世纪以来对人性的压抑。汤显祖的"情至论"针对的是宋明以来程朱理学"存天理,灭人欲"的思想枷锁。在"情"与"理"的格斗中,汤显祖是旗帜鲜明、不屈不挠的勇猛斗士,他旗帜鲜明地提出:"情有者理必无,理有者情必无",公开宣称自己"恒与理相格","理之所必无,安知情之所必有邪?"①汤显祖反对程朱理学及其所维护的封建礼教和封建专制制度,提倡婚姻自主、个性解放,张扬起以情反理的大旗,这在当时是有一定进步意义的。

汤显祖认为,不论是传说中的凤凰,神话世界的鬼神,还是自然界的鸟兽虫鱼,其啼鸣跳跃,都是情感的表达,它们的情感行为发自本性,不由外加。人也一样的生而有情,感情就存于人的本性之中,无需外物强加,也不能被压制泯灭,思虑、欢笑、愤怒、忧愁都是情感的自然流露,微妙的感思、放纵的歌咏、忘我的舞蹈都是情感表达的方式:这就是现实生活中的世俗之情,自然、随机、丰富、多姿。而表现在文学人物身上的世俗之情,经过作家艺术化,被赋予了各个形态,或夸张、或变形、或幻化,因而具有主体的真实性,更富有感人的魅力。例如,《牡丹亭》中杜丽娘的情感,就是一种"梦中之情",自发于少女萌动的春心,"不知所起,一往而深"。尽管封建礼教禁锢重重,使杜丽娘的爱情在现实生活中无法成为现实,但她的爱情并没有被压制、被泯灭,而是通过梦幻这种变形的方式表达了出来。这样的梦中之情,超越现实环境,挣脱理学的束缚,成为批判一切的标准,为了情,她可以由生入死,为了情亦可以起死回生。因此杜丽娘的情是世俗之情最高、最真实、最完美的形态。和文学人物一样,作家也有自然情感。在创造活动中,创造主体之人和创造主体之情是交融契合的,这样的交契必须有一个融合的基点,那就是"真"。汤显祖说,他"从来不能于无情之人作有情语",对待缺乏感情的对象,作家的创作就无真情可言。他的《牡丹亭》之所以成为千古名剧,就因为他在杜丽娘身上为自己的真情找到了契合点,说"梦中之情,何必

---

① 汤显祖:《玉茗堂全集》(第19卷),上海:上海古籍出版社,1995年,第222页。

非真"，强调了他和杜丽娘情感交融的基点。

汤显祖《牡丹亭题记》中"第云理之所必无，安知情之所必有"①，向来是人们确认汤氏"终为情所使"的鲜明标记。汤氏为文艺之重"情"，自不待言。但问题又远不是那么简单。请注意其中的这些话语："生而不可与死，死而不可复生者，皆非情之至也。梦中之情，何必非真。天下岂少梦中之人耶？必因荐枕而成亲，待挂冠而为密者，皆形骸之论也。""人世之事，非人世所可尽。自非通人，恒以理相格耳。"②不言而喻，这里首先强调的正是对超越生死之至情的肯定。但这一点实际上并算不得什么惊人的见解和深刻的思想。"天长地久有时尽，此恨绵绵无绝期。"世间长恨每如此，情到痴处逾死生。言情作家亦惯用这种生死恋情来感动世人。实际上，真正值得玩索体悟者，是所谓"梦中之情"的"梦"和"形骸之论"的"形"，我们的探讨，当从这里切入。

汤显祖将情感范畴赋予本体性意义，并确立为戏曲美学的灵魂和核心。其所表现的情感以梦幻为中介和契机而具有理想性的特征和超越性的力量。汤显祖在《牡丹亭》中慨叹"世间唯有情难诉"，"生生死死为情多"，有意识地以出生入死的执着追求来表现情感的超越品性。"情不知所起，一往而深，生者可以死，死可以生，生而不可与死，皆非情之至也。"杜丽娘因梦成思，思极而死，死而复生，这是一个超越生死的情感追求的大轮回结构。一方面是生命本能的原始冲动超越个体感性存在而获得形而上的品性；另一方面，则是一如既往的九死不悔的情爱追求，因缘生死而超越生死、渡尽劫波，进而升华为恒性情感。这种"深情"通"道体"，将情感提到超越生死、超越时空的本体性高度。情感追求不仅仅在于同现实抗争以争取个人尊严和从精神境界上超越人生困境，更重要的是在超越中实现精神的升华和享受追求过程的美好与光彩。王思任引述汤显祖之语说："若士以为情不可以理论，死不足以尽情，百千情事，一死而止，则情莫有深于阿丽者矣"。这种情感追求是不能以寻常事理逻辑、时空逻辑来审视和理解的，"搜抉灵根，掀翻情窟"；"思萦在死生之际"只有出生入死、超越生死才足以尽情畅情。情感的不懈追求及其本身的内在超越本性才是情感本体性质的绝佳导源。③

从情感主体来看，杜丽娘与柳梦梅作为情感的符号载体，体现出情感的

---

① 徐朔方：《汤显祖全集》（第9卷），北京：北京古籍出版社，1999年，第55页。

② 汤显祖：《玉茗堂全集》（第41卷），上海：上海古籍出版社，1995年，第243页。

③ 沈德符：《中国古典戏曲论著集成·顾曲杂言》，北京：中国戏剧出版社，1980年，第77页。

感性化倾向及其对生命意识的极力张扬。杜丽娘深于情、执于情,感春梦遇,寻梦伤逝,"写真"托情,孜孜寻情,对情爱自由和婚姻幸福进行了不懈追求。这种情爱内容以原始情欲为动力,以平等互爱为前提,以自由追求为标价,以个体觉醒为取向,类似于恩格斯所肯定的"现代的性爱"①,标示了情爱价值思维的新标准。在爱情的艺术表现方式上,汤显祖还以"崔张之情"加以类比解说:"董以董之情而索崔、张之情于花月徘徊之间,余亦余之情而索董之情于笔墨烟波之际。董之发乎情也,铿金坚石,可以如抗如坠。余之发乎情也。宴酣啸傲,可以翱而以翔。"这是在艺术情感论的基础上,进一步强调创作主体以情度情自由创造从而获得的无限情感张力,而接受主体在以情体情的审美再创造中体味着无限的艺术魅力。②

汤显祖不但在情理关系上坚持以情抗理,而且在情与性关系上坚持率情而为而反对以性约情。汤的老师罗汝芳主张"讲性""从性"而提倡化情归性、以性约情。汤显祖则坚持情感任运于世俗。他在回答张位对其所谓"言情不言性"的责难时说:公所讲者是性,某所讲者是情。盖离情而言性,一家之私言也。合情而言性,天下之公言也;意思是说合情言性是偏敬之私,只是脱离大众生活的超验性抽象概念,合情而言性是兼容之公,才是符合世俗生活的日常情感生活方式。率情而为本身就意味着肯定日常情感生活的合理性。崇尚抽象的性体则要求避免"情欲"和"情识";注重率情而为则导致调神畅情。汤显祖认为,"性无善无恶,情有之",性无分别而致虚致常,情感日常化则通变趋俗。汤显祖反对由情复性,要求取消性、情二元之别,主张率情而为、真心以行,实际是讲有情境界。这样,就突出强调了情感的普遍规定性和日常生活化特征。汤显祖的"情"既反对寡情去欲的伦理主义腐"理",也反对化情归性的先验主义空"性";它既是本体化(形而上)和世俗化(形而下)的统一,又是感性化(日常情感)和精神化(情感理想)的统一,既克服了先验化的虚灵,又克服了经验化的肤浅。不过,汤显祖深受禅学影响而由唯情论转向于情觉观念,其《南柯记》一剧所示的梦觉/情觉的象征性结构,主人公淳于棼经历了佛学精神洗礼,第一次梦醒经历了由"无情而之有情"的阶段,这是说现实社会无情而槐安国有情,虽以有情救无情却存在"情障"。第二次梦觉经历了由"有情而之无情"的阶段,这是说必须破除想将槐安国(有情)搬到天国(情空)的"情障"及其"相执"之念,涤荡情尘销归空有。两次梦醒就是由"情障"到"情觉"、由情执到情悟、转"情识"为"性体"、转情

---

① 基·瓦西列夫著,赵永穆等译:《情爱论》,北京:三联书店,1984年,第32页。

② 王永健:《中国戏剧文学的瑰宝——明清传奇》,南京:江苏教育出版社,1989年,第162页。

累为"性契",超脱一切而归于"无情"境界。也就是汤显祖所谓"梦了为觉,情了为佛习",亦即陈继儒所评论的"化梦为觉,化情归性""情觉索情、情不可得"。①

　　爱情永远是文学艺术的永恒的主题之一。这两位站在东西剧坛之巅的戏剧大师也毫不例外,他们对爱情的看法既有着惊人的相似,也有各自的特性。现将莎氏戏剧和汤氏戏曲拿来做比较研究,从爱情观的视角,帮助读者进一步了解莎剧和汤剧,以及这些作品所反映出来的中西社会历史和文化道德观在对爱情观的形成过程中所产生的影响。无论是在英国还是在中国的封建婚姻制度中,封建道德都禁锢着男女的自由恋爱,传统的婚姻规矩主张门当户对、家长专制,子女必须遵守父母之命、媒妁之言。莎士比亚和汤显祖都反对这种传统的婚姻模式。莎士比亚在其系列戏剧中展现了青年男女为追求自由婚姻而向传统所发出的挑战。《终成眷属》中的海伦娜敢于冲破门第观念,主动追求伯爵之子贝特兰,而贝特兰却因她身份低下,感到丢脸。当海伦娜遭到拒绝时,国王说:"你看不起她,不过因为她地位低微,那我可以把她抬高起来。要是把人们的血液倾注在一起,那颜色、重量和热度都难以区别,偏偏在人间的关系上,会划分这样清楚的鸿沟,真是一件怪事。"②《威尼斯商人》中的夏洛克因痛恨基督教,拒绝女儿吉雪加和罗伦佐恋爱。结果却遭到女儿的反抗,和罗伦佐私奔了。为了爱情,女儿不仅敢于和自己的父亲作对,还决定改信基督教,背叛自己的信仰。正如她表白的,"罗伦佐啊!你要是能够守信不渝,我将要结束我的内心的冲突,皈依基督教,做你的亲爱的妻子。"③这些戏剧都展现了青年男女敢于冲破传统的婚姻价值观,为自己的爱情和幸福和家长专权进行抗争。

　　中国封建社会戏剧界反理性的杰出代表汤显祖强调至情论,与封建主义理性之学不可调和。他推崇徐渭的浪漫主义精神和李贽的"童心说",崇尚真情。他认为"世总为情","人生而有情",这是人性中最自然的一部分,即对程朱理学中"人欲"的肯定。《紫钗记》突出了痴情的小玉如何在豪侠黄衫客的帮助下和有情文人李益与强权斗争的爱情故事。为了爱情,他们敢于对强权进行公然的反抗,把自己的名利置之度外。《牡丹亭》展现了杜丽娘对与世隔绝、禁锢的家庭生活的极为不满。她在游园时感叹道:"吾生于

　　①　王永健:《汤显祖与明清传奇研究》,台中:台北志一出版社,1984年,第107页。
　　②　莎士比亚著,朱生豪译:《莎士比亚全集》(第4卷),南京:译林出版社,1994年,第282页。
　　③　张弘:《比较文学的理论与实践》,上海:华东师范大学出版社,2004年,第66页。

宦族,长在名门,年已及笄,不得早成佳配,诚为虚度青春,光阴如过隙耳,可惜妾身颜色如花,岂料命如一叶乎!"①但是,她敢于正视自己的爱情,为了爱情宁愿不做杜家小姐而与封建家庭决裂。她为情而死,为情而还生,最终与柳梦梅结为连理。汤显祖通过对爱情的歌颂,对"如花美眷,似水流年"的珍惜与追求,真正体现了对人性的终极关怀。

莎士比亚和汤显祖都颂扬坚贞的爱情,嘲讽虚伪的矫情。莎士比亚认为纯真的爱情是不附带任何物质条件的。《终成眷属》中讴歌了海伦娜为了实现自己的爱情所做的巨大努力,她坚定的信念最终赢得了爱人。《仲夏夜之梦》中贵族伊及斯的女儿黑美霞为了爱情,坚定不移地公然和父权进行对抗,置法律于不顾,宁愿选择冒险和恋人逃到森林也不愿屈服。《维洛那二绅士》中裴丽亚为了爱情,女扮男装,千里迢迢地来寻找爱人普洛丢斯。莎士比亚在对虚伪的感情进行嘲讽和批判的同时又展现了他喜剧化的一面:忠诚的爱情能够感化这群迷失的男人,让他们浪子回头。这既是出于教化的目的,也是展现他的人文思想内容的一部分——"人不是完人"的真实性。《仲夏夜之梦》中的狄米特律斯就是一个用情不专、曾经和奈达的女儿海伦娜调过情的负心汉,而他却对黑美霞穷追不舍。而恋着他的海伦娜为了自己的爱情背叛了朋友,遭受狄米特律斯的侮辱也不言弃。最后在森林仙王的帮助下,才各自重归于好,有情人终成眷属。《维洛那二绅士》中,背叛爱情和友情的普洛丢斯也在爱人的感化下,悔过自新,痛改前非。②

汤显祖在《紫钗记》中塑造了霍小玉和李益肝胆相照、生死相许的忠贞爱情故事。通过霍、李二人对自由爱情、自由婚姻的追求,表达了他的主情论思想。小玉纯洁真挚,为了情,她废寝忘食,彻夜不眠;为了寻求爱人的信息,她强扶病体,贱卖珠钗。霍小玉身上所体现出的对爱情的执着与忠贞催人泪下。爱人李益身上同样也能看到这种忠诚的品性。他能抵制卢府荣华富贵、仕途飞黄腾达的诱惑,奸臣的陷害和各种枷锁都没有使他动摇对小玉的真情。汤显祖在《牡丹亭》题词中说:"情不知因何而起,一往而深,生者可以死,死者可以生"③,这可以说是情的最高境界。《牡丹亭》演绎了一对生死之恋的浪漫故事。杜丽娘为了梦中情人忧郁而死,连地狱判官也为之感动;痴情的柳梦梅使之起死回生后又对她忠贞不二也赢得了皇帝的同情。莎士比亚和汤显祖都歌颂了这种忠贞专一、惊天地泣鬼神的爱情。

莎士比亚和汤显祖都主张人本主义爱情观,反对禁欲主义。莎士比亚

---

① 汤显祖:《玉茗堂全集》(第3卷),上海:上海古籍出版社,1995年,第155页。

② 王政,杜芳琴:《社会性别研究选译》,北京:三联书店,1998年,第152页。

③ 汤显祖:《玉茗堂全集》(第31卷),上海:上海古籍出版社,1995年,第190页。

借戏剧中的人物之口表达了自己对女性贞操的看法,反对传统的贞操观念。在《终成眷属》中巴洛认为女人打算以处女终老的想法是违反自然界的法律的,"以处女终老的人,等于自己杀害了自己,这种女人应该让她露骨道旁,不让她的尸骸进入圣地,因为她是反叛自然意志的罪人。贞操像一块干酪一样,搁的日子长了就会生虫霉烂。"①《仲夏夜之梦》中雅典公爵提修斯在劝说黑美霞时说:"她们(指尼姑、修女)能这样抑制热情,到老保持处女的贞洁,自然应当格外受到上天的眷宠;但是结婚的女子如同被人采下拿来进行炼制熏香的玫瑰,香气留存不散,比之孤独自开自谢、奄然腐朽的花儿,在尘俗的眼光中看来,总是要幸福得多了。"②

第二节　以情越理

对汤显祖来说,其"情"之所起,则"宴酣啸傲,可以以翱而以翔。"但是,诚如其所言,"万物之情,各有其志"。因而"董以董之情而索崔张之情于花月徘徊之间,余亦以余之情而索董之情于笔墨烟波之际"(《董解元西厢题词》)。当然,深感"窒滞迸拽之苦"的汤显祖在为突破音律束缚而倡导"歌诗者自然而然"的同时,却并不讳言自己"不得一意横绝流畅于文赋律吕之事"(《答凌初成书》),因而素来注意对曲牌音乐的揣摩与掌握。据其友人邹迪光记述,汤显祖"每谱一曲,令小吏当歌,而自为之和,声振寥廓,识者谓神仙中人云"(《临川汤先生传》)。当闻悉王骥德批评《紫箫记》不合声律法规,则当下表示邀其"共削正之"(《曲律·杂论下》)。由此,需要我们关注的是:曾经自少时起于音律"暗中索路"悉心研习的汤显祖,后来反而违逆不融,其史实之历史本质,却既非技巧才能问题,更非艺术理论问题。这仅仅只是历史事实。正如《德意志意识形态》所揭示的,"人并非一开始就具有'纯粹的'意识";在艺术中更是同样如此。艺术家与以音律为表征的艺术语言的规则和规范之间的"关系规定性",其深刻的历史内涵正历史地现实体现为:"精神从一开始就很倒霉,注定要受物质的'纠缠',物质在这里表现为震动着的空气层、声音,简言之,即语言。语言和意识具有同样长久的历史;语言是一种实践的、既为别人存在并仅仅因此也为我自己存在的、现实的意识。语言也

---

①　维拉·伯兰:《文学与疾病——比较文学研究的一个方面》,文艺研究,1986年第1期,第83页。

②　莎士比亚著,朱生豪译:《莎士比亚全集》(第2卷),南京:译林出版社,1994年,第201页。

和意识一样，只是由于需要，由于和他人交往的迫切需要才产生的。"①因而，汤显祖于音律探索过程及其所体现的视觉艺术表达方式因人因时而异的美学观才是艺术家的美学个性在艺术的"自然关系"与"社会关系"的范畴定规之间所实现的美学生命的真实存在价值之所在。其实质，正是"人和自然的统一性"在具体的艺术创造过程中的现实体现。因此，"这种活动、这种连续不断的感性劳动创造、这种生产，是整个现有感性世界的非常深刻的基础。"②用马克思主义历史观来考察，这种历史地实现人在其美学生命意义上"自身生命"真实存在的艺术现象，其历史本质"并不是理论问题"。据此，我们就能够不再拘于汤显祖是否"以折嗓为奇"的史实辨证，同时，更容易理解何以坚持"合律依腔"而与其对峙的沈璟，不仅在"宁协律而不工，读之不成句"的同时，"其于格律虽不满汤氏之逾越规范，而于汤之文词亦未尝不中心折服"；而且，其剧作竟然也同样时时"更韵更调"。这实非律己之宽，而是沈璟同样并不把音律视为一成不变之定规的结果使然。

用"情"与"理"相对立的哲学思想解剖社会，汤显祖得出了"世有有情之天下，有有法之天下"③的结论。他以李白为例来表述"情之天下"的观念很不确切，然而从他的描述和他的剧作来看，他所说的"情之天下"，是人的善良、纯洁、美好的物质和精神要求能得到满足，人的尊严受到重视的社会。"法之天下"就是恶情之天下，"理之天下"，是人的正当合理的物质和精神要求受到压制，"顽然独生""顽然独饱"。汤显祖 65 岁的时候，撰《续栖贤莲社求友文》，表白自己"绝想人间，澄情觉路"的意愿。这是他在理论上的表现。他痛感垂暮之年还被情感驱使，致力于戏剧编导活动，伤身劳神，悲悯不已。他又联想自己的生命历程，有过理想，动过真情，而今都已烟云俱去，唯留一缕昔情旧绪在心头盘旋，而这尤使他不安。这样的身心状况让他焦虑万分，他便劝勉自己"澄情觉路"，到西方莲社寻求归宿，他说读罢达观的来信，颇受其中"情有者理必无，理有者情必无"两句话的启发，久久谛视，静思凝虑，感悟到世界万事万物都消失了，自己的身体也消失了，理也消失了；他不愿像白居易、苏轼那样终身为情驱使，力求达观的怜悯和帮助来消解最近所为的"情事"。这表明，汤显祖"澄情"的想法是第一重文学观"情在理无"这个根本命题的扬弃，它们构成一个辨证否定的思想历程：用情来否弃理，又用禅寂之意来消弭情。汤显祖在《南柯记》中，剧末特意安排"情尽"一曲，借主

---

① 周育德：《汤显祖论稿》，北京：文化艺术出版社，1991 年，第 12 页。

② 邹元江：《明清思想启蒙的两难抉择》，华中师范大学学报，2002 年第 7 期，第 99 页。

③ 汤显祖：《玉茗堂全集》（第 27 卷），上海：上海古籍出版社，1995 年，第 6 页。

人公淳于棼之口说："我待怎的，求众生身不得，求天身不得，就是求佛身也不可得，一切皆空了"。这是对淳于棼治理过的理想国的否定，也是对淳于棼爱情婚姻恩恩怨怨的否定。《邯郸记》剧末的《合仙》一折借八位仙人对利欲熏心的卢生"你个痴人"的反复训诲，对功名利禄、荣华富贵等世俗情欲作了彻底的否定。这便是他在实践上的表现。可见，《南柯记》和《邯郸记》确实表现了作者无情无欲的禅寂之意。但我们同时也看到，这样的表现还只是局部，没有贯穿全剧，只是在较大程度上倾向于他的第二重文学观而已。

本书论题的确立，多少受到一些现实感受的激发——弥漫在大众化传播媒介里的"泛化"终究还是觅得了一种无法再泛化的物欲情感，显然已推涌出现时代的"唯情论"思潮，而对世道人心的担忧却又促使一些人发出"法治"外兼须"礼治"的呼声，于是，冥冥之中，似乎又有"情"与"礼"的冲撞在运行。历史作为事实，自然已经过去，但作为精神活动的课题和方式呢？唯其如此，本书特选在言情文学传统中占有独到地位的汤显祖的"唯情论"文学思想作为审视对象，以期获得于当今思想课题不无关系的学理启示。而在一开始就不能不强调的是，长期以来，人们自觉或不自觉地以简单化（或者说得平和一点，是单纯化）的方法"净"化了那种曾盛行于明代社会的"唯情论"思潮，并以此而凸出了汤显祖《牡丹亭》之人文艺术价值的某些层面，却使另一些层面隐入学术探询的视野之外，这一切，最终使我们不能把握彼时"唯情论"思潮的全部精神内蕴，从而亦不能藉此切中彼时理学文化的思想命脉。既然如此，我们这里的探询讨论，就要尽可能地顾及到事情的各个层面，并企希着透过汤显祖文学思想这个审视点，来窥测和剖析理学文化于彼时之擅变势态的作用和影响。

汤显祖尝自道其思想精神之渊源云："见以可上人之雄，听以李百泉之杰，寻其吐属，如获美剑。"[1]这里涉及两个人，一是李贽，一是禅僧达观。汤显祖之思想精神与李贽学说思想的关系，论者每有叙述，且先略过。而达观其人，晚号"紫柏"，李日华《紫柏大师集序》曰："旋尺之面，合围之腰，坐若熊蹲，行如象步，士大夫得晋接者，不言而意已消，学徒瞻依者，未施棒喝而魂虑已慑。"这便是汤显祖言中所谓"雄"。不过，汤显祖之所心仪者，终究还不在形貌，而是在"吐属"。"紫柏老人气盖一世，能以机锋笼罩豪杰。"[2]正是此犀利如"美剑"的"机锋"，使汤显祖有如获至宝之感。而达观之机锋，则是深入性命之学之理窟的。因本书所论系于"唯情论"文学思潮，故只须引达观论说性情者可也。其有云："夫理，性之通也；情，性之塞也。然理与情而

---

① 汤显祖：《玉茗堂全集》（第 44 卷），上海：上海古籍出版社，1995 年，第 127 页。
② 汤显祖：《玉茗堂全集》（第 7 卷），上海：上海古籍出版社，1995 年，第 35 页。

属心统之,故曰心统性情。即此观之,心乃独处于性情之间者也,故心悟则情可化而为理,心迷则理可变而为情。若夫心之前者,则谓之性,性能应物则谓之心。应物而无累,则谓之理。应物而有累者,始谓之情也。"①且看,魏晋王弼的圣人有情而无累说,宋儒的心统性情说,值此而作一参融会通,最终形成"智周万物而不劳,形充八极而无累"②的思理境界,而其中之机杼关键,无非在以真俗二谛之妙用打通此岸与彼岸两界。所谓我闻善用其心者,五逆十恶,皆菩提之康庄也。而不善用其心者,三学六度,皆般若之仇钵也。由是观,青山白云,未必为幽闲,紫陌红尘,未必为喧扰,顾其人遇之如何耳。故曰:"我自调心非干汝事。"而所谓"调心",说到底,即"心悟""心迷"间的微妙调理,调理到"心迷"而"无累",便能心统性情而"情理"无违。若能"善用其心",则不仅可以自由往还于青山白云与紫陌红尘之间,即便是人鬼两界,亦可无所定限,因为"人是有形之鬼,鬼是无形之人,谓人鬼有两心,无是理,只是有形无形之差别耳"。总之,达观具有一种能以"笼罩豪杰"的"机锋"思理,正是这样一种希冀着自由出入于清浊善恶及真俗人鬼之界的"我自调心"的独到逻辑,而此一逻辑的原理基础,一言以蔽之,即对立面的"同出"而"两行"。

汤显祖有《寄达观》书云:"情有者理必无,理有者情必无。真是一刀两断语。使我奉教以来,神气顿王。谛视久之,并理亦无,世界身器,且奈之何。……白太傅、苏长公终是为情使耳。"③从这里能看出什么?怕不是单纯的"情理"之"一刀两断"的痛快淋漓,而倒是"一刀两断"后"我自调心"的"机锋"。那"并理亦无"的境界,与"终是为情使耳"的结局之间究竟是一种什么关系?达观有言,"心悟则情可化而为理",而"应物而无累,则谓之理",既然这样,那么,"心悟"之要谛,不正在使有累之情化为无累之情吗?这一转化过程,实即将"心悟"与"心迷"的"一刀两断"转化为"心悟"之后其心不迷的"心迷",如《景德传灯录》所谓"去向那边会了,却来这里行履",亦如汤显祖《如兰一集序》所谓"禅在根尘之外,游在伶党之中,要皆以若有若无为美"。好一个"若有若无"!它不是隐约、模糊意义上的指谓,而是老子所谓"正言若反""大辩若反"意义上的指谓。换言之,也就是上文已指出的对立面之"同出"而"两行"。

是以,最后回到汤显祖的"白太傅、苏长公终是为情使耳"。众所周知,袁宏道曾明确表示过对"白、苏风流"的态度,在公安袁氏看来,像魏晋任诞

---

① 汤显祖:《玉茗堂全集》(第33卷),上海:上海古籍出版社,1995年,第79页。
② 汤显祖:《玉茗堂全集》(第29卷),上海:上海古籍出版社,1995年,第236页。
③ 汤显祖:《玉茗堂全集》(第8卷),上海:上海古籍出版社,1995年,第22页。

与晋宋高蹈那样的精神风度,才是"真儒命脉"之所在。魏晋时代玄学思辨中"贵无"与"崇有"的推阐之别,以及圣人有情无情的讨论,早就为明代"唯情论"的文学思潮打下了理性伏笔。而竺道生的顿悟说,当时便为谢灵运所称扬,更已显现出士大夫文人精神活动的未来走向。禅的流行,自是情理中事耳。待到宋代理学成熟,朱、陆两家便互相指责对方有染"禅的意思",而这正好说明,禅机对文化各层面的浸透,已是无法回避的事实。在这样的背景下,那最能体现所谓"白、苏风流"之"风流"的苏轼诗句:"阅世走人间,观身卧云岭"(《送参寥师》),已然透辟地说明了世间情怀与超然意识之并行不悖的特殊关系。欲解佛祖西来意,却顾佳人回眸处,中国人文史上的特殊精神景观,就这样基本成型了。于是,就像这里的"风流"一词在汉语文化阐释中兼具雅俗两义一样,兹后青睐于"白、苏风流"者,亦无不以雅意俗态、俗情雅致这种让人难下断语的精神操作方式为承传线索,尽管在具体表现上各有侧重。理解了这一层,则汤显祖所谓"白太傅、苏长公终是为情使耳"的意思,无非是在表述一种了然"情""理"之别而后合"理"以言"情"的价值观念。看来,汤氏"唯情论"之中原是深藏"机锋"的。以上所论,乃是具体分析汤显祖之"唯情论"文学思想的前提性认识。

汤显祖将情感从主体论提升到本体论而赋予形而上意义,以与程朱的天理论相抗衡。程朱天理论作为"形而上之理"宣扬"存天理,灭人欲",用伦理理性压制个体主体的感性生命和情感欲求,"理"成为社会价值评判的绝对标准,与情在本质上构成对立与冲突。汤显祖苦心孤诣地提出以情抗理论,他在《沈氏弋说序》中指明:"是非者理也","爱恶者情也"[①];理与情相对待而相消长,或"理至"而"情反",或"情在而理亡",情理对立自古皆然,带有客观规律性。他斩钉截铁地指出,"情有者,理必无"[②],并透彻地申明,"第云理之所必无,安知情之所必有邪?"坚决反对"以理相格",反对传统的以理制情论,提出以情抗理、以情胜理,以本体化超越化的情感来反对权威化先验化的伦理理性和强制性残暴性的法制,要求以"有情之天下"代替"有法之天下",高度肯定个体主体的情感自由、个性解放的权利和情感追求的正当合理性及情感实现的历史必然性。汤显祖与友人达观和尚(紫柏)在情理关系上持不同见解。达观从佛理出发强调"根于理不根于情","理明则情消,情消则性复"。汤显祖同意达观关于情理势不两立的看法,但不同意其理明情消、"理通情塞"的观点,而坚持以情格理、以情抗理的思维取向。

汤显祖敏锐地感到,明皇朝的残酷统治是对诗人才情的扼杀。他说:

---

① 徐朔方:《汤显祖全集》(第 5 卷),北京:北京古籍出版社,1999 年,第 199 页。

② 邹自振:《四梦与小说之关系》,明清小说之研究,2004 年第 2 期,第 32 页。

"世有有情之天下,有有法之天下。唐人受陈、隋风流,君臣游幸,率以才情自胜,则可以共浴华清,从阶升,嬉广寒。令白也生今之世,滔荡零落,尚不能得一中县而治。彼诚遇有情之天下也。今天下大致灭才情而尊吏法,故季宣低眉而在此。假生白时,其才气凌厉一世,倒骑驴,就巾拭面,岂足道哉!"(《青莲阁记》)汤显祖不满"灭才情而尊吏法"①的"今天下",向往"有情之天下",这反映了他同明代统治集团之间的矛盾。他同当时社会上比较进步的泰州学派和东林党人的观点比较接近,具有一定的新兴市民阶层的思想倾向,突出的表现就是他强调情、理对立,反对以理格情,肯定和要求满足人们追求自由、幸福的正当愿望,这样就使他的"情生说"带上了晚明时代的色彩。他在《牡丹亭记题词》中充分肯定了情的力量,提出"情不知所起,一往而深,生者可以死,死者可以生"的观点,杜丽娘这一艺术形象就是情的巨大力量的体现者。他的《哭娄江女子》诗:"何自为情死? 悲伤必有神。一时文字业,天下有心人。"②据此诗序载,娄江女子俞二娘酷爱《牡丹亭》,"未有所适,十七惋愤而终。"汤显祖对她的不幸深表同情。他在《溪上落花诗题词》中提到这样一位诗人:"他以学佛故,早断婚触,殆欲不知天壤间乃有妇人矣。"可是,正是这一位诗人,却在他自己的诗中描写了情事,而诸诗长短中,所为形写幽微,更极其致。汤显祖例举了其诗集中的情语艳词。这不仅说明人欲之难断,还说明以诗道情之必然,所以汤显祖读了这些诗后,"有私喜焉",他说:"世云:'学佛人作绮语业,当入无间狱。'如此,喜二虞入地当在我先。"③这似乎是一句戏谑语,其实里面所包含的内容是很严肃的,它表现了汤显祖对道学先生恫吓的藐视和反抗。

汤显祖美学思想的核心范畴是一个"情"字,倡导唯情主义的人生观和艺术论。"世总为情,情生诗歌,而行于神"。他认为情感涵盖一切包诸所有,人类社会出自于情,艺术创作产生于情,这是符合宇宙自然规律的。这就从宇宙生成论的角度突出了情感的本体性质,从艺术发生论和创作动力机制的角度申扬了艺术情感论。情感既是人类社会的本体性规定,也是艺术创作的本原性动因。"人生而有情,思欢怒愁,感于幽微,流乎啸歌,形诸动摇"。这是强调情感是创作的原动力和艺术的本质。情感因有本体性质故而具有感天动地泣鬼神的超越性力量,艺术创作发自情感天性而能引发广泛持久的社会化情感共鸣,显示出超时空传达的审美张力。以本体论提升主体论和以本体论支撑唯情论,是明清情感美学思潮的一个根本特征。

---

① 汤显祖:《玉茗堂全集》(第 40 卷),上海:上海古籍出版社,1995 年,第 207 页。

② 汤显祖:《玉茗堂全集》(第 5 卷),上海:上海古籍出版社,1995 年,第 3 页。

③ 汤显祖:《玉茗堂全集》(第 39 卷),上海:上海古籍出版社,1995 年,79 页。

李贽的情感细组化物论，汤显祖的"情生诗歌论"，冯梦龙的"情生万物论"，周诠的"下一情所聚论"，王世懋的"爱欲为人生之根说"，吴季子的"情一分殊说"，洪升的"情根历劫无生死说"，共同构成了情感本体论，成为明清情感美学思潮的核心点。正因为汤显祖把情感提到了本体论高度，使其具有形而上意义，所以他自然地提出唯情论，强调情感是艺术的原动力和本质特征；提出情感超越论，高扬情感出生入死的内在超越品性；提出情理观，在情理关系上要求以情抗理；提出情形（形式）观，在情形关系上要求以情役律。

第三节　浪漫主义

对于生活在基督教文化背景下的莎士比亚而言，在否定了以人文主义为存在基础的爱之后，这种使人性圆满的爱只能是源于上帝的启示。而作为人文主义者的莎士比亚又不愿意皈依基督教信仰，他要探寻一种既不以人文主义为存在基础，又不以上帝信仰为存在基础的爱的道路。为了实现以爱为中心的和谐理想，莎士比亚放弃了现实主义创作，开始了具有浪漫色彩的传奇剧创作。四部传奇剧，其主题都是为了表达宽恕、仁慈、博爱与和谐的思想，与其早期喜剧所体现的精神有一致之处，但又不是早期喜剧精神的简单重复。首先，早期喜剧中的理想表达是具体的，而后期传奇剧"只好暂借传奇剧的形式，把理想的表达寄寓在未来和理想之中，因而他的理想必然染上奇诱的梦想色彩，显示出朦胧的空幻性质"。更重要的是，尽管它们都是以和谐圆满而结尾，但早期喜剧中的和谐圆满源于爱情、友谊、智慧、道德等人的主体性力和世俗活动，而传奇剧中的和谐圆满则源于某种神秘力量。尽管前者也将获救的希望寄托于偶然的巧合、神秘的花汁等，但这只是一种浪漫主义表现方式，是人的主体性力量的外化；而后者依赖的是一种超越人的活动，超越主体性力之外的神秘"他性"——天意、神谕、奇迹、魔法等。

明中叶新兴的市民资产阶级日益壮大，他们的精神文化需求逐渐成为一个社会问题。民间艺人为了满足这种精神生活的需求，率先在勾栏瓦肆向市民销售他们世俗的精神产品。一些破落潦倒的贫民知识分子和文人也纷纷参与创作抒发市民情感，宣泄世俗意绪的戏剧、小说等作品，蔚为大观，形成一股体现市民资产阶级精神风貌的浪漫主义文艺思潮。一批受理学毒化较浅、有清醒现实感和历史感的士大夫文人也被卷进去，素以"疏脱"自称的汤显祖，是在这股浪潮中畅游得最为舒展的一个。他们高张世俗情感而抨击"理学"禁锢，汤显祖在这个思想领域的斗争中大胆提出"情在理亡"的理论主张,并对浪漫主义文学的创造(包括《紫钗记》和《牡丹亭》)进行理论总结,提出了"缘情说"的审美原则。

然而,汤显祖由于时代的局限,无法找到救世的真理。虽然,他是这个理想领域里坚决勇猛的斗士,但也难免有矛盾、痛苦、迷惘和动摇。就在对"七层花树"产生无限遐想的同时,汤显祖又对仙境滋生出绵绵的向往之意,以为那儿是人的终极归托,"云开彩犀游天际,电卷红纱出世间。石井桐床烟雾里,飞丹滴窦转人颜。"[1]这样的诗句不是偶尔兴之所致,而是他企盼超脱现实斗争愿望的无意识流露。我们不能凭这一点就说汤显祖是虔诚的佛达洁徒,但早年他受到佛道精神文化的熏染却是事实。汤显祖父祖二代笃信道教,他的老师徐良傅对道教非常虔诚,另一位老师罗汝芳醉心于炼丹求仙,他们于少年汤显祖或多或少都有影响,并在他的心灵深处打下浅浅的烙印。汤显祖的第一本诗集《红泉逸草》写于 12 岁到 25 岁间,共有 75 首诗作,其中咏仙赠道的诗就多达 12 首,而且侍和"要我以仙游"的祖父懋昭诗 3 首,侍悼"颇有怀仙之致"的老师徐良傅诗亦 3 首。这些统计数据表明,诸多道教信徒对汤显祖青少年时期的文学创作影响不小;从下面这些诗句还可以看出,道家精神已渲染了汤显祖的内心世界:"第少仙童色,空承大父言""人世无缘列仙从,空知延首咏霓裳""桂枝青僵赛,岁晏始寻仙""仙栏出海国,之子爱神区"[2]等。此外,与名僧达观富有传奇色彩的交游可见佛家思想对汤显祖的影响。汤显祖无法逃脱这张无形的网。这张网,早年在师长指导下由汤显祖自己织好,后来被达观撒开,到第五次达观来汤显祖归田闲居的临川造访之后,达观认为时机成熟,可以收网了,便将汤显祖的法号由"寸虚"上格到"广虚",又由"广虚"上格为"觉虚"。

汤显祖的浪漫文学观根源于他所处的时代环境,是他内心世界和文艺思潮双向运动的产物。晚年,汤显祖提出一个能够隐括他浪漫文学观的简捷的理论结构,"缘境起情,因情作境。"[3]这是一个自由的而又是不可超越的必然,"神圣以此在囿引化,不可得而遗也",实际上也揭示了汤氏浪漫文学观的内在逻辑。当汤显祖投身现实斗争,搏击于浪漫主义文艺思潮之中,缘这样的境,激发世俗之情,因这样的情,"怪怪奇奇"的艺术创造,所以他才持以"情在理亡"和"怪怪奇奇"的文学观。这种文学观的创作实践期在1598 年岁末达观来访前,理论总结期则在此后。当汤显祖晚年躲避现实斗争,沉浸于伤感主义文艺思潮中,缘这样境,滋长禅寂之意,因这样的"意",

---

① 汤显祖:《玉茗堂全集》(第 12 卷),上海:上海古籍出版社,1995 年,198 页。

② 朱光潜:《诗论》,北京:三联书店,1984 年,第 50 页。

③ 张京媛:《当代女性主义文学批评》,北京:北京大学出版社,1992 年,第 107 页。

有"若有若无"的艺术创造,所以他持以"绝想澄情"和"若有若无"为特征的文学观,这种文学观尚属理论初倡,在"后二梦"中有所体现。

汤显祖认为,表现世俗之情的文学创造体现"怪怪奇奇"的审美原则。这个原则的美学内容是:第一,传神写照,不拘形似。象似的山水人物画,似乎不经用意略施几笔,却形象宛然,妙趣横生,可谓"入神证圣";第二,作家凭灵性创造,文精恍惚而来,不思而至,不受任何外在的东西的束缚,因而作家有广阔自由的创造空间,充分发挥才禀为了获得创造自由,作家应"毋为乡愿,宁为狂狷";第三,"尽其才则曰新",文学创造应创新,要能出乎人意,就像李白的诗作和张旭的书法一样,"委弃绳墨,力成一致之言",这样的作品才能流传于一世。第二重文学观认为,表现禅寂之意的文学创造体现"若有若无"的审美原则。这个原则的基本内容是:第一,与道、法本体冥合,略去形貌。因为这样的创造纯粹是自愉,就无需传神写照,不必追求感人的艺术效果;第二,作家最好是不要有什么艺术创造,如果一定要有,那也应该返归内心,使自己成为"道心之人",消除创造主体意识,像汤宾尹(字霍林)那样,"以山川为气质,以烟霞为想似,以玄释为饮食,以笑叹为事业。纵横俛仰,防不由人",这样创造出的作品使"进与文新,文随道真";第三,"真",就是作家对道的艺术把握,是一种归趣微妙、气势磅礴、惚兮恍兮的境界,"真"的作品能够"永废而常存"。所谓"永废而常存",就是说作品虽然消弭了一般意义上的情感本体,但由于与道、法本体合一,而道、法是永恒的,所以这样的作品也是永恒的。

先来看看"怪怪奇奇"和"若有若无"两种艺术境界是怎样创造出来的。汤显祖认为,"奇士"能够创造"怪怪奇奇"的境界,"奇士"就是才华出世、超拔奇异的作家。"士奇则心灵,心灵则能飞功,能飞功则上下天地,来去古今。可以屈伸长短,生灭如意,如意则无所不如"①,运大地于掌间,驭古今于笔端,随心所欲,文思如涌。如苏轼画枯株竹石,独出心裁,不入古今画格,奇妙无比。才华奇异的作家善于捕捉灵感,画师揣摩猛士舞剑,书法家观看挑夫争夺山道,琴师欣赏山崩雨淋等天籁,都是为了获取创作灵感,进入创作的最佳状态,一旦捕捉到了灵感,就将积蓄已久的情意抒写无遗,创作出能怪能奇的作品,超出人的感官所能受的范围。"若有若无"的艺术境界又是怎样创造的呢?汤显祖认为,深通"游道"的人最适合于创造这样的境界,因为表现禅寂之意的艺术创造的审美趣旨与游道相通,深通游道的人最能悟出"诗道"的妙谛,所谓"游道",是指游历山川领略风光的纯精神享受方式。"诗道",是指吟诗作诗抒情遣怀的审美活动方式。汤显祖把创造"若

---

① 汤显祖:《玉茗堂全集》(第3卷),上海:上海古籍出版社,1995年,第218页。

有若无"境界的诗歌活动看作是一种"道",表明他"为艺术而艺术"①的看法。

"怪怪奇奇"的艺境可以产生奇妙的审美效应,像珍宝奇玩,能够开阔人的胸襟,振奋人的精神,使审美鉴赏者产生同情。在《宜黄县戏神情源师庙记》一文中,汤显祖对受剧情感染的读者反应行为作了更为精彩的描述,他认为同情还不是"怪怪奇奇"艺术境界审美效应的极致升华,而它要实现的是这样一种社会效应:"可以合君臣之节,可以浃父子之恩,可以增长幼之睦,可以功夫妇之欢,可以发宾友之仪,可以释怨毒之结,可以医愁愦之疾,……人有此声,家有此道,疫疠不作,天下和平。岂非以人情之大窦,为名教之至乐也哉。"②这样的论述,虽然有点夸大了文学的社会功能,但在一定程度上又回复到儒家"发乎情,止于礼"的传统诗教,不过,汤显祖这一认识是深刻的,较准确地把握了审美外观照的特点,体现了他"天下和平"的新王道秩序的社会理想。而"若有若无"艺术境界的审美效应,则应使现实生活中的人返归虚静宁寂的内心,进入审美内观照。这样的审美活动无须情感的参与,审美鉴赏者不必对作者和人物产生同情,也不会发生社会效应,它的终极归宿是无欲无极的道法境界,追求自我人格的整一和永恒。《邯郸记·合仙》最后一段唱辞说:"度却卢生这一人,把人情世故都高谈尽,则要你世上人梦回时心自忖"③,这就是要人们通过审美鉴赏涤尽世俗情欲,从现实生活的迷梦中彻底醒来,象卢生那样度入仙境,与道合一。

我们来具体比较《牡丹亭》和《邯郸记》两剧中"梦"的审美特征。杜丽娘的梦是情之所致,在礼教森严的杜府,她的青春年华只能像良辰美景悄悄流逝。要实现自己的美好愿望,追求幸福爱情,她用死来抗争,由梦而死,又由梦复生,情致婉转,可歌可泣,让人读罢不得不流泪叹息,与之同情,与之共命运,与之同欢乐、同忧郁、同生、同死,并唤起人们对封建礼教的庆弃之情和批判意识。卢生的梦也是情欲所致,在梦中,他享尽荣华富贵,但梦醒之后,一切都烟消云散,他终于悟破红尘,欣然合仙,汤显祖拿卢生的梦来象征现实生活中的人情世态,认为只要这个迷梦没有醒破,人就不可能得到精神上的宁静;只有将整个身心交托给仙道,人才能完全摆脱世俗纷扰。这正体现了他希望通过审美来完善人格的理想,在无忧无情无欲的超现实世界中保全人格的整一。

---

① 中国大百科全书出版社编辑部:《中国大百科全书·戏曲文艺》,北京:中国大百科全书出版社,1983年,第211页。

② 汤显祖:《玉茗堂全集》(第27卷),上海:上海古籍出版社,1995年,第167页。

③ 汤显祖:《玉茗堂全集》(第27卷),上海:上海古籍出版社,1995年,第322页。

综上所述，汤显祖的浪漫文学观是他两种人生观的反映，是他所经历的两股文艺思潮的产物。从社会意义来说，第一重文学观是积极的，而第二重文学观是消极的，但如果从纯审美的角度来说，第一重文学观指向审美外观照，而第二重文学观指向审美内观照。如果把这两重文学观从它们产生的时代背景中抽出来，它们便可被整合成一个较完整、较全面的文学观。古代文人的审美心态已形成一个传统，当发达时，就积极入世，怀抱儒家的审美理想；当穷困时，就消极避世，到佛道的审美王国寻求精神寄托。汤显祖正是这个传统的继承者，他的文学实践和理论探索体现了中国古典美学儒、道、佛三源融合的总体趋势和格局。①

汤显祖一方面指出，情感外化有其内在必然性，情感郁积既久昂扬激荡，造成高位势能而有冲决性，"不获急于时令，则必溃而有所出"，以快其蓄结。表现出情感的力度、深度和冲激能量。另一方面又指出，情感的艺术化又有其选择性，要求用最优化的结构形式来酣畅淋漓地传情达意。情感的外化要通过艺术化来实现。"曲度尽传春梦景"，而梦幻形式是最佳传情中介。情感与理性是尖锐对立的，自由奔放之情受到现实社会的严重压迫而只有在梦中才能得到自我实现。汤显祖精心选择了梦幻化的表现形式。"因情成梦，因梦成戏"，这种"情—梦—戏"②的艺术建构图式使梦和戏带有神奇瑰丽的理想主义色彩。从艺术构思方式来看，梦成为情与戏的艺术中介，它把情感的外化和戏曲的审美化联结起来，具有灵韵化和浪漫化的特点，情感的内在超越就寓于其中。从美学特征来看"梦中之情，何必非真？"按照情感逻辑进行大胆的艺术创造，梦中之情具有更高的真实性、典型性。"要皆以若有若无为美"③，这种梦幻式情感是处于真与非真、似与不似、若有若无之间，既为情感主体提供了自由追求的广阔天地，又为欣赏者提供了进行想象、联想和审美再创造的无限空间。情的郁结而成梦，梦的幻化而成戏，变幻瑰奇的梦境和曲折离奇的情节为"至情"奏出了一曲浪漫主义理想之歌，梦幻式的"有情之天下"昭示了历史的必然要求和情感理想的必期实现，情感通过梦幻形式而充分发挥其超越现实、超越理性的巨大能量。

另外，汤显祖在提倡以情为本的艺术情感论的同时，还把情感与艺术灵感、艺术想象融通起来，推崇"奇士"（艺术天才）、"灵性"（艺术天赋）、"灵机"（艺术灵感）和"如意"（艺术想象），从创作主体角度强调艺术素质和创造才

---

①　朱捷：《论汤显祖的〈紫钗记〉》，江海学刊，1995 年第 3 期，第 181 页。

②　方汉文：《比较文学高等原理》，海口：南方出版社，2002 年，第 111 页。

③　弗洛伊德著，高觉敷译：《精神分析引论》，北京：商务印书馆，1984 年，第 36 页。

情。"文章之妙，不在步趋形似之间"①，灵气触发不思而至，情思激昂鼓荡
而出。"独有灵性者，自为龙耳"，这是高度肯定情感天赋察性对戏剧艺术创
造的决定性作用。"不知情之所自来"，这是强调艺术灵感的激活和创化作
用以及情感创造的高层次境界。汤显祖如此推崇创作主体进行艺术创造
所必备的艺术天赋、艺术灵感和艺术想象，与西方19世纪浪漫主义情感
美学思潮有着某种趋同性，前者的情感、灵感和想象有着超验化和神秘化
趋向，后者的情感、灵感和想象却带有宗教迷狂和神秘启示等非理性主义
色彩。

如果说以情抗理的情理观是注重于思想内容方面的话，那么以情役律
的情形（形式）观则注重于艺术形式方面。汤显祖以情为思想标帜而倡扬浪
漫主义，情感被赋予强烈的理想化色彩和超越性意义，既不为伦理理性所羁
绊，也不为格律规范所束缚。汤显祖与七子派有交往，但在对情感与形式关
系的把握上大异其趣。七子派"以复古为己任"掀起声势浩大的形式拟古运
动，试图从艺术形式机制方面确立一种诗歌创作范式。他们以形式摹拟代
替艺术创造，"音韵体制，无愧盛唐"，师古而不师心，从形式技巧上模拟古
人，忽视从心所欲的自由精神和创作心态。在情形之辨上，七子派并非绝然
以形式论排斥情感论。李梦阳就曾强调"以我之情，述今之事，而尺寸古
法"，但其守古拟古的极端化带来"刻意古范、铸形宿模，而独守尺寸"的弊
端。七子派虽然认同诗歌抒情论，却出现形式重于情感的流弊，拘执于"模
式""法式"而陷入形式主义的窠臼。不是根据表情的需要来决定表现形式，
而是让情感受制于某种"体制"和"格调"，因而导致"情寡而辞工"的弊端。
汤显祖激切地批评了七子派的形式拟古倾向，反对以格囿情，主张情感重于
形式。他提倡为真情而写作，不满于"步趋形似"、扭于格调，批评七子派从
思想复古变为形式拟古及"不可易之法"的僵化观念，指斥李梦阳、王世贞等
人诗作都是鄙陋的"赝文"，那般"咄咄读古"者终是"三馆画手，一堂木偶"。
缺乏真情和妙趣，是一种苍白虚弱的伪古典主义，缺乏创新品格和主体精
神。汤显祖将真情至性作为辨别师古与师心的衡量准式，反对七子派"以古
为法"而漠视文学通变规律，反对其"独守尺寸"而忽视内容（情感）大于形式
的根本原则，他以情为艺术立法，尊重情感主体性，提倡"凡文以意趣神色为
主"②，言事言人而极意趣神色（指与格调形式相对但更为根本之情感）为
止，不必规摹汉唐。他甚至认为诗文和形式表现力"已尽于昔人，今人更无

---

① 汤显祖：《玉茗堂全集》（第41卷），上海：上海古籍出版社，1995年，第180页。
② 汤显祖：《玉茗堂全集》（第39卷），上海：上海古籍出版社，1995年，第321页。

可雄"①,"何（景明）李（梦阳）取法于杜（甫），义仍则并李（白）杜（甫）而薄之"②,不免滑向轻视形式规范和形式美的偏向。

汤显祖以情为宗、以情为法的浪漫主义倾向决定了他对戏剧格律声韵形式的特殊见解,导致临川派与吴江派的曲论之争。吴江派的代表沈璟的形式"立防"与七子派的形式拟古遥相呼应,他精于格律制定曲谱,倡导声律词法而使传奇戏曲重新步入正轨。他着眼于维护曲律的特殊要求而提出以情适律论,力倡遵守格律声韵的严格规范和追求整饬、典雅、和谐的形式美,为此不惜损害剧本的情感意旨,坚持"守法""守腔"而不许灵活变通,强调"名为乐府,须教合律依腔。宁使时人不鉴赏无使人挠喉捩嗓";"纵使词出绣肠,歌称绕梁,倘不谐音律也难褒奖"。他把协律作为戏曲审美评价的最重要标准,甚至偏颇地认定"宁协律而意不工,读之不成句,而讴之始协,是为曲中之巧"。为了片面追求戏剧形式和谐美而颠倒了表情与声律的关系。一味格守艺术形式规律。苛求"协律""谐律"而不惜以束缚和消泯情感因素为代价,这是形式主义的极化偏向。

汤显祖从情感意蕴决定声韵格律的认识出发,在表情与声律的关系上要求声律服从表情的需要。从形式变革来看,他认为不同时代的词曲音律为不同时人吟咏情性所形成,这是"时势使然"而又自然;不同地域的戏曲声律皆因表现不同情感而有所"变通"。从形式把握来看,他要求自由逞肆才情而不受曲律束缚,反对"按字模声",甚至说"正不妨拗折天下人嗓子",把表情片面强调到与声律对立的地步,有以情感内容代替形式美规律之嫌。汤显祖富于浪漫气质而纵情尚趣,自由驰骋时或乖律或招致"诘屈聱牙"之弊和"破律坏度"之讥。两者片面立论各有偏颇,如果运之以才情,守之以矩考,则合为双美。汤显祖在诗歌美学领域提倡因情立格反对以格囿情,在戏曲美学领域提倡以情役律而反对以情适律,这些都是基于他的情本论和戏曲写情论的。汤把握到了戏曲的情感意蕴这一根本方面,反对从纯形式审美角度来观审情感内容与格律声韵的关系。他以情为本、以情为法,"情之所极,可以事道,可以忘言",把情感定位于形而上高度和超越性标格,其因情立极、以情役律的美学主张与其以情为本、以情抗理的美学精神相通,反映出呼唤美学主体性、呼唤个性解放的时代要求。

综上所述,汤显祖的情感美学观包括"情生诗歌"的情本论,梦为中介的情感超越论、以情抗理的情理观和以情役律的情形观,分别解答了情感与艺术、情感与现实、情感与理性、情感与形式的关系问题。汤显祖怀着强烈的

---

① 汤显祖:《玉茗堂全集》（第 26 卷）,上海:上海古籍出版社,1995 年,第 90 页。
② 汤显祖:《玉茗堂全集》（第 19 卷）,上海:上海古籍出版社,1995 年,第 216 页。

自觉意识和使命意识为情立极。从哲学本体论和美学主体性角度来强调情感,在此基础上赋予情感以强烈的理想化色彩、超越性意义和自由解放的品性;赋予情感以抗衡理性的批判性品格而使情感具有鲜明的时代精神和启蒙意义,表达了反对封建礼教、要求个性解放,呼唤人的尊严和价值的愿望。因而具有近代民主主义的人文因素。

《牡丹亭》的语言风格无疑是丰富多样的,但人们多谈它的婉丽清雅、华美俊奇,即极少提其中大量存在的粗词陋语,正如人们一提起《哈姆莱特》就想到"宇宙的精华,万物的灵长",就想到"生存还是毁灭"①,却从不揭王子看戏时对奥菲莉亚说的那些狠话一样。问题是我们要把汤显祖描绘成一个什么样的作家,是《春江花月夜》的作者?还是《长恨歌》的作者?由于戏曲当时所处的实际地位,戏曲显然不可能具有诗的"清洁"度,但更重要的是,汤显祖无疑具有莎士比亚、拉伯雷式的极好、极强健的胃口,能够吞下和消化别人不敢入口的食物。从这一点上说,汤显祖和莎士比亚、拉伯雷一样具有大气磅礴的巨人气魄,其思想的深邃博大、胸襟的开阔辽远远非寻常人可以企及。《牡丹亭》的语言可谓天马行空,无所拘束,清丽俊雅还是粗陋秽谑全看剧情的需要。剧中的粗词陋语显然是和相应的人物相配合的,改变这些语言,既有的人物形象就不存在了,《道觋》一出如此,《诊祟》一出也如此。因此,该剧的语言如同对该剧的人物设置一样,我们也不能简单地加以否定。以世俗的道德标准去衡量巨人的巨著,无异于拿火柴盒去装大象,拿细线去缚苍龙。

除剧情的实际需要外,粗陋秽谑语言的使用也与特定的时代精神有关。感官解放的文艺复兴时期出现了薄伽丘的《十日谈》,其中被我们视为"糟粕"的语词不胜枚举。法国作家拉伯雷的《巨人传》是文艺复兴时期的又一部惊世骇俗的巨著,其中几乎没有什么爱情故事,但秽谑粗陋之语俯拾皆是。凡此种种,都具有某种挑衅、反抗的性质,是以极端的形式发泄对禁欲主义的不满。《牡丹亭》有相近的社会背景,只不过它反抗的不是基督教的禁欲主义,而是程朱理学的禁欲主义。

除了偶然、误会与巧合外,莎士比亚的另外一个办法就是绿色世界的建构。在莎士比亚前期的戏剧中,有六部直接建构了绿色的生命世界。在《维洛那二绅士》中,曼多亚森林是一个与重门第的米兰公爵府形成鲜明对比的世界。那里没有虚伪、没有欺骗,有的是公义、信德、仁爱与和平。正是在这样一个世界里,普洛丢斯忏悔了自己对友谊与爱情的背叛,凡伦丁显示出宽

---

① 莎士比亚著,朱生豪译:《莎士比亚全集》(第 6 卷),南京:译林出版社,1994 年,第 285 页。

恕与仁慈,公爵睁开了被蒙蔽的双眼,两对有情人终成眷属。《爱的徒劳》中的绿色世界是那瓦国的御花园,这是一个爱的乐园,它以磁铁般的诱惑力吸引着那些居住在王宫里,违背人的自然本性而发誓禁欲的王公与大臣,使他们将斋戒 3 年的誓言丢到了九霄云外。《仲夏夜之梦》中的雅典附近的森林俨然是一个仙境的雏形,那里没有雅典愚蠢的婚姻法,只有爱的"花汁"。这种花汁可以使一切过错在瞬间消失,使一切烦恼统统忘记。《温莎的风流娘儿们》中的温莎森林与福斯塔夫居住的嘉德饭店迥然不同,福斯塔夫在此除旧布新,重新做人。《皆大欢喜》中的亚登森林更是作者精心营造的一个理想王国。当十恶不赦的弗莱德里克带兵追赶侄女到亚登森林边界时,遇到了一位年长的修道士。在修道士的启发下,他幡然悔悟,主动把权力交给了兄长。在那里,没有弗莱德里克王宫昏暗的暴政与奥列佛的妒忌,没有现世的喧嚣,没有宫廷的尔虞我诈,有的只是悦耳的鸟鸣、宽恕、仁爱、自由与欢乐。统治这个世界的工具是笑与爱。《威尼斯商人》中的贝尔蒙特是绿色世界的变种,这个神奇的世界不同于金钱主宰一切的威尼斯,统治它的是爱的涌动、生命的气息与青春的欢乐。《无事生非》中的里奥那托花园,以及希罗藏身的修道院,都是作者理想中的净土,在那里,可以"潜心修道,远离世人耳目,隔绝任何的诽谤戕害"。另外,《第十二夜》中的奥丽维娅的花园、《错误的喜剧》中的尼姑庵、《驯悍记》中的荒村酒店,都是绿色世界的变种。

　　舞台形象对人物内心世界的揭示不像小说、诗歌等文学样式,读者通过作家对人物的直接描写,加以想象,便能获得明确的感受。莎士比亚与汤显祖这种以"梦幻"的形式来揭示人物的内心世界,将幻想直现于舞台,既突破了时空的限制,又表现出较大的灵活性和主动性,从而获得舞台艺术的自由。通过"梦幻"手法的运用来寄寓作者的理想,在莎士比亚与汤显祖的作品中更是得到了充分地体现。在被称为"诗的遗嘱"①的莎士比亚最后一个剧本《暴风雨》中,梦幻这种艺术手法得到了充分纯熟的运用。全剧的整体构思,在那万顷波涛里浮现出一个虚无缥缈的海上仙岛。这仙岛的安排,一方面反映了在当时伊丽莎白时代表面繁荣的薄雾已经消散,而在危机四伏的社会矛盾日益激发的年代里,莎士比亚人文主义的乐观幻想已经减弱而产生的一种逃避现实的消极思想,更重要的是,表现了作者始终坚持人文主义的立场,歌颂"人类是多么美好",确信人类的前途是光明的美好信念。一直生长在"仙岛"的女主人公米兰达,仿佛是在那清风明月的大自然怀抱中长大起来的少女,没有沾染过矫揉虚浮的宫廷习气,她那纯洁质朴的心灵如同没有经过人工雕凿的璞玉。作家利用"仙岛"这一特定的环境,让米兰达

---

①　基·瓦西列夫著,赵永穆等译:《情爱论》,北京:三联书店,1984 年,第 66 页。

这样一个从来没有和人类交往的姑娘,抬起眼来,在她面前展现出一个崭新的世界和那么多风度不凡的男子。紧紧抓住这戏剧性的一刹那感情,通过米兰达之口,倾吐出一支人类的赞美曲:"噢,奇妙哪!瞧这儿,有那么多风度不凡的人儿!人类是多么美好啊!这个新世界多棒啊,有这样好的人物!"[①]这清新的诗意,不能抑制的激情,如同大海的滚滚浪涛,激荡着人们的心。表现了莎士比亚"热爱人世、歌颂人世"的人文主义理想。

在"仙岛"上成长起来的米兰达,也不曾感受到千百年来封建势力在她身上的束缚,使她毫无拘束。胖边南是她第一个遇见的异性,在她钟情的男子面前,便不加掩饰地将隐蔽在内心最深处的思想感情吐露出来。"……这世界上,除了您,我再不希望别人来跟我做伴;也想不出,除了您,我还能另外喜欢什么样的形象。"[②]恩格斯预言过,在消灭了资本主义生产和它所造成的财产关系之后,婚姻才有了充分的自由,人们"除了相互爱慕以外,就再也不会有别的动机了。"[③]这里,莎士比亚借助于米兰达的艺术形象,对未来社会爱情理想的寄托,虽不如恩格斯所描绘的那样具体、明确,然而却通过鲜明的舞台形象,清楚地体现出莎士比亚对未来社会的爱情设想,新妇女具有现实生活中不可能有的崭新风度和精神面貌。

汤显祖的《玉茗堂四梦》之一的《南柯记》,全剧四十四出,从第十出到四十二出,集中描写淳于棼从入梦到梦醒这一阶段在槐安国的经历。政治上想有所作为,生活上又不拘小节的豪侠之士淳于棼治理槐安国的南柯郡,终于出现了民安物富的局面。"徭摇薄,米谷多";"多风化,无暴苛"。南柯郡是一个理想的境界。这里清楚地表明了汤显祖希望政治清明,士农工商安居乐业,上下尊卑秩序井然的政治理想。而与槐安国形成鲜明对照的南柯郡,却是腐败黑暗,污浊不堪。这反映了汤显祖对现实的不满,对自己的政治理想感到渺茫。同《南柯记》一样,《邯郸记》借助神仙点化,把黑暗现实都归于梦幻,神仙吕洞宾给卢生一个枕头,让他睡下,他便做了一个梦,梦境中,卢生竭尽一切手段往上爬,娶了有财势的妻子,享尽荣华富贵,生活穷奢极侈。汤显祖晚年对封建社会的人情世态有了更深地体会。他用"梦幻"的手法,通过卢生的荒淫无度,借崔氏、高力士乃至天子等人的一幅群丑图,一方面对封建社会富贵尊荣的虚伪和荒谬作了无情地揭露,抹掉了"开元盛世"的神圣光圈,画出一个光彩其表而腐朽其里的怪胎,让人们去思索;另一

---

① 莎士比亚著,朱生豪译:《莎士比亚全集》(第7卷),南京:译林出版社,1994年,第199页。

② 李泽厚:《美的历程》,北京:文物出版社,1981年,第18页。

③ 霍尔著,冯川译:《荣格心理学入门》,北京:三联书店,1987年,第148页。

方面，卢生梦醒后跟随吕洞宾出家修炼，体现了作者认为要解脱人世的痛苦，只有在缥缈的佛界中找到出路以及虚无的来世理想。①

从以上对照，可以看出，莎士比亚与汤显祖剧作中"梦幻"这一浪漫主义手法的运用，在情节安排、人物内心世界的揭示、寄托作者的理想等方面都起到了非常积极的作用。

---

① 　黄文锡：《旷代情圣汤显祖》，南昌：江西人民出版社，2003年，第52页。

第三章 人物形象的塑造

　　莎士比亚和汤显祖都善于采用多线索的结构来增强戏剧情节的生动性和丰富性,这也是他们戏剧创作的一个重要的美学特征。这种结构使情节起伏跌宕,峰回路转,造成了扑朔迷离的悬念,对观众读者产生强烈的吸引力;多条线索的结构还可以介绍更多的社会层面,从而为主线索的发展设置一个广阔、详细的社会背景;这种结构有利于作者有足够空间将主要人物塑造得更丰满、生动和形象。但同时,多条线索需要更多的次要人物和篇幅来进行必要的铺垫,容易使故事拖沓冗长,这也增加了剧作的难度,要求作者"立主脑""密针线",突出中心加强线索之间的联系和关联。

第一节 艺术手法

　　汤显祖的戏剧创作是传奇,它同杂剧是当时中国古典戏曲的两大类型。一本传奇少则二十几出,多至五六十出。每出戏都由曲文和旁白组成,动作则自始至终贯穿着全剧。曲文是魂曲最重要的组成部分。每出戏由若干支曲调组成。每支曲调的旋律基本上是已经确定的,作曲的人只能依谱书写。曲调的句数、曲句的字数以至平仄、韵脚都有严格的规定。曲是韵文,供演唱用,旁白是散文,由演员念诵。演员的动作有一定的程式,又富于变化。演员按照性别、年龄以及扮演人物的特点,分成许多固定的类型,如生、旦、净、丑等。一些人为了方便起见,以现代的概念把戏曲说成歌剧(opera),这样做难免引起误会。无论传奇或杂剧,决定它高下的是作家——文人的事。戏曲作家如果不懂音乐,只要遵守曲律照样可以作曲,而决定现代歌剧的成败的却是音乐家的事。著名的歌剧作者都是作曲家,没有一个诗人曾以创作歌剧的歌词而享有盛誉。

　　莎士比亚的戏剧大体相当于话剧,演出也差不多。它分五幕,每幕再分若干场。剧本包括韵文、无韵体诗和散文三种文体。韵文要注重音的抑扬与和谐(这有如中国古典诗歌中的平仄),句末协韵;无韵体诗不用韵,但轻重音声调的要求,则同韵文一样。两者都有音步(相当于字数)的限制。莎士比亚早期创作,韵文所占比重较大,以后逐渐减少。他最擅长的是无韵体诗。只要作家愿意,他可以完全不用韵文。这种韵文、无韵诗的格律同中国曲律的差别,不下于走路穿皮鞋同带脚镣的不同,宽严之间简直无法相比。英国诗有许多不同的诗体,有的宜于抒情,有的宜于叙事,无韵体诗则特别宜于编剧。演出时,它同散文部分并无显著不同,观众也一样易于接受、中国古典戏曲采用的曲调原来是抒情的诗歌,后来移植到戏曲中。它们的格律不仅没有适当地放宽,某些方面反而比抒情的古体诗、律诗、绝句更加严格。例如,曲中有衬字,但是只能增加而不能减少原来曲句中的字数,增加字数也有一定的限制,这些都在一定程度上限制了曲律的自由。

可见,从他们所使用的艺术手段来看,莎士比亚的条件比汤显祖优越得多。他们虽是同时代的作家,汤显祖的戏曲形式对我们时代的距离却显得更为遥远了。他的文体具有封建时代文学的形形色色的清规戒律,在艺术上带来一连串的缺陷。例如,常见的结构松散、情节拖沓的毛病,同一个传奇必须写几十出,必须原原本本地叙述一个故事的不成文法。长期形成的习惯,不仅作家会不假思索地作为规律来接受,在读者和观众的心里也逐渐形成根深蒂固的文艺欣赏的民族习惯,反过来它又带给作家一种约束。这一点甚至在今天的电影摄制和群众的审美心理中还可以看出一些痕迹。作家对他所应用的艺术手段只能是现成的取舍。

同戏剧创作的形式密切有关的是舞台演出的形式。一个外国旅行家曾在 1595 至 1600 年间的某年 9 月 21 日下午两点钟,在伦敦环球戏院看了"演得很好的凯撒大帝的悲剧,演员在十五人以上"[①]。莎士比亚是这个剧院的股东之一,可以相信上演的正是他自己的作品《裘力斯·凯撒》。旅行家说,戏院的建造使得每个人都能很好地看到台上的演出。观众有站的,也有坐的。站的付 1 便士钱,坐的加倍。最好的有软垫的座位付 3 便士,不仅台上的演出一目了然,而且观众也看得见他。旅行家还指出,每天下午两点钟,伦敦有两三个喜剧在不同的地方演出。那时伦敦全市人口只有 20 万。莎士比亚本人做过演员、戏院股东。他的父亲家道破落,而当他自己晚年退休回到故乡时,却是很有钱的人了,成为本乡最好的房产的所有者,其收入全部来自戏剧事业。中国在元代已经有类似戏院的游艺场所,称为勾阑。据杜善夫《耍孩儿》套曲的记载,看戏的人交了 200 文钱就可以入内。当时大都市如大都(北京)、杭州都设有勾阑。但是到了明代,作为戏院的这种勾阑即使不曾绝迹也已经衰歇了。当时演出主要有两种方式:一种是城市、乡村中的庙会及节日的演出。通常由地方筹集经费,或者由庙产等公益收入供开支。另一种是文人、官或商人出资雇用艺人作小规模的演出,一般只招

---

① 　阿尼克斯特著,安国梁译:《莎士比亚传》,郑州:海燕出版社,2001 年,第 78 页。

待亲友。侯方域的《马伶传》作于汤显祖逝世后不久,它所写的戏剧演出是后一种情况。以上两者都不是观众付钱入场的方式。汤显祖家里曾聘用过一些伶人,在不公开的场合他自己也可能粉墨登场。可是对他及同时代的作家来说,戏曲不仅不是赚钱的事,而且花费很大。文人以戏曲作为职业,作为谋生的手段,在汤显祖的同辈人是不可想象的。就这一点而论,明代传奇作家也同元代杂剧作家显著不同。比汤显祖大约早3个世纪的关汉卿等杂剧作家反而同莎士比亚的情况更为接近。莎士比亚时代的英国戏剧已经是资本主义的经营方式,主要为市民服务,汤显祖时代的传奇演出则是封建的方式。作家不是莎士比亚那样的平民,而是地主阶级出身的文人兼官僚,戏首先为本阶级、本阶层的娱乐而服务,虽然同时也为农民、城市居民演出。戏剧作家同观众有密切的联系,他们之间存在着无形的思想感情交流。作家以自己的戏剧娱乐、教育观众,观众的嗜好、兴趣、道德标准和利害关系又制约着作家的创作。传奇中习见的绮丽的词藻,儒雅的典故以及严格的规律,如果本意是为农民、城市居民演出的话,那就难以理解了。①

　　为了说明上述不同的情况对汤显祖和莎士比亚的创作所造成的不同影响,这里主要列举汤显祖的《牡丹亭》同莎士比亚的《罗密欧与朱丽叶》进行分析。《牡丹亭》是汤显祖最好的戏曲,《罗密欧与朱丽叶》却是莎士比亚的早期作品。论悲剧,批评家几乎一致认为它次于《哈姆莱特》《奥赛罗》《李尔王》《麦克白》。这样取样可能使人感到不公平,但是前已说明本书的主旨仅仅在于探讨两位巨匠以至他们所代表的民族文学的各自的艺术特点,因此以题材相近的作品为例进行比较文学原理的核查是适宜的。在进行比较时,对《罗密欧与朱丽叶》的论述将限于它足以代表莎士比亚特点的那些东西,尽可能防止由于取样而引起的偏差。为了避免不必要的误会,笔者愿意在这里做一点多余的说明,如果一定要对这两位大家权衡轻重的话,个人的看法认为莎士比亚是更伟大的。正因为如此,本书对他的光照千古的文学业绩就不必着意加以阐述了。

　　相形之下,汤显祖的戏曲文学语言比莎士比亚的晦涩难懂,几乎用不着说明就可以断定。《牡丹亭》有几句曲文是男主角柳梦梅初出场时的表白,以姓名中的柳、梅二字联想到春天的花木,连类及于月宫里的桂花、可口的查梨,一开始就为爱情剧本渲染了一个花遮柳映的气氛,而它们的含义又另有所在。例如,"蟾宫桂"指考中进士,当时是一个极普通的典故;"卖查梨"指说大话,也是当时的俗语。在曲句中嵌以人名,原来是文字演戏,在这里

---

　　① 　阿尔维托·曼古埃尔著,吴昌杰译:《阅读史》,北京:商务印书馆,2002年,第40页。

由于有助于气氛的创造已经用来表达这种艺术技巧了。在批评它文字艰深晦涩的同时,作家在文学语言上的苦心我们是否能够感受得到呢?不错,莎士比亚的有些对白确实富有诗意,惹人喜爱,虽然以环境、人物、心境、人物关系而论是不恰当的,可是它却易于受到读者的宽容。例如,《罗密欧与朱丽叶》第三幕第五场朱丽叶和母亲的几段对话"我的心里永远不会感到满足,除非我看见罗密欧在我的面前——死去","世间哪有这样仓促的事情,人家还没有来向我求过婚,我倒先做了他的妻子了"①;第四幕一场朱丽叶和巴里斯的几段对话,"我愿意在您的面前承认我爱他"等,看起来朱丽叶这个人物似乎写得很机智,其实这些双关的语句近于文字游戏,同当时朱丽叶的心境是极不相称的。列夫·托尔斯泰认为"莎士比亚笔下的所有人物,说的不是他自己的语言,而常常是千篇一律的莎士比亚式的、刻意求工、矫揉造作的语言"②,虽然失之过火,却并非全无依据。上面所引的是各自作品中一般水平的片段,如果以最好的部分相比,如《牡丹亭》的《惊梦》《寻梦》,《罗密欧与朱丽叶》的第二幕第二场、第三幕第五场都是各有千秋的佳作,难以分出高下。不同的莎士比亚的例文条件使他能够以活的语言从事写作,而封建时代文人所受的局限性则使得汤显祖只能以半僵化的书面语言填曲,因此汤显祖的文学语言确实带有比莎士比亚更多的先天的缺陷。

就《牡丹亭》同《罗密欧与朱丽叶》两种具体作品而论,我们不妨这样设想:《牡丹亭》在文学语言以及情节、结构方面逊于《罗密欧与朱丽叶》,而在思想内容上则后者不及《牡丹亭》。汤显祖以杜丽娘之死对吃人的封建礼教提出控诉。她是那么美丽动人的一个女性形象,那么不同于平庸的闺秀淑女,她富有个性,爱好自由,当她的愿望受到遏制时,她宁愿为自己理想而殉身。这位出身于官僚地主阶级的女性叛逆者是作为封建制度的对立面而出现的。这个人物在现代早就由于完成了自己的历史使命而过时了,在 360 多年前她却不愧为出现于黑暗的封建王国中的一线光明。富有积极浪漫主义精神的戏曲《牡丹亭》极其现实地描写了那个社会。杜丽娘在那里连见到任何一个异性青年的可能也没有,更谈不上谈恋爱了。因此她只能死于对爱情的徒然渴望,而不是像一般作品所描写的那样死于爱情被破坏。杜丽娘在死后化作鬼魂与人恋爱,然后还魂、结婚,这样安排既能清醒地反映现实,不加粉饰,又能强烈地写出当时人民反对封建婚姻制度的心理。

《罗密欧与朱丽叶》同《奥赛罗》《麦克白》一样,在莎士比亚的剧本中以

---

① 方汉文:《比较文学高等原理》,海口:南方出版社,2002 年,第 102 页。

② 赖声川:《莎士比亚所使用的语言并不是写实的英文》,潇湘晨报,2014 年 4 月 23 日。

剧情进展迅速、布局洗练而著称。在莎士比亚所依据的阿瑟·勃洛克（Ar-thur Brooke)的长诗中，罗密欧与朱丽叶从一见倾心到悲剧结束只经历了四五个月。莎士比亚以他惊人的艺术手法把它压缩成为短短几天。他们在星期日晚上相遇，第二天秘密结婚。离别在星期二的早晨，悲剧发生在两天之后。故事在成熟的意大利的盛夏展开，在那里似乎月光也会晒得人热血沸腾，到处是一触即发的猜疑和争斗。几乎每个人都是鲁莽轻率地做决定，然后不顾死活地付之于实行。莎士比亚的情节安排得这样巧妙，只要朱丽叶早几分钟醒来，或者劳伦斯早几分钟赶到，悲剧就不会发生。不仅《罗密欧与朱丽叶》如此，《奥赛罗》中苔丝狄蒙娜只要不在那关系重大的一瞬间遗失手帕，《李尔王》中柯杰丽霞只要没有那本来是无足轻重的一次迟延，悲剧就不一定会发生。为了追求情节紧凑，结构严谨、莎士比亚不止一次地利用了偶然性的事件。中国古典小说戏曲中的情节安排也有"无巧不成书"的说法，这个巧也是偶然性，但是它们很少达到像《罗密欧与朱丽叶》《奥赛罗》《李尔王》一样的程度。在我们的哲学中必然性与偶然性是可以统一的，而且现实生活的必然性往往要通过戏剧情节的偶然性才能得到艺术的体现。但是巧到那样一个程度，在艺术上固然引人入胜，在思想内容上却难免受到一些影响。悲剧的形成如果使人以为是某一个人物迟醒或迟到的缘故，它的社会意义因之便会相应削弱。这是同整个剧本的倾向性不协调的。这样巧妙的偶合容易不自觉地导向命定主义的结论。它仿佛不是使人反对封建贵族间的无意义的仇恨与冲突，也不是使人痛恨封建家长制对子女婚姻的专横决定，而是使人惋惜悲剧主角时机那么不凑巧，结果只能怨命运不好。命运不是莎士比亚悲剧的主导东西，但是作为一个缺点，它有时是存在的。每次谈到《麦克白》开场时的那三个女巫的预言，笔者总是想起典型的命运剧索福克勒斯的《俄狄浦斯王》。真不知道这是自己太习惯于作不必要联想的缘故呢，还是作品本身有原因。

　　包括传奇在内的中国戏曲一般以大团圆作结束。在最后一场戏里一切矛盾人为地得到解决。许多元代杂剧的终场——第四折被人看作强弩之末，大部分是由于受到大团圆的影响。鲁迅批评小说戏曲中"才子及第，奉旨成婚"的结局说："'父母之命、媒妁之言'经谈大帽子来一压，便成了半个铜钱也不值，问题也一点没有了。假使有之，也只在才子能否中状元，而决不在婚姻制度的良否。"对公案剧中冤狱遇见清官而得到平反的结局，我们几乎可以说同样的话。西方悲剧在痛快淋漓地揭露了悲惨的现实之后，不再以作家的主观愿望为它粉饰，做无意义的自我安慰。在思想和艺术上似乎都比大团圆好。但是如果我们能够不待终场就猜想到一本中国戏曲将会怎样团圆，难道在戏剧进行到适当的时候就预料不到西方悲剧的结局吗？

欧洲俗语说:"每个死床就是悲剧第五幕的场景"。这多少也是一种俗套,虽然方式与中国戏曲恰恰相反。如果《牡丹亭》中某些类似欧洲人文主义的进步思想好像是点燃在封建社会的茫茫长夜中的一个火炬,那么出现在英国资本主义原始积累时期的文学作品中的爱情主题,似乎不具有汤显祖时代那样重大的社会意义了。在汤显祖那里,封建主义还将继续统治中国社会达两三个世纪之久。而在莎士比亚时期的英国,反对封建婚姻制度却是接近解决的问题了。伟大作家歌德曾指出中国文学的特征是它"总是涉及伦理道德的"。他说:"中国人在思想、行为和感觉方面和我们几乎一模一样。我们很快地就感觉到我们是和他们同类的人,不过在中国人那里,一切更明朗些、纯洁些、符合道德些。"[①]歌德能在《好逑传》之类平庸小说中看出中国古典文学的特点,的确目光锐利,令人敬佩。封建时期的文学从好的方面来看,的确如歌德所指,比较注意思想内容,但是它容易流于封建说教或单纯的抗议,往往对艺术性重视不足。在不少的中国古典小说戏曲中可以看到这个缺点。

中国的先秦诸子曾在思想领域上大放异彩,但却没有产生完整的文艺理论。孔子在《论语》中对我国最早的一部诗歌总集《诗经》作了评论,他说:"诗三百,一言以蔽之,曰:思无邪",又说:"诗可以兴,可以观,可以群,可以怨。迩之事父,远之事君。多识于鸟兽草木之名。"这些话对后世的文学批评和创作有不可估计的影响。它们看重文章的思想意义及社会作用,但很少涉及艺术性。大约与孟子同时,古希腊出现了亚里士多德的美学著作《诗学》,下面是它的第六章为悲剧所下的定义:"悲剧是对于一个严肃、完整、有一定长度的行动的摹仿;它的媒介是语言,具有各种悦耳之音,分别在剧的各部分使用;摹仿方式是借人物的动作来表达,而不是采用叙述法,借引起怜悯与恐惧来使这种感情得到陶冶。"[②]尽管亚里士多德是柏拉图"纯艺术"论的反对者,但在这一个定义以及《诗学》全书中偏重的却仍然是艺术性。以上说的不是对孔子或者亚里士多德的评价,我只是如实地指出他们各自的特点。这些特点对中国与欧洲的文学传统的形成是发生过一定的作用的,它们与汤显祖与莎士比亚美学特点的形成存在直接或间接的关系。

关于悲剧形成的因素,按社会学的观点,主要是社会原因和个人原因造成的。虽然,人文主义是文艺复兴时期的主导思想,它主张用人权反对神权,用个性解放反对禁欲主义,用理性反对蒙昧主义。但是,由于人文主义是在被打破的中世纪神学思想统治的基础上产生的,也深受那个时代愚昧

---

① 郭英剑:《男性与女权主义文学批评》,外国文学,1997第3期,第152页。
② 亚里士多德著,陈中梅译:《诗学》,北京:商务印书馆,1996年,第63页。

无知的文学原则的影响,剧中支配人物命运和行动的,有些是巫师、鬼魂,流露出悲观主义宿命论的思想观点。莎士比亚的悲剧,主要写人文主义的理想与现实的矛盾及理想的破灭,剧中人物的理想及在实践过程中带有明显的个人主义的思想倾向。例如,《哈姆莱特》中主人公的理想是"重整乾坤",把"颠倒混乱的时代"改造过来。这一理想并无可厚非,但他在实施他的复仇计划时丝毫不考虑其他人的感受。父亲刚死,父亲的鬼魂又全副武装地出现,不是谈婚论嫁的时候,但也不应该用疏远的方式去伤害自己的恋人,单纯的奥菲莉亚由于受不了恋人"发疯"、父亲被杀的双重刺激发疯溺水而亡,五月的玫瑰就这样过早地萎谢了。正是他的个人主义思想,使他多疑,脱离群众,优柔寡断,延误报仇时间,最后落得父仇未报身先死的悲惨结局。

莎士比亚和汤显祖的戏剧基本上都取材于历史、典籍、民间传说和其他文学作品,莎剧的故事情节除《爱的徒劳》外,都能找到其素材来源。在戏剧的创作中,莎士比亚极善于处理现成的题材,以深邃的思想、敏锐的洞察力和深厚的艺术功力在戏剧中设置多条线索。例如,《威尼斯商人》中有三条交错发展的线索,使故事生动、丰富。第一条是威尼斯商人安东尼奥和犹太人高利贷者夏洛克之间围绕割一磅肉的诉讼而展开的冲突;第二条是富家小姐鲍西娅遵父遗命三匣选亲的故事;第三条是夏洛克的女儿杰西卡同基督徒罗伦佐私奔的爱情故事。这三条故事情节线索是以威尼斯和贝尔蒙特为背景展开并交错发展的,表现出文艺复兴时期两种生活观的矛盾,歌颂了人文主义思想的胜利。全剧共分五幕。第一幕是"开端"部分,几条线索同时开始。安东尼奥为了朋友巴萨尼奥向高利贷者——夏洛克借钱。夏洛克答应借钱,而且不要利息,但要签上一张奇怪的契约:到期还不上钱,他要从安东尼奥身上靠近胸口的地方割下一磅肉来作为处罚。这也是第一条线索——"契约"的开始。在这一幕中,作者还对第二条线索做了交代:鲍西娅对巴萨尼奥早有好感,但却只能按照父亲的遗愿同选中匣子的人成亲。两条线索同时开始并交错在一起。第二幕、第三幕为"发展"部分。前两条线索都独自有了进展。安东尼奥的商船出事了,这就预示着他到期还不上钱,就得按契约割一磅肉,这条主线的危机加深了;鲍西娅遵循父亲的遗愿,拿出三个匣子:一个金匣、一个银匣、一个铅匣,选对的人就可以做鲍西娅的丈夫,鲍西娅用歌声给巴萨尼奥暗示,使他选对了匣子——铅匣子,有情人终成眷属,似乎这条线索可以圆满结束了,但是第一条线索中的危机又一下子把两人卷了进去,巴萨尼奥急忙赶往法庭要与安东尼奥见最后一面;在这一幕的第三场中,作者通过杰西卡之口表现了杰西卡对基督徒罗伦佐的爱,引出了第三条线索,这条线索迅速发展:杰西卡偷了父亲夏洛克的钱财与罗伦佐私奔了,这更加深了夏洛克对安东尼奥的仇恨,促使他一定要对安东尼奥报复,这条线索虽然不占主导地位,但是对第一条线索起到推波助澜的作用。第四幕是"高潮"部分。第一、二条线索经过发展融合在了一起,矛盾就集中在安东尼奥和夏洛克的冲突上。而第三条线索中杰西卡与罗伦佐的爱情及其与夏洛克之间的矛盾也转化到夏洛克对安东尼奥的仇恨上,所以三条线索的矛盾都集中在法庭上"爆发",将第四幕推上高潮。夏洛克在法庭上坚决要求按照合约执行对安东尼奥的处罚,以发泄他对安东尼奥"久积的仇恨和深刻的反感",在这关键时刻,鲍西娅出场了。她先是欲擒故纵,在夏洛克得意忘形的时候使事情陡然一转:宣布夏洛克只准割肉,不准出血,斤两不能相差一丝一毫,否则就要以命相抵。最终夏洛克受到致命的惩罚:没收财产。

　　这三条线索中,第一、二条线索在作品中共同占主导作用,相辅相成。安东尼奥为了巴萨尼奥和鲍西娅的爱情向夏洛克借钱,又因为巴萨尼奥和鲍西娅的爱情成功结束了与夏洛克的纠纷。第三条线索是副线,是第一、第二条线索的补充并推动剧情的发展。这三条线索既平行又交错,使整个故事既丰富多彩又和谐流畅。此外,《温莎的风流娘儿们》也有三条平行交错的故事线索,《李尔王》有三条情节线索。《仲夏夜之梦》有四条情节线索,有时平行有时交错地展开,它以赫米娅与拉山德、海伦娜与狄米特律斯两对青年人的爱情纠葛为主线,以公爵和女王的婚姻、仙王和仙后的争吵与和解形成了另外两条次要线索,将四条线索融合在一起,使所有矛盾都圆满解决,四对情侣都终成眷属。两条副线一直服从于主要线索,穿插、揉合在主线之中,既推动又映衬主线索的发展。通过主线索与副线索的错综复杂地发展展现了广阔的社会背景。[①]

　　开场诗是戏曲作家在戏剧开始时所采用的诗句,旨在向观众交代人物、背景、全剧内容和本幕内容。开场诗在传递大量信息的同时让观众在主人公露面之前产生强烈的想要了解主人公的欲望,起到制造悬念的作用。退场诗是戏曲作家在戏剧结束时所采用的诗句,旨在通过剧中非主要人物之口的朗诵或演唱,起到总结剧情或表达作者思想感情的作用。在16世纪的世界文学作品中,开场诗和退场诗的运用几成定式。英国戏剧大师莎士比亚和中国明代戏剧家汤显祖是16世纪东西方剧坛上两颗璀璨的巨星。他们在同期分别取得辉煌文学成就且于同年去世,这被后人认为是中西方文学史上的巧合。日本戏剧史家青木正儿在其所著《中国近代戏曲史》中第一次把汤显祖和莎士比亚相提并论,称汤显祖为"东方莎士比亚"。莎士比亚

---

　　①　梁军童:《莎士比亚与汤显祖戏剧结构比较》,山东商业职业技术学院学报,2012年第2期,第70页。

的《罗密欧与朱丽叶》(以下简称《罗》剧)和汤显祖的《牡丹亭》(以下简称《牡》剧)是世界戏剧史上的两大著名爱情悲剧,二者在艺术形式上都有开场诗和退场诗,且都突破了当时剧本创作的传统定式从而有所创新。自 19 世纪以来,有为数不多的中外戏曲研究者分别注意到了其中的开场诗和退场诗现象,但鲜有比较研究。笔者试通过对两剧开场诗和退场诗的比较,分析其形式和内容的异同,对两位戏剧大师运用这种艺术形式的意图进行探讨。

此外,两剧的开场诗在细节上还有一些差异。《罗》剧的开场诗由专门的致辞者朗诵,这个致辞者并非剧中的人物;而《牡》剧中开场诗的念白或吟唱者,其身份都是剧中人物。在《牡》剧中,除第一出《标目》为主开场诗总括全剧内容外,第二到第九出戏的开场诗均是"生旦家门"的形式,由出场者自我介绍人物身份、职业并引出该出戏的基本内容,第十出戏以后各出的开场诗总结前出戏结果并介绍本出戏内容。例如,第九出《肃苑》中的开场诗《一江风》:"小春香,一种在人奴上,画阁里从娇养。侍娘行,弄粉调朱,贴翠拈花,惯向妆台傍。陪他理绣床,陪他烧夜香。小苗条吃的是夫人杖。"[①]这一曲开场诗把此出戏的主要人物——丫鬟春香的身份交代得非常清楚,将其心态刻画得淋漓尽致。

《罗》剧中还有一个令人疑惑的问题,莎士比亚在总开场诗之外,只在第二幕前加了开场诗,而其他各幕没有,这种创作手法又是一种例外。其第二幕前的开场诗为:

> (致辞者):
> 旧日的温情已尽付东流,新生的爱恋正如日初上;
> 为了朱丽叶的绝世温柔,忘却了曾为谁魂思梦想。
> 罗密欧爱着她媚人容貌,把一片痴心呈献给仇雠;
> 朱丽叶恋着他风流才调,甘愿被香饵钓上了金钩。
> 只恨解不开的世仇宿怨,这段山海深情向谁申诉?
> 幽闺中锁住了桃花人面,要相见除非是梦魂来去。
> 可是热情总会战胜辛艰,苦味中间才有无限甘甜。[②]

通过这一幕的开场诗可以看出此诗的形式仍属十四行诗,仅为本幕的剧情简介。从全剧的剧情要求来看,在第一幕前加上开场诗让观众及早了

---

① 汤显祖:《玉茗堂全集》(第 12 卷),上海:上海古籍出版社,1995 年,第 322 页。

② 莎士比亚著,朱生豪译:《莎士比亚全集》(第 8 卷),南京:译林出版社,1994 年,第 16 页。

解剧情和制造悬念非常必要,但只在第二幕前加开场诗却不在后3幕使用开场诗的做法似乎令人费解,在整个剧本的格式上也不统一,我们只能从剧情分析中寻找答案。虽然罗密欧与朱丽叶两人家族间的宿怨给两个年轻人纯洁的爱情蒙上阴影,使二人深陷矛盾痛苦之中,但他们最终战胜世仇的阻力,在牧师的帮助下毅然秘密到教堂举行婚礼。此幕虽然不是全剧的高潮,却是全剧的精华所在。因此,作者在此幕前运用开场诗无疑是想使观众加深对罗密欧与朱丽叶爱情的理解,展示角色的内在情感和复杂心理,吁求观众沉迷剧中并申明剧作家鲜明的艺术宗旨。从全剧的结尾就可看出,莎士比亚对凯普莱特和蒙太古两个家族和解的描写惜墨如金,两位封建家长面对在他们仇恨下惨遭牺牲的子女的尸体时悔恨和解的思想转变得过于突然,似有"放下屠刀,立地成佛"之嫌。这正表明莎士比亚创作此剧的重心并不是唤起双方家族和解,而是讴歌罗密欧与朱丽叶纯洁爱情本身。①

　　西方戏剧的开场诗和退场诗都源于古希腊的合唱表演。西方戏剧的开场诗源于古希腊合唱队抒情诗,它是一种从公元前7世纪起在古希腊各宗教节日里为赞美酒神狄奥尼索斯而谱写的赞美诗或合唱抒情诗。合唱在古希腊戏曲里通常是一队歌舞者出现在两剧之间,起到颂扬上帝、渲染舞台气氛、活跃戏剧场面、充当戏剧角色的作用,同时也是戏曲作者的代言人,代替作者交代剧情或对剧中人物、事件加以评论。随着戏剧的发展,合唱演变为只有一人独白的形式。西方戏剧最早的退场诗也是以合唱的形式出现,用于戏剧结尾处,用来祈求宽恕或赢得掌声。后来随着戏剧的发展,合唱演变为退场诗的形式,通过剧中某一人物或最后一个下场演员对观众独白或演唱,起到前后照应、平衡全剧内容、总结剧情、抒发作者感情之作用。有时为了提出某个问题引起观众思索或勾起观众的好奇心,退场诗也会出现在某一幕的结尾。

　　中国戏剧与西方各国戏剧一样,也是源于诗歌和舞蹈。中国戏曲是从古代的抒情诗发展演变而来的,从先秦古诗到汉唐以来的歌舞再到宋金时期的戏曲艺术,有着明显的发展轨迹。中国戏曲发展至宋元时期已有相对固定的模式。宋元戏剧本开卷必有4句押韵的话语用来总括戏剧大纲,被称为题目,实际就是开场诗。一个剧本题目的最后一句包含剧名,用来向观众报出此剧的名称。明代中期的传奇戏曲剧本不再首标题目,而是在剧末念完开场白之后多了4句下场诗,这4句下场诗由题目变化而来。这种说明性独白似乎在每一部元杂剧的第1折(或开场的楔子)里都有出现。一个

_____

　　① 保罗·德·曼著,李自修等译:《解构之图》,北京:中国社会科学出版社,1998年,第51页。

人上场，报出自己的姓名，叙述很多故事剧情，似是观众理解发展的必需。郭英德指出，传奇戏剧作品的开场承袭戏文传统，都"成为套格"①。如清代李渔所论，第一出总是"家门"由副末上来先唱一段小曲。在戏文中，"此曲向来不切本题，只是劝人对酒忘忧、逢场作戏诸套语"，明中后期，更多的是"将本传中立言大意，包括成文"。这种惯例来自于诸宫调等叙事作品，在传奇戏曲中相沿成习。中国戏剧退场诗的形成与开场诗一样，都是经历了先秦古诗—汉代五言诗—唐代律诗—宋词—元曲的发展历程，到明代形成基本定式，每出戏剧中人物退场前都要念退场诗，总结本出戏的内容，暗示下出戏的内容或叙述人物的心情。《罗》剧的开场诗和《牡》剧的开场诗均置于全剧之首，有着明显的相同之处。

《罗》剧的总开场诗是由一个致辞者朗诵一段莎士比亚的十四行韵诗：

（致辞者）：

故事发生在维洛那名城，有两家门第相当的巨族，
累世的宿怨激起了新争，鲜血把市民的白手污渎。
是命运注定这两家仇敌，生下了一双不幸的恋人，
他们的悲惨凄凉的陨灭，和解了他们交恶的尊亲。

这一段生生死死的恋爱，还有那两家父母的嫌隙，
把一对多情的儿女杀害，演成了今天这一本戏剧。
交代过这几句挈领提纲，请诸位耐着心细听端详。②

几句简单明了的开场诗使观众对全剧的故事内容、故事发生的地点、涉及的人物以及人物的命运有了大概了解。开场诗中"是命运注定这两家仇敌，生下了一双不幸的恋人"预示着主人公在劫难逃的不幸命运，为男女主人公刻上了挥之不去的死亡标记，"把一对多情的儿女杀害，演成了今天这一本戏剧"说明他们是父母争斗的牺牲品。这一开场诗抓住了观众的心理，制造了一系列悬念，让观众急于想知道累世的宿怨激起怎样的新争、发生了怎样的流血事件，一对恋人是如何相爱又如何死去、他们的死又如何使世仇的双亲和解。

《牡》剧的开场诗就是第一出戏《标目》，从标目的字面意思可以看出作者的用意是"标明目的"，让观众了解剧情梗概。明代戏文传承了宋元时期

----

① 郭英德：《明清传奇戏曲文体研究》，北京：商务印书馆，2004年，第68页。

② 莎士比亚著，朱生豪译：《莎士比亚全集》（第2卷），南京：译林出版社，1994年，第16页。

开场方式"戏文剧本的开场，一般念诵两阙小曲"①。汤显祖在此突破了传统定式，以开场诗的形式介绍剧情。虽然也是按照定式以副末登场念白，但已不是传统曲牌，也不是"不切本题，只是劝人对酒忘忧、逢场作戏诸套语"②。《牡》剧的开场诗："杜宝黄堂，生丽娘小姐，爱踏春阳。感梦书生折柳，竟为情伤。写真留记，葬梅花道院凄凉。三年上，有梦梅柳子，于此赴高唐。果尔回生定配。赴临安取试，寇起淮扬。正把杜公围困，小姐惊惶。教柳郎行探，反遭疑激恼平章。风流况，施行正苦，报中状元郎。"③几句开场诗不仅介绍了《牡》剧的故事情节，也使观众顿生悬念——杜丽娘如何与柳生梦中相会？为何要留下自画像？如何忧郁而亡？柳梦梅如何能与丽娘人鬼情长？杜丽娘如何能起死回生？柳梦梅如何把杜宝惹恼？中状元后又出现何种结果？一个个悬念使得观众迫切希望知道全剧的详情。

《罗》剧的开场诗与《牡》剧的开场诗也有不同之处。前者以朗诵十四行诗的形式出现，后者则用曲调演唱的形式。这两种形式的不同是由中西方戏剧艺术的形式差别造成的。莎士比亚所创作的戏剧类似于话剧，分5幕，每幕中再分若干场次，演员只有道白而无演唱，道白的形式有韵文、无韵体诗和散文；而汤显祖所创作的戏剧是中国传统戏剧尤其是宋元杂剧发展到明代的艺术形式，集唱、念一体，不分幕，以内容层次分为若干"出"。所以，由于文化的差异，莎士比亚不可能把《罗》剧中的致辞者换成演唱者；人们也不可能期待两剧都同样分幕，每幕都同样有开场诗出现。

莎士比亚在《罗》剧全剧结束时运用退场诗充分抒发了作者的思想感情。本剧退场诗由最后退场的人物（亲王）朗诵："清晨带来了凄凉的和解，太阳也惨得在云中躲闪。大家先回去发几声感慨，该恕的、该罚的再听宣判，古往今来多少离合悲欢，谁曾见这样的哀怨辛酸。"18世纪的英国，十四行诗每行都按一定方式押韵，诗人尤其善于在最末两行概括诗意，点明主旨，使之成为全诗精华。在莎士比亚所处时代，戏剧的收场也有定制。"收场白可以由合唱班剧中人吟诵。它可以总结全剧，指点道德意义或向观众道歉。"莎士比亚的这段退场诗并没有总结全剧的内容，只是表达作者的思想感情，但在某种程度上起到了评论的作用，使剧情的意义明朗，并左右了观众对剧情的反应。

汤显祖在《牡》剧全剧结束时也运用退场诗充分抒发了作者的思想感情。全剧最后一出《圆驾》，杜丽娘最后念白退场："杜陵寒食草青青，羯鼓声

---

① 郭英德：《明清传奇戏曲文体研究》，北京：商务印书馆，2004年，第68页。

② 汤显祖：《玉茗堂全集》（第7卷），上海：上海古籍出版社，1995年，第45页。

③ 汤显祖：《玉茗堂全集》（第23卷），上海：上海古籍出版社，1995年，第102页。

高众乐停。更恨香魂不相遇,春肠遥断牡丹亭。千愁万恨过花时,人去人来酒一卮。唱尽新词欢不见,数声啼鸟上花枝。"汤显祖借助唐诗(以上分别为韦应物、李商隐、郑环罗、白居易、僧无则、元稹、刘禹锡、韦庄的诗句),以清明时节杜陵青草入笔,使人触景生情,感慨万千。回想起 3 年前杜丽娘此时节踏青的情景,而此时此刻杜丽娘的陵墓绿草青青,牡丹亭前人来人往,杜丽娘香魂何在?令人痛断肝肠。诗中既有"清明时节雨纷纷,路上行人欲断魂"的凄凉,又有"花谢花飞飞满天,红消香断有谁怜"的自殇,作者创作《牡》剧所感发的爱恨情仇交织迸发出来,令人不胜感慨,这与《罗》剧中退场诗的作用大致相同。

莎士比亚在《罗》剧全剧结束时运用了退场诗,而在每一幕或每一场后均未运用退场诗,这很可能是为了加重全剧结尾的分量,突出其主旨内容,渲染作者最终要表达的思想情感,以引起观众的共鸣。汤显祖不但在《牡》剧全剧结尾运用了退场诗,还在每出戏中都运用了退场诗,并且都为后面的剧情提供了暗示。在《牡丹亭》五十五出剧中,除第一出的退场诗"杜丽娘梦写丹青记。陈教授说下梨花枪。柳秀才偷载回生女。杜平章刁打状元郎"四句为全剧的内容简介外,其余五十四出的退场诗皆为唐诗集句,作为本出戏的小结。退场诗由最后下场的人物念白,如第二十六出《玩真》,退场诗由最后退场的柳梦梅念白:"不须一向恨丹青,堪把长悬在户庭。惆怅题诗柳中隐,添成春醉转难醒"[1](分别为白居易、伍乔、司空图、章碣的诗句)。第二十四出《拾画》,最后退场的是柳梦梅与道姑二人,退场诗由其二人合作念白:"(柳梦梅):僻居虽爱近林泉,(道姑):早是伤春梦雨天。(柳梦梅):何处邈将归画府?(合):三峰花半碧堂悬。"(分别为伍乔、韦庄、谭用之、钱起的诗句)虽然从明代中期开始,就有剧作家用唐人诗句拼凑下场诗,名之为"集唐"的现象,但真正全本使用"集唐"的传奇作品是汤显祖的《牡丹亭》,它对后世的戏剧作品影响很深。用唐诗集句作为退场诗充分突出了一个"雅"字,除了求新逐奇以外,也反映出当时的一种文学现象:文人喜欢把唐诗中的诗句抽出重新组合成新诗。

两剧的退场诗在具体运用上有所不同,这是由中西方戏剧在细节安排上的差异造成的,主要表现为:《罗》剧由致辞者朗诵,而《牡》剧由剧中人物演唱;《罗》剧只在全剧剧终时运用了退场诗,而《牡》剧不仅在全剧剧终时运用了退场诗,在每一出的结尾都运用了退场诗并为后面的剧情提供暗示。《罗》剧的创新在于非剧中人物念开场诗,而是专门设计了一个致辞者,并在主要场次即第二幕前加了一个开场。据此,不难看出,《牡》

---

① 汤显祖:《玉茗堂全集》(第 33 卷),上海:上海古籍出版社,1995 年,第 56 页。

剧的创新在于开场诗不再运用传统曲牌，也不再使用套语，直接概括剧情。陈瘦竹先生认为：《牡丹亭》的《标目》与《罗密欧与朱丽叶》的《开场诗》是巧合。

笔者认为这绝非巧合，而是由时代背景所决定，是运用不同的艺术手法而产生的必然结果。从莎士比亚与汤显祖对戏剧形式创新性的运用中可以看出：一方面，戏剧作为一种艺术形式，其最终使命就是尽可能地贴近生活并通过活生生的现实来表达人们内心的情感，这一点在中西戏剧里没有差别——它符合文学的本质，即要表达人类共通的情感，符合世界各民族文化逐渐融合的发展轨迹，这也是历史发展的必然；另一方面，莎士比亚与汤显祖对开场诗和退场诗运用上的不同，在一定程度上反映出中西戏剧本质上的差异。比如，从文体渊源来看，欧洲戏剧从其最早的文学样式史诗那里汲取了"事件"这一元素，同时直接模仿生活中"人物自我相互对话"的形式，所以《罗》剧中由致辞者朗诵；而中国戏剧是从有简单情节的歌舞表演发展而成的，所以说辞都由剧中人物演唱。再者，《牡》剧中退场诗的多少以及内容和特点，也反映出中国戏剧更注重故事情节连贯性与完整性的特点。

汤显祖与莎士比亚是同时代人，一个是中国明代戏曲大家，一个是英国文艺复兴时期的戏剧大师。虽然曲剧有别，东西殊异，但两人却都堪称世界舞台艺术大师，而对比两位大师的创作，其中确实存在许多重要的相同之处。《牡丹亭》是汤显祖的代表作品，因而以它来考察汤显祖的戏曲艺术特点应具有效性。而所谓"莎士比亚化"，是对莎士比亚戏剧艺术特点的总概括，语出马克思1859年致拉萨尔的信。马克思在文中指出，作品的思想倾向应从丰富生动的情节设置、富有个性的人物形象塑造、对广阔社会现实的背景描绘以及丰富多彩的语言运用中自然而然地流露出来，而不是在作品中直接宣讲出来即"席勒式地把个人变成时代精神的传声筒"。"莎士比亚化"还包括现实主义和浪漫主义的有机融合，悲剧和喜剧的有机融合等。具体考察《牡丹亭》，我们将发现它竟是惊人的"莎士比亚化"的。

"莎士比亚化"的核心成分是情节的生动性和丰富性，体现在作品中，就是多情节线索的设置。这种设置中，情节之间的对比和映衬是绝对的因素，而情节是交织还是平行则取决于情节间发生关联的程度；并非所有莎士比亚重要作品中的情节都紧密结合，互为推动，《亨利四世》就是个很好的例证，在《亨利四世》中，莎士比亚围绕"野猪头酒店"为我们提供了一幅广受赞誉的"福斯塔夫式的背景"，而这一情节线索与平叛安邦的主线并无紧密联系，从剧作主旨方面来看尤其如此。在《牡丹亭》中，汤显祖也设置了两条主要情节线索：杜、柳的爱情经历和杜宝的政务活动，李全作乱可归于后一线索。长期以来，我们未能充分认识这一结构安排的匠心所在，因而也未能对之给予充分肯定的评价,相反,我们倾向于认为剧作家对第二条线索的设置和处理方式造成了《牡丹亭》的冗长、松散,使之丧失了原该具有的集中和紧凑。

《牡丹亭》的喜剧因素并不体现于情节,而是通过滑稽可笑的人物形象体现出来。陈最良是剧中最主要的喜剧形象,其迂腐浅薄不仅具有通常的喜剧意味,还有些黑色幽默的味道。杜宝粗疏正统,严厉保守;杜夫人虽然对女儿慈爱体贴,但软弱无主张,且拘于礼教,不能为女儿排解心事;春香虽然是杜丽娘的贴身丫头,但她年幼无知,不能与杜丽娘真正沟通,只能勉强充当一个听众。因此,杜丽娘面对以上人等,无异于面对无生命的藩篱、高墙,虽情有所困,思有所感,一腔心事却无处可诉。"师者,所以传道授业解惑也。"陈最良作为一个反讽的形象,其迂腐浅薄和杜丽娘的秀外慧中形成鲜明对比,加强了我们对杜丽娘可悲处境的感知。而《诊祟》一出中,他那"君子抽一抽"等谐谑之语,无异于拿杜丽娘深切、真实的痛苦当了鄙陋、下流的谈资,既与杜丽娘的精神品格形成强烈错位,又无情地击中了杜丽娘渴望爱的要害,其中的苦涩怪诞滋味,只有黑色幽默可以比拟!这出戏中,剧作家着力突出的陈最良的不学无术,唯其并非有意调笑杜丽娘,才更显出了这位老秀才的麻木迟钝,缺乏人性,对揭示杜丽娘的悲惨处境有画龙点睛之效,他的存在以另一种方式将环境对杜丽娘人性、情感要求的漠视和压制有力地凸现了出来,在艺术效果上,甚至超过了杜丽娘形象所承载的社会批判力量。

石道姑是一个类喜剧形象。剧作家虽然对她较对陈最良刻薄,但由于她的重头戏不多,她被丑化的程度却轻于陈最良。笔者认为,作为一个粗线条的形象,石道姑在剧中的主要作用是与身心健全的杜丽娘形成对比。剧作家以石道姑的生理缺陷反衬杜丽娘身心的健康、完美,体现出对美好人体、美好人性、美好人生的赞美和追求。文艺复兴时期的欧洲艺术家在造型艺术中大量塑造和描绘健美、丰满的人体,以此表达对幸福的现世生活的向往,向基督教会宣扬的禁欲主义发起攻击;20世纪英国作家D·H·劳伦斯在《查特莱夫人的情人》中塑造了性残疾的查特莱先生形象,以此表明对资本主义工业文明中人的异化现象的否定和批判。《牡丹亭》和以上两者异曲同工,同样具有深层的思想文化背景和动因。因此,尽管《道觋》一出颇多污秽之语,我们仍不能简单地将之一笔否定掉。石道姑之外,郭囊驼和癞头奄也是剧中有生理缺陷的人物。正如专家学者所注意到的那样,在一部戏曲中集中安排了这么多有生理缺陷的形象,这在汤显祖的其他作品中是不曾有过的。由此可见,《牡丹亭》的人物设置绝非无意为之,也并非只为插科打诨逗笑,而是匠心独具,别有深意。

　　悲、喜剧因素的混合是"莎士比亚化"的另一个惹人注目的组成部分。《牡丹亭》是否悲剧，人们说法不一，但这并不妨碍我们讨论其悲、喜因素混合的问题，因为我们讨论的是"因素"，并不是要为作品定性。换言之，悲剧可以悲、喜剧因素混合，喜剧也可以悲、喜剧因素混合，《威尼斯商人》就是后者的例证。悲剧的审美特征是庄严、崇高、悲壮，喜剧的审美特征是幽默、滑稽。所谓悲、喜剧因素的混合，指的是这两种美学风格的混合。具体到《牡丹亭》而言，杜丽娘与柳梦梅的爱情线明显呈现为悲剧风格，理由如下：首先，杜丽娘正常的人性要求得不到满足，为情所迫，终至香消玉殒。剧作家通过《惊梦》《写真》《闹殇》等场景极写了杜丽娘被困于无形牢笼中的抑郁、痛苦的身心状态，渲染了浓厚的悲剧气氛。该悲剧气氛以杜丽娘之死达到高潮，以后的《幽媾》《冥誓》两出，虽写情人幽会，但仍未脱辛酸、凄楚的情调：本应活人相爱，却落得人鬼相亲，亲情反而加重了人的痛感。加之杜丽娘之魂来如冷风，去伴残月，魂单影只，躲躲闪闪，欢乐之意几被扫荡殆尽。但杜丽娘为爱而死，因爱而生，其生死经历显示了爱情的强大力量，不愧为男女爱情的一曲激昂颂歌，而杜丽娘执着沉迷、矢志追求的顽强行为也无异人道主义的大声呐喊，和其悲惨遭遇一样具有震撼人心的巨大力量。因此，《牡丹亭》在悲惨之外还给人以崇高庄严之感，具有悲剧的审美特征。其次，《牡丹亭》写杜、柳爱情，两人间虽也有只言片语的夫妻逗笑情话，但不能改变整体上的悲剧气氛。柳梦梅形象虽总体看来色彩暧昧，但他只是作为杜丽娘爱情的对应物，并非明确具有独立意志的形象，因此，他虽未能强化杜、柳爱情的悲剧气氛，却也未起到破坏这一悲剧气氛的作用。再次，《回生》一出，所写虽为喜事，且掺杂有各色人等，但剧作家着力书写的是"天开眼了"的奇迹景象，戏曲的内在情境是紧张而不是轻松，造成的效果是惊异、赞叹，而不是欢愉。此外，杜丽娘初返阳世，不禁风、光的羸弱情态，更使人回想她经历的磨难，不由人不啼嘘慨叹，痛放悲声。到这里，杜、柳的爱情线索发展到了它的最高点，显示出的仍然是悲剧的审美特征。

　　汤显祖在《复甘义麓》中说："性无善无恶，情有之。因情成梦，因梦成戏。戏有极善极恶。"[①]这里再一次强调了"情"在戏剧创作中的主导地位。但值得我们思考的是，汤显祖为何以"梦"这一特殊的表现形式来统摄其全部的戏剧创作？所谓"因情成梦"，正是由"情"的激发产生审美的理想境界，这种境界有最完美的外在表现形式，这就是"梦"。这是一个方面。另一方面，从"梦"的本质看，戏剧艺术的梦境可以在更大程度上发挥想象力的潜能，甚至允许极度的想象，表达一种豁达脱世的胸臆。"生者可以死，死可以

---

①　汤显祖：《玉茗堂全集》（第6卷），上海：上海古籍出版社，1995年，第102页。

生"的生死之间的转化,打破了时空观念的绝对性,表现出对主体情感自由抒发的追求,表现出"情不知所起,一往而深"这种对"情"的复杂性、生动性的肯定与认识。"梦"还使舞台的表现范围更为广阔无垠,手法更为灵活洒脱,从而实现一种追求完美含蓄、朦胧曲折的审美意境。精神分析学家弗洛伊德在分析了现实生活中各类梦境之后指出:"我们已经发现,梦取代了许多源于日常生活的思潮,并且形成一个完整的逻辑秩序。因此,我们不必怀疑这些思想是否源于正常的精神生活。我们认为价值很高的思想以及极其复杂的行为,都能在梦思中找到。"[①]这就从心理学的角度为"因情成梦,因梦成戏"的创作思维路向找到了具有很强说服力的理论依据。艺术的梦幻境界往往是一种更高的真实。

在 17 世纪初,于西半球的不列颠帝国出现了一位伟大的诗人及戏剧家,其作品享誉世界,经久不衰。他的出现使整个西方戏剧上了一个台阶,亦出现了一个难以跨越的高峰。其名著《哈姆莱特》中出现的那一句"to be or not to be"通过设立一个人生僵局,或者十字路口来引导人们对人生,对爱情,对一切的一切进行一轮又一轮的思索。而他在抒情诗方面的登峰造极之作——十四行诗,在一些学者看来,其伟大成就在西方文学界至今仍无法超越。他就是威廉·莎士比亚。而此时,就在东半球的中国明朝,昆曲艺术的发展到达了鼎盛时期,也出现了一个在中国文学和戏剧史上不朽的人物。他流传下的主要作品——《紫钗记》《牡丹亭》《邯郸记》《南柯记》这四部戏剧著作,都因内容与梦有关,又被统称为《玉茗堂四梦》。其代表作《牡丹亭》,情节曲折,构思奇特富有极强的浪漫主义色彩。在其问世之时,受到欢迎之热烈,甚至达到"家喻户诵,几令《西厢》减价","京华满城说《惊梦》"的痴狂程度。他就是有"东方莎士比亚"之称的戏剧家汤显祖(字义仍,号海若,别号清远道人)。莎士比亚与汤显祖这两位堪称奇迹的人物,他们的戏剧作品就如同"一座蕴藏着开采不尽的黄金和钻石的宝藏"[②],他们身上有着太多的巧合,有着太多的可比性,使得半个多世纪以来,诸多学者从不同的角度对他们的创作风格进行了比较。

莎士比亚生活的时代正处于欧洲历史上的文艺复兴时期,汤显祖则生活在我国明朝中后期,身历嘉靖、隆庆、万历三朝。他们所处的时代都有一个共同的特点:城市经济发达,市民阶层兴起,出现了戏剧的繁荣局面。莎士比亚时代是伊丽莎白、詹姆斯一世先后统治的时代,这是封建制度解体、

---

① 弗洛伊德著,高觉敷译:《精神分析引论》,北京:商务印书馆,1984 年,第 32 页。
② 李祥林:《性别文化学视野中的东方戏曲》,香港:香港天马图书有限公司,2001 年,第 95 页。

资本主义兴盛时期。英国自 15 世纪开始的"圈地运动"刺激了工厂手工业的畸形繁荣,它利用所处大西洋航路中心的优越区位,积极开展对外贸易和海外掠夺,成为海上霸主,国力强盛,伦敦成为国际贸易和信贷中心,市民生活富裕。而汤显祖所处的时代,百姓的小日子过得也是相当滋润的,虽然大环境不怎么样——《明史》称,明亡亡于神宗。朱氏王朝从此一直走下坡路,到崇祯吊死煤山而灭亡,但普通百姓只管小日子,不管大环境,有一口饭吃,有一张床睡,不兵荒马乱,不妻离子散,就谢天谢地了。因此,此时的中国,从上到下自我闭关,自我禁足,自然也就处于一种自我陶醉的状态下。在这种生活富足,物质生活得到极大满足的情况下,人们也会主动地寻找一定的娱乐活动来满足精神需求,文化生活如戏剧就成为其必需品。戏剧具有卓越的新意和鲜明的现实价值,最能表现社会的本质和民众的心声。剧作家都非常注意作品的戏剧性,都精心构建和安排戏剧冲突,在其展开、深入和最后解决的复杂过程中来刻画性格和表现主题。强烈的戏剧性使作品情节异常丰富,波澜起伏,引人入胜。莎士比亚的戏剧至少有两条或两条以上的平行情节线索交织,有"结构宽阔一派"之称。宏伟而匀称的结构,翻覆而流畅的情节使其具有巨大的时空容量。汤显祖在这方面相对逊色,其情节线索一般不超过两条,以一条为主。

　　不过,在舞台演出方面,两人的戏剧都是相当成功的。两人在艺术手法上不约而同地用神怪、传奇因素烘托戏剧情节,只不过附带上各自的民族特色。莎士比亚笔下的精灵、神示与古希腊、罗马神话有密切的渊源关系;汤显祖传奇中出现的判官、阴曹地府则带有浓厚的中国民间色彩。不过,在鬼魂显灵这一点上,两位作家的想象比较相似。神怪、传奇手法的运用,给戏剧添加了扑朔迷离的色彩,具有很高的艺术价值,此特点也正是两人在艺术上最大的相似之处。两人对戏剧结局的处理有些不同。这种区别主要是由于东西方不同的审美习惯造成的。中国传统讲究结局的皆大欢喜;西方文学对悲剧和喜剧有明确的定义和划分,通常把悲伤因素放在过程中表现。判断一部戏剧的悲喜成分,除题材方面的特征外,结局是个重要标志。就《哈姆莱特》和《牡丹亭》两部作品而论,《牡丹亭》中的杜丽娘和《哈姆莱特》里的奥菲莉亚在追求爱情中都经历了"朝向死亡的存在"(海德格尔)。死亡是她们追求"至情"的必然选择,而两者的区别在于,奥菲莉亚在死亡中表现了自己的"至情",而杜丽娘为了"至情"还要复生。"生不可以死,死而不可复生者,皆非情之至也"(汤显祖语)。然而,从对"至情"的处理来看,两位大师之间有很大的区别:汤剧中的情不仅超越生死,而且超越人与动物的界限;而对莎士比亚来说,悲剧中的情止于死,不会出现人鬼恋的情节。其原因之一在于,古代西方的男女相对自由,至少在结婚之前能够见面;而中国古代的男女交往受到严格的限制。二是中国古代文学有人鬼恋的传统，而西方文学在这方面相对缺乏。此外，西方的悲剧传统以死亡为最高境界，而中国戏曲常有一个 happy ending。

莎士比亚和汤显祖的剧作在演出方面也有许多不同点。莎士比亚的剧作，没有按照三一律的方式来写作，在演出方面也有自己的特点。与汤显祖的作品演出相比，莎剧为多幕剧，特别是在重要场景的转化上运用得比较突出，且为了让观众更直接地以视觉的方式体会剧情，在许多重要场合，都使用实景，演员也会根据剧情的需要而进行服装的改变，且穿着与当时欧洲现实生活中相应阶级的穿着相仿。如《罗密欧与朱丽叶》中，罗密欧与朱丽叶在朱丽叶家进行私下会面时，女主人翁就身穿睡衣，站于舞台上搭起的露台上；男方则运用"爬"的姿势上露台。而汤剧在表演上则遵循我国戏曲传统的表现手法，一幕到底，运用演员动作上的处理来表现场景的转换。人物通常一种扮相到底，剧中扮相夸张与现实生活中完全不同。且为了配合观众的文化层次的需要，汤剧在人物扮相上做了一定的处理来表现人物好坏，如红面忠白面奸。

在舞台语言的表现上，莎剧与汤剧也有很大不同。莎剧的表现形式多变，不局限于某种特定形式，可白话，使用歌曲，完全根据表演者而定。而汤剧则有特定的唱腔——昆腔，演员要根据角色的不同诠释人物，如《牡丹亭》杜丽娘的唱词"原来姹紫嫣红开遍，似这般都付断井颓垣。良辰美景奈何天，赏心乐事谁家院！恁般景致，我老爷和奶奶再不提起"[①]就必须是"皂罗袍"的唱腔及曲调。"遍青山啼红了杜鹃，荼蘼外烟丝醉软。春香呵，牡丹虽好，他春归怎占得先！"[②]就必须运用"好姐姐"的唱腔及曲调，不能有一丝一毫的改变。莎士比亚与汤显祖，一位是西方戏剧界的名人，一位是东方戏剧界的翘楚，他们对于世界戏剧发展的影响是深远的。他们的作品也必定经久不衰，长久流传下去。莎士比亚和汤显祖是东西方文学史上杰出的剧作家，都创造出非凡的艺术成就，一直流传至今。莎士比亚和汤显祖在戏剧创作上，都突破了李渔的"减头绪""立主脑"和亚里士多德的古典主义戏剧理论"三一律"的框框，在时间、空间、情节安排上，都具有巨大的灵活性。其中最大的一个特点就是莎氏和汤氏在作品中都采用不同于传统的双线索或多线索形式，而是"花开两朵，各表一枝"。主副线交替出现，来回切换，相辅相成。

《牡丹亭》中以杜丽娘"为爱而死，为爱而复生"的离奇故事为主线，中间

---

① 汤显祖：《玉茗堂全集》(第 4 卷)，上海：上海古籍出版社，1995 年，第 47 页。

② 汤显祖：《玉茗堂全集》(第 12 卷)，上海：上海古籍出版社，1995 年，第 132 页。

穿插了其父杜宝抗金报国,南征北战,最后升任宰相的仕途线索。作者花了大部分篇幅描写杜丽娘、柳梦梅的爱情,表现了人性的觉醒,与窒息人性的宋明理学的斗争。这一主旨,不难看出。但除了爱情主线,汤显祖还通过描写与主人公生活环境息息相关的各种人物命运,反映整个社会的生活画面,由此把"情"与"理"的斗争写得波澜壮阔、扣人心弦。《牡丹亭》用九出之多的篇幅展现了杜宝升任安抚使,镇守淮扬,招降李全,晋升平章的过程。杜宝是"西蜀名儒","廿岁登科,三年出守"(《牡丹亭》第三出),饶有政绩,可年过五旬仍是一太守,杜宝也感叹自己"莫作寻常太守看",不甘心"一生名宦守南安"。第八出《劝农》写杜宝下乡视察民情,劝导农民勤于耕作的事,体现了杜宝作为南安太守的廉洁清正,尽职尽责,体恤民情,也反映了杜宝是一个正统的封建官僚、一个推崇程朱理学的典型人物。第四十二出《移镇》写金完颜亮欲南下夺取临安,封叛将李全溜金王作内应。李全攻打淮扬,淮扬吃紧。杜宝奉命移镇淮安。水路慢,杜宝改择陆路。他夫人哭道:"你星霜满鬓当戎虏,似这烽火连天各路衢。"[①]杜宝则说:"俺做的是这地头军府。"表现了杜宝老骥伏枥,救国于危难的民族英雄精神。第四十三出《御淮》写杜宝带兵杀入城内,却被围困在淮扬城。城里的官员都在商议怎么逃跑或是怎么投降时,杜宝鼓舞三军说:"兵势危急,俺们一边舍死先冲入城,一面奏请朝廷添兵救助。"将士被杜宝舍生忘死的精神所感动,奋勇拼杀。第四十六出《折寇》中杜宝遣陈最良带招安信给李全,李全接受招安,淮安解围。杜宝因退金兵有功,升为平章。这条线索刻画了杜宝的传统士大夫形象,他忧国忧民,有勇有谋,舍生忘死,击退金兵。靠自己的廉政清明和奋勇杀敌而不是阿谀奉承、旁门左道升官进爵。这条线索不单单是描写了杜宝仕途发展的过程,而是通过这些刻画了杜宝作为当时社会主流的封建士大夫的一个典型形象,从而反映出当时社会的广大生活面,展现出杜丽娘和柳梦梅之间的爱情发展的社会背景,当时的封建礼教阴影是多么浓重。作为封建代表的杜宝的势力越强大,杜丽娘和柳梦梅的爱情斗争就会越激烈。

《紫钗记》各以李益、霍小玉为中心的两条线索,描写了他们对爱情忠贞不渝的故事。围绕李、霍这两条主线,作者又安排了卢太尉、黄衫客、刘将军、崔允明等各条辅线。李、霍这两条主线分别塑造了一个胸怀大志,"不为淫邪","恁情深"的男性形象,和一个"能作有情痴",敢爱敢恨、执着追求幸福的女性形象。当李、霍相聚缠绵悱恻时,这两条线索就会合了;当李、霍分离时,这两条线索便呈平行态势。卢太尉、黄衫客等辅线则都是紧紧围绕李、霍这两条主线来写的。在卢太尉这一条线索中,卢只因李益考取状元未

---

① 汤显祖:《玉茗堂全集》(第23卷),上海:上海古籍出版社,1995年,第36页。

去谒见,便"荐他玉门关外参军",造成了李、霍夫妻分离;为了收买李益,卢太尉对李益软硬兼施"招他为婿,如再不从,奏他怨望未晚","古人贵易妻",并造谣小玉"招了个后生相伴",欺骗小玉"他那边衡新婿",挑拨李、霍的关系,造成两人的分离。卢太尉这条副线,影响并推动着李、霍两条主线的演变,使故事情节丰富,矛盾冲突激烈。

不同的经历与处地造就出来东西方两个不同的戏剧家,正因为他们的不同,在他们的作品中才可以看出他们的身上打着时代的烙印及思想上的不同。莎士比亚和汤显祖的创作分属东西方两种不同的戏剧类型。艺术上,既表现了处于不同义化氛围中的人们在戏剧艺术的探索和表现上的某些共性,也显示了种种主客观差异带来的个性。从戏剧类型上看,莎士比亚的戏剧是诗剧。莎士比亚戏剧的台词,除一小部分外,都是诗,尤以素体诗为主,如《麦克白》第三幕第五场中第 18~28 行的几句诗:

> MACBETH,Take thy face hence (Exit Servant)
> Season—I am sick at heart,
> When I behold—Sexton,I say! —This push!
> Will cheer me ever or dissect me now
> Is fall into the sear,the yellow leaf?
> And that which should accompany old age,
> As honor,love,obedience,troops of friends,
> I must not look to have;but in their stead,
> Caress,not loud but deep,mouth—honor,breath,
> Which the poor hear would fain deny and dare not. [1]

这是麦克白对绝境时的哀叹。一个十足的恶棍,却又是一个人情味十足的诗人——这就是莎士比亚艺术的多样性。

第二节　男性形象

莎士比亚塑造的男性形象纷繁复杂。他们不仅年龄、相貌各异,其身份地位、遭遇也各不相同。有帝王将相,有市井平民,有坦荡君子,更有阴险小人。更重要的是他们都有与众不同的性格。哈姆莱特忧郁,奥赛罗善妒,麦

---

① 歌德著,张可、元化译:《莎剧解读》,上海:上海教育出版社,2003 年,第 16 页。

克白野心勃勃,伊阿古充满邪恶,亨利五世英明睿智,罗密欧英俊多情,泰门愤世嫉俗,李尔王刚愎自用,科里奥兰纳斯骄傲异常,赫克托与阿喀琉斯勇猛善战,理查阴险毒辣……莎士比亚笔下的这些男性大多具有骑士精神,充满阳刚之气。他们崇尚武力,英勇顽强,不惧死亡和危险。为了个人的名誉利益,不顾一切。哈姆莱特为父报仇,奥赛罗怒杀妻子,科里奥兰纳斯背叛祖国,无不与维护尊严有关。麦克白、理查等为了争夺王位更是残杀无辜,疯狂无比。他们具有强烈的占有欲。这些人物身上体现了西方民族的主动性、攻击性和占有性,同时彰显了文艺复兴时期人的个性魅力,对人的自我认识与价值重塑。而中华民族的性格以阴柔为主。儒家推崇"温、良、恭、谦、让"的内向性格,以含而不露、温文尔雅为君子的理想人格。因此,汤显祖塑造的柳梦梅、李益、卢生、淳于棼都是文弱书生。他们俊秀儒雅、满腹经纶,有安邦治国的才能,但优柔有余,刚性不足。他们都以功名为重,追求兼济天下。这正体现了中国古代文人的价值取向。

中国古典文学主要在封建制度下形成,世界上很少有别的民族的封建制度延续得像中国那样持久,封建文化像中国那样辉煌。正如中国没有经历过自己的资本主义时期,它的资产阶级及其创造的文化是幼稚落后的,而欧洲文学著称于世的却主要是它的资本主义社会的产物。《共产党宣言》曾这样指出两个社会的不同:"资产阶级在它已经取得了统治的地方把一切封建的、宗法的和田园诗般的关系都破坏了。它无情地斩断了把人们束缚于天然尊长的形形色色的封建羁绊,它使人和人之间除了赤裸裸的利害关系,除了冷酷无情的'现金交易',就再也找不出任何别的联系了。它把宗教的虔诚、骑士的热忱、小市民的伤感这些情感的神圣发作,淹没在利己主义打算的冰水之中。"[①]它同时还指出封建社会中存在的是"由宗教幻想和政治幻想掩盖着的剥削"[②],汤显祖和莎士比亚的作品分别反映了中、英两国不同的文化,但其中也存在着共同的艺术规律。我们采用比较的研究方法将两者的差异性与同一性辩证地结合起来,可以更好地了解两者的作品内涵和人类文化的共同特点。

我们不妨以女性主义文学批评的视角和阅读方法比较分析汤显祖和莎士比亚的作品对父亲形象和父女关系的刻画以及从中反映出的两位剧作家对封建父权制的否定。下面我们将着重考察汤显祖的《紫钗记》和莎士比亚

---

① 马克思著,刘丕坤译:《1884 年经济学哲学手稿》,北京:人民出版社,1979 年,第 35 页。

② 马克思著,刘丕坤译:《1884 年经济学哲学手稿》,北京:人民出版社,1979 年,第 79 页。

的《威尼斯商人》,同时兼及他们的其他作品。汤显祖的人文思想在《紫钗记》中就已经发端并初步得到较充分的体现。《紫钗记》是一部认识汤显祖、探究汤显祖早期思想的关键性作品,是他生命历程的一个转折点和摆脱仕途重新选择人生道路的标志。《威尼斯商人》被公认为莎士比亚最杰出的两部代表作之一。它是莎士比亚人文思想成熟的标志。英国著名文艺评论家赫士列特就曾针对莎士比亚的喜剧《威尼斯商人》的艺术价值做过以下估计:"毋庸质疑,尽管随着岁月的流逝,人们的生活习俗和思想认识将会发生怎样的变化,这个戏的生命,却会永远活跃在舞台上。"①《威尼斯商人》一经诞生,便富有强劲的活力,成为宣扬人文主义思想的一面鲜明的旗帜。因此,以《紫钗记》和《威尼斯商人》为比较的重点具有一定的代表性。

在汤显祖和莎士比亚的笔下,既有反映父权中心现实的父权意识,也有颠覆父权中心意识的男性形象。他们折射出剧作家对男权社会性别制度的思考和态度。总的来看,汤显祖和莎士比亚笔下的父亲可以分为以下几类。

一、"缺席"者——霍小玉和鲍西娅等女性的父亲

《紫钗记》中的霍小玉和《威尼斯商人》中的鲍西娅(还有莎士比亚其他戏剧中的许多女性,如海丽娜、贝特里丝、薇奥拉、奥丽维娅等人)的父亲都已去世。因此,这些父亲只是作为"缺席"者偶尔被提及。而他们的女儿们则不仅是剧中的女主角,也是全剧的主角。《紫钗记》中,从霍李婚姻的促成、安排,到强权危及婚姻时小玉对李益的指责劝说,到最后通过卖钗等努力挽回婚姻,整个过程无一不是以霍小玉为主导的。《威尼斯商人》的故事情节主线——鲍西娅与巴萨尼奥的婚姻——也都是鲍西娅自主地挑选丈夫,并且主动努力保证婚姻稳定,使丈夫忠诚于己。故事情节的副线,如帮助安东尼奥和制服夏洛克,也都是鲍西娅充当主要角色、出谋划策,甚至以金钱资助。父亲的"缺席"为这些女性的情爱意识、婚姻自主要求、平等意识、抗争的努力以及才智的发挥提供了最大的演绎空间,使她们作为"人"和"女人"的自我意识和行动能力得到全面充分的展现。父亲的死亡使她们从父权的所谓"正确"和"规范"的束缚下解脱出来,在一定程度上表现出坚定的信念、勇气、力量、理性、独立性、竞争性和智慧等男权中心社会认为是男性才拥有的"阳刚气质",模糊了传统的性别界限。

在父权社会的家庭中,父亲集父权、族权、神权于一身,是父权制的代

① William, Hizlitt. *The Characters of Shakespeare's Play*. London: Kessinger Publishing, 2004, p. 324.

表。父亲在拥有保护其家庭成员生命权力的同时也具有不容置疑和反抗的绝对权威。他在自觉维护封建礼教和规范的同时,要求子女服从父权社会的意志,成为从属于宗法社会的、封建君臣父子纲纪中的一个符号。父亲对其子女可以实行压制和惩罚的权力,禁止他们超越父权规范的行为。在这个意义上讲,父亲的这种权力是一种否定性力量,它通过制定规则来抵制、排斥、拒绝、阻碍子女的自主权利。因此,父亲的权力表现为:"仅有否定力的权力,一种拒绝的权力;它在任何情况下都不能产生什么,只能宣布限制,在本质上是一种反对力量,它除了限制为它所控制的东西,使它几乎一事无成之外一事无成"。对女儿辈而言,从女儿一落地,父亲就带着"男尊女卑"的有色目光看她;把她视为私有财产,剥夺她的人身自由。父权制通过父亲在家庭中行使着将女性物化、客体化的权力,使女性从出生起就处于社会和家庭的边缘。

父亲的"缺席"对父权社会中女性的生存具有重要内涵。它为女性自我的实现提供了可能性。在这一处境中,她们的独立自主和刚强气质代替了女性的自卑和逆来顺受。因此,父亲作为父权象征的不在场和消失实际上是赋予女儿以自主的权利。父权之被"逼死"这一象征性的杀父行为充当了一个极大的功能。通过表现它对女性的含义,从反面证明了"家庭"对于女性的束缚和对父权家庭的潜在否定。否定某种存在的最好方式是使其死亡和消失,它有时意味着权力的终结。父亲作为一家之主,父亲中心的家庭作为父权的支柱,父亲的消亡必定导致父权的削弱。对于在父权家庭中的被支配者而言,父亲的消失意味着他/她的解放。"反家庭"或"不完全"的家庭形态以构想父亲的不存在、父亲形象的模糊和摧毁否定了父权的存在。它以展示家庭本身的缺陷,寻找其内部的裂隙,从内部打破了父权家庭的神话。

当然,霍小玉之父与鲍西娅之父的"缺席"是有所区别的。后者在生前留下遗嘱,要求女儿以选匣的方式来决定自己的终身大事。因此,他在一定程度上仍是"缺席的在场"。父亲的意志似乎仍然影响着女儿的婚姻,使之带有封建家长包办婚姻的色彩。但若就实质而言并非如此。鲍西娅父亲的做法恰恰表明了他的洞悉世事和深谋远虑。他清楚地知道女儿的殷实的家资和美丽的容貌必然会招来那些追名逐利、一无是处的纨绔子弟。而选匣的方式能最好地考验求婚者的真心和人品。他深知"金玉其外,败絮其中"是许多悲剧的直接根源。铅虽然外表朴实,倒会使人发现其中金子般的心。这种审美观反映了对美的理解。鲍西娅的父亲既表现出真正为女儿幸福充分考虑的父爱,又体现了进步的爱情观,而这也是女儿鲍西娅所认可的。事实上,鲍西娅父亲三匣选亲的规定不仅给了她充分的选择权,还使她从婚姻的第一步开始就处于主动地位。鲍西娅的父亲形象由于这种独特的"缺席的在场"而具有颠覆传统父权中心意识的意义,反映了剧作家关于女性婚姻的理想。

二、父权制的代表——卢太尉和夏洛克等父亲形象

如上所述,父权制通过父亲在家庭中行使着将女性物化、客体化的权力,使女性从出生起就处于社会和家庭的边缘。《紫钗记》中的卢太尉和《威尼斯商人》中的夏洛克就是代表父权制的两个父亲形象,他们的身上体现了父亲绝对主宰女儿命运(主要是婚姻)的意志。

查尔斯·福莱曾指出:这些父亲控制女儿的意志是如此强烈,以至于女儿的反抗会遭到他们尖刻狠毒的诅咒。夏洛克得知女儿与别人私奔后说:"她做出这种不要脸的事来,死了一定要下地狱","我希望我的女儿死在我的脚下……我希望她就在我的脚下入土安葬……"①苔丝狄蒙娜的父亲听到女儿坚持自己的选择时说道:"我不愿意容留她。"考狄丽娅的父亲由于女儿不愿按照他的意志说话而发誓:"永远和你断绝一切父女之情和亲属的关系,把你当作一个路人看待。吱食自己儿女的野蛮的锡第亚人,比起你,我的旧日的女儿来,也不会更令我憎恨。"②当朱丽叶的父亲听到女儿拒绝自己为她安排的婚事时骂道:"我也不要你感谢,我也不要你喜欢,只要你预备好星期四到圣彼得教堂里去跟巴里斯结婚;你要是不愿意,我就把你装在木笼里拖了去。不要脸的死丫头,贱东西!"③

父亲作为家庭中执行父权制度的代表,在操纵女儿婚事的时候首先考虑的是家族的利益和意志。封建的父权制社会是以宗法血缘关系为纽带和基础的,婚姻首先是家族的事而非个人的事,个人的情感和意愿必须服从家族的利益。婚姻的目的在于"合二姓之好,上以事宗朝,下以继后世"。更有甚者,"指腹为婚"对当事人个体权利的剥夺直至无以复加。恩格斯指出:"结婚是一种政治的行为,是一种借新的联姻来扩大自己势力的机会,起决定作用的是家世的利益,而决不是个人的意愿"④,"欧洲中世纪的包办婚姻

① 莎士比亚著,朱生豪译:《莎士比亚全集》(第 6 卷),南京:译林出版社,1994 年,第 25 页。

② 莎士比亚著,朱生豪译:《莎士比亚全集》(第 6 卷),南京:译林出版社,1994 年,第 47 页。

③ 莎士比亚著,朱生豪译:《莎士比亚全集》(第 6 卷),南京:译林出版社,1994 年,第 85 页。

④ 马克思,恩格斯:《马克思恩格斯选集》(第 4 卷),北京:人民出版社,1995 年,第 76～77 页。

在统治阶级中间流行,而在毫无顾忌的被压迫阶级中间,以爱情为理由的自由婚姻还是存在的。"①通过婚姻,子女(特别是女儿)就成为父亲进行某种利益交换的牺牲品。势力强大的卢太尉逼迫新科状元李益娶自己的女儿为妻。他对李益说:"参军如此人才,何不再结豪门? 可为进身之路。"可见,如果李益答应这门婚事的话,就有了更多飞黄腾达的机会。对于卢太尉而言,招一个新科状元为婿也就是网罗人才,壮大自己的势力,光耀门楣,更好地"霸掌朝纲"。在这个交易中,他的女儿就是最好的棋子。

在莎士比亚的《驯悍记》中,凯瑟琳的父亲以他的一半田地以及 2 万克郎报答愿意娶凯瑟琳为妻的男子,这样他就摆脱了一个让他心烦的女儿,而且能安心地将另外一个女儿嫁出去。父亲在通过女儿婚事实现自己和家族利益的同时,他们也是在自觉或不自觉地维护着父权社会的制度和体系。对此,盖尔·鲁宾提出了"女人交易"(trade in women)的观点。她认为,女人在父权社会变得商业化。对妇女的分析必须考虑到很多重要因素,其中包括女人商品形式的演变、从女儿身上榨取的剩余价值、从女性到婚姻联盟的转换、婚姻对政治权力的贡献等等。"女人交易"将妇女压迫置于社会制度中,它是妇女受压迫的最终场所。② 通过文本细读,我们会发现,两位剧作家对于这类父亲形象的叙述话语是带有讽刺意味的。杜丽娘的父亲按照封建礼教的规范管制和束缚他的女儿,对女儿的情感渴望漠不关心,最终导致丽娘的病与死;奥菲莉亚的父亲经常对女儿说:"让我来教你",结果导致女儿的发疯与死亡;考狄丽娅的父亲命令所有的女儿按照他的意志说话,对违抗他意思的考狄丽娅严厉惩罚,结果是自己被欺骗,失去了一切,包括真正爱他的小女儿考狄丽娅;朱丽叶的父亲命令女儿与他指定的男子结婚,结果导致女儿自杀身亡。希罗的父亲轻信了中伤女儿的谣言,对她无情指责,导致希罗晕死。

卡洛琳·赫尔本也指出,由于这些执行父权规范和意志的父亲只会带来混乱和毁灭性的结局,因此他们的形象使人质疑父权的社会制度和意识形态的可靠性。如果说女儿不需要一个伤害她的父亲,那么同样,人类不需要父权制度。剧作家正是通过这些父亲形象颠覆了父亲、统治者进而是整个父权社会的权威和秩序,从内部解构了父权中心的神话。

---

①　马克思,恩格斯:《马克思恩格斯选集》(第 4 卷),北京:人民出版社,1995 年,第74 页。

②　Gayle Rubin. *The Traffic of Women: Notes on the Political Economy of Sex. In Rayne Reiter ed. Toward an Anthropology of Women*. New York: Monthly Review Press, 1975, p. 177.

值得一提的是,这些受封建思想支配而破坏女儿幸福的父亲并非没有真挚的父爱。卢太尉说:"小姐将次上头,五色玉钗齐备方好","那小姐呵,如花早晚要头花盖,上头时几对凤头钗","早晚收买玉钗,与我女儿上头之用"①,言语之中流露出对女儿的疼爱。杜宝在没有儿子的情况下,更疼爱丽娘。中秋之夜,他亲自扶着女儿去中堂;在《圆驾》一出中,当女儿晕倒时,杜宝心痛地大叫:"俺的丽娘儿!"夏洛克爱钱,也爱他的女儿。他虽然咒骂违背了他的意愿私奔的女儿,但始终是关心女儿的:"啊,杜泼儿!热诺亚有什么消息?你有没有找到我的女儿?"当巴萨尼奥在法庭上对安东尼奥说:"我爱我的妻子,就像我自己的生命一样;可是我的生命,我的妻子以及整个世界,在我心目中都不比你的生命更为贵重;我愿意丧失一切,把它们献给这魔鬼做牺牲,来救出你的生命",而葛莱西安诺接着说:"我有一个妻子,我可以发誓说是爱她的;可是我希望她马上归天,好去求上帝改变这恶狗一样的犹太人的心"②,夏洛克的心里就立刻涌现出一阵恐惧。他为女儿的命运恐惧,因为她嫁给了一个为了朋友便可将妻子拿去做牺牲的基督徒。他不禁自言自语地说:"这便是相信基督教的丈夫!我有一个女儿,我宁愿她嫁给强盗的子孙,不愿她嫁给一个基督徒。"朱丽叶的父亲听到女儿的死讯时悲痛欲绝:"死神夺去了我的孩子,他使我悲伤得说不出话来……我的孩子死了,我的快乐也随着我的孩子埋葬了……"③

《紫钗记》中,卢太尉一手操办着女儿卢小姐的婚事,他完全不需要考虑女儿的意愿和想法。因此,卢小姐始终没有出场,她是沉默的,没有自己的声音。不仅如此,她还只是体现父亲权势、实现父亲权欲的一个"符号":李益中举后,没有像其他的士子去参谒太尉府,从而引起卢太尉的不满。为了体现他的势力和威风,让李益绝对服从于他,他想出一个办法——让李益娶自己的女儿为妻,否则就写奏书发配李益永不还朝。曲家源、白照芹评论道:"卢太尉偏要拿李生开涮,越看不惯越要弄到一起来,定要让他拜倒在自己脚前,为此不惜以自己的女儿作为钓饵。这样违背常情之举,奈何,就是权势太大。如此不足以发泄他的权势欲。"④《威尼斯商人》中,夏洛克坚决不允许自己的女儿与基督徒结婚:"我有一个女儿,我不愿她嫁给一个基督

---

① 汤显祖:《玉茗堂全集》(第19卷),上海:上海古籍出版社,1995年,第124页。

② 莎士比亚著,朱生豪译:《莎士比亚全集》(第7卷),南京:译林出版社,1994年,第45页。

③ 莎士比亚著,朱生豪译:《莎士比亚全集》(第3卷),南京:译林出版社,1994年,第141页。

④ 曲家源,白照芹:《六十种曲·紫钗记评注》,长春:吉林人民出版社,2000年,第324页。

徒"，"听好，把家里的门锁上了；听见鼓声和弯笛子的怪叫声音，不许爬到窗子上张望，也不要伸出头去，瞧那些脸上涂得花花绿绿的傻基督们打街道上走过。所有的窗都给我关起来，别让那些无聊的胡闹的声音钻进我的清净的屋子里。"①

汤显祖的另一部作品《牡丹亭》中杜丽娘的父亲杜宝也是封建父权的典型代表。他用严厉的清规戒律和闺训将女儿束缚起来。对于女儿的心思和苦闷，父亲杜宝只是不屑地说："女儿点点年纪，知道个什么呢？""忒憨生，一个哇儿甚七情？"②他还一口咬定还魂的丽娘是"花妖狐媚"。最后在皇上的调停和丽娘的哀求之下，他才勉强应允"离异了柳梦梅，回来认你"。杜宝为捍卫封建礼教，把自己的一切思想情感都纳入了"存天理，灭人欲"的理学框架之中，才会对自己的亲生女儿表现出如此不近人情的冷漠态度。

在莎士比亚的戏剧中，读者还随处可见漠视女儿意愿的父亲。除了夏洛克之外，赫米温、朱丽叶、奥菲莉亚、苔丝狄蒙娜、考狄丽娅、凯瑟琳的父亲都无一不要求坚决执行自己作为父亲的权力和意志，如赫米温的父亲说："假如她现在当着您的面仍旧不肯嫁给狄米特律斯，我就要要求雅典自古相传的权利，因为她是我的女儿，我可以随意处置她；按照我们的法律，她要是不嫁给这位绅士，便应当立时处死。"朱丽叶的父亲说："我可以大胆替我的孩子做主，我想她一定会绝对服从我的意志；是的，我对于这一点可以断定……你再对她说，听好我的话……在这个星期四，她就要嫁给这位尊贵的伯爵"；奥菲莉亚的父亲命令她："我不许你跟哈姆莱特殿下谈一句话"③；考狄丽娅的父亲李尔王要求女儿按照他的意志说话："怎么，考狄丽娅！把你的话修正修正，否则你要毁灭你自己的命运了"④；凯瑟琳的父亲不顾两个女儿的意愿，拒绝了小女儿的求婚者，而将大女儿推到他们面前，他说："你们知道我的意志是非常坚决的。我必须先让我的大女儿有了丈夫以后，方才可以把小女儿出嫁。你们两位中间倘有哪一位喜欢凯瑟琳。我一定答应你们向她求婚。"⑤这些父亲并非生来残酷无情。他们身上既有顽固的父权

---

①　莎士比亚著，朱生豪译：《莎士比亚全集》（第5卷），南京：译林出版社，1994年，第46页。

②　汤显祖：《玉茗堂全集》（第44卷），上海：上海古籍出版社，1995年，第15页。

③　莎士比亚著，朱生豪译：《莎士比亚全集》（第2卷），南京：译林出版社，1994年，第67页。

④　莎士比亚著，朱生豪译：《莎士比亚全集》（第8卷），南京：译林出版社，1994年，第103页。

⑤　莎士比亚著，朱生豪译：《莎士比亚全集》（第9卷），南京：译林出版社，1994年，第132页。

思想,又有真挚的父爱,但他们在客观上充当了礼教杀人的刽子手。当我们看到正是这些爱女儿的父亲阻碍着女儿走向幸福的道路,也就更加理解了悲剧产生的社会根源,更能认识到那个令人窒息的父权制度。实际上,"父亲和女儿都是父权制的受害者。"①

三、理想的父亲形象——普洛斯彼罗

《暴风雨》是莎士比亚的一部最富有浪漫主义色彩的传奇剧,展示了剧作家理想中的父女关系。"在封建父权制社会中,父亲通常不会全面参与女儿的私人生活,如亲自教育和抚养女儿"②。但是,在《暴风雨》中,普洛斯彼罗和他的女儿米兰达两人生活在孤岛上。普洛斯彼罗将米兰达抚养成人,他亲自照料女儿的生活,教给她各种各样的知识。他们充分享受着父女间的天伦之乐。虽然曾经显赫一时的普洛斯彼罗不能与外界接触,但是只要女儿快乐幸福,这种牺牲也是值得的。普洛斯彼罗的与世隔绝象征着对父权秩序的摈弃。他以魔力创造女儿想要的幸福,如暴风雨的发起,使弗第南等人来到岛上;制造各种机会让米兰达和弗第南两人见面并相互了解,从而颠覆了滥用权威以实现自己利益和意志的传统父亲形象。普洛斯彼罗知道,只有让女儿独立思考,自己选择和决定婚姻才会使她得到幸福,也只有这样,他才会真正地保持自己作为父亲的权威,值得女儿继续爱他、尊重他。因此,普洛斯彼罗和米兰达之间是一种平等的父女关系。

另外,普洛斯彼罗和米兰达之间的父女关系还达到了"双性同体"的平衡。普洛斯彼罗远离自己的国家和社会,放弃显赫的地位和生活,充当起母亲抚养女儿的角色,在父女关系中表现出温柔、善良、细腻、慈爱等"阴柔气质"。米兰达则有自己的自由和选择的权利,她的性格积极主动,敢于先和自己中意的男子谈论婚姻,表现出一定的"阳刚气质"。"莎士比亚展示了理想化的父女关系,强调只有扭转传统的性别刻板定型才会取得平衡的关系,而双性同体的气质是这其中的关键。"③正是由于传统的父权社会的现实中,性别的界限是如此地森严,莎士比亚才会以传奇剧的形式表现他理想中的父女关系。

汤显祖和莎士比亚对父亲形象和父女关系的塑造背离了传统的男性中

---

① Lenker,Lagretta Tallent ed. *Fathers and Daughters in Shakespeare and Shaw.* Catifornia:Creenwood Press,2001,p. 142.

② Ibid. p. 74.

③ Ibid. p. 110.

心的性别立场。父亲作为主角的消隐,反衬了女儿主体的上升,颠覆了女性只能作为"第二性""缺席的在场"和"空洞的能指符号"的规则,使女性从边缘走向中心,从客体跃居为主体,对千百年男性中心、女性从属的传统"理性""理学"文化作了最大的反讽和抨击。而代表父权制行使压制子女天性的父亲形象则在汤显祖和莎士比亚充满讽刺意味的叙述话语中充分体现了父亲的缺陷所代表的男权文化的衰退,使人置疑父权的社会制度和意识形态的可靠性。莎士比亚笔下完美的父亲所体现出的阴柔气质则模糊了父权制对男女两性的刻板界限,表达了剧作家对理想父亲形象的向往。总之,汤显祖和莎士比亚对父亲形象和父女关系的塑造背离了封建性别观念的价值评判尺度,否定了贬抑女性的封建男权立场,消解了封建文化中的父权意识,表现了作家对具有"双性气质"的全面的人性以及和谐平等的父女关系和社会关系的追求和向往,这是两位剧作家人文思想的一个重要体现。

第三节 女性形象

　　艺术哲学批评重在从哲学视角出发,通过解构的方式颠覆文化中的父权意识,揭示并质疑女性主体被父权制异化的真相,指出女性是父权社会中被物化的客体,丧失了决定自我命运的权力。处于主体地位的男性将自己的要求强加于女性身上,因而女性只能是沉默的、失语的,没有自己的声音。女性始终处于边缘地位,以男性为中心。波伏娃在《女性与创造力》一文中就曾说:"重要的决定,重要的职责及重要的行动都靠男人。妇女生活在这个世界的边缘……以一种间接的方式和这个世界接触。"此外,父权社会还对两性的性别角色做出规范,刻意强调两性差异,规定所谓的"男性气质"(包括坚定的信念、勇气、力量、理性、攻击性、独立性、竞争力和智慧等)和"女性气质"(包括软弱、温顺、依赖和被动性等)。人们若要被社会容纳和认可,就必须按照父权的意识规范,压抑、扭曲和重塑天性,自觉融入男性权力话语系统和父权意识形态。总之,在父权社会中,女性是"第二性",是男性的"他者",是可以被任意命名的"空洞能指"。在解构与颠覆的同时,女性主义文学批评强调建构与创造。"双性文化"是女性主义的最终走向和目标。西苏等女性主义学者主张模糊传统的性别界限,承认两性有着共同的人性体验,男性和女性都同时既有温柔、善良、细腻、软弱、温顺、依赖和被动性(阴性气质)的一面,又有坚定的信念、勇气、力量、理性、攻击性、独立性、竞争性和智慧(阳性气质)的一面。"双性同体"是人的自然本性。

　　汤显祖和莎士比亚同为世界戏剧史上的伟大艺术家。据日本研究者青木正儿在《中国近世戏曲史》中的介绍:"显祖之诞生,先于英国莎士比亚十四年,后莎氏之逝世一年而卒,东西曲坛伟人,同出其时,亦一奇也。"可见,两位作家生活于同一个世纪,定有众多的共同之处,以下仅以两位剧作家所创造的女性形象为切入点,看看中西方同时代的男性作家如何安排他们的女主人公的命运及生活,由此分析两位艺术家的妇女观之异同,从而透视中西方此时期女性的地位问题。

在 16 世纪 90 年代,横跨大半个地球的两位不同国籍的艺术大师却同时塑造了两个中外爱情史上惊人相似的女性叛逆者的典型形象。莎士比亚笔下的朱丽叶与汤显祖笔下的杜丽娘个性相同,都出身于名门望族,都是追求自由恋爱和反抗包办婚姻的封建叛逆者,都为爱而殉情,但她们的斗争手段和方式以及故事的结局却又截然不同。在这异同之中我们可以透过现象,从容地探寻中外民族文化、社会制度以及人物性格的种种奥秘。从她们成长的过程来看,朱丽叶是凯普莱特的独生女儿,她第一次出现,是在帕里斯前去求婚之时,她的言谈举止,一颦一笑,莫不羞赧持重,循规知礼,是一个名副其实的大家闺秀。自从舞会上与罗密欧邂逅之后,爱情之火燃烧了她的灵魂,萌生了不可抑止的爱的力量。她否认姓氏门第,不相信封建贵族的那一套道德规范,她注重现实,只忠于爱情,这对于深受传统教育和伦理熏陶的朱丽叶来讲是难能可贵的,但封建家族世仇造成的鸿沟,使罗密欧、朱丽叶二人难以逾越,封建旧秩序又不许有情人自由相爱。但朱丽叶却冲破了这一桎梏:瞒着父母与罗密欧自由结合。结果,罗密欧被放逐,帕里斯的求婚,加上父亲的逼婚,使朱丽叶处于十分困难的情势之中。朱丽叶在激烈的斗争中成长了。为了捍卫自由,她俨如一位争取自身自由的女斗士。思想明确,立场坚定,抱着宁死不屈,斗争到底的决心,以死来"逃婚",使婚礼变成了葬仪。最后面对爱人的遗体,悲痛欲绝,毅然以死殉情,树立了一个意志坚强的反封建、争取个性解放的妇女形象。

莎士比亚与汤显祖成功塑造了一系列深受广大读者喜爱的少女形象。她们正值豆蔻年华、美丽纯洁、温柔多情、聪明活泼、热情善良。她们具备了人类最美好的品德,寄托了作者对真善美的追求和向往,表现了中西文化共同的审美要求。然而由于时代、国家及社会文化背景的不同,两位大师创造的少女形象又各有千秋。莎士比亚塑造的少女形象更丰富多彩,这是由文艺复兴时期特定的社会文化环境决定的。人的价值在这一时期得到空前的肯定和赞颂。女性作为人类必不可少的一部分,她们的形象也大幅提升。莎士比亚的戏剧精彩地展现了女性的新风貌。根据她们的主要特点可大致分为智慧型、柔弱型、泼辣型、天使型、痴情型。鲍西娅无疑是智慧的化身。她凭借非凡的智慧不仅为自己争取了幸福的婚姻,更造福于他人。她挽救了安东尼奥的性命,剥夺了夏洛克的财产,给杰西卡和罗伦佐的自由婚姻以足够经济保障。《终成眷属》中的海丽娜也表现了超人的智慧。她首先运用高超的医术治愈了国王的病,为自己赢得自主择婿的机会。在勃特拉姆背弃婚约逃走后,她又想方设法取得他的戒指,使他不得不信守承诺。这一切足以表明女性不仅拥有智慧而且其智慧更高于男性。奥菲利娅和希罗则是柔弱型的代表;贝特丽丝和凯瑟丽娜则属泼辣型;朱丽叶、薇奥拉、苔丝狄蒙娜和赫米娅等则是痴情的典范;罗瑟琳、西尔维娅、米兰达、潘狄塔则属于天使型,纯真可爱。因此,人们普遍认为莎剧中的年轻女性形象比男性更光彩夺目。可是尽管这类人物生活在不同的时间,不同的国家,性格也各异,但莎士比亚赋予了她们共同的特点——对夫权的绝对服从。聪明的鲍西娅如此,泼辣的凯瑟丽娜如此,勇敢的苔丝狄蒙娜也如此。然而,她们一旦结婚,便完全生活在丈夫的阴影下,失去了自我,甘心情愿屈就于夫权的重压下。没有了智慧,没有了勇敢,没有了个性。难怪蒲柏曾指出"莎士比亚剧中妇女的性格是无性格"[①]。

　　汤显祖塑造的女性人物不多,却同样栩栩如生,光彩照人。霍小玉美丽多情,温柔贤淑,虽沦落风尘,却操守贞洁,对爱情忠贞又不失理智,对现实有较清醒的认识,在困境中忍辱负重。杜丽娘不仅才貌端妍,敏感多情,更天性纯真。身为名门闺秀,却毫不骄矜造作,"一生儿爱好是天然"。春香则活泼可爱,机灵调皮,敢于戏弄迂腐的塾师陈最良。《邯郸记》中的卢氏端庄大方,颇有谋略。不仅帮助卢生步入仕途,更救他于危难。《南柯记》中的公主虽娇弱富贵,但温柔体贴,坚贞不屈。临终仍不忘谆谆告诫淳于梦要谦虚做人,谨慎为官。这些女性不仅具有一定的反抗精神,更具有牺牲精神,愿意为所爱的人牺牲一切。她们对自由、对爱情的热烈向往和对残酷现实的坚忍顽强表现了中国古代女性既浪漫又现实的一面。

　　在汤显祖与莎士比亚塑造的女性人物中,杜丽娘与朱丽叶惊人地相似。她们是至真至美至情的化身,是东西方女性的杰出代表。她们既美丽多情又大胆执着。为了追求爱情幸福不顾一切,勇敢反对家长专制和封建礼教对人性的束缚。而她们不同的结局不仅仅是作者的主观选择更由于中西审美的差异。朱丽叶为爱而死,表达了西方文化独特的人生观和悲剧观。西方文学正视人生的悲剧,原罪理论把人带到赎罪、反抗、挣扎的永恒深渊。他们渴望对现世的超越,认为升入天堂,成为上帝之子才能得以永生。中国文学则注重现世,肯定世俗平凡的人生情怀。杜丽娘为情而复活正表达了

---

① 　张泗洋,孟宪强:《莎士比亚在我们的时代》,长春:吉林大学出版社,1991年,第196页。

中国文化向善避恶的人生追求和大团圆的戏剧爱好。两位剧作家塑造的年轻美丽女性形象还反映了东西方共同的审美取向——对美和善的执着追求。

　　杜丽娘是封建社会叛逆者的形象,是中国古代文学史上最光辉的妇女形象之一。杜丽娘性格的核心是对爱情大胆而坚定,执着而热烈的追求。但她的这种性格却是在黑暗的环境中经过激烈的矛盾冲突和坚决的斗争中养成的。她爱自然,爱美,爱生活,她追求自由,追求爱情,追求个性解放,在她身上有着强烈的叛逆情绪,这不仅表现在她为寻求美满爱情所做的不屈不挠的斗争上面,也表现在她对封建礼教给妇女安排的生活道路的挑战上面。她出身名门官宦之家,长于深闺大院之中,从小受到严格的封建教育,是笼中的鸟,网中的鱼,虽爱美,虽向往美好的大自然和自由的生活,但却只能隔山望海,管中窥豹。所以她曾安于父亲替她安排下的生活道路,稳重、矜持、温顺,活脱脱一个标准的封建淑女。平日里,除父亲、老师外,她见不到任何男性。由于生活上的种种束缚和单调呆板,造成了她情绪上的苦闷。是古老的恋歌与大自然的春色诱发了她青春的觉醒,心中燃起了爱情的火焰,于是"游园"成为她性格转变的契机。"惊梦"使她彻底背叛了封建礼教。"寻梦"就是她对现实的反抗,同命运的斗争。她一面悲叹青春的虚度,一面又执着于对自由和幸福的追求,但由于客观条件和人为因素的限制,她却找不到自己的出路,只有把自己的理想和幸福托付于偶然在梦里出现的柳梦梅,甚至为他缠绵枕席,埋骨幽泉,但死后她的一缕英魂仍在苦苦地追求,最终使她获得了爱情,并为爱情而复生,与柳梦梅结成了美满的姻缘,实现了理想。

　　虽然说杜丽娘的处境比朱丽叶更艰难,更可悲,虽然说杜丽娘的觉醒受到了古老恋歌和大自然美好景色的诱惑和启示,而朱丽叶则是受人文主义思想的影响;虽然说朱丽叶的斗争是在现实中追求理想,而杜丽娘却是在梦幻的理想中反映现实。但总归,从二人的成长道路和性格特点上却不难看出惊人的相似之处,同属于中外艺术长廊中反封建、争自由、争个性解放的光辉形象。罗密欧与朱丽叶爱情悲剧的根源在于封建世仇怒潮的侵噬。从二人斗争的方式来看,她们不约而同地选择了"殉情"这条古老而又撼人心魄的道路。朱丽叶为了忠贞的爱情,为了心爱的人儿,选择了死亡。以死来控诉封建制度的罪恶。以生命来教育生者,换取社会的进步,表现得勇敢而执着。杜丽娘也选择了死,她为爱而埋骨幽泉。这并非故事之结束,也非生命之终结,而是一种无言的反抗,死亡使她摆脱了现实的束缚,实现了自己的理想,成为通往胜利的桥梁。透过这些现象,我们看到了当时封建势力的顽固和强大,也看到了人民要冲破这吃人的牢笼的坚定信念,特别是汤显祖为人物安排的"死而复生"的结局,更反映了人民群众美好的愿望,在文学史上有着独特的划时代意义。

从人物悲剧的结局,可以看出当时中外社会、时代、文化背景、历史条件的殊异性。从两人的结局来看,朱丽叶为了爱,先佯死后殉情,永眠在心爱者身旁;杜丽娘为了爱却是先真亡后复生,终于厮守在心上人身旁。两人结局不同,是因为莎士比亚生活在资产阶级文艺复兴的时代,因而其笔下的朱丽叶也就具有新兴资产阶级的人文主义生命活力和相信自身力量的时代气息。因此敢于反抗父母之命,同心上人秘密相爱,直至以死殉情成为恩格斯所赞扬的资产阶级新女性形象。杜丽娘并未完全摆脱封建伦理观念的影响,回生以后还是想以"父母之命媒妁之言"来完成她与柳梦梅的婚姻,她鼓励丈夫获取功名富贵,并要柳梦梅拜望父亲,都含有期盼父亲同意的意思。这是因为汤显祖生活的时代,中国封建势力依然十分顽强,孔孟礼教强化到程朱理学的时代,因而还没有出现西方文艺复兴时期那样的新兴资产阶级的人文主义思想,这就使作者受到了时代局限和思想局限,也使杜丽娘的叛逆性与对自由婚姻的追求还摆脱不了封建三纲五常的桎梏,只得通过非现实的途径,取得父母认可与皇帝批准这一妥协方法来实现。所以朱丽叶由佯死到真死,杜丽娘由真死而复生,正好十分清楚地反映了不同时代特点不同文化背景对作家创作的制约及其对不同艺术形象的印痕。

总之,不管空间的跨度有多大,也不管所处的时代特点、历史文化背景及民族属性有多大差异,莎士比亚与汤显祖,以他们恣肆的大手笔在同一时间刻度上同时创造了两个伟大的女性形象,为世界文化艺术长廊挥洒了不朽的一笔。由于两个家族连年械斗,誓同水火,冤冤相报,所以两家不可调和的矛盾使朱丽叶和罗密欧的爱情一开始就播种在结板的冻裂的土地上。而后罗密欧又在对朱丽叶表哥的无理挑战中怒而杀之,使新生的"血债"将二人无情隔开。父亲的逼婚,实际上是给朱丽叶年轻的生命套上了绞索,最后二人终于成为封建社会的牺牲品。因此莎翁意在通过这段悲惨的故事,揭示封建贵族的反动和封建制度的非人性。而杜丽娘的悲剧根源也正在于封建礼教的束缚,封建伦理纲常对人们思想的禁锢和封建家长制冷漠、残酷及对人性野蛮的摧残之上。

由此可见,虽然空间上远隔重洋,而真正伟大的作家,在把握时代脉搏对社会制度的认识、对民心的体验上却是心心相印,同出一辙。汤显祖与莎士比亚堪称世界戏剧文坛的双子星座,他们创作了大量脍炙人口的戏剧作品。他们生活年代的相近且都逝世于公元 1616 年,这种巧合曾激发了学者的研究热情。然而两者的可比性并非由于以上原因,而是因为其创作在题材的借用、对情的彰显及虚实的运用方面极其相似。

下面选取《紫钗记》和《威尼斯商人》这两部作品作为汤显祖和莎士比亚的戏剧代表作，从女性主义的阅读视角体察他们各自的主"情"和人文主义思想对女性的同情、关注和重新解读。《紫钗记》是汤显祖最早创作的戏剧，是他摆脱仕途重新选择人生道路的标志，也是汤显祖主"情"思想成熟的标志。这部作品突破了传统规范。女主人公霍小玉的形象为才子佳人小说中女性敢于悖逆封建理性和礼教、张扬人性的模式开创了先河。《威尼斯商人》同样也是莎士比亚人文思想成熟的标志，剧中的女性角色，特别是女主角鲍西娅是莎士比亚发现和肯定的典型的女性形象，具有人文主义新女性的基本特征，是"那朵希腊精神的后开之花——文艺复兴的代表"[①]。

在《紫钗记》和《威尼斯商人》这两部作品中，女性形象首先都作为主角和副主角得以详尽地展现。男性形象则作为次要的陪衬和与女性互为对应的角色而存在。女性是戏剧情节事件的焦点，操纵着事态的发展。《紫钗记》中，从霍、李婚姻的促成、安排，到强权危及婚姻时小玉对李益的指责劝说，到最后通过卖钗等努力挽回婚姻，整个过程无一不是以女性为主导。《威尼斯商人》的故事情节主线是几对年轻人的婚姻，都由女性自主挑选丈夫，并且这些女性都主动出谋划策保证婚姻稳定，并使丈夫忠诚于己。故事情节的副线，如帮助安东尼奥和制服夏洛克，也都由几位女性充当主要角色，出谋划策，甚至以金钱资助。汤显祖和莎士比亚的主"情"思想和人文主义凸现女性形象，相对淡化了男性形象。这种错位式的书写与传统"理性"的男权社会的书写相抗衡，颠覆了女性只能作为"第二性""缺席的在场"[②]和"空洞的能指符号"的规则，使女性作为能自我言说的主体。两部作品在男女角色的安排上，男性形象不仅被有意识地淡化，形成女主男次的格局，而且被有意识地弱化。剧中女性的形象无一例外优于男性。女性对自然人性的伸张、自我情感诉求的实现和女性利益要求的满足比男性有着更强烈的意识，是汤显祖理想的"有情人"和莎士比亚人文主义完美的新女性。汤显祖在《紫钗记题词》中自述对剧中人物的评价时说："霍小玉能作有情痴，而薄幸如李生者，何足道哉"。

强化女性形象，弱化男性形象的对比首先体现在女性角色在门第和经济上的优势。两位剧作家都冲破了封建礼教的门第观念，解除女性低人一等的经济依附地位，有意地突出她们在这方面相对于男性的优势，使女性摆脱男性控制、获得男性尊重，并在经济独立的基础上追求至情的实现和个性

① 海涅著，温健译：《莎士比亚笔下的女角》，上海：上海译文出版社，1981年，第888页。

② 巴格培：《牡丹亭》，上海：上海外语教育出版社，2000年，第96页。

的自由提供了一定的前提条件。《紫钗记》中的霍小玉是养尊处优的大户人家霍府的千金小姐，而她的爱人李益则是家道中落的旧家门第的穷秀才。霍小玉殷实的家资使入赘后的李益不再生活清贫、卑微窘迫，为李益的进京赶考以及两人幸福的婚姻生活提供了保障。在婚姻受到强权干涉出现危机时，百万的家资使霍小玉能通过各种途径挽回婚姻。同样，《威尼斯商人》中的鲍西娅是一位富家嗣女。她父亲留下的一大笔丰厚的遗产，使"四方的风从每一处海岸上带来了声名狼藉的求婚者"[①]，这使她有充分的主动权挑选满意的男子，得到理想的爱情。不仅如此，鲍西娅还利用她的财富帮助了患难中的朋友安东尼奥，伸张了正义和人道。与鲍西娅相比，她的爱人巴萨尼奥"并无产业，不过是以出身名门望族而自傲"[②]。对于鲍西娅接纳他这个"财产少得可怜的人"，他心中充满感动。在他朋友遇到困难而自己没有财力提供帮助的时候，鲍西娅慷慨出资的解救更使他充满感激和倾倒。剧中另一位女性角色杰西卡也是富商夏洛克的女儿。在与爱人私奔前，杰西卡拿走了父亲的金钱和珠宝。对金钱的拥有能使她与爱人处于平等地位。当对方故意抬高自己以傲慢戏谑的语气与她说话时，她针锋相对、寸步不让地反驳便是很好的说明。虽然中外文学中不乏落魄书生与富家小姐缔结婚姻的模式，但女性角色的经济地位和财富在故事情节中的重要作用在这两部作品中显然得到了渲染。汤显祖和莎士比亚笔下女性的经济和门第的优势使她们有资力追求爱情和自由，而不是处于被挑选、受摆布的依附地位。两位剧作家都意识到了女性经济地位的改变和提高必然对传统的伦理观带来冲击，是女性人性解放和情感追求的重要基础。正如恩格斯所说："男子在婚姻上的统治是他的经济统治的简单的后果，它将自然地随着后者的消失而消失。"[③]

　　在汤显祖和莎士比亚的笔下，女性形象的强化以及与男性角色的反差不仅在于女性的经济和门第优势，她们的才智也同样为男性所不及。封建社会的理性、理学对女性实行"愚女"政策。女性不需要有才华，但必须按礼教要求循规蹈矩。在中国，女性的才情被"女子无才便是德""女习文则淫"的要求所贬抑。在欧洲，"任何一个 16 世纪的妇女只要天赋伟才，她必然会

<hr>

①　莎士比亚著，朱生豪译：《莎士比亚全集》（第 4 卷），南京：译林出版社，1994 年，第 165 页。

②　莎士比亚著，朱生豪译：《莎士比亚全集》（第 5 卷），南京：译林出版社，1994 年，第 34 页。

③　马克思，恩格斯：《马克思恩格斯选集》（第 6 卷），北京：人民出版社，1995 年，第 76 页。

发疯,毁灭自己或在村子外面的一间房子里了却残生,一半是女巫,一半是男恶,令人害怕,受人嘲笑,因为稍加思索分析就能发现,一个颇有才气的姑娘,只要敢用自己的才华舞文弄墨,就会遭到反面本能的反对和阻碍,身体和精神备受摧残"①。但在汤显祖和莎士比亚笔下,女性却一反传统的规范,个个才华横溢,聪明机智,富有远见卓识。

在《紫钗记》中,霍小玉是一个"涉猎诗书,商量丝竹","高情逸态,事事过人,音乐诗书,无不通解"②的才女。她不仅有才,也有智。如李益离家赴远处任职时,她在经济上援助丈夫的朋友,买通他们经常给自己通风报信,以随时了解丈夫的情况。她能采取各种办法保卫自己的婚姻。相比之下,李益在自己的婚姻受到强权打击时,拿不出一点办法,只能唉声叹气,一筹莫展。剧中汤显祖还塑造了另一个女性角色浣纱,她虽身为丫鬟,却聪明能干,苦于自己沿街卖钗不便,同时出于对霍府声誉的考虑,能用巧妙婉转的言辞转托老玉工代售。

在《威尼斯商人》中,女主角鲍西娅聪明的才智也处处显现。她通过全面了解和分析各个求婚者的情况,采取了一系列有效的措施,巧妙地摆脱她所憎恨的庸俗自私的求婚者,赢得了意中人;她精通法律条文,有广博的知识、优雅典丽的言辞和雄辩的口才,这些使她能在法庭上灵活应对,控制不利的局面,解决了矛盾;她还有着杰出的管理之才,把父亲留下的产业打理得井井有条且家庭主仆关系融洽自由。相比之下,男性角色的才智都低她一等:求婚者们无法与她斗智,只能接受她的"三匣选亲"的安排,一个个地被她赶走;在法庭上,面对贪婪狠毒的夏洛克,那些男人们,上至尊贵公爵,下至忠耿义仆,全都束手无策,唉声叹气;她的爱人巴萨尼奥由衷地赞美她过人的才智:"小姐,您使我说不出一句话来……我的精神……正像喜悦的群众在听到他们所爱戴的君主的一篇美妙的演辞以后那种心灵眩惑的神情,除了口头的赞叹和内心的欢乐之外,一切的一切……化成白茫茫的一片模糊"③。剧中除了鲍西娅外,为了爱情计划私奔的杰西卡、帮助鲍西娅选亲的尼莉莎也都是充满智慧的女性。汤显祖和莎士比亚赋予了这些女性杰出的才华和智慧,在"理性""理学"、礼教的男权社会看来是离经叛道的。女性的知识、才华以及思考问题、分析问题和解决问题的能力无疑违背了封

---

① 玛丽·伊格尔顿著,胡敏等译:《女权主义文学理论》,长沙:湖南文艺出版社,1989年,第84页。

② 汤显祖:《玉茗堂全集》(第35卷),上海:上海古籍出版社,1995年,第26页。

③ 莎士比亚著,朱生豪译:《莎士比亚全集》(第6卷),南京:译林出版社,1994年,第132页。

建社会男权绝对中心和女性只能作为低人一等的"第二性"存在的意愿,威胁着父权社会的权威和地位,消解了男性神话。

汤显祖和莎士比亚还着意突出女性角色自我意识的自觉性,将男性置于被动地位。在封建社会中,女性沦为依附的、被驱使、被奴役的客体,处于父权、夫权、政权、教权和族权为中心的社会边缘。"父母之命,媒妁之言""夫者妻之天"的婚姻安排否定和泯灭了女性作为人的正常的情感要求,最直接、最根本地剥夺了她们的人格和个性,从而最彻底地抹杀了女性作为人的主体性。为了与这种无视人情、人性的社会抗争,标举唯情思想和人文主义,汤显祖和莎士比亚塑造了渴望自由平等的婚恋权,要求自然、自由地体现女性的情感,突出女性主体意识的形象。

汤显祖和莎士比亚笔下的女性主体意识首先体现在她们不是被动地接受强行指派给她们的婚姻安排,而是主动地选择追求理想的爱情和婚姻。在《紫钗记》中,霍小玉"从鲍四娘处闻李生诗名",便"终日吟想",有所心仪,在观灯的晚上偶遇李益时,主动表达了自己对他"乃今见而不如闻名"[①]的称赞。她还阻止丫鬟浣纱对李益故意拾钗不还进行责备,还不失时机地接上李益的话题。这样,霍小玉就主动而又不失巧妙优雅地为自己与所爱之人从相见到很快切入正题——为婚媒创造机会。《威尼斯商人》中的鲍西娅按照父亲的意愿用"三匣择婿"的办法决定自己婚姻的归属。这种安排对她来说本来是没有多少自我选择的余地的,但她不是听天由命地等待选匣的结果,而是主动掌握了自己的命运。

汤显祖和莎士比亚笔下的女性主体意识还体现在她们对自身命运的思考和对一夫一妻平等婚姻的追求上。《紫钗记》中的霍小玉在新婚燕尔之时,就对自己长久的婚姻前景作了冷静的分析思考。她向丈夫提出"今以色爱,托其仁贤。但虑一旦色衰,恩移情替,使女萝无托,秋扇见捐,极欢之际,不觉悲生";她深知李益"才貌名声,人家景慕,愿结婚媾,固亦众矣""盟约之言,恐成虚妄"[②]的可能结果,因此她主动提出只与李益八年相守,而后李益可以"妙选高门,以求秦晋",但这八年中,李益必须对她忠诚;李益赴边地任职时,她又用心写就了回文诗,以"既为随阳雁,勿学西流水"[③]提醒劝说丈夫要对自己忠诚。在男子的仕途前程高于一切并可以轻易为之放弃旧爱的中国封建社会,霍小玉对婚姻的担忧,对未来的预见,对丈夫一再提出要专情的要求,大大超乎了礼教规范对妇女的期待。《威尼斯商人》中的鲍西娅

① 汤显祖:《玉茗堂全集》(第16卷),上海:上海古籍出版社,1995年,第47页。
② 汤显祖:《玉茗堂全集》(第34卷),上海:上海古籍出版社,1995年,第143页。
③ 王永健:《汤显祖与明清传奇研究》,台北:台北志一出版社,1984年,第107页。

和尼莉莎以"戒指戏夫"的方式提醒丈夫,贞洁不应该只是对妇女的单方面要求,妇女同样也有权要求丈夫忠于自己的妻子。这些女性对男权社会的婚姻制度能大胆提出质疑,对女性婚姻命运作出主动的思考分析。她们不仅不甘居于被任意处置的客体地位,还要求处于和男性平等的主体地位。

在美满婚姻由于种种原因遭受打击和威胁时,这些女性更敢于主动与命运抗争,反抗压制她们的爱情,夺去她们幸福的虚伪的"理性""理学"和礼教。这是她们主体意识的集中体现。在《紫钗记》中,卢太尉作为父权、政权的代表是威胁霍小玉幸福的直接原因。面对叫嚣着"说甚么小玉,使大玉要粉碎他不难"的卢太尉,霍小玉没有慑于他的威势,依旧努力地寻求各种办法挽回婚姻。相比之下,李益完全地被卢太尉所控制,性格软弱,无所作为。在《威尼斯商人》中,对于"活生生的女儿的意志,却要被一个死了的父亲的意愿所钳制"以及"这些无聊的世俗的礼法,使人们不能享受他们合法的权利"①,鲍西娅不只是发出不满的慨叹,更是采取了种种实际的反抗行动。

汤显祖和莎士比亚创造的这些女性形象表现出不以父权为中心的主体意识,使女性从边缘走向中心,从客体跃居为主体,对千百年男性中心、女性从属的传统"理性""理学"文化作了最大的反讽和抨击,解构了男权中心及封建思想对妇女的界定。汤显祖和莎士比亚的新女性形象也意味着恢复被扭曲的封建婚姻的两性关系。因为"痛苦的女性和不幸的男性是同一根性别文化链条捆绑的奴隶"②。社会由男女两性共同组成,两者相互制约。"妇女解放的程度是衡量普遍解放的天然尺度"。只有当女性成为真正独立的、有着自己的价值和尊严的"人"时,才会有男性的自由全面的发展以及平等的两性关系。《紫钗记》和《威尼斯商人》中女性独立的经济地位、聪明的才智和强烈的主体意识,赢得了男性的赞赏和尊重,保证了理想婚姻的实现和稳定。由此,汤显祖、莎士比亚也探寻了两性关系的理想模式和状态,这是一种既非二元对立,又非一元中心的合理、平等的两性关系,从根本上颠覆、解构了传统的"父母之命,媒妁之言""夫为妻纲"的扭曲的两性关系。

通过《紫钗记》和《威尼斯商人》中一系列反封建传统的新女性形象,汤显祖和莎士比亚从人性和人的价值角度探寻女性的生存处境和命运,为女

---

① 珍妮薇·傅雷丝著,邓丽丹译:《两性的冲突》,天津:天津人民出版社,2003年,第158页。

② 魏国英:《女性学概论》,北京:北京大学出版社,2003年,第4页。

性提出了作为平等的人的生命欲求,呼唤人性的解放和自由表达。他们的人文思想和女性观不仅与当时的时代大背景,即资本主义萌芽对社会各个领域的冲击有关,更是他们曲折的现实生活经历的反映。汤显祖追求独立的个性使他终身仕途曲折受挫,因而无法施展自己的政治抱负和才华。莎士比亚干过各种活,有机会大量接触各个阶层的人。他们的经历使他们能从个性解放的角度观察人性,并作出意味深长的思考和诠释。他们对在官场或社会生活中自己和他人的个性、才华被压抑有着深刻的感受。不仅如此,他们能从考察社会政治权力统治和被统治的二元对立推及两性之间的二元对立状况。正如约尔丹(Jordan)所指出的,文艺复兴时期的男性能从女性政治的从属地位、经济的依赖性和无法律地位看到自己在社会中受压迫的方面。每个男子都处在社会的等级地位中。他自己遭受压迫的体验越深刻,他的男性地位和体验就越向女性靠拢。类似的体验使汤显祖和莎士比亚能强烈地感受到封建社会根深蒂固的理性、理学统治给女性带来的巨大压抑,因而真正站在女性的立场细致入微地体察女性个性自由的渴望。他们塑造的女性形象也是他们"自我人格中潜在的反抗愿望","是男性作家人格愿望的形象投射。(他们)借助笔下的女性形象表达了自己的人格倾向,舒展了自我的生命意志"[①]。汤显祖和莎士比亚的经历使他们产生了这种"超性别视角""全人类的视角";使他们能在作品中表现"女人也是人""女人首先是人"[②]的主题,把女性的个性自由意识和"人"的解放意识摆在同等重要的位置考察。

汤显祖和莎士比亚的作品中对女性问题的同情、关注和对新女性形象的赞赏与塑造表明了男性作家站在女性立场上体察女性命运的可能性与合理性,体现了西苏等学者的"双性同体"的创作思想。男女两性具有许多超越性别差异的共同体验和人性,加之根植于人类性别心理中普遍的易性需求和易性能力,男性能增进对自身的了解。正如西苏指出,男性作品本身并不排除女性特征。克里斯蒂娃也认为,性别的能指可以自由地移位,"生而为男或为女不再决定主体在权力关系中的地位,而权力的性质也可以改变了。"不可否认,汤显祖和莎士比亚等男性的作品在一定程度上还存在着局限性,但是在漫长的男权社会中,他们的努力为女性争取更合理的生存和人性、情感需求迈出了艰难而可贵的一步,无疑具有伟大的意义,值得深思与研究。在女性主义文学批评的观照下研究他们的作品无疑会大大扩展研究

---

① 李玲:《中国现代文学的性别意识》,北京:人民文学出版社,2002年,第84页。

② 约瑟芬·多诺万:《女权主义的知识分子传统》,南京:江苏人民出版社,2003年,第47页。

的视野和思路。

汤显祖毕生从事戏剧创作,著有《玉茗堂四梦》,而"一生四梦,得意处唯在牡丹"①。《牡丹亭》是汤显祖的代表作。作品讲述了杜丽娘和柳梦梅生死离合的爱情故事。主人公杜丽娘是南安太守杜宝的独生女儿,自小受到严格管教。一天在园中小睡的时候,梦见一书生在梦中求爱,从此她日夜思念梦中见到的人,为此寝食难安,日渐消瘦,最终病死。作品中触及了封建社会最为敏感的婚姻、爱情问题,而且塑造出杜丽娘这一古代文学史上最受关注的女性形象,足见汤显祖对女性的钟爱。而要探析汤显祖的妇女观,就必须从杜丽娘这一形象来入手。

另外,从剧中的男主人公柳梦梅对待爱情的态度上,我们也可以看出作者的倾向。如果说杜丽娘视爱情第一,功名第二,那么,柳梦梅却与她正好相反,是功名第一,爱情第二。柳梦梅耽误了考试,竟在考场外大哭,说:"生员从岭南万里,带家口来,无路可投,愿触金阶而死。"他愿为功名而死的决心和勇气,正好证实了他视功名如命的决心。那么,柳梦梅会为爱情而死吗?答案是不会的。在对待爱情的态度上,柳梦梅总是摇摆不定。见到杜丽娘的鬼魂前来,他担心杜丽娘是天仙,"薄福书生,不敢再陪欢宴。尽天姬留意书生,怕逃不过天遭罚折,"②表现出退缩心理。后来得知杜丽娘是鬼时,他就十分害怕,甚至说杜丽娘来约会,妨碍了他守礼的志诚,"只因世上美人面,改尽人间君子心",带有女人是祸水的观念。每次在爱情受到威胁的时候,他都想要放弃。爱情受阻碍,可以放弃;功名受挫折,却连生命都失去了意义。这似乎可以把刘备的话改一下:女人如衣服,功名如手足。柳梦梅的这种想法,是典型的儒生的想法,他的行为越不出儒家的人生规范。他还有其他层次的追求,比如忠、孝等,其重要性甚至超过了个人私情。另外,《牡丹亭》把功名看作是爱情成功的关键因素,柳梦梅作为状元,才能在杜宝的吊铐之下顺利脱身,才能受到皇帝的特殊关照而奉旨完婚,才能最终使杜宝认他为女婿,这正好说明作家的妇女观的局限性。妇女想要获得美好婚姻,就必须要借助封建最高统治权力的成全,那么要想获得他们的成全,就必须按封建礼法行事,这样,问题就显而易见了,似乎绕了一个大圈,又回到了起点。这就从根本上说明,汤显祖的妇女观是立足于封建规范的。

这就是我们常说的:愿望是美好的,现实是残酷的。在残酷的现实面前,作为封建士大夫的汤显祖,也注定不可能脱俗。毕竟,人总是要受到社

---

① 汤显祖:《玉茗堂全集》(第 25 卷),上海:上海古籍出版社,1995 年,第 32 页。
② 汤显祖:《玉茗堂全集》(第 41 卷),上海:上海古籍出版社,1995 年,第 37 页。

会的制约,汤显祖的思想也无法超越社会所能达到的高度。这是时代的局限,也是汤显祖作为男人的本性所决定的。

汤显祖在《牡丹亭》中用将近三分之一的篇幅,表现杜丽娘为爱情由生而死、又由死而生的过程。她先后经历了五个阶段:梦见意中人;追寻意中人;为意中人留画;为意中人死亡;为梦中人回生并继续追求美满婚姻,表现得很大胆无畏。很多批评家由此得出结论,认为汤显祖由于受到晚明心学以及时代潮流的影响,旗帜鲜明地张扬爱情,关注男女恋情,抨击传统礼教,具有思想解放和个性主义的积极意义。的确,这种积极性是不可抹杀的。然而,《牡丹亭》对爱情的认识也不可避免地带有模糊甚至矛盾之处,这些矛盾反映了汤显祖本人在妇女观上的矛盾和局限。而以往许多评论家片面夸大了汤显祖思想的积极意义,忽视了其缺点和不足,这是不合乎实际的。因为,通过情与理的冲突来反对礼教,只是汤显祖思想的一个方面,他还有与封建礼教思想妥协的一面。笔者这里试就汤显祖妇女观的局限之处做一些分析。

汤显祖给杜丽娘设定的生活环境是宋朝,实际上隐射的是明朝的社会现状。杜丽娘生活在一个官宦之家,她从小受到严格的封建礼教的教育,她的父亲杜宝是按照封建统治阶级严格训练出来的官僚,"摇头山屹,强笑河清,一味做官,片言难入"是他的性格特征。在他的严格管制下,杜丽娘在太守衙门住了3年,却连后花园也没有去过,白天睡一会儿都成了违反家教。杜宝之所以请私塾先生来教女儿读书,并不是为了女儿自己,而是为了将来嫁到婆家后,"知书知理,父母光辉"。而杜丽娘的母亲,则是杜宝家教的实际执行者,她像封建社会里其他的老太婆一样,丝毫也没有意识到自己也是封建社会的牺牲品,反而如法炮制,要把杜丽娘也教育成封建社会的贤妻良母。她看见女儿衣服上绣的一对花、一双鸟,都少见多怪,怕引起女儿的情思。当看见女儿去了后花园,并在那里小憩,回来后就把丫鬟春香叫来训斥了一顿。杜丽娘被严格控制在家里,她所能接触到的男人只有两个,就是父亲杜宝和先生陈最良。处在这样的环境下,她根本不可能像崔莺莺那样邂逅张君瑞,就更不可能有后续的故事。可以说,处于这样的情境,按照常理,等待她的就只有"父母之命,媒妁之言"了。

杜丽娘生存的环境不允许她做出违背礼教的事,其实连她自己也不敢这样做。相反,她还处处以此约束自己,规范自己。第七出《闺塾》中,杜丽娘责骂偷游大花园的春香:"手不许把秋千索拿,脚不许把花园路踏……这招风嘴,把香头来绰疤,招花眼,把绣针儿戳瞎。"[1]可见,杜丽娘

---

[1]　汤显祖:《玉茗堂全集》(第24卷),上海:上海古籍出版社,1995年,第165页。

的严厉俨然与父亲杜宝同趋一致。但是，杜丽娘更多的是"嫩脸娇羞，老成尊重"，她温顺、深沉、驯良、矜持，在"娇莺如语，眼见春如许"的大好时光，终日闷闷地呆在闺房，"刚打的秋千画图，闲榻著鸳鸯乡谱。"[①]她压抑自己的本性，默默地忍受着枯燥和寂寞，忍受着苦闷和压抑。她谨守孝道，也慨叹"寸草心怎报的春光一二"[②]，她听从父母的安排，课女工，读诗书，都一一照父母的吩咐去做。实际上，杜丽娘自身也认同了封建礼教所要求的妇女行为规范，并且默默遵循。结果，长到 16 岁，却从未越出闺房一步，甚至不知住处附近居然还有一座花园！她除了父母老师之外，从未接触过任何异性。

在莎翁的女性形象画廊中，少女最引人注目，也最斑斓多姿。她们是杰西卡、苔丝狄蒙娜、朱丽叶、比恩卡、薇奥拉、鲍西娅、奥菲莉亚等。她们大都处于待字之年，热烈追求真挚爱情，天真烂漫，执着专一。为了得到纯真无瑕的爱，她们挟风抗俗，奋力相争，有的甚至献出了生命。这显然与中世纪教会所标榜的那类献身上帝、独身禁欲或唯家长意志是从的圣女以及封建闺秀大相径庭。正因为这样，人们认定莎翁的女性具有个性解放色彩，由此断定他的妇女观是人文主义的。不可否认，莎士比亚笔下的少女的确富于反传统性。不过少女只是莎翁妇女形象体系的一部分，而不是全部，仅对她们的塑造来推断莎士比亚的妇女观显然是不全面的。而实际的情形是：在莎士比亚笔下，这些少女们的反叛性也极为有限。

只要稍做深入分析我们就会发现，这些青春少女们虽大都憧憬自由奔放的新生活，但她们的自由独立性只表现在个人爱情上，而且仅仅是对不合理的家长意志的违抗。她们的行为既没有对大社会的等级构成威胁，更没有对小家庭的有序和谐带来不利。首先，她们的爱大都发生在本阶级层的圈子里。活跃在莎翁艺术世界中的这些爱的使者们，不管在爱情上如何大胆、执着、热烈，但很少有人突破阶级界限。《第十二夜》中富有的伯爵小姐奥丽维娅对利里亚公爵的信使萌生了爱，这似乎是个例外。但奥丽维娅在大胆追求之前，对小使者的身世却不能不精心推论，这既显现了她的细心，也反映出莎翁是把社会等级地位作为缔结美满婚姻关系的一个重要因素对待的。可见，莎士比亚的爱情观念并没有突破传统的社会等级观念，而是以其为基础的，这显然与当时薄伽丘等人文主义者所传扬的超越阶级、阶层门第界限的自由爱情新观念风马牛不相及。其次，这些少女一旦结婚，她们的光彩就立刻顿失，大都变成对丈夫们言听计从的贤内助。最有代表性的是

---

① 汤显祖:《玉茗堂全集》(第 27 卷)，上海:上海古籍出版社,1995 年,第 129 页。

② 汤显祖:《玉茗堂全集》(第 28 卷)，上海:上海古籍出版社,1995 年,第 164 页。

《驯悍记》里的凯瑟丽娜，婚前她暴躁、尖刻、任性、乖戾，是帕度亚城有名的泼妇，婚后经丈夫的粗暴调理，却变成了全城最温柔的贤妻。又如苔丝狄蒙娜婚前大胆、炽烈，不仅违背风俗私下爱上了与众不同的摩尔将军奥赛罗，而且在公爵和元老们面前毫不畏缩地陈述和维护她的爱情，并坚决要求跟丈夫一起出征，可谓光彩照人；但婚后对丈夫毫无道理的猜疑及不可忍受的粗暴非但不做反抗，相反却逆来顺受，至死没有怨言，完全变成了奥赛罗温顺的奴仆。

从以上分析可看到，莎士比亚不仅将少女们的爱情自由严格局限在择偶成家的范围之内，而且还明显地宣扬一种门当户对的爱情婚姻观念和夫唱妇随思想。由此可见，他倡导爱情自由的立足点完全是维护社会秩序，而不是解放妇女的个性，这也与人文主义所倡导的个性解放思想南辕北辙，相差甚远。而事实上他的爱情自由思想是完全基于他对家庭问题深切关注和思考之上的。在莎翁的作品中，重点强调了女性性格特征中温柔、软弱、屈从的一面。在《哈姆莱特》中，莎士比亚就借哈姆莱特之口发出了"脆弱啊，你的名字叫女人"[1]的感叹。在他的笔下，软弱是女人的特征，屈从是女人的美德。奥菲莉亚就是其中一个典型代表。她纯洁得像一张白纸，无忧无虑、温柔娴雅。然而，她那和平的、透明的、梦幻的世界又那么脆弱，一旦与现实接触就被击得粉碎。当她同哈姆莱特的爱情遭到父亲和兄长的反对时，便"轻松地或者说是不以为意地顺从了家庭的压力"。身为王后的乔特鲁德，也是个意志软弱的女子，无论是前夫还是后夫，都百依百顺，把他们看做是自己的主宰和靠山，看做是自己生活中的幸福与希望。

此外，莎士比亚在剧本中借人物之口所反复申述的是那种宇宙社会秩序不能动摇和男尊女卑的思想。在《错误的喜剧》中，露西安娜告诫自己的姐姐说："桀骜不驯的结果一定十分悲惨。你看地面上、海洋里、广漠的空中，哪一样东西不受羁束？是走兽，是游鱼，是生翅膀的飞鸟，只见雌的低头，哪有雄的伏小？人类是控制陆地和海洋的主人，天赋的智慧胜过一切走兽飞禽，女人必须服从男人是天经地义，你应该温恭谦顺侍候他的旨意。"[2]在《驯悍记》中，凯瑟丽娜教导她的同伴说："不要伤害你的主人，你的君王，你的支配者。一个使性的女人，就像一池受到激动的泉水，混浊可憎，失去一切的美丽，无论怎样喉干口渴的人，也不愿把它吸饮一口。你的丈夫就是

---

[1] 莎士比亚著，朱生豪译：《莎士比亚全集》（第8卷），南京：译林出版社，1994年，第84页。

[2] 莎士比亚著，朱生豪译：《莎士比亚全集》（第9卷），南京：译林出版社，1994年，第164页。

你的主人、你的所有者、你的头脑、你的君王;一个女人对待她的丈夫,应当像臣子对待君王一样忠心恭顺;倘使她倔强使性,乖张暴戾,不服从他正当的愿望,那么她岂不是一个大逆不道、忘恩负义的叛徒?应当长跪乞和的时候,她却企图篡夺主权,发号施令:这一愚蠢的行为,真是女人的耻辱。"①其实莎翁的理想妇人也正是那类美丽贤淑、识大体、温柔恭顺、唯丈夫意志是从的女性。《奥赛罗》的女主角苔丝狄蒙娜是莎翁所塑造的一系列正面少妇形象中最有代表性的一位。她不仅痴情于丈夫奥赛罗而且完全屈从于他。她一旦喜爱上了奥赛罗,虽障碍重重可始终不改初衷,坚决追随她的意中人。后来奥赛罗听信谗言,怀疑她的贞沽,迁怒于她,拳脚相加,横加辱骂,可她虽蒙冤而毫无怨气,反过来为丈夫辩护:"小孩子做错了事,做父母的总是用最温和的态度轻微地责罚他们;他也可以这样责备我,因我是一个该受管教的孩子。"②最后奥赛罗妒性大发,加害于她,她死而无怨,并对外谎称自杀,为丈夫开脱杀人之罪。

众所周知,莎士比亚本人的婚姻是一桩无爱情基础的失败的婚姻。这种婚姻给予莎士比亚的教训不能不说是沉痛的、深刻的,即一对夫妇没有婚前真挚、热烈的爱情作为婚姻的基础,他们就很难建立起一个和谐的家庭。正是基于这一点,他放手让他笔下的少女们去大胆执着地爱,也正是基于这一点,他又将她们残酷地系在了男权社会的车轮上,置她们于家庭的樊篱之内,使她们心甘情愿地屈就于夫权的重压,即使受尽折磨也毫无怨言。所以我们说,莎士比亚考虑妇女问题一开始就是从维护社会家庭的和谐稳固出发的,而不是从维护妇女本身的自由平等权利出发的。他创造新女性以至歌颂爱情也不是为妇女的个性解放摇旗呐喊,而相反却是为巩固封建男权社会而尽力。

综上所述,莎士比亚作品中所体现出来的妇女观是人道主义的世界观,是封建社会父权文化下妇女观的再版。从以上分析我们也可以看出,莎士比亚和汤显祖这两位处于同一个时代的伟大剧作家,他们一西一东,是 16 世纪东、西两种文化的代表人物,结果他们的妇女观却如出一辙。那么此中原因是什么呢?

莎士比亚一生大部分时间是在 16 世纪后期的伊丽莎白时期度过的。这时期,宗教活动仍是人们生活的重要组成部分,基督教的权威、等级、秩序

---

① 莎士比亚著,朱生豪译:《莎士比亚全集》(第 4 卷),南京:译林出版社,1994 年,第 124 页。

② 莎士比亚著,朱生豪译:《莎士比亚全集》(第 5 卷),南京:译林出版社,1994 年,第 142 页。

观念仍被当作亘古天律而日传月诵,正像英国莎评家 M·M·班德威在《莎士比亚的背景》一书中所说的:伊丽莎白时代,去教堂听道是人们必尽的义务。在教堂里,牧师们给人们反复灌输的就是宇宙和谐有序,各级各类造化物应各守其位的观念。莎士比亚出生在宗教气氛极浓的乡下小镇斯特拉福镇,他的家庭是典型的教徒之家,他自身也虔信宗教。他从一开始就接受了基督教及其秩序等级观念。因而,不仅宇宙的等级秩序不可更替,而且社会的尊卑规则也不能更改,因为要是"尊卑的等级可以不分,那么最微贱的人,也可以和最高贵的人分庭抗礼了","要是没有纪律,社会上的秩序怎么得以稳定?"[①]莎士比亚的世界观基于这种以秩序等级为核心的基督教神学思想之上,所以他有那样的妇女观就不足为奇了。

莎士比亚所处的时代,封建家长势力很盛行,如在《罗密欧与朱丽叶》中,朱丽叶的父亲凯普莱特就运用家长权威包办女儿的婚姻,他不征求女儿的同意,就对求婚者帕里斯伯爵说:"我可以大胆地替我的孩子做主,我想她一定会绝对服从我的意旨。"[②]等到朱丽叶表示不同意,他就破口大骂:"你这该死的小贱妇!不晓得的畜生!"最后他威胁说:"你倘然是我的女儿,就得听我的话嫁给我的朋友;你倘然不是我的女儿,那么你去上吊也好,做叫花子也好,挨饿也好,死在街道上也好,我都不管。"[③]由此可见,封建势力多么蛮横,甚至于平时喜爱有加的亲生女儿,在她的婚姻问题上,都如同是一件普通礼物,随便就可以送给别人,而且不容分说,否则下场就更惨。

与之相反,在莎士比亚的笔下,那些被贬抑的妇人却无不自私残忍、桀骜不驯、随心所欲。悲剧《麦克白》中臭名昭著的恶妇麦克白夫人就是一个母夜叉式的人物。她虽欣赏丈夫企图弑君的野心,但蔑视他遇事畏首畏尾的懦夫行径。为了激励麦克白夺权篡位,她像马刺一样刺激他,直到驱使他走上杀人的道路而后已。《李尔王》中的里根、高纳里尔利欲熏心,不仅骗逼父亲弃权漂泊,而且还玩丈夫于掌腕之上,任她们宰割。这些妇人抗礼叛徒、越夫犯上,不仅导致夫妻不和、家庭破裂,而且一朝身居要位就给国家和人民带来了深重的灾难。

---

①　埃默里·埃里奥特著,朱伯通译:《哥伦比亚美国文学史》,成都:辞书出版社,1988 年,第 43 页。

②　莎士比亚著,朱生豪译:《莎士比亚全集》(第 7 卷),南京:译林出版社,1994 年,第 13 页。

③　莎士比亚著,朱生豪译:《莎士比亚全集》(第 7 卷),南京:译林出版社,1994 年,第 22 页。

从以上正反两方面的例子可以看到,在莎翁的心目中,只有那种任劳任怨、温从敬夫的妇人才值得称道,而那种我行我素、唯我独尊的女流却似豺狼毒蛇,面目可憎。由此可见,莎翁评判家庭主妇的优劣并不是从解放妇女的个性出发,以新型人文主义的个性奔放、个人自由、男女平等的思想为准则,而相反是从维护社会秩序出发,是基于基督教严格的社会等级秩序观念和男尊女卑思想,而在我国长期的封建社会,妇女的命运就更为悲惨。中国漫长的封建时代,都是男权制社会。《左传》中写道:"天有十日,人有十等。下所以事上,上所以共神也。故王臣公,公臣大夫,大夫臣士,士臣皂,皂臣舆,舆臣隶,隶臣僚,僚臣仆,仆臣台"①,层层以降,等级森严。但这"王、公、大夫……"都是男人,并没有女人的份,也就是说,女人还不算"人"。在汉字造型中,女子从"女"从"帚",即执扫帚持家务的女人。女人,不但从传统,也从法律,甚至从文字上固定下来,是为家庭服务的;更具体地说,是为男人服务的(李敖语)。朱元璋推翻元朝建立明朝,选择了程朱理学作为治国安邦之术。控制当时社会各个角落的是"存天理,灭人欲"的理学观念,把男权制社会的强权更是推向了极致,妇女从精神到肉体受到了空前的禁锢和迫害。当时,殉身于礼教束缚的妇女数字大得惊人,创造了空前的记录。《明史·烈女传序》说:"明兴,著为规条,巡方督学岁上其事,大者赐祠祀,次亦树坊表,乌头绰楔,照耀井间,乃至僻壤下户之女,亦能以贞白自砥。其著雨实录及郡邑志者,不下万余人,虽间有以文艺显,要之节烈为多。"②封建礼教的侵染渗透,致使身居穷乡僻壤的农家妇女都受到节烈思想的毒害而"以贞白自砥"。

可见,无论是 16 世纪的东方古中国,还是西方的伊丽莎白时代,当时妇女的地位是相当低下的,命运是很悲惨的。可谓:同是天涯沦落人。

《罗密欧与朱丽叶》和《牡丹亭》两部剧作中最为光彩照人的形象无疑是朱丽叶和杜丽娘,朱丽叶正值豆蔻年华,13 岁的她美若天仙;杜丽娘年方二八,文雅貌美。朱丽叶执着追求纯洁的爱情,至死不渝;杜丽娘为情而死,因情而生,惊世骇俗。无疑,至情至性的朱丽叶和杜丽娘是叛逆的。不同的是,背负着礼教的重压的杜丽娘在梦中的追求是大胆的,面对现实时却是软弱的。杜丽娘强烈的爱情理想和追求,只能在虚幻的梦中和阴间世界曲折实现。莎士比亚和汤显祖这两位几乎同时的剧作家在不同的文化背景之下,选择了同一种方式——梦来展开戏剧冲突,从而展现出共同的人文关怀。这并非巧合,充分说明了在 16 世纪和 17 世纪之交,无论是东方的汤显

---

① 朱光潜:《诗论》,北京:三联书店,1984 年,第 50 页。

② 邹自振:《四梦与小说之关系》,明清小说之研究,2004 年第 2 期,第 27 页。

祖的《玉茗堂四梦》，还是西方莎士比亚的《仲夏夜之梦》，都是企图以梦的形式，来表达他们对现实的认识以及对理想的不懈追求。

　　莎士比亚时代的英国在欧洲文艺复兴的洗礼下，再一次审视和评价中世纪的宗教神学观念，确立了以人为本、个性解放的观念；汤显祖生活在明朝晚期，王阳明的"心学"主张，把人们的思想从程朱理学"存天理，灭人欲"的禁锢中解放出来，引发了追求个人自由和幸福的思潮。相似的社会背景，使远隔重洋的《罗密欧与朱丽叶》和《牡丹亭》有了相同的主旨——揭露封建制度和伦理观念对青年男女爱情的桎梏和摧残。《罗密欧与朱丽叶》的基本冲突是爱情与世仇的对立。朱丽叶为了追求爱情生活，敢于挑战封建伦理、家族观念和姓氏荣誉，并最终以决绝的态度和义无反顾的牺牲精神与之对抗，捍卫爱情的尊严和自由。罗密欧和朱丽叶的以死抗争终于消解了两个家族根深蒂固的仇恨，凯普莱特和蒙太古家族的和解预示了人文主义理想的胜利。《牡丹亭》用情与理的激烈冲突，表达了个性解放的强烈要求。杜丽娘突破了自身的心理防线，逾越了家庭与社会的层层障碍，勇敢地迈过了贞节关、鬼门关和朝廷的金门槛，给当时许多生活在水深火热之中而在爱情面前止步乃至后缩的女性以巨大鼓舞。汤显祖对于杜丽娘惊世骇俗的爱情的描写在当时是振聋发聩的。因此，此剧一出，封建卫道士们痛批"其间点染风流，惟恐女子不销魂，一方一人不失节"。然而，和《罗密欧与朱丽叶》中乐观的人文主义精神的激扬不同，《牡丹亭》未从根本上跳出"发乎情，止乎礼义"的传统轨道。特别是后半部剧情在总体上还是遵理复礼的篇章，还阳之后的杜丽娘依然没有摆脱封建伦理观念的影响，如当柳梦梅表示"便好今宵成配偶"，杜丽娘马上一本正经地告诫，古书云："必待父母之命，媒妁之言。""前夕鬼也，今日人也。鬼可虚情，人须实礼。"[①]在汤显祖的笔下，柳梦梅与杜丽娘的爱情最终不得不因袭父母之命、媒妁之言和洞房花烛、金榜题名等封建伦理观念。这样的安排在一定程度上削弱了剧作以情反理，揭露和抨击封建专制与残酷礼教的积极意义。

　　"人文主义"（humanism），和"人文精髓""人文思想"等没有太大区别，都是指主张以人为本，重视人的价值，尊重人的尊严和权利，关怀人的现实生活，追求人的自由、平等和解放的思想行为。汤显祖是中国明代剧坛上最优秀的传奇作家，莎士比亚是英国文艺复兴时期最伟大的戏剧家。他们作品的一个显著共同点是关注女性命运，在各自爱情婚姻题材的作品中塑造了一批有广度、有深度的女性形象，并反映、思考了女性问题。集中代表了"情"与"理"、人文主义与"理学"的矛盾冲突。虽然他们的作品不以女性解

---

　　①　汤显祖：《玉茗堂全集》（第 42 卷），上海：上海古籍出版社，1995 年，第 312 页。

放为主导目标,但作品中流露出的女性意识的萌动和对平等关系的呼唤,为女性主义文学批评提供了很好的文本,女性主义文学批评也为分析他们的作品提供了新视角。女性主义(女权运动、女权主义)是指主要以女性经验为来源与动机的社会理论与政治运动。在对社会关系进行批判之外,许多女性主义的支持者也着重于性别不平等的分析以及推动妇女的权利、利益与议题。处于主体地位的男性将自己的要求强加于女性身上,因而女性只能是沉默的、失语的,处于以男性为中心边缘的地位。女性若要被社会容纳和认可,就必须按照父权对"女性气质"(软弱、温顺、依赖和被动等)的意识规范,压抑、扭曲和重塑天性,自觉融入父权意识形态。

在《紫钗记》中,作者把霍小玉塑造为"情"的化身。霍小玉为"情"忧郁,为"情"不畏强权,为"情"身染沉疴,为"情"病而复苏,把"情"看得比金钱、生命更为重要。李益参军边关,霍小玉为了打探李益消息,散尽家财,甚至变卖聘钗。当她得知李益已经入赘卢府时,她绝望地将所得百万金钱"乱洒东风,一似榆荚钱"(第四十七出《怨撒金钱》)。难怪汤显祖在《紫钗记·题词》中说"霍小玉能作有情痴",用"情痴"形容霍小玉再恰当不过了。女性主义文学批评从女性视角出发,解构颠覆文化中的父权意识,同时致力于构建新型的女性文化和两性关系。解构的方式揭示并质疑女性主体被父权制异化的真相,指出女性是父权社会中被物化的客体,丧失了决定自我命运的权力,沦为男性欲望和审美的对象。在解构与颠覆的同时,女性主义文学批评强调建构与创造。

汤显祖和莎士比亚在很多爱情作品中都以女性角色为主导,他们用浓墨重彩来展示了一个千姿百态的女性世界。无论是个体的女性角色还是女性群像,都有鲜明的特点:她们往往是戏剧情节的焦点,操纵影响故事的发展。女性形象都作为主角和副主角得以详尽地展现,成为能自我言说的主体,男性形象则相对淡化,作为次要的陪衬。在《牡丹亭》和《威尼斯商人》这两部作品中,女性形象均优于男性,她们对人性的伸张,情感诉求的实现和女性利益的满足比男性有更强烈的意识,是汤显祖理想的"有情人"和莎士比亚人文主义完美的新女性。汤显祖在《牡丹亭·题词》中写道:"如丽娘者,乃可谓之有情人耳,情不知所起,一往情深,生者可以死,死可以生。生而不可于死,死而不可复生者,皆非情之至也。"英国著名莎学家罗斯金说:"莎士比亚笔下的男主人公都不值一提,惟独他的女主人公都个个光辉耀眼,如同英雄。"①《牡丹亭》是围绕女主角杜丽娘"为情而死,为情而生"展开

---

① A. W. Verity. *The Introduction of the Merchant of Venice*. London:London University Cutorial Press,1902,p. 6.

整个故事。太守杜宝之女名丽娘,伤春寻春,梦见一书生并与之在牡丹亭畔幽会,梦醒后杜丽娘从此一病不起,弥留之际要求葬在花园的梅树下,嘱咐丫鬟将其自画像藏在太湖石底。三年后,柳梦梅赴京应试,杜丽娘魂游后园,和柳梦梅再度相会,让柳梦梅掘墓开棺,帮助自己起死回生,两人结为夫妻,前往临安。后杜丽娘一再据理力争,和柳梦梅终成眷属。杜丽娘在梦中获得了爱情,这促使她要把梦境变成现实。杜丽娘"寻梦"就成了整个故事的主线。《威尼斯商人》中的鲍西娅是作者极力歌颂的女性形象。故事的几条主线:"三匣选亲""法庭审判""情人私奔""戒指戏夫"等都是围绕鲍西娅展开,并靠她给剧情带来转机。在择偶时,鲍西娅不惜做手脚而选中自己心爱的人;她为了帮助丈夫的朋友,女扮男装作法律顾问,面对咄咄逼人的夏洛克,从容不迫,一步步让对手落入自己的圈套中,既维护了法律的尊严,又置恶人于死地,大快人心。莎士比亚塑造了一个活泼、大方、幽默并且充满智慧的新女性形象。

　　汤显祖和莎士比亚笔下的女性主体意识首先体现在她们具有强烈的婚姻自主意识,不是被动地接受强行指派给她们的安排,而是主动追求理想的爱情和婚姻。汤显祖和莎士比亚所处的时代都是封建父权当道,青年男女的婚姻完全不能由个人决定,一定要通过"父母之命,媒妁之言"才被承认。而汤显祖和莎士比亚笔下的女性不再屈服于"在家靠父,出嫁从夫"的命运安排,而是为了追求理想的婚姻而勇敢斗争,对封建礼教进行抵制、驳斥和反抗,这是女性觉醒的标志。在《威尼斯商人》中,鲍西娅面对父亲要用"三匣择婿"的遗愿,十分不满:"唉! 说什么选择! 我既不能选择我所中意的人,又不能拒绝我所憎厌的人,一个活着的女儿的意志,却要被一个死了的父亲的遗嘱所钳制。像我这样不能选择,也不能拒绝,不是太叫人难堪了吗?"[①]都是这些无聊的世俗的礼法,使人们不能享受他们合法的权利。看到封建婚姻制度对女性的损害,聪明的鲍西娅灵活地动了手脚,主动掌握了自己的命运。

　　汤显祖和莎士比亚塑造的这些女性形象还表现出不以父权为中心的主体意识,使女性从边缘走向中心,对千百年男性中心、女性从属的传统"理性""理学"文化作了最大的反讽和抨击,解构了男权中心及封建思想对妇女的界定。在父权社会的家庭中,父亲是父权制的代表。他要求子女服从父权社会的意志,禁止他们超越父权规范的行为,通过制定规则来排斥、阻碍子女的自主权利。父权制通过父亲在家庭中行使着将女性物化、客体化的

---

　　① 莎士比亚著,朱生豪译:《莎士比亚全集》(第5卷),南京:译林出版社,1994年,第198页。

权力,使女性一直处于社会和家庭的边缘。在两部作品中,从女儿一落地,父亲就带着"男尊女卑"的有色目光看她;把她视为私有财产,剥夺她的人身自由。杜丽娘和鲍西娅在面临父权对爱情自由的阻挠时,都据理力争,不同程度上挣脱了束缚,得到了自己想要的生活。

汤显祖和莎士比亚以戏剧的形式,将各自"主情"的人文主义思想展现给大众。汤显祖认为戏曲是"情"的产物,主张"以情抗理",有意把"情"与"理"对立起来。《牡丹亭》直接提出"情"作为创作的根本,并以此塑造了追求真情的鲜活人物——杜丽娘。《牡丹亭·题词》说"第云理之所必无,安知情之所必有耶"。这个"情"不局限于男女爱情,杜丽娘无论是为情而死还是因情复生,都表现出人性(情)向礼教(理)的顽强抗争。

在封建社会漫长的发展过程中,妇女卑微的地位让她们不敢去追求自己的幸福权利,但杜丽娘却敢逾越千年的屏障,积极努力地维护女性的权利。她的出现,让千百年生活在社会压制下的女性认识到自己存在的价值。她从要自由的意愿出发,在青春的诱导下,违禁涉足后园。园中的春色开启了她少女的心扉,引发她对现状的怀疑和不满,她埋怨父母耽误自己珍贵的青春。于是,她在梦中遇见柳梦梅,追寻到了爱情,并在渴望中燃尽生命的能量。到了阴间她继续追寻,终于又因情而复生,并坚决拒绝了父亲让她离开柳梦梅的要求,不向封建礼教低头。爱情权是人权的基本内容,在现实生活中,封建礼教的压迫使她得不到恋爱的满足而苦闷,她就到梦中去追寻。从现实到梦境,从梦境到现实,从人间到阴司,再从阴司到人间,为情而死复又为情而生,永不停息地为情而战。

《牡丹亭》的女性主题,是女性意识的萌动所代表的人性的觉醒。杜丽娘爱自然、爱自由、爱生活。在她柔弱的外表中蕴藏着对美好生活强烈的追求和坚韧的斗争精神:"似这等花花草草由人恋,生生死死随人愿,便酸酸楚楚无人怨。"杜丽娘在《惊梦》《寻梦》等戏里倾诉自己蕴藏在心灵深处的激情、理想,在她的歌声里流露出柔韧的生命力量,为了追求真正的人生,她将生死置之度外,勇敢地去冲破束缚她的身心自由的封建藩篱。《牡丹亭》荡气回肠的力量就在于"这种富有反抗性的主题思想,就在于它宣泄了那个时代足不出户、泯灭志趣、忍为贤淑、压抑本性的青年女性的苦闷。"①

《威尼斯商人》最大的特色,也是剧中处处闪耀着的人文主义的璀璨光辉。该剧分三条线展开——"借债割肉""挑匣配婚""卷逃私奔"。在三条情

---

① 段暴卉:《人文思想关照下的汤莎女性题材作品——〈牡丹亭〉与〈罗密欧与朱丽叶〉之比较》,时代文学(下半月),2010 年,第 9 页。

节线索交织下,人文主义者所倡导的人道原则和资产阶级法律之间尖锐的冲突得到了展现,最终善战胜了恶,仁爱战胜了仇恨,人文主义战胜了苛刻法律。通过描写三对有情人终成眷属的爱情故事,莎士比亚不仅把歌颂爱情作为人文主义对中世纪教会宣扬禁欲主义的一大挑战,也是体现人文主义的道德原则和生活理想终将战胜恶势力的信心。剧中博学、智慧的鲍西娅,更是作者极力歌颂的人文主义者,她有学问有修养,谈吐文雅又机智勇敢。为了援助丈夫的朋友,她女扮男装,作为出庭的法律顾问判决夏洛克的案件,有胆有识,既维护法律的尊严,又置恶人于死地,大快人心。鲍西娅是智慧、友谊、爱情与仁慈的化身,象征着莎比亚至上的道德法则。她的"慈悲调剂着公道"的理论还表明了作家革新法律的主张以及法律人性化的幻想。鲍西娅已不仅是一个追求个人婚姻幸福的女子,更是从争取个人解放发展到干预社会问题,用理性征服凶残,用仁爱战胜邪恶的人文主义者,成为闪耀着人文主义光辉的文艺复兴时期新女性的典型。

汤显祖和莎士比亚还从人文关怀的角度,在作品中展现了女性间真挚的情谊。传统中,女性间的情谊从来就是被轻视、被忽略的。"女性被大量表现的情感只是对异性的思念,哀怨。女性之间的同性情谊比起男性之间的知己之交是逊色的……只表现女性自觉以礼教压抑人性,扭曲自身人格。"[1]汤显祖和莎士比亚在作品中展现了作为人的正常情感和需求的姐妹间情谊,以及同性结盟对压抑人性的封建礼教的挑战。《牡丹亭》中的丫鬟春香天真烂漫,她不仅侧面反映杜丽娘的本性,更推动杜丽娘发现春天的美、生命的美和爱情的美。《威尼斯商人》中的一系列事件也都是女性角色安排策划的。两部作品中的侍女:春香和尼莉莎已不再是传统意义上的卑微的仆人,而更像是始终给予杜丽娘和鲍西娅体贴关心、热情鼓励、建议和劝慰的知心朋友。日本学者青木正儿在《中国近世戏曲史》中对汤显祖和莎士比亚赞叹说:"东西曲坛伟人,同出其时,亦一奇也!"[2]汤显祖和莎士比亚强烈地感受到封建社会根深蒂固的理学统治给女性带来的巨大压抑,通过《牡丹亭》和《威尼斯商人》中反封建传统的新女性形象,从人的价值角度探寻女性的生存处境和命运,表现"女人也是人""女人首先是人"的主题,为女性提出了作为平等的人的生命诉求,把女性的个性自由意识和"人"的解放意识摆在同等重要的位置。

不可否认,汤显祖和莎士比亚的女性观和人文思想基于当时的时代背景和社会环境——资本主义萌芽对社会各领域的冲击,虽然他们的作品一

---

① 李玲:《中国现代文学的性别意识》,北京:人民文学出版社,2002年,第183页。

② 张清华:《汤显祖〈五传〉创作思想浅探》,中州学刊,1980年第2期,第76页。

定程度上还存在局限性，但他们真正站在女性的立场，细致地体察女性对个性自由的渴望，在漫长的男权统治历史中，他们作品中对女性问题的同情、关注和对新女性形象的赞赏与塑造，为女性争取更合理的生存迈出了艰难而可贵的一步。

第四章　美学生命观的实质

将莎、汤的戏剧理论及其创作实践视为 16 世纪中叶以来艺术的美学生命观在世界戏剧史上的现实体现和历史延续，在于其美学实质是对戏剧作为艺术的美学个性的复归与张扬。其原因在于它不仅具有生发自身独特的生存体悟和艺术理想的现实基础，而且蕴含着深厚的美学思想渊源和当时艺术世界特殊的美学情境。此外，它们富于"乌托邦"色彩的历史超越性，鲜明地有别于基于封建伦理道德功利及其审美价值取向的讽谏说、教化说和史鉴说之类的戏剧观念及其影响下的所谓戏曲创作。

汤显祖同莎士比亚的戏剧观及其所谓的戏曲创作，从一开始就具有生命的本色特征。二人的戏曲是为人间至情讴歌而不能自己独立自存的美学个性，犹如自由的生命流动。诚如汤在去世前两年所写的《续栖贤莲社求友文》中所言："岁之与我甲寅者再矣，吾犹在此为情作使，劬于伎剧。为情转易，信于痎疟。时自悲悯，而力不能去。"①这种充分体现出源自人的个体生存境遇，由人的"一般之情"发展而来的"个体之情"，诚如今人傅晓航所下的断语："这既是留给后世的《玉茗堂四梦》的创作动力，也是他的美学理论核心。"②因此，在莎翁看来，对美学个性独立存、自由发展的追求，不要说"天理"，"以至于人身的死亡都无法抑制它"。用汤的话说即是："噫而风飞，怒而河奔。世能厄之于彼，而不能不纵之于此。"即令"情致所极，可以事道，可以忘言。而终有所不可忘者，在乎诗歌、序记、词辩之间。固圣贤之所不能遗，而英雄之所不能晦也"（《调象庵集序》）。也正是这种不受以"理"为标识的既有社会力量及其现成的艺术功利观和价值取向的约束，而为"情"的实现驰骋于艺术天地间的美学生命追求，不仅使其戏剧理论及其创作实践深刻地揭示出现实生活中"情"与"理"之间不可调和的矛盾和冲突，更从其所处的特定社会个性发展不平衡的现实境遇中生发出以张扬"个体之情"为终极性艺术理想的个体性美学个性的艺术追求。

---

①　汤显祖：《玉茗堂全集》（第 1 卷），上海：上海古籍出版社，1995 年，第 15 页。

②　中国大百科全书出版社编辑部：《中国大百科全书·戏曲文艺》，北京：中国大百科全书出版社，1983 年，第 89 页。

第一节　缘境起情

文学中的"缘情"论发于我国最早的美学专著《乐记》中的"乐由天作""乐也者,情之不可变者也"。《毛诗序》曰:"诗者,志之所之也。在心为志,发言为诗,情动于中而形于言,言之不足,故嗟叹之;嗟叹之不足,故永歌之;永歌之不足,不知手之舞之,足之蹈之也"。陆机在《文赋》中明确提出了"诗缘情而绮靡"。刘勰在《文心雕龙·明诗》里提出:"人禀七情,应物斯感,感物吟志,莫非自然",《文心雕龙·情采》也说:"文采所以饰言,而辩丽本于情性"。"盖风雅之兴,志思蓄愤,而吟咏情性,以讽其上,此为情而造文也。"《文心雕龙·物色》说:"岁有其物,物有其容;情以物迁,辞以情发"。《文心雕龙·知音》中:"夫缀文者情动而辞发,观文者披文以入情。"钟嵘《诗品》序言篇:"气之动物,物之感人,故摇荡性情,形诸舞咏。照烛三才,晖丽万有,灵祇待之以致飨,幽微藉之以昭告。动天地,感鬼神,莫近于诗",明确提出了他的"吟咏性情"说。之后白居易、韩愈、欧阳修、李贽、袁枚等又相继提出了一系列有关诗文情感特征的观点。受到王学及泰州学派的影响,明代中后期产生的文学新思潮,奉"情"为文学圭臬,情感论在文坛蔚成大观。先驱者徐渭褐櫫了文学抒写真情的原则,他说:"人生堕地,便为情使。聚沙作战,拈叶止啼,情昉此矣。……摹情弥真,则动人弥易,传世亦弥远。"[①]李贽常用"情性"的概念,他著名的"童心说"就是从赞扬爱情的《西厢记》谈起的。袁宏道性灵说的特质之一是"情与境会,顷刻千言"。与汤显祖同时代的潘之恒《鸾啸小品》中《情痴》一篇:"能痴者,而后能情;能情者,而后能写其情",指出了情的重要性。汤显祖论诗歌曰:"世总为情,情生诗歌而行于神。"[②]汤显祖在我国古典美学的基础上将情发挥到极致,使其可以穿越生死,超越时空。这与中国古代的文学情感论悠久的历史传统,以及中国古代文学、戏剧特别注重抒情的民族特色是统一的。

汤显祖以"情"为标识的美学生命观的历史前提,体现为其衡量"真情"与"矫情"之别的"贵生说":"天地之性人为贵。"因之,"大人之学,起于知生。知生则知自贵,又知天下之生皆当贵重也"。(《贵生书院说》)基于这种已经截然不同于缘起先秦人性学说,后又渗入汉以来儒、道、佛观念的传统"缘情"论与"言情"说的思想,他进一步指出:"人生大患,莫急于有生而无食,尤

---

① 徐渭:《徐渭集》(第4卷),北京:中华书局,1982年,第1296页。
② 汤显祖:《玉茗堂全集》(第22卷),上海:上海古籍出版社,1995年,第153页。

莫急于有士才而蒙世难。"尽管囿于历史局限,汤显祖在提出这种人道主义思想的同时,寄希望于当权者"能为天地大生、广生",却代表了当时新兴的市民阶层,代表着前进的社会力量对社会现实的历史把握,尤其是对人的自我本质及其个性的觉醒和追寻。明代万历年间,中国发生了类似欧洲文艺复兴而又未能获得充分展开的思想解放运动,因而,传统"缘情"论与"言情"说在汤显祖的美学生命观中获得新的生发,且首先体现为其历史前提隐显出一定程度的科学意义。应当说,这不仅与当时李贽带有浓重启蒙色彩的哲学思想一致,而且与二百年后的科学社会主义发生历史性的遇合。李贽正是以对人和人的物质生活和欲望的重视,与"存天理、灭人欲"的程朱"理学"构成历史对立。他认为所谓的"道"与"理",就是"百姓"的"穿衣吃饭"。他说:"穿衣吃饭,即是大伦物理,除却穿衣吃饭,无伦物矣。世间种种,皆衣与饭类耳。故举衣与饭,而世间种种自然在其中。非衣饭之外,更有所谓种种绝与百姓不相同者也。"(《答邓石阳》)他们在人类生存第一个前提的意义上,一致肯定人之贵甚而"士才"之贵,肯定人的物质生活和欲望,强调任何人无法脱离"穿衣吃饭"这个最基本的物质条件。这种思想,正与马克思、恩格斯在《德意志意识形态》中所提出的历史前提构成历史性的联系:为了确定"任何人类历史的第一个前提无疑是有生命的个人的存在"。因而,"我们首先应当确定一切人类生存的第一个前提也就是一切历史的第一个前提,这个前提就是:人们为了能够"创造历史",必须生活。但是为了生活,首先就需要衣、食、住以及其他东西。因此第一个历史活动就是生产满足这些需要的资料,即生产物质生活本身。这里并非在将两者之间进行简单化的附会与比较,只是意在指出,汤显祖正是基于这样的历史前提,他对"情"的推崇与对"志、理、性"的贬斥,才能够对当时以邱浚、邵璨为代表的把戏曲用来图解封建伦理道德的倾向,构成富于现实社会内容和历史内涵的有力批判;更从最具历史原动力和终极意蕴的个体性美学个性层面上,意识到并力求现实体现戏剧艺术超越诸如男女之爱等"一般人情"的美学生命。而后者,却正如马克思、恩格斯曾经遇到的:"没有任何前提的德国人"那样,在"纯粹精神"的领域中兜圈子,把宗教幻想推崇为历史的动力,"预先把宗教的人当作是全部历史起点的原人","在自己的想象中用宗教的幻想生产来代替生活资料和生活本身的现实生产。"[①]在美学生命具体实现的戏剧创作层面,汤显祖"得自天纵"而"置'法'字无论","情"之所起,则发出惊天动地之声:"不妨拗折天下人嗓子。"由此引发为著名的"汤沈之争",至今是中国戏剧史

---

　　①　马克思,恩格斯:《马克思恩格斯全集》(第3卷),北京:人民出版社,1960年,第45页。

上"悬而未决",争论不休的问题。

我们不难理解,汤显祖在以"缘境起情"来论说"情"的起因在于"心"感之于外在客观实在之"境"的同时,以"因情作境"(《临川县古永安寺田记》)来阐述由"情"所生发的戏剧这个幻觉世界的生命构成动因,本末倒置情与境乃至存在与意识的关系。是以,他以"情"来认识戏剧本体的"个别特殊"性,既有别于诸如《乐记》引发的心物感应说,更与当时由"志、理、性"为标识的戏剧观决然两断。因为,前者并未将艺术及其审美主体从一般意识形态中区别出来或肯定其能动的"个别特殊"性;后者则进而否定了艺术所特有的为"人情之所不能免"(《乐记·乐礼篇》)的"乐"本性。正如汤显祖所言:"世总为情,情生诗歌。"因此,情之于作为艺术的戏剧,在汤显祖这里,"情"与"理学"之间"一刀两断",更与作为其美学思想渊源的"礼乐"观相逆反。《乐记》有言:"乐也者,情之不可变者也;礼也者,理之不可易者也。乐统同,礼辨异,礼乐之说贯乎人情矣"(《乐情篇》)。显然,这样地以"礼"来统制和贯穿"情",无疑正与汤显祖以变换和超越生死界限而又无法抑止的"情"构成历史性对峙:"人生而有情。思欢怒愁,感于幽微,流于啸歌,形诸动摇。或一往而尽,或积日而不能自休。"(《庙记》)其中,更由于这种"感于幽微"之"情",有别于既有的"常人之情"而生成于社会和艺术的普遍一般与主体的个体个别和特殊之间"测不准"(海森堡)的"个别特殊"阶段,因而,汤显祖提出了超越"常理"并与以"常理"来相"格"的既有观念相左的美学观:"情不知所起,一往而深。生者可以死,死可以生。生而不可与死,死而不可复生者,皆非情之至也。"(《牡丹亭记题词》)而其所谓的"因情成梦,因梦成戏",不过是艺术家"为情所使,劬于伎剧"。这种由"情"所生发和构成的美学生命力,之于戏剧的角色也同样如此,故说"没乱里春情难遣","一点情千场影戏"。因此,"如丽娘者,乃可谓之有情人耳"。(《牡丹亭记题词》)

通常,人们也能够从艺术表现的逻辑特性出发,把艺术视为普遍的东西在个性中的表现。然而,无法回答为什么诸如《牡丹亭》这样的艺术现象,不仅悲喜交融,而且"惊心动魄","巧妙叠出"(吕天成《曲品》),却并非只是在于个性与普遍,或与浪漫主义和现实主义、悲剧和喜剧之间达到或保持所谓的一致。这是因为,艺术的规律是从艺术的相对独立性中生发出来的。因此,马克思曾经特别从理论上揭示艺术的相对独立性,总是强调艺术作为"特殊对象的特殊逻辑",强调艺术家以"精神个体性的形式"来表现现实生活,强调艺术品应该成为艺术家的"天性和对他的天性产生影响的环境之间的相互作用的创造物"。这在于美学个性的自由发展在艺术实现的审美形态逻辑构成过程中,同样具有"测不准"的美学性状。我们所能够测定的,只是其间标示为"情"的生发和展现的种种极其"微弱"(海森堡)的有机联系。

用汤显祖的说法，这在于"感于幽微"之"情"，在其"流于啸歌、形诸动摇"的全过程中，其美学性状"微妙之极"。因此，他从"情"之于戏剧的美学形态构成之特殊性出发，提倡独抒个体"灵气"，反对以"常理"来相"格"，更反对摹拟。因之而云："予谓文章之妙，不在步趋形似之间。自然灵气，恍惚而来，不思而至。怪怪奇奇，莫可名状。非物寻常得以合之。"（《合奇序》）在这里，所谓"非物寻常得以合之"的艺术表现过程及其方式，正是对审美形态逻辑构成特殊性的确切判断。因为，这种"灵气"即或"情"的"对象化的独特方式"（马克思），其突出的特点就是把审美主体强烈的主观因素——思想、情感、意向、心境、愿望等，渗透到其全过程并"物化"（马克思）到对象中去，而由"灵气"或"情"为标示的美学个性正贯穿始终使之"得以合之"，因而"合"的过程及其结果正是其本身：从审美主体方面看，它是艺术表现即或"掌握世界"的动力；从审美客体方面看，它是艺术把握以人为中心的现实生活的基本对象；从主客体关系看，正是在主体将自身由"灵气"即或"情"有机联结的心灵世界作为对象"物化"于艺术的审美过程中，现实体现出艺术家以其独立自存自由发展的美学个性，决定对象性的、现实的、活生生的艺术的美学生命存在形态。

自从陆机提出"诗缘情而绮靡"这一命题以后，经过后人不断地阐发和补充，它的内涵不断地丰富起来，形成了在我国文学批评史上发生深远影响的"缘情说"。汤显祖"情生诗歌"的理论在继承"缘情说"传统时，带有自己鲜明的时代特征，并不是旧命题的简单重复。他说："缘境起情，因情作境。"（《临川县吉永安寺复寺田记》）"世总为情，情生诗歌，而行于神。天下之声音笑貌大小生死，不出乎是。因以澹荡人意，欢乐舞蹈，悲壮哀感鬼神风雨鸟兽，摇动草木，洞裂金石。其诗之传者，神情合至，或一至焉；一无所至，而必曰传者，亦世所不许也。"（《耳伯麻姑游诗序》）他特别重视情感在诗歌创作中的作用，"情来无竭笔"。（《答蓝翰卿莆中》）认为诗歌乃是世人感情的结晶，没有感情也就没有诗歌。当然，单单有感情还不等于就是诗或好诗，还须通过诗歌形式把它生动地表现出来，所以又离不开"神"，"神情合至"才算达到诗歌最高的艺术境界，这样才能产生强烈的感染力，才能葆其不朽的艺术生命。

第二节　灵魂之梦

在这里，我们可以看出"人的自由发展"正隐显出汤显祖由"情"标示的个体性美学个性所具有的丰富现实内涵的历史的有机性和统一性。因而，其两方面的内涵被现实体现为："在它的一般性上作为一种思维者而自觉地存在着"的"物种意识"的"实际存在"，即或理性的社会性；同"作为人的各种表现的整体而在那里存在着（客观地存在着）"的"物种意识"的客观存在，即感性的社会性，在个体的"特殊性"中，以其中否定个体个性的"偶然"的各种"现成因素"等"无机的条件"被不断克服，实现个体性美学个性的独立自存与自由发展。

是以，即使是虚无缥缈的梦幻情境，却正"使天下之人无故而喜，无故而悲"，"乃至贵倨弛傲，贫啬争施"，"鄙者欲艳，顽者欲灵"。这并非仅仅在于"人生而有情"，因之"思欢怒愁，感于幽微，流于啸歌，形诸动摇"（《宜黄县戏神清源祖师庙记》）；更是因为汤显祖对个体性美学个性的肯定和发挥，正不知不觉地触及到这样的理论实质："个人就是社会性的存在。"在马克思看来，虽然在人作为"物种存在"的物质（肉体）存在等意义上，"死亡显现为物种对具体个人的严酷的胜利，而且否定了他们的统一"①。这是从"物种存在"的具体个别来说。然而，从"物种存在"的个体特殊性即个性来说，作为个体，正是他的特殊性才使人成为一个个体，成为一个个别的具有集体性的存在。这是说，个体"特殊性"或个性的内涵是在"物种存在"的"物种意识"意义上，由于个人是社会存在物，因此，他的生命表现，即使不采取共同的、同其他人一起完成的生命表现这种直接形式，也是社会生活的表现和确证。

兰姆以阅读的符号意识行为来衡量戏剧观看过程中的图像意识行为，以此否定莎士比亚戏剧适于演出，并认为其不能产生戏剧幻觉。但与此相悖的是，他所鄙夷的观剧的体验和快感却说明了戏剧幻觉的存在。同样，托尔斯泰也存在这种以阅读的运思方式来衡量戏剧幻觉机制的错误，并误解了观众与登场演员人物之间的关系，也误解了戏剧幻觉中所产生的真实感。在这一点上，否认错觉的约翰逊却认识到了戏剧幻觉体验中观众的真实感与媒介意识两个维度。这与司汤达不谋而合，他以短暂的"完全幻想"和"不完全幻想"两个概念描述了这一戏剧幻觉体验，并道出了戏剧幻觉的产生是观众欣赏戏剧、戏剧被理解的前提条件。但他的说法会带来戏剧幻觉与戏剧节奏之间的混淆，所以，本书认为，以戏剧幻觉描述观众的体验更为恰当。

莎士比亚的 36 个剧本绝大部分取材于中世纪的口头传说、史诗和传奇故事，只有个别例外。汤显祖的 5 个戏曲则以唐人传奇、《大宋宣和遗事》及明人笔记小说为依据。罗密欧与朱丽叶的故事以 1303 年发生在意大利维罗那城的真人真事为基础。1562 年英国诗人阿瑟·勃罗克根据法文翻译

---

① 马克思，恩格斯：《马克思恩格斯选集》（第 1 卷），北京：人民出版社，1995 年，第264 页。

的这个意大利故事写成长诗，1566年威康·潘特（William Painter）又把故事从法文译成英文。这两者是莎士比亚创作的主要依据。《牡丹亭》取材于明代笔记小说《燕居笔记》卷九中的《杜丽娘慕色还魂》。据说这是发生在南宋的故事。笔记同传奇的同异约略相当于《会真记》同《西厢记》的关系。汤显祖和莎士比亚笔下的人物都穿着古代的服装，而在他们的胸中跳动着的却是一颗同时代的心。当朱丽叶说："你即使不姓蒙太古，仍然是这样的一个你。姓不姓蒙太古又有什么关系呢？它又不是手，又不是脚，又不是手臂，又不是脸，又不是身体上任何其他的部分。"对封建门第的无所谓的态度，显然带有同时代的人文主义色彩。这种封建族姓观念在英国资本主义兴起以后两百年的狄更斯时代，以至更靠后的哈代的时代也不曾绝迹。读了第一幕第一场罗密欧的对话："她已经立下了这样的誓言，为了珍惜她自己，造成了莫大的浪费，因为她让美貌在无情的岁月中日渐枯萎，不知道替后世传留下她的绝世容华。"我们会辨认出这同时又是莎士比亚第一首十四行诗的主题，是一个当代人的思想。《牡丹亭》讽刺杜宝"则平的个李半"而超迁相位，明明白白同当时边将以收买蒙古族长酋长三娘子而官升尚书、侍郎有关。

　　《牡丹亭》全剧五十五出，在传奇中也算是冗长的了。同故事发展的主线没有直接关连的《劝农》《虏谍》《道觋》《牝贼》《缮备》《寇间》《折寇》等出使人觉得累赘，缺乏剪裁。这种情记在《罗密欧与朱丽叶》中是不会有的。即使以结构较松，穿插较多的《哈姆莱特》《李尔王》而论，莎士比亚也不会让他的剧本像《牡丹亭》那样拳曲臃肿，不中绳墨。如果要《牡丹亭》像《罗密欧与朱丽叶》那样一开头就接触到剧情的主线，它的前六出几乎都要被删除干净了。传奇作家，尤其不善于在单独一出戏中展出紧张的矛盾冲突，也许他们根本不感到这样做的需要。因为传奇吸引观众原来主要依靠唱腔而不是依靠做工，这一点同歌剧相近，而同话剧大异，但是承认《牡丹亭》的结构比《罗密欧与朱丽叶》松散，不等于说《牡丹亭》或中国传奇是没有结构的。《牡丹亭》初出场时一个极不重要的配角韩子才也在剧终作了交代。与全剧主线似乎无关的《劝农》，却为杜丽娘私游花园准备了条件。不这样写，杜丽娘就不像生活在封建官僚家庭中的深闺小姐了。不是资人入寇，杜宝升官，杜丽娘即使死了变成鬼魂，也不可能同穷书生相遇。如果细心体会作者的用意，几乎每出戏都有一些存在的理由。这是说，承认传奇的结构松散，不等于说它们的作者全无经营布置的苦心。《牡丹亭》中许多出戏都是抒情的片段，很少在一出戏中写出矛盾冲突。但是我们不能忘记《闺塾》《惊梦》《圆驾》那样描写叛逆者反对封建制度的行动，有时还包括主角杜丽娘深刻的内心冲突在内。《牡丹亭》能够在几乎是个人独唱的情况下（有时另有一两个人作极短时间的上场)写出理想的追求,而这种追求正是矛盾冲突的一个特殊的表现形式。《惊梦》《寻梦》《写真》《玩真》就是这样的例子。这是《牡丹亭》最擅长的艺术技巧之一,它使全剧沉浸在浓郁的诗情画意之中。《牡丹亭》缺乏西方戏剧中剧情紧张、结构严密的优点,却以自己异曲同工的方式作了补偿。

汤显祖和莎士比亚所用的文体、演出方式、观众以及他们本人社会地位的不同,简单说来就是如此。不恰当地夸张这些,以及本书还不曾提到的文学传统,社会思潮以及经济制度等客观条件的作用,就容易忽视作家的主观因素,这样会使得我们自己同庸俗社会学难以区别;但是如果对这些客观事实熟视无睹,文学批评就会变成中世纪的占卜术了。汤显祖同莎士比亚之所以借古喻今,不自己编造故事,除去当时剧作家习惯于这样做之外,一个原因是当时作家不便无所顾忌地揭露现实。汤显祖的《紫箫记》传奇就因为"是非峰起,讹言四方",而被迫搁笔,始终没有完成。比莎士比亚时代略早的英国思想家托马斯·莫尔在《乌托邦》中第一次提出了他对社会主义的空想,但是他不得不谨慎地来一个假撇清。他在著作的结尾说,这个乌托邦"有不少荒谬的地方",他"不能同意他(指书中人物)所说的一切"。到莎士比亚时代,言论不自由的情况并没有改变。马克思根据莎士比亚的剧本《雅典泰门》第四幕第三场中的一段对话,指出作家"绝妙地描绘了货币的本质"[①]。马克思这句话当然是正确的,但同样正确的是莎士比亚并不懂得政治经济学。作家有了对于经验的感性认识,有时是可以做出鲜明生动的描写的,虽然他的理性认识还停留在朦胧的模糊不清的状态中,我认为这样的情况正是莎士比亚和汤显祖之所以只能不自觉地借用古代传说的更为重要的原因。

要判明悲剧结末是否比大团圆强,对每个具体作品应该作具体的分析。元稹的《会真记》以崔莺莺同张生恋爱破裂为结束。黄解元的《西厢记》诸宫调及王实甫的杂剧则以张生中状元,与崔莺莺成亲而收场。《会真记》的不团圆是对封建礼教的屈服,《西厢记》的团圆则是对封建礼教的反抗,这个团圆仍然不能免除鲁迅所指出的缺点,却无疑比《会真记》进步。《牡丹亭》也以柳梦梅中状元作结束,这表现了作品的妥协、不彻底的一面,但是作者并不以中状元作为他们团圆的条件。在杜丽娘还魂以后,他们就自作主张地成亲了,既无媒妁之言,又无父母之命。这一出戏的标题是《婚走》。至于社会(包括家长)对他们婚姻的承认问题,也不是一中状元就能解决的。新科

---

① 马克思,恩格斯:《马克思恩格斯选集》(第 3 卷),北京:人民出版社,1995 年,第 401 页。

状元柳梦梅依然受到杜丽娘生父的吊打,即使在最后一场"面圣"的斗争,顽固的杜宝仍旧不承认他们的婚姻,戏就这样散场了。在原来的《杜丽娘慕色还魂》小说中,杜宝得知女儿还魂而且已经结婚的消息时,心中大喜,"这柳梦梅转升临安府尹,这杜丽娘生二子俱为显宦,夫贵妻荣,天年而终"。同是团圆,以思想、艺术而论却很不同。这个区别说明了一个道理:戏曲中同样的团圆或悲剧的结尾,应该以各自不同的情况予以不同的评价。

正是在对人的非理性的表现中,莎士比亚触及了人的内在本质,人的最深的自我,人的灵魂基底的原始状态。在莎士比亚笔下,人的自我的内在本质就寄身于人的心灵的最深处,就在人的非理性的自我的深层,但这又往往与人外在的行动和语言所显示出来的相反。在剧本中,通过理查三世的恶梦、麦克白的痴语、麦克白夫人的梦魇和泰门的诅咒,莎士比亚为我们拨开了由语言和行动所形成的模糊的外层帷幕和假象,让我们看到了人的灵魂如何像熔岩般奔突、散流,显露出光明与阴暗的交辉互映、向善与为恶的争斗。我们看到,克劳狄斯、麦克白、伊阿古、高纳里尔和里根等人那个内在的自我仿佛被一种神秘的力量牵引,迂回转至那不可知的远方。在这股力量中,混合着个体所有的强烈的欲望不安、焦虑、盲目和冲动,甚至连他的主人对这种无理性的力量也时常感到惊愕、战栗和恐惧。正是由于它的蛊惑,处于两极性之间摇摆不定的那个自我往往逐渐向罪恶的一端倾斜,以至于逐渐跌入地狱般的水火之中而失去了任何回归于善的本性的可能。对于理查三世这位"恶魔君主"、麦克白和波林勃洛克(即亨利四世)等篡位者而言,对于上文提到的伊阿古之类的"魔性人物"而言,这都意味着一条不归之路、覆灭之路,意味着一条人的自我的神性之光逐渐暗淡终至于湮灭的无望之路。

综而论之,莎士比亚对人的理性给予了充分的肯定,同时也表现了人的深层的那个非理性的自我,从而揭示了人的生命存在的本质。即人既受理性力量的支配,可以靠着自我的意志主动地求善,同时也受潜藏在心灵至深处那个隐秘的、不为任何人所知和共感的内在自我的主宰,人的理性和非理性共同构成了人的存在的向度。这就是人的两极性,人的生命的本质。当然,莎士比亚对人之存在的关注不仅仅是限于自我的层面,他对人之社会处境以及人在这一处境中如何自为也进行了深入的思考。众所周知,每个人都在一定的处境中生活,自我的存在总是关乎着他者和社会,所以个体不仅要面对内在的自我,还要面对他人、环境乃至于整个世界。就处境对于个体的意义而言,它既是人生存的基础,构成了人存在的条件;同时又约束着个体的行为选择,甚至影响着个体的命运走向。莎士比亚的戏剧充分地展现了人在一定处境中这种既自由又受限的双重性和两极性,并极力主张人应勇于承担起自由选择的责任。

　　我们先来看看莎士比亚对于人与其处境关系的描写,这一关系在不同时期的剧作中并不相同。在莎翁的早期戏剧中,充满诗情画意、欢声笑语和浪漫色彩的喜剧场面成为人活动的背景,自然美景与人的美好情景融为一体。这些剧本也写到人与人之间的矛盾和冲突,但并不尖锐,其基本主题是爱情、婚姻和友谊,带有浓郁的抒情色彩。在这浪漫的、温暖人心的色彩背后寄寓着青年时期的莎士比亚的人文主义理想,即人与人和谐相处,人与自然融为一体,整个世界充满了爱,"爱克服一切",所以这些喜剧中人与处境之间的冲突并不明显。但在以《哈姆莱特》为代表的悲剧中,人与人、人与社会之间往往呈现出极为激烈的冲突和对立。这一方面是由于作品中所描写的是社会之恶的客观存在,另一方面则由于作品中的一些人物对之采取了抗拒的姿态。比如在哈姆莱特眼中,"这是一个颠倒混乱的时代";这个时代的现世社会充满了恶:"人世间的一切在我看来是多么可厌、陈腐、乏味而无聊!哼!哼!那是一个荒芜不治的花园,长满了恶毒的莠草"(《哈姆莱特》,一幕二场);世界则是"一所很大的牢狱,里面有很多监房,囚室,地牢,丹麦是最坏的一间"。(《哈姆莱特》,二幕二场)人的生命也是卑贱的:"在我看来,这个泥塑的生命算得了什么?人类不能使我产生兴趣。"(《哈姆莱特》,二幕二场)在这里,哈姆莱特所感受到的恶,并不是他的主观臆想,而是英国和欧洲社会历史现实的真实写照。

　　在认识到了社会之恶、人性之恶后,人在此种处境中该如何自处呢?怎样才能抗拒这一外在处境对自我的瓦解、威胁和"恐吓",使自我不至于坍塌并始终保持自我的独立性和向善之心志呢?我们看到,莎剧中的人物有不同的表现:一些人物比如理查三世、麦克白、伊阿古等,认同和追随了社会中的恶,与之同流合污;但还有一些人物,比如哈姆莱特、艾帕曼特斯等,往往超越了当下的社会现实,能够从全人类和普世的角度来洞察人的心灵世界的阴暗面和社会的丑恶面,并一贯地对之进行批判。就后者而言,由于他们始终保持着对现实的抗拒姿态和自我的独立个性,这样一种选择也使他们始终与处境之间存在一种疏离或紧张的关系,这种疏离和紧张往往导致了个体的生命悲剧。当然,作为一位在基督教话语体系中进行言说的作家,莎士比亚还大量借用了基督教其他观念来表达自己对于人之存在及其超越的理解。我们看到,在莎士比亚的戏剧中,出现了爱、仁慈、宽恕、忏悔、审判等几十个圣经文化母题,而贯穿这些母题的核心意象无疑就是"上帝"。可以说,所有的莎剧都涉及了上帝的绝对属性或道德属性,都或多或少地论及了上帝与自然、上帝与人、上帝与社会的关系。所以从文化的角度来看,由于在基督教神学观念中的上帝涵括了一切真、善、美的因素,莎士比亚作品中频频出现的上帝意象其实就是各种终极观念的聚合体,它表征着人类精神的"终极存在"。如此而言,莎士比亚对人的精神存在给出的尺度是:只有依靠诸如爱、宽恕、和解、拯救、超越和善之类的终极价值理念,以之作为精神的支点来统摄和规约自我,才能克服存在的悖论并使自我的生存产生价值和意义。

在莎士比亚看来,梦代表的是一种圆满,一种近乎完美的圆满。他曾借《暴风雨》中普罗士巫罗之口说:"我们都是梦中的人物,我们的一生,是在酣睡之中!"①据不完全统计,莎士比亚的戏剧中有 99 个地方说到过"梦"。而其中最完整、最具代表性的就是《仲夏夜之梦》中赫米亚的梦了。剧中以两对雅典青年男女,海丽娜与狄米特律斯、赫米亚与拉山德间的爱情纠葛为主线,仙王奥布朗与仙后提泰妮娅的争吵、雅典公爵武修斯与阿玛宗女王希波吕特的结婚,以及雅典艺人"戏中戏"的排练与演出为副线,组成一个错综复杂的人性关系网。作为一部"人的神话"浪漫剧,《仲夏夜之梦》以"大自然的和谐宁静、仙人精灵的奇妙神力、男女恋人的终成眷属"②等表现生命存在的幻美境界做出了最为生动的展示。剧中的每一个人几乎无一例外地都声称自己是生活在梦中,波顿说:"咱作了一个梦,没有人说得出那是怎样的一个梦。"③狄米特律斯说:"你们真能断定我们现在是醒着的吗?我觉得我们还是在睡着做梦。"④仙灵迫克则是对多彩的浪漫人生以局外人的身份唱道:"这种种幻景的显现,不正是梦中的妄念?"⑤也正基于此,《仲夏夜之梦》成为诸多"莎士比亚之梦"描写浪漫梦境的代表作。

16 世纪中至 17 世纪初,产生了两位世界级的戏剧大师——汤显祖与莎士比亚,分别代表了中、西方思维与观念的差异,同时也为世界戏剧的发展做出卓越的贡献。1550 年出生的汤显祖与 1564 年出生的莎士比亚相差十四岁,然而二者却同逝于 1616 年。这仅仅只是巧合,然而这戏剧般的巧合却让人感受到二者之间存在的某种联系、某种呼应。关于"梦",19 世纪奥地利精神分析学家西格蒙德·弗洛伊德从性欲望的潜意识活动和决定论

①　莎士比亚著,朱生豪译:《莎士比亚全集》(第 2 卷),南京:译林出版社,1994 年,第 82 页。

②　莎士比亚著,朱生豪译:《莎士比亚全集》(第 4 卷),南京:译林出版社,1994 年,第 12 页。

③　莎士比亚著,朱生豪译:《莎士比亚全集》(第 5 卷),南京:译林出版社,1994 年,第 182 页。

④　莎士比亚著,朱生豪译:《莎士比亚全集》(第 6 卷),南京:译林出版社,1994 年,第 162 页。

⑤　莎士比亚著,朱生豪译:《莎士比亚全集》(第 7 卷),南京:译林出版社,1994 年,第 132 页。

观点出发,指出梦是欲望的满足,绝不是偶然形成的联想。他认为,梦是潜意识的欲望。梦最主要的意义在于梦是梦者愿望的表达,这经过或许是曲折的,间或有许多动人的故事,梦中的情景仿佛一幕现代派风格的荒诞剧或者一个最难解的斯芬克斯之谜一样。《玉茗堂四梦》分别是汤显祖《紫钗记》《牡丹亭》《南柯记》《邯郸记》四剧的合称。因汤显祖所居书斋名玉茗堂,且"四剧"皆由梦境而成,故称之《玉茗堂四梦》。汤显祖一生历经嘉靖、隆庆、万历三代,时值朝廷腐败、社会动荡的明代中晚期。明世宗好声色喜丹术,明神宗好酒色财气四毒俱全。朝中宦官专权未息,内阁党争又起。内忧外患的严峻形势,给民众造成了深重的灾难。《玉茗堂四梦》的四个梦境演绎了纷繁世间事,又或许"四剧"本身就是作家毕生心血所凝聚成的人生之梦。《紫钗记》中的霍小玉与书生李益喜结良缘、被卢太尉设局陷害、豪侠黄衫客从中帮助,终于解开猜疑,消除误会的悲欢离合的幻;《牡丹亭》描写了杜丽娘因梦生情,后又因情而生,终于与柳梦梅永结同心的痴;《南柯记》讲述了书生淳于棼于梦中做大槐安国驸马,任南柯太守,荣华富贵,梦醒而皈佛的故事;《邯郸记》则表现了卢生梦中娶妻,中状元,建功勋于朝廷,后遭陷害被放逐,再度返朝做丞相,享尽荣华富贵,死后醒来,方知黄粱梦一场,因此而悟道的警醒。四个梦境千变万化总是情。

《邯郸记》取材唐人李泌之传奇《枕中记》,《南柯记》取材唐人李公佐之传奇《南柯太守记》,两剧结撰之用心,人们不妨从"一枕黄粱""南柯一梦"的传统阐释意义上去领会。如此集中地表现宦海沉浮之事,且又鲜明地显示出人世如梦的主题内容,实在耐人寻味;而一旦将此间两剧之意旨与另外两"梦"联系起来,就更耐人寻味了。《紫钗记》取材唐人蒋防之传奇《霍小玉传》,但却将原作之悲剧结构改为团圆结局,最后一场之合唱云:"【一撮掉】离和合,叹此情须问天。……堪留恋,情世界业姻缘。尽人间诸眷属,看到两团圆。"[①]至于《还魂记》(《牡丹亭》),开场的《汉宫春》词即可概括其结撰意旨:"杜宝黄堂,生丽娘小姐,爱踏春阳。感梦书生折柳,竟为情伤。写真留记,葬梅花道院凄凉。三年上,有梦梅柳子,于此赴高唐。果尔回生定配,赴临安取试,寇起淮扬。正把杜公围困,小姐惊惶。教柳郎行探,反遭疑激恼平章。风流况,施行正苦,报中状元郎。"[②]人们将不难发现,和《邯郸记》《南柯记》两"梦"之表现人世如梦者相反,《紫钗记》与《还魂记》两"梦"却在表现着梦圆人生的主题。表现人世如梦者旨在梦觉之醒悟,而梦圆人生者却旨在梦迷之满足。这样一旦将《玉茗堂四梦》的创作作为一个整体来看

---

① 汤显祖:《玉茗堂全集》(第 19 卷),上海:上海古籍出版社,1995 年,第 312 页。
② 汤显祖:《玉茗堂全集》(第 25 卷),上海:上海古籍出版社,1995 年,第 177 页。

待，从而藉此来透视作者的创作思想，其必然的结论是：梦具有双重的"情"思意味，它同时在肯定和否定着人间情欲世界的追求，那看破一切式的超悟与象征性圆满式的痴念，构成矛盾的两极，而本质之真实，正在此两极之并存并育。

我们来具体比较《牡丹亭》和《邯郸记》两剧中"梦"的审美特征。杜丽娘的梦是情之所致，在礼教森严的杜府，她的青春年华只能像良辰美景一般悄悄流逝。要实现自己的美好愿望，追求幸福爱情，她用死来抗争，由梦而死，又由梦复生，情致婉转，可歌可泣，让人读罢不得不流泪叹息，与之同情，与之共命运，与之同欢乐、同忧郁、同生、同死，并唤起人们对封建礼教的厌弃之情和批判意识。卢生的梦也是情欲所致，在梦中，他享尽荣华富贵，但梦醒之后，一切都烟消云散，他终于悟破红尘，欣然合仙，汤显祖拿卢生的梦象征现实生活中的人情世态，认为只要这个迷梦没有醒破，人就不可能得到精神上的宁静；只有将整个身心交托给仙道，人才能完全摆脱世俗纷扰。这正体现了他希望通过审美来完善人格的理想，在无忧、无情、无欲的超现实世界保全人格的整一。

汤显祖说："与天下之物遇而后辨。"①这是汤显祖对"格物"的总体看法。具体而言，"物，天下之物也格，则其辨也。"②。在汤显祖看来，既是以天下万事万物为"物"，其"辨"，就是主动的，而非"守静"所能实现的。《易·复卦·象辞》曰："雷在地中，复；先王以至日闭关，商旅不行，后不省方。"③此象辞本意是说震雷在地中微动，象征阳气回复；先王由此在微阳初动的冬至闭关静养，商贾旅客不外出远行，君主也不省巡四方。宋明理学家却将这带有神秘色彩的说法视为他们"主静"的根据。汤显祖对此加以辩难，进而提出他的"遇而后辨"的"意识境界"说。汤显祖说："学道者，因'至日闭关'之文，为主静之说……《象》曰：'商旅不行，后不省方'，此非主静之言也。环天下之辨于物者，莫若商贾之行，与夫后之省方。何也，合其意识境界，与天下之物遇而后辨。"④即是说，"辨"要有向外探索的行动，而不是向内"至日闭关"的意思。这就如同商人周游四方，广泛与外物接触，才能真正认识事物。"辨"即辨析、认识。这种认识并不像程颐、朱熹所言，主要是来自身心、书本，是从"合其意识境界"中来的。这一点非常重要。也就是说，任何认识的产生，都是在具体环境、具体实践中"合"其"理"蕴其中的特

---

① 汤显祖：《玉茗堂全集》（第4卷），上海：上海古籍出版社，1995年，第129页。
② 汤显祖：《玉茗堂全集》（第23卷），上海：上海古籍出版社，1995年，第2页。
③ 汤显祖：《玉茗堂全集》（第35卷），上海：上海古籍出版社，1995年，第199页。
④ 汤显祖：《玉茗堂全集》（第36卷），上海：上海古籍出版社，1995年，第122页。

定情境而产生的。"意识境界"正是认识产生的特定情境、场域。正是在这特定的情境和场域中，认知主体和客体相"遇"，因而产生新的认识（以"辨"为前提）。只有真正与天下之物在特定的情境或场域中相"遇"，才能真正产生对万事万物的全面认识（"辨"）。"遇"在先，"辨"在后。没有"合其意识境界"之"遇"，也就无所谓"辨"。"至日闭关"，显然是不能产生新的认识的。

那么，如何才能真"遇"、真"合"，最终达到"辨"真的目的呢？汤显祖认为，不仅要身到、目到，即耳目身体接触（"遇"）事物，更重要的是心到、神到，这是"意识境界"产生的关键。因为，并没有一定现成的"意识境界"等待我们去进入、去"合"。恰恰相反，"意识境界"之所以是一种"境界"，正在于它是认知主体以自己的专注、热情、感悟、智慧去进入、去"合"，总之，是认知主体在全身心投入认知活动的过程中而显现出来的一种真正的认识境界（亦是一种人生的审美境），它使被认知的对象全面地、立体地、活跃地呈现出来，而认知主体也真正是将整个认知的活动作为自己生命本真的存在状态，在真理与生命遇合的"高峰体验"中，产生使生命瞬间升华的辉光气象。事实上，任何合其意识境界的认知，都是从本质上将认知主体的生命作了新的跃动和创造。每一次人类认知的进步，也正是人类自身向生命的更高层次进化、蜕变。

也正因为如此，汤显祖特别强调"合其意识境界"[①]要身心俱到。"心不在焉，乃至视不见，听不闻，食而不知其味。不在者，不复也。不复，虽食味声色不可知，而又奚辨焉！"[②]"复"即反复其道。《周易集解》引何妥曰："复者，归本之名。"在这里，"复"指"辨"、认识。当生命主体心不在所遇之物，也就不可能反复认知其本，而这恰恰正是生命主体存在未归其本。生命存在质量的高下，总是以其对生命之本真意义的辨认和复归程度来判断评价的。汤显祖在这里特别强调生命"在者"的真实无欺的体验、亲历，真正能在对万事万物的亲历、体验中营造出真正是有个体生命启悟的"意识境界"。"体验"德语为 erleben，有"遭（遇）到""经历到""亲见"等意。"遇而后辨"之"遇"，正是生命得以被照亮的一次与真理的"遭遇"。认知主体正是在全身心地投入所创造的"意识境界"中，"经历到""亲见"到使生命飞升、放辉光的天理、至理。

汤显祖将"遇而后辨"作为以整个生命去"领会""思""透视"万事万物的

---

① 郭英德：《独白与对话——论明清传奇戏曲的抒情方式》，北京师范大学学报，2000 年第 5 期，第 78 页。

② 汤显祖：《玉茗堂全集》（第 21 卷），上海：上海古籍出版社，1995 年，第 92 页。

生命体验、永恒的存在状态,这是相当具有现代意义的。汤显祖说:"不在者,不复也。不复……而又奚辨焉。"可见,"复""辨"是两个不同的概念,它标明认识的两个不同阶段。何为"复"?汤显祖说:"言复者,莫辨于《大学》之道,'知止而后有定'。以能虑止者,复也。不复不止。止而虑,则其辨也。天下而反之身心意,递相复也,递相小也。"①这是对《大学》的重要发挥。《大学》说:"知止而后有定,定而后能静,静而后能安,安而后能虑,虑而后能得。"这本是说知其止于至善之理,而能安身立命,心不盲动,行为得其安身立命至善之思。而汤显祖将此道德修养的"知止""定""静""安""虑""得"的心理过程,阐发为递相反复、不断深化的认识过程。本来,"复"的本义即"反"。《易·复卦》曰:"反复其道,七日来复,天行也……复,其见天地之心乎。"《杂卦传》曰:"复,反也。"《乾象传》亦曰:"终日乾乾,反复道也"。可知,反即复;复即反。所以,老子曰:"万物并作,吾以观其复。"而"复"即动,《易·复象》曰:"动而以顺行",所以老子又说:"反者道之动"。

侯外庐先生将汤显祖所说的"不在者,不复也"之"复"训为"认识",这是符合上下文文意,也符合"认识"具有不断反复的特征的。那么,何为"认识"呢?汤显祖认为"以能虑止者,复也",即认识要以思考("虑")为前提,没有思考的认识,其对事物的认识也没有真正开始("不复不止"之"止",当训为开端、开始)。有了对事物真正用心思考的认识,也即初步认识、初级认识,然后再进行深入地研究,这就是对"复"的进一步升华——辨("止而虑,则其辨也"②)。这里汤显祖提出了一个很重要的认识论命题,也即虑止,复也;止而虑,辨也。"反之身心意,递相复也,递相小也。"③这是一个相类同于黑格尔"反思"的命题。西方很早就由亚里士多德提出过"对思想的思想"的命题。但真正考察"反思"这个认识论命题,还是近代以来的事。黑格尔的"反思"命题,简言之即"反过来思索"。它是扬弃、超越事物的感觉、表象,而回溯到思维的、概念的本质。这种反向回溯性的思维具有反思性、反身性和能动性的特征。

汤显祖不仅堪称写情圣手,而且还是编织剧情、组织矛盾冲突的写剧高手。所谓"戏有极善极恶",这是戏剧用以解剖人生的重要手段。一般的善恶,写出一般的文本;汤显祖的"极善极恶",则写出了千古不朽的惊世之作。《玉茗堂四梦》的"极恶"有显、隐两种表现形态:显者一般依于具体形象之中;隐者则泛指某一类型团体及抽象的社会势力与制度。主要表现在以下

---

① 汤显祖:《玉茗堂全集》(第32卷),上海:上海古籍出版社,1995年,第259页。

② 汤显祖:《玉茗堂全集》(第4卷),上海:上海古籍出版社,1995年,第158页。

③ 汤显祖:《玉茗堂全集》(第11卷),上海:上海古籍出版社,1995年,第203页。

几个方面:统治集团的恶德与败行;政治制度的腐朽与污浊;虚伪道学的丑恶嘴脸;功名利禄、声色钱财的官场黑暗;金钱与权势密切联系的社会制度对弱小平民的残害,等等。值得注意的是,在"极善"与"极恶"的惊心动魄的搏杀中,往往是"极善"的单弱的个体战胜势力强大的群体,它靠的不是任何的物质手段,恰恰是"情"的巨大支撑而取得的,并由此构成无数耐人寻味的、瑰丽奇特的审美意境。

仅以《紫钗记》为例。李益高中,得罪卢太尉,被设计贬玉门关外参军。第三十四出《边愁写意》,李益在孤独凄凉的氛围中怀念亲人,表达对妻子的无限思念:

> 【前腔】一笛关山韵高,偏起着月明风袅,把一夜征人,故乡心暗叫。齐回首,乡泪阁,并城蝶儿相偎靠,望眼儿直恁乔。想故园杨柳,正西风摇落。便做洗边城霜天乍晓,也星似衡云飘!衡入遍梁州未了。屏风呵!比似俺吹彻梅花,怎递送的倚楼人知道?

第四十七出,李益被卢太尉软禁,却使人告之霍小玉,李益已招赘卢府,于是便有《怨撒金钱》这一名出:

> (旦白)要钱何用!【下山虎】一条红线,几个"开元"。济不得俺闲贫贱,缀不得俺永团圆。他死图个子母连环,生买断俺夫妻分缘。你没耳的钱神听俺言:正道钱无眼,我为他叠尽同心把泪滴穿,觑不上青苔面。(撒钱介)俺把他乱洒东风,一似榆荚钱。

第五十二出《剑合钗圆》,在黄衫客的鼎力帮助下,夫妻终于在历尽磨难之后相会:

> 【二郎神】(生)年光去,辜负了如花似玉妻。叹一线功名成甚的。生生的无情似蒯,有命如丝。妻呵,别的来形模都不似你。(作扶旦不起介)怎抬的起这一座望夫山石?(合)寻思起,你怎般舍得死别生离。
> 【前腔】(旦作醒介)昏迷,知他何处,醉里梦里?才博的哏郎君一口气。俺娘呵,怕香魂无着,甚东风把柳絮扶飞?(生)是我扶你。(旦)扶我则甚。那生不面死时偏背了你,活现的阴司诉你。(合前)①

---

① 汤显祖:《玉茗堂全集》(第 12 卷),上海:上海古籍出版社,1995 年,第 92 页。

这三个充满意念的意境之所以感人肺腑,刻骨铭心,就因为在这些意境的背面,处处存在"极恶"力量的蠕动。正是"极善"与"极恶"两种意念的彼此搏杀消长,从而推动意境的不断深化,出现一个个新的境界。《玉茗堂四梦》已摆脱和超越了那种平面的、单向的和纯客观描述的意境再现,它使意境充满了真正意义上的戏曲内涵而显现出其生机勃勃的无穷生命力。

"情"是汤显祖人生哲学和文学思想的核心,是其传世作品《玉茗堂四梦》中一以贯之的主题。它热情地讴歌纯真自然的情感;它超越了生与死的界限,超越了人与动物的界限;它以奇幻莫测的故事情节,诗情浓郁的语言,刻画了一个个栩栩如生的艺术形象,在戏曲舞台上为我们创造了无数大大小小瑰丽奇特的审美意境。他的尚情理论是明中叶以后文学思潮重要的理论标志。戏曲之本原:人生而有情。自有人类以来,情即随之而至。但这种与生俱来的情,在程朱理学那里却被极大扼制。在心、性关系上,朱熹认为"心与理一",而性作为在心之理,与理具有同一性。于是得出"心以性为体"的结论,表明在心性关系中,程朱的重点是确立人性的至上地位,并进而提出"性其情"的关系原则,此即意味着情感的理性化。与程朱"性即理"的命题相对,陆九渊提出了"心即理"这一命题。"天之所以为我者,即此心也。"并强调此心完全听命于我:"人之于耳,要听即听,不要听即否,于目亦然,何独于心而不由我乎?"这种完全由个体决定的"心",已打破理性的桎梏,而更多表现了一种很强的主体意识。在《象山语录》中,有不少关于宇宙的论述:"宇宙便是吾心,吾心即是宇宙",陆学中已经有了个性解放、思想解放的端倪,对后来王阳明的心学产生了重要影响。

明王思任云:"临川清远道人自泥天灶,取日膏月汁,烘烧五色之霞,绝不肯俯齐州抢烟片点,于是四梦熟,而脍炙四天之下。四天之下遂竞与传其薪,而乞其火,递相梦梦。"[①]所谓"竞与传其薪,而乞其火"[②]并不是纯指学习汤显祖《玉茗堂四梦》的表现形式,更重要的是指继承他的一种特立独行的创作方法。那么,在明代中晚期文学词藻堆砌成风,道学以理为据弥漫剧坛之时,汤显祖是如何"自泥天灶"? 正是在这个关键问题上,我们窥视到汤显祖文学创作的自觉意识。他正是以"万物吾心,包蕴宇宙"的浩博胸臆,创构着自己的文学道路。明代,元剧式微,主要是指其结构形式,而它的叙事语言仍受文人普遍喜爱,其中,酷嗜元曲者,以汤显祖为最,姚士粦《见只编》

---

① 江西省文学艺术研究所:《汤显祖研究论文集》,北京:中国戏剧出版社,1984年,第50页。

② 康正果:《风骚与艳情——中国古典诗词的女性研究》,上海:上海文艺出版社,1988年,第24页。

云："汤海若先生妙于音律,酷嗜元人院本。自言箧中收藏,多世不常有,已至千种。有《太和正音谱》所不载者。比问其各本佳处,一一能口诵之。"①因此,在汤显祖"玉茗堂"创作中,处处折射出一种元人的英气与元曲的神韵。梁廷枏的《曲话》云："汤若士《邯郸记》末折《合仙》,俗呼为'八仙度卢',为一部之总汇,排场大有可观;而不知实从元曲学步。"②其他如臧晋叔《元曲选序》,王骥德《曲律》,朱彝尊《静志居诗话》,李调元《雨村曲话》等,都对汤显祖吸收元曲之精髓融于《玉茗堂四梦》创作予以极高评价。而在传奇作品中,对元曲念白予以高度重视的,亦唯汤显祖一人而已。清初吴山《还魂记或问》有一段关于《玉茗堂四梦》念白的论述："或曰:'宾白如何?'曰:'嬉笑怒骂,皆有雅致,宛转关生,在一二字间。明戏本中故无此白,其冗处亦似元人,佳处虽元人弗逮也。'"③它给了我们一个信息,即汤显祖对于元曲念白的重视不亚于填词。轻视念白,是明代传奇作品的一大弊病,所谓"明戏本中故无此白"是也。汤显祖在创作实践中有意识地纠正这种不良倾向,为传奇作品的各种艺术表现手段的健康发展做出了应有的贡献。同时,《玉茗堂四梦》在元曲念白的基础上又有了新的突破,所谓"佳处虽元人弗逮也"。事实上,《玉茗堂四梦》舞台审美意境的多层展现,正是与念白功能得到淋漓尽致的超常发挥是分不开的。

　　强调"灵性",主张直抒胸臆,一任自然灵气自由抒发是汤显祖"因情成梦,因梦成戏"的不可动摇的理论基础。他在《张元长嘘云轩文字序》云："独有灵性者自为龙耳",把"灵性"放在一切事物之首。并在《序丘毛伯稿》中,具体勾勒了这种"灵性"的形态："天下文章所以有生气者,全在奇士。士奇则心灵,心灵则能飞动,能飞动则上下天地,来去古今,可以屈伸长短生灭如意,如意则可以无所不知。"所谓"灵""灵性",是指本于"心"的才情,是有生气的奇士所独有的一种秉性与气质。"灵"是不受既定规则法度所阻碍的。正因为如此,汤显祖确立了自己的创作思维路向："予谓文章之妙不在步趋形似之间。自然灵气,恍惚而来,不思而至。怪怪奇奇,莫可名状。非物寻常得以合之。苏子瞻画枯株竹石,绝异古今画格。乃愈奇妙。若以画格程之,几不入格。米家山水人物,不多用意,略施数笔,形象宛然。正使有意为之,亦复不佳。故夫笔墨小技,可以入神而证圣。自非通人,谁与解此。"这是以直觉形式获得的一种神思,也正是钱学森先生所指出的那种"灵感思维"。这种思维具有随意性和不确定性,有意识的推理思考在此成了"死

---

①　汤显祖:《玉茗堂全集》(第22卷),上海:上海古籍出版社,1995年,第255页。

②　汤显祖:《玉茗堂全集》(第33卷),上海:上海古籍出版社,1995年,第22页。

③　汤显祖:《玉茗堂全集》(第40卷),上海:上海古籍出版社,1995年,第32页。

机"，但凭"悟性"触发，神思必至，于是万千气象纷至沓来，光怪陆离，奇彩腾跃的意境在美妙奇特的意象浮动中生成。但它的终极目的却是非常明确的，这就是"生活的更高真实"。正如吴山《还魂记或问》所云："或问：'若士言梦中之情何必非真，何谓也？'曰：'梦即真也。人所谓真者，非真也，形骸也。……真与梦同，而所受则异。'"[①]这就是汤显祖所执着追求的梦的境界。

汤显祖之格物、之遇而后辨，却充分注意到辨亦不及辨处。汤显祖说："凡天下从大而视小不精，从小而视大不尽。"[②]即是说，认识只从先验的道思（比如"皇极""太极""宇宙论""本体论"等）来观照具体的事物，虽能从宏观上把握，但却不易从细微处见精神；与此相反，仅从微观上、局部眼光来认识事物的本质特征，其认识往往也是片面的，有局限性的。这种认识视角上的大小两难状态，正是经常使我们的认识"有所不及辨"的重要原因。汤显祖说："居明不可以见暗，在暗可以见明。"明不可见暗，暗却可见明，这是一般常识。然而，它却说明了我们在认识上常可能陷入的重要误区，即不知道对事物的认识往往是反其道而行的。从正面（"居明"）有所不及辨的事物，往往从它的反面（"在暗"）却能认识得很清楚。这就是一定的情境、环境，它往往会闭塞人的耳目，而使认识产生阻隔。汤显祖说："惟道，显诸仁，藏诸用。其藏也复，其显也辨。"意即说，认识恍兮惚兮的"道"是很不易的，然而"道"又能在"仁"中显现出来，在"用"中暗含着。"显诸仁"，即在仁义的言行中显现出"道"之真义；"藏诸用"，即万事万物的规律在人的实践中隐含着，有待被揭示。认识活动中如能不断反复深入揭示这些规律，能在仁义的行为中辨明仁义之真义，也就是体道、认识道。这种"认识"，从本质意义上说，就是主体的生命体验。

由此可见，汤显祖将主体的认识活动视为具有本体论意义的生命体验。他特别提到孔子的学生颜渊，以生命体验来认识"仁"，即体大道。在汤显祖看来，只要主体的认识活动是作为主体生命存在的状态，即生命体验，那么，天下的万事万物都是能够被认识的，所谓"至视听言动皆复，天下之事毕矣"。然而，这种"视听言动皆复"的认识活动，它是诉之于整体的生命体验的，而并不是对思维（概念）的辨明、把握。因此，整体地感知外物外事的生命体验只是一种生命感悟，即所谓"不行而行，不省而省"的"自然之辨"。这种"自然之辨"虽然像有的学者所说的，"不免带有神秘的直觉说的性质"，但也正是在这看似神秘的说法里，却包含了汤显祖对科学认识活动中真理的

---

① 汤显祖：《玉茗堂全集》（第4卷），上海：上海古籍出版社，1995年，第152页。

② 汤显祖：《玉茗堂全集》（第6卷），上海：上海古籍出版社，1995年，第145页。

相对性和模糊性的合理猜测。

通过以上的简要分析可以看出，"意识境界"说融合了儒、道、禅的思想智慧（"境界"这个词就缘自禅宗），这与明代社会的普遍风尚（"儒帽、僧衣、道人鞋"）是相一致的。当然，汤显祖虽是泰州学派创始人王艮的三传弟子罗汝芳的学生，但他却在自己的学说中更加突出了儒家精神的实践性，强调"与天下之物遇而后辨"，这与阳明学派"致良知"的空疏致思形成了对照。这是其一。其二，与儒家的实践性相对应，汤显祖的"意识境界"更加注重内心体验感知的生成性。先"天下反之身心意"正强调了老庄思想这种"自闻""自见"的反思体验的思维进路。其三，"不行而行，不省而省"的"自然之辨"，也凸显出"视听言动皆复"的通感、混沌直觉性，这也正可见出汤显祖对禅宗顿、渐直悟法门的深刻觉解。由此可见，明代东林学派的顾宪成、高攀龙等人对汤显祖如此推崇就不会让人感到奇怪了。高攀龙在回复汤显祖的信中说："及观赐稿《贵生》《明复》诸说，又惊往日徒以文匠视足下，而不知其邃于理如是。"（《答汤海若》）汤显祖百余万言的著述中，又岂止是《贵生》《明复》和"意识境界""文邃于理如是"！这的确是有待进一步深入开掘的重要思想资源。

鬼魂在戏剧冲突中显示了一种强大的审美张力。戏剧冲突是戏剧的本质，它既是生活运动形态的再现，又是创作主体对现实人生思索结果的凝聚。戏剧冲突在戏剧创作中具有特殊的意义，它对于主题的确立，情节的产生，结构的形成，人物的塑造都有着极为重要的作用。鬼魂戏所展示的戏剧冲突分为人与鬼的冲突和人物内心的冲突。《牡丹亭》中体现的人与鬼的冲突就是最具审美特质的对立冲突。人与鬼的冲突实际就是生与死的冲突的置换变形。人的生存成了环境的牺牲品，人在现实中被异化为非人，而鬼的出现使异化的环境得以改观。鬼可以按自己的意愿行事，能够获得想要的自由。杜丽娘白天小睡片刻都会受到父亲的教训，衣裙上绣成双的花鸟也要引起母亲的惊恐。她的生命是被禁锢的。在生的世间，她的"情"是不完整的，只有在她死后，才能够"待展香魂去近他"，"完其前梦"。汤显祖对于现实"情"与"理"的冲突的思索被这样前后截然相反的情境里人与鬼的冲突表达得淋漓尽致，这就是鬼魂戏所蕴含的潜层审美张力所在。

鬼魂形象也是人物的内心冲突的表象化。这在《哈姆莱特》中表现得最为出色，充分体现了莎翁对"人"的思考。哈姆莱特以他人文主义者的思想，认为"人是一件多么了不起的杰作"。当他从威登堡大学回来，获悉家庭发生了巨变，父亲突然去世，叔父篡窃王位，母亲居然改嫁叔父。谁都说不清原因，也不敢说出原因。哈姆莱特开始怀疑自己对人的认识。鬼魂的出现把哈姆莱特内心的怀疑表象化，但是又叫他复仇杀人，这不符合他善良的本性。因此，他面对强敌，还有踌躇犹豫，他著名的内心独白："生存还是毁灭，这是一个值得考虑的问题；默然忍受命运的暴虐的毒箭，还是挺身反抗人世的无涯的苦难，通过斗争把他们扫清，这两种行为，哪一种更高贵？"①这时莎翁又安排他看见父亲的鬼魂，为哈姆莱特内心的极度矛盾、想寻求外界支持提供了见证。鬼魂再度用语言磨砺王子的复仇心。正如布拉德雷说："鬼魂是对已经出现并在发生影响的内心活动给予一种确认，并且提供了一种明晰形式。"通过鬼魂形象对人物内心冲突给予一种确认，一定程度上表现人物内心善与恶的交锋，使整个戏剧的剧烈冲突更加内化了。

鬼魂作为一种原始意象或原型，它不是某个或某些剧作家心血来潮、一时冲动构想出来的，而是源于原始先民对这一形象的共同的体验和感受，积淀于每个人的心灵深处，并在适当的语境中被激活，呈现人们在残酷现实中无法实现的愿望，申诉对现实状况的不满。戏剧的起源和文化渊源都为鬼魂戏在东西方戏剧里的出现奠定了基础，而特殊的时代发展给予鬼魂戏极大的发展空间，使得鬼魂戏在《哈姆莱特》和《牡丹亭》中发挥了重要的艺术功用，为两部同时代的戏剧名著增添了奇妙的感染力。我们可以说，正是鬼魂戏为《哈姆莱特》和《牡丹亭》创造了传统魅力与时代特色融合的韵味，并随着时间的酝酿散发出传世的奇香。

莎士比亚生活在伊丽莎白女皇执政的大治时期，一个开放而不断生长的时期。诚如恩格斯在《〈自然辩证法〉导言》中所言："这是一个需要巨人而且产生了巨人"的时代。而莎士比亚正是在这个"巨人时代"中逐渐成长起来的巨人。莎士比亚从人本主义出发，强调包含解放人的情感，确定人的地位的个性主义需求，并在创作中始终贯穿着和谐与仁爱的理想，所以他的那些喜剧被誉为"莎士比亚之梦"。《仲夏夜之梦》就是这样的思想环境之下的产物。可以说，《仲夏夜之梦》是西方文艺复兴运动自身一朵华美无比的浪花的涌现。"梦"是一种无法避免的生理现象，代表的是一种反叛，一种圆满。正是因为有了梦的存在，才使人们在备受束缚、压抑的现实生活中得以暂时的宽慰与释放。共同生活于16—17世纪之交的两位戏剧大师——汤显祖与莎士比亚，正是意识到了梦的这种抚慰作用，才在其剧作中使用这一创作手法。无论是汤显祖的《玉茗堂四梦》还是莎士比亚的《仲夏夜之梦》，都共同体现出"梦"的这种核心作用。可以说，如果没有梦，就不会有《玉茗堂四梦》及《仲夏夜之梦》的成功。因此，在二者的剧作中，梦既体现"人"的觉醒，又是人文主义的象征。然而，两者在具体的创作中，对梦的运用与阐

---

① 莎士比亚著，朱生豪译：《莎士比亚全集》（第 6 卷），南京：译林出版社，1994 年，第 186 页。

释又不尽相同。

生活于晚明社会大变革之中的汤显祖与处于文艺复兴时期的莎士比亚，由于城市经济的发达与市民阶层兴起，致使个人自主意识逐渐增强。于是体现在文学创作上，就表现为一种"独抒性灵，不拘格套"之美。《玉茗堂四梦》，讲述的并非是梦幻，而是一种醒梦，一种洗礼灵魂之梦。"知梦游醒"，他尽情驰骋于梦中，任凭自己在梦中思、梦中游，从而进入一种游梦于道的至高境界。这种"醒梦"的产生，源于汤显祖对世事的不平和对自身遭遇的强烈感情。诚如翠娱阁评汤显祖之《邯郸记题词》言："大梦非在困厄与畅快中不易醒。"仕途多舛外再加上困厄的一生，让他在自己构建的美梦中得以痛快、酣畅地发泄，从而乐不思蜀。梦是汤显祖生命情感的投影，它倾注了汤显祖全部的人生理想与思想情感，在一个个虚设的梦境中，汤显祖找到了生命的归宿、人生的方向。这种诗意化、超于生死的至境追求，正是在梦中得以实现的，所以汤显祖所呈现出的梦虽虚但不假。

"梦"本身是受压抑的欲望的一种象征性的满足。莎士比亚的《仲夏夜之梦》，则是通过四个青年男女之间的爱情纠葛，来体现文艺复兴时期西方青年男女渴望个性解放的精神需求。因而肯定人欲，歌颂美好的爱情与友谊为本剧之核心。莎士比亚在剧中想要突显的就是文艺复兴的实质：人文主义中的人文关怀。发生在森林中的这场仲夏夜之梦，正是绿色的生命与爱的象征。此时，骚动不安的人物内心与大自然交相呼应，"把梦境与现实、人类与精灵、影子与实体、光明与黑暗之间的各种形态加以具体化、形象化，使自然与超自然、生命与非生命、瞬间与永恒、无限大与无限小全都消失了原有的界限，构成了一个超越时间的瑰丽的奇妙世界"[①]。由此可见，莎士比亚的梦，即是一种梦幻。莎士比亚用了一种真实再现人物心内的梦幻手法，使得《仲夏夜之梦》呈现出一幅"幻"觉，一种超越现实的虚境。

尼采曾说："从不中止对异乎寻常的之物去经验，去看，去听，去怀疑，去希望和梦想，这个人就是哲学家。"[②]汤显祖就是这样一位哲学家，他用梦去经验，去看，去听，去怀疑，一生梦寐以求的，只为一个"情"字。汤显祖在说到他的《玉茗堂四梦》创作时曾说："因情成梦，因梦成戏。"其实梦只是戏的表现手法，而"情"才是戏的理想的"梦境"，至于"情"主于何，归于何，则四剧侧重各有不同。《南柯记》《邯郸记》可以说是情生情幻、亦真亦假的人生梦幻路，而《紫钗记》则体现出"情乃无价，钱有何用"的感人真诚。《牡丹亭》之

① 海涅著，温健译：《莎士比亚笔下的女角》，上海：译文出版社，1981年，第75页。
② 苏丹：《汤显祖与莎士比亚"梦"之比较——以"临川四梦"与〈仲夏夜之梦〉为例》，剑南文学（经典教苑），2012年第8期，第45页。

梦,更令人感慨至深:生而死、死而生,做鬼也要做"情鬼",入地升天,寻寻觅觅,终于获得了纯真的爱情。可见"情"对于汤显祖而言至关重要,集其毕生之精力,只为寻一份"至情"。有超越生死的生命体验,才能迷狂到"如醉如痴,消魂落魄"的至境。只有内心孤独的人,才会到梦中去寻找这样的至境、产生这样的至情。汤显祖的人生是悲哀的,然而正是这样落魄的人生,才使其在戏曲创作上有如此成就、戏曲史上如此耀眼。

莎士比亚之梦,则是在西方文艺复兴强调人文主义、追求人性解放的浪潮中弱化了这种"至情"的表现,从而突显出对"欲"的追求。英国自 14 世纪圈地运动伊始,就开始了他们肆无忌惮的海外贸易与掠夺,成为海上霸主的英国以一种无限膨胀的欲望与支配力不断向外扩张。莎士比亚的《仲夏夜之梦》就是这种极端的占有欲在文学上的体现。莎学家诺曼·N·荷兰德在对《仲夏夜之梦》中的赫米亚进行分析时认为,赫米亚梦中被蛇噬心的场景,就是她对爱人拉山德强烈占有欲所表现出的恐惧。"赫米亚之梦,是梦中之梦,他所梦到的是一种愿望,所以他所梦到的是和梦有关的愿望,因此也是剧中最真实的部分。"梦中的拉山德任凭蛇嚼食赫米亚的心而无动于衷的笑,就是一种冷漠而残酷的笑。荷兰德认为,这部公认的喜剧其实充满了残酷性。在这美好而温馨的仲夏夜之梦中来强化这种激进的占有与无情的残酷性,是莎士比亚时代性的体现,而正是这种强烈的时代色彩,赋予了莎士比亚戏剧无限的生命力。如果说汤显祖的《玉茗堂四梦》是以梦作为手段,从而剖析出剧中人物与剧作家的深层心理,那么莎士比亚的《仲夏夜之梦》则是把梦作为一种目的,使得这场梦成为生命活力与生存和谐的展现,从而体现出文艺复兴时期的人文主义基调。可以说,二者之梦,同中有异,虽为异曲,却有同工之妙!汤显祖与莎士比亚在剧中所体现出对梦的终极追求,值得后人品味。

托尔斯泰指出,莎士比亚的戏剧无法让人产生戏剧幻觉,他找到了《李尔王》剧本中诸多不"合乎自然进程"的地方。李尔王"没有任何必要的原因必须退位",葛罗斯特也没有理由"轻信最笨拙的骗局"。事实上,托尔斯泰在此是以一个读者的眼光和读者的运思方式来阅读《李尔王》,而不是一个剧场中的观众。但戏剧幻觉是剧场观众观剧过程中产生的幻觉体验,区别于阅读小说和剧本的体验。观看戏剧演出和阅读剧本确实是两种不同的感知方式,看剧本的语言符号与观看戏剧演出的形象、场面和场景分别属于符号意识行为和图像意识行为,"它们有着各自不同的意向联结和立意方式",它们"具有各自不同的输入系统和认知机制,而且视觉信息加工能够在不需要高级认知信念系统加入的情况下,独立完成推理过程,也就是说,观看活动本身就已经是对事物普遍性的认识……"①莎士比亚戏剧幻觉是在观看戏剧的图像意识行为中产生的,而不是阅读的符号意识行为。托尔斯泰以阅读剧本的运思方式来评价莎士比亚戏剧缺乏逻辑从而不能产生戏剧幻觉,这在基点上看,是不恰当的。

兰姆以阅读剧本的体验来衡量戏剧幻觉体验,从而否认了莎士比亚戏剧是为演出写作的事实。其实,莎士比亚没有考虑到剧本的读者,生前也没有为读者印刷剧本,这也是他所处时代的惯例。直到1630年,剧作家才开始为荣誉而不是为金钱印刷自己的剧本,但他们挣钱的方式依然是为剧团的演出而写作。事实上,兰姆在观剧过程中获得快感这一事实却正好证明了莎士比亚戏剧能让观众产生戏剧幻觉。就《牡丹亭》同《罗密欧与朱丽叶》两种具体作品而论,我们不妨这样设想:《牡丹亭》在文学语言以及情节、结构方面逊于《罗密欧与朱丽叶》,而在思想内容上则后者不及《牡丹亭》。汤显祖以杜丽娘之死对吃人的封建礼教提出控诉。她是那么美丽动人的一个女性形象,那么不同于平庸的闺秀淑女,她富有个性,爱好自由,当她的愿望受到遏制时,她宁愿为自己的理想而殉身。这位出身于官僚地主阶级的女性叛逆者是作为封建制度的对立面而出现的。这个人物在现代早就由于完成了自己的历史使命而过时了,但在360多年前她却不愧为出现于黑暗的封建王国中的一线光明。富有积极浪漫主义精神的戏曲《牡丹亭》就用现实主义地描写了那个社会。杜丽娘在那里连见到任何一个异性青年的可能也没有,更谈不上恋爱了。因此她只能死于对爱情的徒然渴望,而不是像一般作品所描写的那样,死于被破坏的爱情里。杜丽娘在死后化作鬼魂与人恋爱,然后还魂、结婚,这样安排既能清醒地反映现实,不加粉饰,又能强烈地写出当时人民对封建婚姻制度的反抗之情。

《子张问十》云:"尊君卑臣,周之制也。父严子共,周之教也。秦特因之而甚焉。其扫灭周典,特其所损益者,其所因如故也。若秦而不因于周焉。又安得一世二世也哉!盖秦之所因者,乃万世之所必因者也。故曰:革而相息,君子于是乎观世焉。"②这提出了周朝、秦朝之间的因革损益的关系问题,秦对周有所继承,然而有巨大的变革,创建了中央集权的郡县制。"革而相息,君子于是乎观世焉",变革是社会得以发展的原动力。因此,他敢于上《论辅臣科臣疏》,目的在于"以新时政"。因应变革,可以掌握好互相转化的时机。但是,对于托尔斯泰来说,即使是以观剧的图像意识行为来看,莎士

---

① 黑格尔著,朱光潜译:《美学》,北京:商务印书馆,1979年,第118页。

② 江西省文学艺术研究所:《汤显祖研究论文集》,北京:中国戏剧出版社,1984年,第389页。

比亚戏剧幻觉也不可能产生。因为，莎剧满是时代的错误，剧中人物根本不符合所写时代的风俗习惯。而且，莎士比亚的语言是"任何活人在任何时间和任何地点都不会用来说话的"。言下之意，即艺术的真实与日常现实生活不相吻合。而艺术的文学作品，特别是戏剧，首先要在读者或观众心中引起幻觉，也就是使他们本人感受和体验到登场人物所感受和体验的感情。而只是基于以上不合乎"自然"的地方，毫无分寸感的莎士比亚戏剧破坏了欣赏者的幻觉。正如卡罗尔指出的："在通常情况下，在人物所经历的情感状态和观众的情感状态之间有一种不对称的关系，而认同需要情感的身份，它是一种对称的关系。"[①]因此，观众的戏剧幻觉体验不是一种认同体验，观众的情感也就不可能等同于登场戏剧人物的情感。另外，这也只是阐明了戏剧幻觉并不是"移情"的作用。戏剧幻觉并不具有强迫性，它更类似于柯勒律治所说的"心甘情愿的悬念"，是观众自愿的活动。"观看"是我们主动地采取行动而不仅仅是发生了的行动。因此，观众一刻也不能忘掉我自己和我在个体之外所处的唯一位置。托尔斯泰误认为戏剧幻觉是观众将戏剧舞台上的真实等同于日常生活的现实。他要求戏剧中的语言要符合日常生活中的语言、戏剧所写的事件要符合事件在历史上的真实、要符合时代的风俗习惯，这一观点是站不住脚的。正如上文所述，一方面，观众和剧中人物的感情状态是不对称的；另一方面，戏剧幻觉是指尽管观众知道所看到的仅仅只是戏剧，但仍然将戏剧体验为一个完全真实的世界。戏剧幻觉不是托尔斯泰所谓的将舞台故事等同于日常现实的事件或历史上发生的事件的体验，而是一种既真又假的状态。

"公开的、无耻的、直接的、露骨的剥削"，家庭关系上笼罩着的是"温情脉脉的面纱"，不同于资本主义社会中"纯粹的金钱关系"。中国同欧洲的文学传统的不同，在很大程度上是由上述社会制度的不同而产生的。但是一经形成之后，就有相对的独立性，会对后代的文学发生深远的影响。其实，戏剧幻觉是感觉幻觉，不要求舞台事件符合日常现实的逻辑。感觉幻觉包括了持有这样的思想，即所看见的事物就在我们面前，但是，与一般性的看见不同，这种思想并不是使我们相信事物就在我们面前。在感觉幻觉中，我们想象我们就是以视觉或戏剧的再现方式呈现出来的事件的目击者。我们想象，或在思想中抱有这样的思想，即我们看到了艺术品中描绘出来的事物和事件。观众是以相似的方式来观看事物，也就是说，"在一般观众中，没有一个观众会真正地上当受骗，以至于相信他所看到的舞台上演出的故事即

① 诺埃尔·卡罗尔著，李媛媛译：《超越美学》，北京：商务印书馆，2006 年，第 358页。

是真实的事。"①事实是:在观看现实主义戏剧与问题剧时,我们可以把舞台上演出的虚构事件和我们周围的"现实生活"联系在一起。但是,即使在联系的时候,也不存在将虚构事件看作真实事件的问题,虚构事件只能被看成是"真实事件"的象征或集中,而不是它的代替品。

实际上,莎士比亚一直避免让观众误认为舞台上演的世界就是日常生活的世界。他们在戏剧中承认舞台表演是幻觉的作用,并公开地谈论他们是在扮演,如《仲夏夜之梦》中的波顿和《亨利五世》中的开场致辞者。他们的戏剧是一种元戏剧(meta-drama),莎士比亚让他的观众们"保持与感知相关的媒介意识"②。既让观众投入戏剧事件,又让观众知道他们观看的仅仅只是戏剧,这是莎剧引发戏剧幻觉的一种方式。这样我们就可以解释约翰逊的观点,即观众没有错觉但会进行幻想从而获得真实感。观众并没有任何错觉,他们从头到尾都知道舞台不过是舞台,而演员不过是演员罢了。也就是说,观众并不会认为舞台上的事件要遵守日常生活世界的真实逻辑。他们会幻想,并在适当的程度上相信戏剧里面的事情是真的。戏剧若能动人,人们就应把它当作是真实事件的一幅正确的图画面加以相信。观众既在一定程度上相信舞台事件是真实的,同时又不会将舞台事件等同于现实生活,知道那仅仅只是舞台做戏。

明代,君主集权专制统治达到登峰造极的地步,必然造成文化的专制。程朱理学主张"存天理、灭人欲",强调从内心收敛欲望,把封建伦理道德和秩序当作天理而服从,端正人的心术,止息邪说暴行,因此,备受统治者的推崇,被奉为官学。但是程朱理学主张限制人性人情,遏制人的自然天性和合理的人情人欲,剥夺了民众对美好生活的追求。随着明朝封建势力日趋衰弱,人们开始质疑封建道德观念。明中期后,陈献章、王守仁、王阳明相继打破了程朱理学一统天下的局面,并建立起一套完整的"心学"体系,形成明代中叶以后最重要的学术流派,并以"狂者"的精神,突破传统,开启了中国封建社会晚期启蒙思潮的前导,呼唤人性解放。进步人士提倡复"童心"、做"真人""天地若无情,不生一切物""饮食男女,人所同欲"的思想,肯定人情人欲,尊重人的感性生活与追求个人幸福的权利。因此,表现人的个性、真情实感和青年男女冲破封建礼教束缚追求幸福生活成为晚明文学创作的一大主题。"情生万物论""爱欲为人生之根说""情根万劫无生死论"等成为主要的文学创作主张。

---

① 李泽厚:《美的历程》,北京:文物出版社,1981年,第11页。

② 李枝盛:《〈牡丹亭〉和〈罗密欧与朱丽叶〉之人生哲学比较研究》,学术论坛,2000年第1期,第6页。

其时文人多鄙夷传奇小说，汤显祖在多处对传奇小说高度评价。《点校〈虞初志〉序》："然则稗官小说，奚害于经、传、子、史？游戏墨花，又奚害于涵养性情耶？东方曼倩以岁星入汉，当其极谏，时杂滑稽；马季长不拘儒者之节，鼓琴吹笛，设绛纱帐，前授生徒，后列女乐；石曼卿野饮狂呼，巫医皂隶从之游。之三子，曷尝以调笑损气节，奢乐堕儒行，任诞妨贤达哉！"①并著《虞初志评语》32则。中国极其丰富的传奇小说又是戏曲创作的重要材料之一。汤显祖主张尽变以进取，宁为狂狷，不为乡愿，成一家之言，创临川派（又名"玉茗堂派"），写作"至文"，以成"至乐"。《〈揽秀楼文选〉序》："故真有才者，原理以定常，适法以尽变。常不定不可以定品，变不尽不可以尽才。才不可强而致也。品不可功力而求。子言之，吾思中行而不可得，则必狂狷者矣。语之于文，狷者精约俨厉，好正务洁。持斤捉引，不失绳墨。士则雅焉。然予所喜，乃多进取者。具为文类高广而明秀，疏夷而苍渊。"②《合奇序》云："士有志于千秋，宁为狂狷，毋为乡愿。"《萧伯玉制义题词》："唐人有言，不颠不狂，其名不彰。……大致奇发颖竖，离众独绝，绳墨之外，粲然能有所言。非苟为名而已。……夫不苟为名而又可以时施，此亦天下之至文也。"③汤显祖高度评价了戏曲艺术的愉悦与社会功用："杂剧传奇生天生地生鬼生神，极人物之万途，攒古今之千变。一勾栏之上，几色目之中，无不纡徐焕眩，顿挫徘徊。恍然如见千秋之人，发梦中之事。使天下之人无故而喜，无故而悲。或语或嘿，或鼓或疲，或端冕而听，或侧弁而哈，或窥观而笑，或市涌而排。乃至贵倨弛傲，贫啬争施。瞽者欲玩，聋者欲听，哑者欲叹，跛者欲起。无情者可使有情，无声者可使有声。寂可使喧，喧可使寂，饥可使饱，醉可使醒，行可以留，卧可以兴。鄙者欲艳，顽者欲灵。可以合君臣之节，可以浃父子之恩，可以增长幼之睦，可以动夫妇之欢，可以发宾友之仪，可以释怨毒之结，可以医愁愦之疾，可以浑庸鄙之好。然则斯道也，孝子以事其亲，敬长而娱死，仁人以此奉其尊，享帝而事鬼；老者以此终，少者以此长。外户可以不闭，欲嗜可以少营。人有此声，家有此道，疫病不作，天下和平。岂非以人情之大窦，为名教之至乐也哉！"④

这种戏剧幻觉体验只是暂时的"完全幻想"和"不完全幻想"的短暂交替。司汤达指出：在健全的戏剧观众的体验中，"完全幻想的瞬间所占时间极为短促"，"人们到剧院寻求的并不是完全的幻想，……观众知道他们是坐

---

① 汤显祖：《玉茗堂全集》（第15卷），上海：上海古籍出版社，1995年，第312页。
② 汤显祖：《玉茗堂全集》（第23卷），上海：上海古籍出版社，1995年，第252页。
③ 汤显祖：《玉茗堂全集》（第31卷），上海：上海古籍出版社，1995年，第155页。
④ 汤显祖：《玉茗堂全集》（第34卷），上海：上海古籍出版社，1995年，第155页。

在剧院里,参与一件艺术作品的演出,并不是参加某一真实事件"①。司汤达在此表明,戏剧幻觉中,有强烈的真实感与"那仅仅是做戏"的态度,正是在既真又假的戏剧幻觉体验中,戏剧得以展开,即戏剧幻觉是戏剧演出、观看的前提。但是,司汤达的观点很容易带来误解,即将戏剧幻觉误认为是戏剧节奏。观众在看戏的时候,随着戏剧的发展,情绪会起伏变化,戏剧的"节奏即是描述一出戏在我们身上产生的效果的力量"②。固然,戏剧幻觉的产生与剧情的发展和递进有关,当戏剧发展到某一个高潮的时刻,观众会产生短暂的"完全幻想",并具有强烈的真实感,而且戏剧幻觉的维持也与戏剧节奏紧密相关。但戏剧幻觉指的是观众知道所看到的仅仅只是戏剧,却仍然将戏剧体验为一个完全真实的世界,这种既真又假的体验区别于观众的戏剧节奏感。

莎士比亚在艺术地再现生活时,主"情"重"人"的人生哲学精神始终贯穿于和现实之"理"的斗争中。戏剧中的人物为争取纯真爱情和各种反对势力,如封建世仇、封建压迫、封建恶习作斗争以至献身。莎士比亚认为,"面对社会的种种束缚,人们发自内心深处的真挚爱情能迸发出巨大的能量,破坏一切旧的伦理道德、法规教条,从传统的束缚中解脱出来。"③《罗密欧与朱丽叶》一剧中,罗密欧与朱丽叶为情争取自由婚姻而与封建势力的冲突是尖锐的。朱丽叶对封建婚姻制度和所谓"理性"道德的叛逆,反映了上升中的资产阶级思想,无疑具有反封建的历史进步意义。剧终罗密欧与朱丽叶双双殉情,以死亡冲破封建的束缚。情理斗争一中,情最终取得了胜利。《仲夏夜之梦》的主题是爱情,却具有深刻的社会意义。正如 H. B. Chandon 所说,"较之莎士比亚早期的任何一部剧作,具有更为深刻的现实意义。它确认爱情故事的现实性。人必须恋爱,而他们的爱情是强有力的,足以冲破一切敌对的、古老的特权"。《温莎的风流娘儿们》中,安·培琪坚决反对母亲强加给她的婚姻,她的爱人范顿对培琪大娘说:"一切的阻碍、谴责和世俗的礼法,都不能使我灰心后退。"④充分反映了情理斗争的尖锐。《爱的徒劳》中,莎士比亚反对禁欲主义,始终强调人的本性。正如主人公俾隆所说:

---

① [法]司汤达著,王道乾译:《拉辛与莎士比亚》,上海:上海人民出版社,2006年,第21页。

② [美]凯瑟琳·乱治著,张全全译:《戏剧节奏》,北京:中国戏剧出版社,1992年,第14页。

③ 周锡山:《汤显祖和莎士比亚》,《比较文学三百篇》,上海:上海文艺出版社,1990年,第35页。

④ 莎士比亚著,朱生豪译:《莎士比亚全集》(第5卷),南京:译林出版社,1994年,第322页。

"每个人都生来就有他自己的癖好。对这些癖好，只能宽大为怀，不能用强力来横加压制。"①《第十二夜》中的人物都坚决摆脱禁欲主义的束缚，尽情追求爱情的幸福。《维洛那二绅世》中的凡伦丁说："牛有扼，马有勒，猎鹰腿上挂金铃，人非草木岂无情，鸽子也要亲个嘴；男大当婚，女大当嫁。"表明爱情是人的正常本能。《威尼斯商人》中，鲍西娅所说"一个活着的女儿的意愿，却要被一个死了的父亲的遗嘱所钳制"，以及这些无聊的世俗的礼法，使人们不能享受他们合法的权利，充满了对封建婚姻制度的抱怨。

从以上的争论中，笔者发现，除了戏剧幻觉定义的不统一之外，批评家的批评或多或少都以剧本阅读为中心，并有以剧本代替戏剧的倾向。这种批评倾向在人们心中形成了这样一种思维定式，即将戏剧视为文学的一支，并以阅读小说、诗歌的方式来欣赏戏剧剧本，从而忽视了戏剧作为一种独特的艺术样式，作为一种原本是剧场演出和观众即时体验的艺术，它本身所具有的独特性。虽然，兰姆、约翰逊和司汤达在论述戏剧幻觉中佐以观剧体验，但他们也没有涉及莎士比亚时代形式独特的剧场。尼柯尔就指出"浪漫主义评论几乎全然忽视剧院本身"。汤显祖生活在明朝晚期，少年时受学于"心学"左派泰州学派的主要人物罗汝芳，受到了反正统宋学思想的熏陶。在南京为官时，又受到李贽、达观等人反程朱理学思想的影响，而仕途中种种遭遇又使他对当时的腐败社会有着深刻的认识，这一切都使他的文学作品处处表现出人文主义的气息，主张人性解放。虽然，一出戏剧即使不通过演出和演员的表演，也不失去它的潜力，但这并不意味着剧本就是戏剧，也不意味着读者阅读剧本就可以取代观众在剧场中的戏剧幻觉体验。戏剧不仅仅只是剧本，剧本只是戏剧事件中一个要素而已，戏剧是一个存在事件。就如安德鲁·盖尔所指出的那样，在印刷文本之前，剧本只起台词脚本的作用，在某种程度上，印刷使剧本脱离了它们被创造的事件，而从本质上来讲，戏剧完全是特殊场合的事件。此外，对于莎士比亚这样一位为剧场演出而写作的戏剧家而言，剧场最终还决定了他的戏剧创作。因此，我们也就可以在一定程度上从莎士比亚的剧本来反观当时的剧场、观演关系、观众的感知方式以及戏剧幻觉的生成机制。这样剧本在戏剧幻觉机制的探讨中其实也是必不可少的，只是应在剧场的视角中来看待莎士比亚剧本在戏剧幻觉产生中的作用。

总而言之，对戏剧幻觉体验的考察，离不开对剧场的考察。一方面，如上所述，阅读和在剧场中观剧是两种意识行为，有不同的意向连结和立意方

---

① 莎士比亚著，朱生豪译：《莎士比亚全集》（第5卷），南京：译林出版社，1994年，第156页。

式,有不同的输入系统和认知机制。另一方面,观众在剧场中作为一个群体来观看戏剧演出并参与到戏剧事件之中,剧场的设置、结构方式决定了戏剧的观演关系,决定了场面和场景的呈现方式,"规训"着观众的感知方式,并因此而决定了戏剧幻觉的类型和产生机制。由于对剧场的忽视,也因为西方剧场随着时代的变迁而不断改变,莎士比亚时代剧场在西方剧场史中又是最具特色的一类,这才使莎士比亚戏剧在其后的剧场中不得不经过改编才能上演,或直接无法上演,观众无法接受,从而蜕变为仅仅是供人们阅读的剧本,并带来莎评的剧本中心倾向。这也导致了不同时代、具有不同剧场观演经验的莎评家们会有莎士比亚戏剧幻觉是否存在的种种争论。可以说,对于戏剧幻觉这种剧场中的体验来说,正是莎士比亚时代剧场的独特性决定了莎士比亚戏剧幻觉的独特性。莎士比亚剧场在物理形态上和场所性质上都具有独特性,这两方面制约着剧场中观看与演出的关系,规定了莎士比亚戏剧场面的呈现方式,规训着观众的感知方式、情感表达和交流方式,并最终决定了其戏剧幻觉的独特性。

中西文化也存在一定的共性。封建社会的制度、文化等都决定了男性的主宰地位。莎士比亚和汤显祖都生活在君主专政的封建时代,他们同样无法超越时代的局限。他们站在维护国家、家庭安定的立场上,不由自主地都把目光聚焦在男性身上。他们把王权、夫权视为天经地义,在作品中竭力宣扬君权神授,神圣不可侵犯;强烈维护男性在封建家庭中绝对的统治地位。妇女在家庭及社会中毫无地位,女子出嫁前必须无条件地遵从父命,出嫁后又要绝对服从丈夫。女性成为男性的附属,被剥夺了话语权,甚至生存权。首先,在物理形态上,莎士比亚时代伸出式舞台剧场主要表现为伸出式的舞台和环绕的观众席,这种剧场舞台平台开阔,不适宜布景,观众会产生互视的现象。但这样的剧场条件却能将观众和演员紧密地组织在一起,观众甚至时常在演员的调动下,成为戏剧事件的"同谋"。这种剧场的形式以及并非主客二分的观演关系决定了戏剧场面、场景的呈现方式和观众的观看方式。莎士比亚戏剧通过"空的空间"、语言布景、身体化场景等方式来呈现戏剧场面和场景,戏剧场面场景符号的低密度特性、口语等媒介的使用均诉诸观众的感知能力,调动观众的参与来生成亦真亦假的戏剧情境,戏剧幻觉得以生成。当然,这也就决定了莎士比亚剧场中的观众不可能是一个旁观者,他们具有旁观者的审美态度,但采取参与者的观看方式来观看戏剧。在这样的剧场里,演员的独白、旁白等都是对着观众讲话,观众在此甚至确确实实成为戏剧事件的"参与者",戏剧幻觉是他们主动地观看,自愿地生成的幻觉。其次,在剧场的性质上,莎士比亚剧场是世俗化城市兴起时期的人群聚散地,作为一个传统的公共生活领域,观众群体在剧场中的交流原则和情感表达方式上,均有异于其后镜框式舞台剧场中作为个体的观众,主要表现在话语是标志和情感表达的自发性和参与性两个方面,从心理学的角度上说,观众戏剧幻觉体验具有群体特性。而观众的整个社会构成和公共领域的特征赋予了莎士比亚戏剧幻觉生成机制的创造性。

随着对现实认识的加深,两位戏剧家在后期的作品中都体现了"情"无法完全战胜"理"和"法"以及现实的结局。这说明两位戏剧家都对现实有了进一步的深刻认识。汤显祖备受挫折的人生经历最终使他认识到封建社会的黑暗之极和统治阶级的腐朽,残酷的现实使他极度的无奈与失望。他终于意识到"理"和"法"是阻碍"情"的实现并难以战胜的力量,更不能依靠统治阶级来实现"真情"的理想。因此,汤显祖的后期作品《邯郸记》和《南柯记》的悲凉风格与前期的《紫钗记》及《牡丹亭》绚丽多彩的风格形成了鲜明的对比。莎士比亚的后期创作中,英国政治生活急剧转变。王权与资产阶级的联盟破裂,资产阶级的原始积累造成人民日益贫困,出现种种社会悲剧,莎士比亚的理想与黑暗的现实严重脱节。因此,作品也往往采用悲剧的结局。两者的差异是,汤显祖由于无法彻底解决"情""理"对立的关系,从而造成了他思想上的极大痛苦和矛盾,只能到佛道出世思想中寻找精神上的安慰。因而他的后期作品更多地体现了对宗教,即佛教的信仰与皈依,如《邯郸记》和《南柯记》采用了消极遁世的结局(主人公出家或成佛)。而莎士比亚在后期作品如《奥赛罗》《哈姆莱特》的创作中,由于他越来越清楚地意识到邪恶势力的强大和实现"情""爱"理想的艰难,用"情"征服一切几乎不可能,因而采用了真情和邪恶同时毁灭的结局(如主人公自杀)。

从剧场史的角度来看,莎士比亚剧场也是独特的。与充满了城邦节日宗教氛围的古希腊圆形剧场不同,莎士比亚时代伸出式舞台剧场是世俗城市中人流聚散地,不但世俗化的倾向明显,商业因素有所渗入,演员和观众之间的分野已经不可挽回地出现了。因此,与圆形剧场中"饱和的凝视"和"魔变"的戏剧幻觉体验不同,莎士比亚时代剧场通过空间的组织和观众感知的调动等方式使观众"参与"戏剧事件,并生成戏剧幻觉。而且,莎士比亚时代的伸出式舞台剧场本身在短短的60多年的时间里并非一成不变。随着剧场商业因素的渗入、精英阶层的参与和人们感知方式的变更,其时代的后期,私人剧院、室内剧院的活动比全民共享的、公共剧院的活动更加频繁,而在剧场形制、观众的构成和上演的剧目上也逐渐发生变化。虽然这种变化还不足以形成镜框式舞台,但即使政治、宗教的因素不阻断莎士比亚时代剧场的发展,这一改变也已经发生,并开始向镜框式舞台过渡。随之,17世纪开始,欧洲镜框式舞台剧场兴起并占据了主导地位,观众席和舞台分离甚至相对,随着画景技术、脚灯和乐池的使用,剧场中观众与演员逐渐形成了主客二分、对立的关系。17世纪中叶镜框式舞台已发展完备，18世纪狄德罗提出"第四堵墙"的理论，19世纪现实主义戏剧、安托万小剧场运动兴起。

在19世纪占主导的镜框式舞台剧场中，观众的感知方式发生了根本性的改变，以旁观者眼光观看戏剧，而且越来越倾向于个体的观看而不是群体的观看。观众要求戏剧表现日常生活的真实和细节的真实，要求戏剧幻觉中，舞台的真实应是日常现实生活的反映，观众不再主动地创造真实，观众的戏剧幻觉是透过透明的"第四堵墙"的观看，且是被假定为不在场的。镜框式舞台剧场规定着二分的观演关系，因此规训着观众以旁观者眼光的观看方式，并最终决定了戏剧幻觉生成机制上的差异。其中，现实主义戏剧的戏剧幻觉是19世纪最具代表性的戏剧幻觉生成方式。镜框式舞台剧场的形式直到第一次世界大战后才遭遇挑战，这便迎来了剧场多元化的革新和现代戏剧的繁荣，莎士比亚时代剧场及其决定的观演关系成为这些革新所利用的重要资源。布莱希特主张的"间离效果"[①]以突破镜框式舞台剧场中观众被动的观看方式，阿尔托的"残酷戏剧"则主张将观众放在中心位置，并用声光电等方式刺激观众参与，其后彼得·布鲁克"空的空间"、格洛托夫斯基"质朴戏剧"则直接起源于莎士比亚戏剧剧场，而谢克纳"环境戏剧"的提法则给予观演的场所——事实上也是剧场——最大的关注。英国导演格斯里爵士则"发现伸出式舞台创造了一种三维的戏剧体验，演员成为观众围合的焦点，而不是观众观看屏幕似的二维布局"，因此，进行剧场的变革并致力于莎士比亚戏剧的演出。

综上所述，正是莎士比亚戏剧剧场在西方剧场史中的独特性造就了其戏剧幻觉的独特性。莎士比亚戏剧幻觉是在独特的伸出式舞台剧场中，三面环绕的剧场观众既真又假的体验。在观演关系上，剧场把观众和演员、演出和观看紧密地组织起来，使观众成为"同谋"，在戏剧场景的呈现和观众的观看方式上，均要求他们以旁观者的审美态度和参与者眼光观看戏剧，积极调动各种感知方式和想象力生成戏剧幻觉。这既不同于古希腊社会和剧场中的"魔变"，也并不是镜框式舞台剧场主客二分的、以旁观者眼光的方式来观看戏剧，而是要求戏剧舞台对现实生活的细节进行真实地再现。此外，只是莎士比亚剧场与戏剧幻觉的生成机制这种独特性才使其成为现代戏剧所借鉴的重要资源之一，在现代戏剧剧场中焕发着活力。日本学者青木正儿在他的《中国近世戏曲史》里第一次把汤显祖和莎士比亚相提并论。他们是同时代人，同在1616年逝世，但是远隔重洋，当时两个民族之间很少有文化

---

① 罗成雁：《莎士比亚戏剧幻觉的独特性》，江西社会科学，2013年第5期，第116页。

交流的可能。事实只能如此，在地球的另一面——伦敦的环球戏院——正在上演莎士比亚的《仲夏夜之梦》之时，人们以灯笼代替月亮，同时某一处庙会的中国舞台上却在演出着汤显祖的《牡丹亭》，睡魔在以铜镜的一面摄引柳梦梅入梦，彼此都不曾意识到另一种戏剧的存在。当莎士比亚以鹤毛管书写无韵体诗句时，他想不到世界另一端有一个他的同行正在"自掐檀痕教小伶"，反过来也一样。在20世纪初期，中国文学才受到欧洲文学的明显影响，而直到现在欧洲文学的发展史上还很少能够看到沾染过中国文学的痕迹。中国文学和欧洲文学在各自成长的过程中有着这么长时间的隔绝，不能不说是世界文化史上的一个缺陷。本书不想效法唐代元稹写李杜优劣论的样子硬要替古人分高低，这样做既不可能又无必要。但是他们各自代表东西方的两大文化，至少代表中国、英国两种文化、两种文学，在适当的对照之下，会有助于我们对他们遗产的认识和评价。如果能做到这一点，此拙著才不枉运思编撰这么久。

第三节　意趣神色

莎士比亚和汤显祖的创作分属东西方两种不同的戏剧类型。艺术上，既表现了处于不同文化氛围中的人们在戏剧艺术的探索和表现上的某些共性，也显示了种种主客观差异带来的个性。从戏剧类型上看，莎士比亚的戏剧是诗剧。莎士比亚戏剧的台词，除一小部分外，都是诗，尤以无韵诗为主。像《哈姆莱特》第二幕第二场哈姆莱特写给奥菲利娅的几句诗："Doubt thou the star are fire（你可以疑心星星是火把）；Doubt that the sun doth move（你可以疑心太阳会转换）；Doubt truth to be a liar（你可以疑心真理是谎话）；But never doubt I love（可是我的爱永远没有改变）。"[①]

莎士比亚和汤显祖的戏剧基本上都取材于历史、典籍、民间传说和其他文学作品。莎剧的故事情节除《爱的徒劳》外，都能找到其素材来源。汤显祖的五个戏曲则以唐人传奇《大宋宣和遗事》及明人笔记小说为依据。和莎士比亚一样，他也极善于处理现成的题材，以深邃的思想、敏锐的洞察力和深厚的艺术功力，赋予它们卓越的新意和鲜明的现实价值，表现了社会的本质和民众的心声。他们都非常注意作品的戏剧性，都精心构建和安排戏剧冲突，在其展开、深入和最后解决的复杂过程中来刻画性格和表现主题。强

---

① 莎士比亚著，朱生豪译：《莎士比亚全集》（第5卷），南京：译林出版社，1994年，第16页。

烈的戏剧性使作品情节异常丰富,波澜起伏,引人入胜。莎士比亚的戏剧至少有两条或两条以上的平行情节线索交织,有"结构宽阔一派"①之称。宏伟而匀称的结构,反复而流畅的情节使其具有巨大的时空容量。汤显祖在这方面相对逊色,其情节线索一般不超过两条,以一条为主。不过在舞台演出方面,两人的戏剧都是相当成功的。两人在艺术手法上不约而同地用神怪、传奇因素烘托戏剧情节,只不过附带上各自的民族特色。莎士比亚笔下的精灵、神示与古希腊、罗马神话有密切的关系;汤显祖传奇中出现的判官、阴曹地府则带有浓厚的中国民间色彩。在鬼魂显灵这一点上,两位作家的想象比较相似。神怪、传奇手法的运用,既给戏剧添加了扑朔迷离的色彩,具有很高的艺术价值,此特点也正是两人在艺术上最大的相似之处。

两人对戏剧结局的处理有些不同。这种区别主要是由于东西方不同的审美习惯造成的。中国传统讲究结局的皆大欢喜,把悲伤因素放在过程中表现。西方文学对悲剧和喜剧有明确的定义和划分,判断一部戏剧的悲喜成分,除题材方面的特征外,结局是个重要标志。莎剧实践虽然有时不太合乎这种戏剧艺术规范,但多数还是遵循此原则的,其喜剧结局是皆大欢喜,悲剧则以死亡和流血而告终。如探索其创作同社会思潮的关系,会发现莎士比亚的条件显然比汤氏有利。莎士比亚的创作是在文艺复兴和唯物主义盛行的情况下进行的,其戏剧是文艺复兴的产物,是作为中世纪的宗教剧、讽刺剧的对立物而出现的。汤氏的创作同当时的某些近似个性解放的说法有渊源关系,但对爱情即所谓对人的态度,只要不加否定就很不容易了。然而以戏剧传统而论,汤氏条件却比莎士比亚好。在莎士比亚时代,英戏剧才刚摆脱中世纪落后的状态而成长,历史很短。而在汤氏以前,中国出现过以关汉卿为代表的元杂剧的戏曲黄金时代,这对其创作有很大影响。就《哈姆莱特》和《牡丹亭》两部作品而论,《牡丹亭》在文学语言及情节、结构方面逊于《哈姆莱特》,而《哈姆莱特》在思想内容上则不及《牡丹亭》。汤氏写出了当时人民强烈反对封建婚姻制度的理想。

歌德曾这样评论莎士比亚:"莎士比亚已把全部人性的各种倾向,无论在高度上还是深度上,都描写得竭尽无余了;并且他把人类生活中的一切动机都画出来和说出来了!"②的确,莎翁的戏剧之所以能数百年来持续不断地吸引和震撼观众的心灵,其原因就在于它们不仅讲述了一个个关于忠诚与背叛、欢乐与泪水、成功与失败的故事,而且蕴含着对人的存在状态和生

---

① 刘开富:《解读中西两位名家——莎士比亚与汤显祖的戏剧异同》,电影文学,2007 年第 13 期,第 86 页。

② 歌德著,张可、元化译:《莎剧解读》,上海:上海教育出版社,2003 年,第 167 页。

命本质、人的自由选择与受限、人的生命超越和价值追求等问题的关注和思考。就一定意义而言,我们只有从终极关怀的视角才能真正领悟到莎剧的思想深度和魅力。

　　莎翁的许多戏剧都包含着关于人的存在状态和生命本质的探寻和追问,显示了一位伟大作家对人的生命存在形式的思考和终极关怀。人是什么? 人的生命本质究竟是什么? 在这方面,我们看到,莎翁对人的理性给予了充分的肯定,认为这是人优于其他生灵和物质的独特之处,体现着人的高贵与尊严。且看哈姆莱特那段精彩的独白:"人类是一件多么了不得的杰作! 多么高贵的理性! 多么伟大的力量! 多么优美的仪表! 多么文雅的举动! 在行为上多么像一个天使! 在智慧上多么像一个天神! 宇宙的精华,万物的灵长!"这里所描写的既是哈姆莱特对"人"的最初的认识和理解,也是莎士比亚自己关于"人"的一种理想。不难看出,在他眼中,人作为自我开放的主体,因为具有凭借理性进行自我筹划、自我建构的能力而超越了宇宙中其他的所有存在物。基于对人之理性的肯定,莎翁在他的剧作中塑造了许多在理性的看护下灵魂纯洁、高贵的人物。比如哈姆莱特,尽管他犹豫、甚至有些软弱,但在道德上却无可非议,他高度发达的理性和强大的形而上思考的能力使得他具有一种哲学家的气质;其他的人物,比如霍拉旭、《李尔王》中的考狄莉娅和爱德伽、《奥赛罗》中的苔丝狄蒙娜、《雅典的泰门》中的艾帕曼特斯等,都在理性的指引下生活,都是符合莎士比亚的人格理想与道德规范的正面的人物形象。

　　当然,莎士比亚对人的本质的探究更多地触及了人之非理性领域,揭示了人的生命"受暧昧的非理性力量控制的惊人程度"。对此,俄国宗教哲学家别尔嘉耶夫评论说:"他的创作首次揭示了无限复杂和多样的人的心灵世界,人的力量的无限膨胀的、欲望的世界,充满了人的能量与实力的世界。"[①]例如,李尔王由于偏听了两个大女儿的谄媚之辞而做出了盲目的决定,奥赛罗身上的嫉妒连他自己都无法驾驭,麦克白潜在的野心驱使他步步滑向罪恶,泰门出于自信和虚荣而不加自我限制地去散发钱财……这些人物都在不同程度上成为人的非理性本质层面上的表征。他们起初都是虔诚的、单纯的、安于自足的,都是一个可以自主行动的个体,都有一个高贵的灵魂。但令人不可思议的是,在非理性力量的牵引下,他们的命运都逐渐陷于不堪的境地,或者逐渐向人性之恶的一端滑落,或者无法主宰自己的行动。

　　对于人的这种非理性的表现,《麦克白》这一剧作可以说至为深刻。在

---

① 　王蠡甫:《西方文论选》(上册),上海:上海译文出版社,1985 年,第 89 页。

该剧中,那神秘的女巫其实就是回响在人的心灵深处的非理性的声音:它含混不清、靠暗示、歧义来显示和炫耀自己的存在,充满了神秘和诡异,迷惑了理智的规引,鼓动自我听凭本能的力量而蠢蠢欲动。在她们的声音所及之处,每个人心灵最深处那沉睡的欲望和野心都被唤醒了。作为一个原本有着赫赫战功的英雄,一个忠良之将,麦克白却在听到女巫关于他是"未来的君主"这一预言之后,再也无法感受灵魂的安宁,开始生发弑君夺位的欲望,且听凭这一愿望日益强烈。其实,麦克白弑君称王的野心一直根植于心灵深处,只是长期以来暧昧不明而已。他感受到了人的非理性力量的疯狂以及由之而来的自我的分裂和矛盾,不时地陷入悔恨、懊丧之中,在善与恶的心灵交战中痛苦地挣扎,"他的内心撕开了一道很深的印痕,他想做的事情总是与良心告诉他应该做的事情不同,这令他十分痛苦"①。对于这股逐渐吞噬他的盲目的非理性的力量,他甚至都不敢直接去面对。在谋杀邓肯之前,麦克白不禁发出了这样的告白:"星星啊,收起你们的火焰!不要让光亮照见我的黑暗幽深的欲望。眼睛啊,别望这双手吧……"(《麦克白》,一幕四场)对此,有学者评论道:"他因追求绝对行为失败而瞥见了虚无主义的深渊。"可以说,一旦人完全被非理性的力量所主宰,那么就是踏上了一条不归之路,正是他自己毁灭了自我。就此而言,哈兹里特关于麦克白"是被机运、预言和妻子的挑唆推上犯罪的道路的"的看法是不确切的,我们不能将剧中的女巫简单地归结为一种诱使人堕落的外在的自然力,而应视其为人之非理性力量的象征。正如残雪指出的那样:"这些魔鬼们不但挑逗麦克白,她们还可以预测未来,因为她们就是麦克白的深层意识(或无意识)。"②

所谓"意趣",在个人精神中是指其具有的意蕴和趣味,丰厚的意趣是一个文学家及其文学作品具有高品位审美价值所必备的精神内涵。在汤显祖的尺牍中,我们可以看到,不仅他的文章具有盎然意趣,其个性也同样具有韵味深长的意趣。他在表现个人内在情性、精神的书信中,往往挟深意以出,具有丰富的意蕴和趣味。在《答龙君扬》诗的序中,他是这样描绘自己的:"足下遗物,兼问我属趣何似。一向无异。止有清夜秉烛而游,白日见人欲睡。"③这些鄙视世俗、桀骜独立的精神意蕴借诙谐的行为和语言表现出来,确实高趣,高韵!在《寄门人付云中》书中,他写道:"大作知当大受。病中、闻报,为抚掌大笑。"人在病中,手舞足蹈,仰合大笑,这真乃非有趣之人

---

① 刘小枫、陈少明:《政治哲学中的莎士比亚》,北京:华夏出版社,2007年,第30～31页。

② 残雪:《残雪自选集》,海口:海南出版社,2004年,第482页。

③ 汤显祖:《玉茗堂全集》(第8卷),上海:上海古籍出版社,1995年,第152页。

不会有此举动，率真而见天趣，决非四平八稳之人所为，这是真正文学家的气质与精神！他在《答林若抚》书中，把自己比作茧翁，重在意蕴，却不乏趣味。汤显祖之所以具有这样意趣充盈的精神内涵，是由于他认识到了意趣对一个真正的人，对一个文学家的重要价值：没有意趣，人就失却了生命的价值，没有意趣，文学作品就失却了审美价值。他在《答岳石帆》中说："兄书，谓弟不知何以辄为世疑，正以疑处有佳。若都为人所了，趣义何云？"①意趣是一个深刻的人与一般庸人的区别所在，是判断一个人是否有生命活力的标志。在文学创作中，汤显祖更是明确追求并很好地表现了"意趣"。他在《答吕姜山》书中说："凡文以意趣神色为主。四者到时，或有丽词俊音可用。尔时能一一顾九宫四声否？如必按字摸声，即有窒滞迸拽之苦，恐不能成句矣。"②这里汤显祖把"意趣"放在文学创作的首位，并认为为了很好地表现文学意趣，有必要超越某些形式的禁锢。他在《与宜伶罗章二》信中强调："要依我原本，其吕家改的，切不可从。虽是增减一二字以便俗唱，却与我原做的意趣大不同了。"③

"意"作为文学创作内在的审美意蕴，在汤显祖的戏剧创作中，从《紫钗记》《牡丹亭》对人正常情感、真情、至情的高标，到《南柯记》《邯郸记》对人生价值、意义的深层思考，都集中表现为对人的本质的深沉思索和执着追寻。汤显祖戏曲作品的内在意蕴在中国文学史上具有极其深刻的启蒙意义。"趣"作为文学创作的审美趣味，在汤显祖的戏曲作品中具有鲜明的时代特色。汤显祖十分强调趣味在文学作品中的美感效果，他认为"趣味"是文学作品必备的基本条件，与时代精神紧密联系，他意在用趣味从审美层面对枯燥乏味、毫无生气的道学家及其道统文学作品进行冲击。

汤显祖虽然"生非吴越通"，在创作中确非斤斤于声律，其言所谓："笔懒韵落，时时有之"④，却并非不懂音律。何以如此口出狂言，着实令人迷惑不解。晚明人冯梦龙"更定"《牡丹亭》时说："若士亦岂真以捩嗓为奇，盖求其所以不捩嗓者而未遑讨，强半为才情所役耳"（《风流梦》小引）；清代人叶堂为《玉茗堂四梦》订谱时则云："'吾不顾捩尽天下人嗓子'，此微言也，嗤世之盲于音者众耳"（《纳书楹曲谱序》）；甚至有的干脆表示怀疑，认为这句话也许本来就不是汤显祖说的。固然，汤显祖此言所出之事实，既存有王骥德记述有误的可能，据《曲律》云："曾为临川改易《还魂》字句之不协者，吕吏部玉

---

① 汤显祖：《玉茗堂全集》（第5卷），上海：上海古籍出版社，1995年，第168页。
② 汤显祖：《玉茗堂全集》（第22卷），上海：上海古籍出版社，1995年，第163页。
③ 汤显祖：《玉茗堂全集》（第23卷），上海：上海古籍出版社，1995年，第132页。
④ 汤显祖：《玉茗堂全集》（第24卷），上海：上海古籍出版社，1995年，第152页。

绳（郁蓝生尊人）以致临川，临川不怿。复书吏部曰：彼恶知曲意哉！余意所至，不妨拗折天下人嗓子。"但是，《玉茗堂尺牍》有《答吕玉绳》却并无是说；然则，于《答孙俟居书》（《玉茗堂华》卷三）中却有如是说："弟在此自谓知曲意者，笔懒韵落，时时有之，正不妨拗折天下人嗓子。兄达者，能信此乎？"①这是一方面。在事实的另一方面，汤显祖虽然自谓"余于声律之道。瞠乎未入其室"（《董解元西厢题词》），其实，却又素以深通音律自居。曾云熟知"上自葛天，下至胡元"的音乐认识史。据明代人姚士粦《见只编》云："汤海若先生，妙于音律。酷嗜元人院本，自言箧中收藏，多世不常有，已至千种。有《太和正音谱》所不载，比问其各本佳处，一一能口诵之。"②因此据今人周贻白梳理："汤氏作品曾经后世歌曲家离开旧有轨范，对于各曲调另加一番调整后而配以宫谱，唱来固仍声声入耳，不嫌聱屈。如钮少雅《格正还魂记》，叶堂《纳书楹四梦全谱》，以原有曲词改成集曲（即'犯调'），居然不易一字，照样被之声歌。于以证明汤作并非完全不能上口。"③但是，尽管如此，数百年来汤显祖的戏剧创作及其观念，依然是始终陷于如此令人眩惑的境地，即如足以"作为汤氏一切外来批评的代表"④之《衡曲麈谭》所云："临川学士，旗鼓词坛，今玉茗堂诸曲，争脍人口。其最者《杜丽娘》一剧，上薄《风》《骚》，下夺屈宋。可与实甫《西厢》交胜，独其宫商半拗，得再调协一番……讵非盛事与？惜乎其难之也。"

倾情于"场上之曲"的汤显祖，正是经由置"意趣神色"于音律之上，即或由"情"来统制以音律为表征的艺术语言，才充分显示出在其美学生命具体实现于艺术创作的过程中，对"自己生命的生产"的执着追求。在中国戏剧史上，文人与起源于民间小曲的戏剧构成美学生命"互渗"的历史结果，并非只是以汤显祖为表征的艺术生命现象的出现，它同时又产生了诸如《中原音韵》那种美学生命"自我繁殖"或"自我增殖"现象。固然，后者作为"他人生命的生产"，同样是具有美学生命属性的艺术存在，但是，一旦超越或脱离了前者，将仅止于"自我繁殖"或"自我增殖"。这种类似于生物界中"骡子式"的生命现象，虽然由于杂交优势规律产生某些生命优势，却毕竟不具备"生育"力而构成生命延展的中断。诸如与海盐腔一脉相承的昆山腔，正是"如宋之嘌唱，即旧声而加以泛艳者也"（徐谓《南词叙录》）。这种"旧声"，经由

---

① 汤显祖：《玉茗堂全集》（第39卷），上海：上海古籍出版社，1995年，第253页。

② 汤显祖：《玉茗堂全集》（第41卷），上海：上海古籍出版社，1995年，第212页。

③ 王永健：《汤显祖与明清传奇研究》，台中：台北志一出版社，1984年，第103页。

④ 王永健：《中国戏剧文学的瑰宝——明清传奇》，南京：江苏教育出版社，1989年，第162页。

顾坚"善发南曲之奥"（《南词引正》），魏良辅"镂心南曲"，"洗尽乖声，别开堂奥"（见明代沈宠绥《度曲须知》、清代余怀《寄畅园闻歌记》），形成了比海盐腔更为"清柔而婉折"的地方流派。由此生成的中国戏曲之高度"精致"和"典雅"，最终就只能为文化遗产而后身乏力。对此现象，将另拙笔专论。因而，在戏剧这个艺术世界，延续中国诗词格律化传统的音律规范现象，至明初，在朱权作《太和正音谱》为北曲曲式定格的同时，作为明代传奇前身的宋元南戏，其曲牌戏曲声腔据叶长海考证剖析，正经由海盐腔、昆山腔等地方流派，或先或后不间断地由民间小曲与其基本曲调在粗与精或俗与雅之间，逐渐形成有地方色彩并以该地地名为声腔名的各地声腔流派。然而，当汤显祖弃官回归临川，"为情所使，劬于伎剧""游于伶党之中"时，一般文人士大夫的情趣却开始由"体局静好"的海盐腔转向对昆山腔演唱规律和艺术创作的研究和规范。其时昆山腔尚未兴盛和流布开来，因此，汤显祖为宜伶作剧所依的仍然是"以拍为之节"的海盐腔。同时，也由于其"熟拈元剧，故琢调之妍媚赏心"（《曲品》），且"婉丽妖冶，语动刺骨"（《曲律·杂论》）。诚可谓"绝代奇才，冠世博学"（《曲品》）。所著《玉茗堂四梦》，正以其所标举之"情"，于创作天地"直是横行，组织之工，几与天孙争巧"（《曲律·杂论》）。可见，汤显祖并未被元剧所限，其曲词于元剧之质朴自然外，更显含蓄空灵之致。明代人陈继儒评之为"最称当行本色"（《批点牡丹亭·题词》）。王骥德则给予更高肯定："其掇拾本色，参错丽语，境往神来，巧凑妙合，又视元人别一蹊径。技出天纵，匪由人造。"（《曲律·杂论》）然则，尽管汤显祖将其所有生命力熔铸于梦中之情，可谓运思独苦乃至于传为因填曲至《牡丹亭》"赏春香还是旧罗裙"句，伤心不已而卧庭中薪上，掩袂痛哭（《剧说》）。尽管，汤显祖之于元剧之规范与海盐腔之规则，"其才情在浅深、浓淡、雅俗之间，为独得三昧"（《曲律·杂论》）。却依然在声律上受人攻击，甚至其文字亦招致不满。据明代人凌濛初评判，汤显祖"只以才足以逞而律实未谐"，"至于填调不谐，用韵庞杂，而又忽用乡音，如'子'与'宰'叶之类，则乃拘于方土，不足深论"①。以至于面临"新词传唱牡丹亭"，汤显祖却处于"伤心拍遍无人会"之境地。由是，对《牡丹亭》被依据音律改篡顿失曲意表示强烈不满，认为恰如王维《冬景芭蕉图》之割蕉加梅，甚而以"掠嗓"之怒言相对。其实，不足深论的倒是那种"拘于方土"说。在汤显祖与一般曲学家各自同声腔的历史流变，及其各自或予以创造性的个性化运用与或予以规范化的选择性流行之间，正可以见得生命属性不同的美学观在戏剧创作中，其实质同样体现为：生命的生产——无论是自己的生命生产（通过劳动）或他人生命的生产（通

---

① 汤显祖:《玉茗堂全集》（第45卷），上海：上海古籍出版社，1995年，第122页。

过生育）——立即表现为双重关系：一方面是自然关系，另一方面是社会关系；至于这种合作是在什么条件下、用什么方式和为了什么目的进行的，则是无关紧要的。所谓"自然关系"和"社会关系"这两方面的双重关系，在这里正表现为审美主体个性在诸如"曲意"与"音律"之间艺术表达的因人因时而异。

　　大概正是出于艺术的美学形态构成动因和构成因素的复杂微妙，因而具有突出的审美逻辑的特殊性，汤显祖在《答吕姜山》一信中提出了"以意趣神色为主"[①]的戏剧创作主张："凡文以意趣神色为主，四者到时，或有丽词俊音可用，尔时能一一顾九宫四声否？如必按字摸声，即有室滞迸拽之苦，恐不能成句矣。历来，各家之见不一。"[②]叶长海曾经归纳为"合论"与"分论"两大类共三种。所谓"合论"，即把"四者"或理解为"内容"，或与"才情"相提并论；或从类似"兴"的意义上，将"意"和"趣"与"神"和"色"分别归结为"内容"与"风格精神"。所谓分论，即将"四者"分而论之，分别归诸于"思想性"（"意"），"生动"（"趣"）；或"艺术概括"，"艺术真实"（"神"），以及包括"音律"在内以曲词语言的"鲜明特点"为主的"艺术表现形式"（"色"）。

　　无论是"分论"还是"合论"中，都不难见出艺术美学久远的认识史所形成的理论局面，确是美国当代学者深感苦恼的长期陷于"分割成两半"的悲哀境地："粗造的内容和附加于其上的纯粹的外在形式。"其实质是"二律背反"式的思维定式始终干扰着我们接近艺术实际存在的"两难"美学形态及其逻辑构成特殊的"固有的性格"（马克思）。固然，汤显祖的"意趣神色"说，并非严谨的理论阐述，其写作缘起引发于强调曲词之文采与诗味。然而，他是将"意趣神色"立足于艺术创造的自觉性和能动性原理。因此，不仅"意趣神色"这"四者"是密不可分的，而且更由于其间"喻含着个人追求、个性气质和风格特征"，正与艺术家创作活动密切相连而实质是一体化的构成。因而，"四者到时，或有丽词俊音可用，尔时能一一顾九宫四声否？"[③]正是领悟到"情"是艺术中审美主体"以动的形式表现出来"（马克思）的，汤显祖以警示的方式提出对艺术构成逻辑特性的独特体验："如必按字摸声，即有室滞迸拽之苦，恐不能成句矣。"这在于"四者"本身就是艺术家之"情"复杂而又完整的有机融合，即其在《合奇序》所谓的"自然灵气"。因此，它在艺术实现过程中是"恍惚而来，不思而至"。从中，我们无法离析或分割出诸如"作品的思想性"，"内容"或"音律"和"艺术表现形式"。而为我们所捕捉到的"才

---

①　徐朔方：《汤显祖全集》，北京：北京古籍出版社，1999 年，第 19 页。

②　徐朔方：《汤显祖与莎士比亚》，社会科学战线，1978 年第 3 期，第 62 页。

③　汤显祖：《玉茗堂全集》（第 38 卷），上海：上海古籍出版社，1995 年，第 277 页。

情"及其"兴",也同样不可能将它置于"内容"或"形式"的两极之端来剖析,它只是生发和只能存活于两极之间,因而就是这生命过程的本身。对此,傅晓航的结论是准确的:"这四者无论哪一点都具有作家的个性和反映对象的个性。"正是由于这种"精神个体性形式"是美学个性自由发展的现实体现,我们才能够在这封信之外的其他诗文中看到汤显祖以"意趣""意势""风神""神明""神采""气色"等类似中国古代文论中的"气"(《左传》)和"象"(《易经》),绘画美学中的"解衣盘礴""逸气"乃至"一画"等范畴。同样,出于理论"妙悟"而以空灵的介用词语,作为其独具意蕴的美学范畴"情"的多样化概念表述,贯穿于其间。也正是出于"意趣神色"说独特的理论品性,叶长海曾经确切地指出:"我们主要还是掌握其精神实质,如果都予机械限定,容易失去原意的灵活性。"[①]

由上可见,今天,在历史的逻辑与美的逻辑一致的意义上,完整地深入理解和抉发汤显祖美学生命观在艺术本体论层面的体现,关涉到如何把艺术看作人类"与天道自然相和",或将艺术当作一个整体而从总的方面来观察;从而,对于这样的美学生命活体,不断达到马克思所说的"确定"其"特殊性"的道路。

"怪怪奇奇"的艺境产生奇妙的审美效应,像珍宝奇玩,能够开阔人的胸襟,振奋人的精神,使审美鉴赏者产生同情。在《宜黄县戏神清源祖师庙记》一文中,汤显祖对观众被剧情感染而产生同情作了更精彩的描述,又认为同情还不是"怪怪奇奇"艺术境界审美效应的极致升华。而要实现它的社会效应:"可以合君臣之节,可以浃父子之恩,可以增长幼之睦,可以功夫妇之欢,可以发宾友之仪,可以释怨毒之结,可以医愁愤之疾,……人有此声,家有此过,疫病不作,天下和平。岂非人情之大窦,为名教之至乐战。"[②]这样的论述,虽然有点夸大了文学的社会功能,但在一定程度上又回复到儒家"发乎情,止乎礼义"的传统诗教。不过汤显祖这一认识是深刻的,较准确地把握了审美外观照的特征,体现了他"天下和平"的新王道秩序的社会理想。而"若有若无"艺术境界的审美效应,则应使现实生活中的人返归虚静宁寂的内心,进入审美内观照。这样的审美活动无需情感的参与,审美鉴赏者不必对作者和人物产生同情,也不会发生社会效应,它的终极归宿是无欲无极的道法境界,追求自我人格的整一和永恒。《邯郸记·合仙》最后一段唱辞说:

---

① 吴秀华:《明末清初小说戏曲中的女性形象研究》,南京:江苏古籍出版社,2002年,第28页。

② 汤显祖:《玉茗堂全集》(第15卷),上海:上海古籍出版社,1995年,第158页。

"度却卢生这一人,把人情世故都高谈尽,则要你世上人梦回时心自忖"①,这就是要人们通过审美鉴赏了解世俗情欲,从现实生活的迷梦中彻底醒来,像卢生那样度入仙境,与道合一。

"意境"是中国古典文学艺术理论中的重要美学概念,是中国人民在几千年的历史文化发展中逐渐形成的一种特殊审美感情的心理对应物。在各艺术门类的长期实践与探索中,其理论构架与界定,在保持中国古典文学艺术理论共性的基础上,又具有各自不同的个性,并形成符合本艺术门类行之有效的创作方法。张庚先生的"剧诗说",强调戏曲的编导与演员高度注意剧诗的意境。他认为中国戏曲是诗人写出来的,无论从编剧、表演乃至整个舞台,都是诗的艺术,戏曲的审美特性就是诗性。但是,剧诗不同于案头上的诗,不同于一般的抒情诗、叙事诗。剧诗是戏剧的诗,它是通过演员的自我表现来完成形象塑造的综合艺术,所以就必须注意人物的个性化和在矛盾冲突里面去表现意境。因此,意境是一种特定的审美意象,没有象便没有境,但境又不仅限于象而超越于象。它往往具有"超以象外"的特点,也就是超乎形象以外。作品中特定的艺术形象的意境常常是暗示的、潜在的,只有在创作者、表演者和欣赏者头脑里面,意境才浮动起来,显现而升发出来。意境往往因特定形象的触动和激发而具有纷呈叠出的特点。它常常由于形象与"象外之象""象外之意"的互相升发而联类不穷,就是说,使某一类型的意象无穷无尽地不断涌现,而意境就存在于舞台画面与形象的生动性和连续性之中。于是,钱学森先生提出,在形象思维和逻辑思维之外,还有一种思维叫作灵感思维,它是发明创造必不可少的。灵感思维是一种"潜思维",它和"显思维"不一样。他曾以戏曲演员创造角色时的心态作比,认为谁也不知道创造李慧娘的时候利用过什么样的思维? 只有演员自己知道。所以,描述这种灵感思维的过程是非常艰苦的,需要心理学、社会学各方面的知识,否则你就不能作理论上的描述。现在,我们即以上述当代著名学者对于意境所作的直接和间接的科学论述,来反观汤显祖在文学创作过程中的思维定式以及创造意境的自觉意识。

王国维先生的《宋元戏曲考》是一部近代古典戏曲研究的"开山之作"。他在第十二章《元剧之文章》中,把"意境"引进了戏剧:"何以谓之有意境?曰:写情则沁人心脾,写景则在人耳目,述事则如其口出是也。"也就是说,写情要感人至深,写景要历历在目,叙事要有人物的个性,即"如其口出"。将叙事作品的意境,也就是"情景交融"或"心物交融",加上人物个性化的要求,在论述元剧语言时,作为一种"戏曲意境"的概念提出,这是王国维先生

---

① 汤显祖:《玉茗堂全集》(第 34 卷),上海:上海古籍出版社,1995 年,第 298 页。

一个很了不起的功绩。问题是，紧接后面还有一句话："明以后其思想结构，尽有胜于前人者，唯意境则为元人所独擅。"①这使我们想起《中国近世戏曲史》的作者青木正儿在 1925 年前往清华园拜谒王国维先生的情况："先生问余曰：'此次游学，欲专攻何物欤？'对曰：'欲观戏剧，宋元之戏曲史，虽有先生名著，明以后尚无人着手，晚生愿致微力于此。'先生冷然曰：'明以后无足取，元曲为活文学，明清之曲，死文学也。'"②这对明清戏曲的评价是有失偏颇的。究其原因，具有以下几点：一是王国维先生主张文学创作重在自然，不在雕琢，尚意境，而厌堆砌。他极力推崇元剧："谓元曲为中国最自然之文学，无不可也。"而明以后，大量的以"理"的直接显现为基本特征的"道学派"戏剧和以堆砌辞藻、卖弄才学知识的"骈绮派"戏剧作品充斥剧坛，这与他的文学创作主张是相抵牾的；二是以"弋阳诸腔"为表征的"花部"戏剧的勃兴，它始终透露着民间俗文学的光彩，其曲词多由"村坊小曲""里巷歌谣"发展而来，这种叙事作品的语言形态过于"鄙俗"而少文采，这也与他的文学诣趣相去甚远；三是王国维兴趣广泛，生平著述极富，内容精博。辛亥革命第二年（1912），在完成《宋元戏曲考》后，便致力于古代史料、古文字学、古音韵学和古器物学的研究。晚年则专攻西北边疆历史和地理。像这样一位大学问家，研究兴趣的转移是很正常的事。对于某学科，他往往截取其最感兴趣的一部分而研究，故有所谓"明清之曲，死文学也"的评论也就不足为怪了。

其实，明代是中国戏曲的成熟期。诸腔竞奏的艺苑盛况，使其充满勃勃生机。案头文本、舞台实践和理论批评，都呈现一种齐头并进的态势，具有戏曲有史以来无可比拟的丰富性。"意境"这一概念，在王国维先生界定的基础上，有了重大突破与发展，无论其深度还是广度，都具有极大的开拓性，而汤显祖则是戏曲意境最杰出的开拓者。

汤剧中贪婪首先表现为对功名地位的追求，其次是对金钱等的占有欲、色欲的放纵和对永生的贪恋。卢生一生执着于对权势的追求，位极人臣，显赫无比，临死时仍不忘为儿子讨要官位。最具讽刺意味的是卢生与众女采战，本为长寿，却因此衰竭而亡。对长生的渴求表现出中国传统道家文化的固有特色。道家极力宣扬长生的神仙之道，至嘉靖、万历而盛极，嘉靖帝不仅身穿道袍，自封道号，数年不理朝政，而且炼仙丹、采童女，淫诞无比，最终中毒暴毙而亡。汤显祖借卢生再现了这一史实，其揭露之彻底与大胆可见

---

①　王永健：《中国戏剧文学的瑰宝——明清传奇》，南京：江苏教育出版社，1989年，第 402 页。

②　龚国光：《汤显祖与戏曲意境的开拓》，江西社会科学，2003 年第 7 期，第 45 页。

一斑。淳于棼在太守任上,实行"惠政",一郡之内"兴仁兴让""苟美苟完"。然而升为宰相后,他贪图奢华,荒淫无耻,最终被谏逐出南柯。由此可见,在中国封建社会,由于士农工商的社会等级划分,士人在社会生活的各个领域享有许多特权,科举入仕对人们的诱惑力比金钱更大、更直接。正所谓"书中自有黄金屋,书中自有颜如玉"。几千年的科举制度虽为统治者选拔了人才,但也扭曲了广大百姓的个性及灵魂,造就了大批范进、孔乙己之流。

汤显祖文学创作的思维路向决定了他与注重格律形式的主张走的是一条相反的路。他在《答吕姜山》中云:"凡文以意趣神色为主。四者到时,或有丽词俊音可用。尔时能一一顾九宫四声否?如必按字摸声,即有窒滞迸拽之苦,恐不能成句矣。"在该文后面,附有沈际飞评语:"'凡文以意趣神色为主'六句云:乃作四剧得力处。"可谓一语中的,这是沈氏的慧眼之识。汤显祖正是以"意趣神色"为其创作旨归的。汤显祖并不反对格律,而且很注重音律在创作中的重要作用,姚士粦《见只编》所说的"汤海若先生妙于音律"即是明证。问题是不能斤斤计较于形式主义的追求格律,不能过分强调和夸大格律形式的功用。如果把它摆在一个不适当的位置,则势必造成文学创作不可弥补的"硬伤"。所谓"硬伤",即王骥德《曲律》所云:"戏剧之道,出之贵实,而用之贵虚。《明珠》《浣纱》《红拂》《玉合》,以实而用实者也。《还魂》、'二梦'以虚而用实者也。以实而用实也,易;以虚而用实也,难。"①其中"以实而用实"就是"硬伤",伤就伤在它失去了"意趣神色"这个文学创作最为珍贵的艺术元素,其审美意境在这种"硬伤"中受到极大的抑制。一般来说,意境由实境和虚境两部分构成。实境因导向力强,一览无余,思维较稳定,物质变化不大,它必须依靠虚境才能激活。据蒲振元先生《意境论》分析,虚境有三个特点:一是有间接的具象性。就是说,虚境中有活的意象存在,它处于不断变化之中。这种活的意象包括了自觉和非自觉的两种。自觉的活的意象,是指在一定的"理"的制约下产生的自觉的意象;非自觉的活的意象,是指没有在这种"理"的制约下,自发产生。二是虚境有一种无限的泛指性,即虚境具有流动性和不确定性等特点。三是虚境有情和理辩证相生的特点,即虚境理以情传,情以理见,相得益彰,纷呈叠出。因此,由"灵性"所支撑的"意趣神色"是文学创作的第一要素,是产生艺术虚境的必经之途。明后期剧坛所发生的"格律"与"文采"之争,其全部症结都集中在这个问题上。汤显祖《答凌初成书》云:"不佞《牡丹亭记》大受吕玉绳改窜,云便吴歌,不佞哑然笑曰:昔有人嫌摩诘之冬景芭蕉,割蕉加梅,冬则冬矣,然非

---

① 隗芾等:《戏曲美学论文集》,北京:中国戏剧出版社,1984年,第78页。

王摩诘冬景也。其中骀荡淫夷，转在笔墨之外耳。"①同时，他在家乡戏班舞台实践中，一再强调依照原本演出的重要性。《与宜伶罗章二》云："《牡丹亭记》，要依我原本，其吕家改的，切不可从。虽是增减一二字以便俗唱，却与我原作的意趣大不同了。"②我们不应把这个论争理解为汤显祖的"偏见""固执"，或"学未窥音律"等。恰恰相反，汤显祖正是以其鲜明的观点、矢志不渝的精神维护着自己的创作主张。所谓"意趣"，"骀荡淫夷，转在笔墨之外"，仅此而已，并没有其他非分之求。同时，就在《答凌初成书》这同一篇尺牍中，汤显祖进一步阐述了自己的观点，重申了文学创作的主张："不佞生非吴越通，智意短陋，加以举业之耗，道学之牵，不得一意横绝，流畅于文赋律吕之事。独以单慧涉猎，妄意诵记操作。层积有窥，如暗中索路，闯入堂序，忽然溜光得自转折，始知上自葛天，下至胡元，皆是歌曲。"③这是很值得我们深入思考的。

"汝知所以为清源祖师之道乎？一汝神，端而虚。择良师妙侣，博解其词，而通领其意。动则观天地人鬼世器之变，静则思之。绝父母骨肉之累，忘寝与食。少者守精魂以修容，长者食恬淡以修声。为旦者自作女想，为男者常欲如其人。其奏之也，抗之入青云，抑之如绝丝，圆好如珠环，不竭如清泉。微妙之极，乃至有闻而无声，目击而道存。使舞蹈者不知情之所自来，赏叹者不知神之所自止。若观幻人者之欲杀偃师而奏咸池者之无怠也。若然者，乃可为清源祖师之弟子。进於道矣。"④这里的"道"，是指艺术的规律与法则，是戏曲表演的一种最高级别的审美意境。汤显祖为宜伶们详细讲述了进入角色、追求"道"境的方法与步骤。起首用了"神"和"虚"这两个美学概念，与汤显祖论述的"神情合至"的"神"和"恍惚而来，不思而至"的"虚"，本质上是相同的。汤氏借用这两个概念作为演员入门的第一要素和表演必备的修养。"动则观天地人鬼世器之变，静则思之"这种破除时空极限的"象外之象"，正是由于"神"和"虚"的激活而出现的"动静之变"。其中，我们还有幸看到斯坦尼斯拉夫斯基体验派，体验人物的某种艺术元素在戏曲表演中发挥着重要作用，这是四百多年前戏曲演剧理论一个很了不起的卓越贡献。而最后出现的"使舞蹈者不知情之所自来，赏叹者不知神之所自止"的"道"境，则是开首"神"和"虚"在演进过程中的产物与结果。但此时的这种"神情合至"，已经是演员表演灵感思维中一种高层次的审美意境了。

---

① 汤显祖：《玉茗堂全集》（第 32 卷），上海：上海古籍出版社，1995 年，第 256 页。
② 汤显祖：《玉茗堂全集》（第 35 卷），上海：上海古籍出版社，1995 年，第 252 页。
③ 汤显祖：《玉茗堂全集》（第 25 卷），上海：上海古籍出版社，1995 年，第 36 页。
④ 汤显祖：《玉茗堂全集》（第 44 卷），上海：上海古籍出版社，1995 年，第 232 页。

所以，宜伶能够普遍运用正确的戏剧理论来指导实践，并把演剧作为一种自觉行为。也正因如此，宜伶以搬演《玉茗堂四梦》为己任，在很长一段时期内所表现的强大的生命力与吸引力，成为当时中国剧坛的一大奇观。

汤显祖对于中国戏曲的贡献不仅在于文学创作理论与实践的骄人建树，而且在于舞台演剧的二度创作和艺术灵感的多维性上，他把戏曲表演艺术带进了一个新的境界，给戏曲意境的拓展提供了新的天地。汤显祖时代的江西宜黄海盐腔艺人的舞台实践，是以搬演《玉茗堂四梦》为其主线而贯穿始终的。汤显祖没有家乐，从而使自己同宜伶保持着最广泛的联系。《玉茗堂四梦》创作每完成一部，都交给宜伶排练，就是说，宜伶不仅取得了《玉茗堂四梦》的"首演权"，而且作为剧作者的汤显祖还亲自躬耕排场，为演员解释曲意，指导排练。宜黄海盐腔在江西这块土地上如火如荼，蓬勃发展，从业者达千余人，曾掀起一个气势恢宏的地方戏曲运动，并造就了无数表演艺术家。在《汤显祖诗文集》里，记载着一批著名的宜伶，诸如吴迎、张罗二、于采、汝宁、王有信和许细等。他们既擅长刻画人物内在复杂的心理活动，又能忠实地体现《玉茗堂四梦》的"意趣"。其精湛的表演技艺虽然我们已无法欣赏，但在汤诗中，还是可以从一个侧面了解一点蛛丝马迹：吴迎演出《紫钗记》，"客有掩泪者"；于采演出《牡丹亭》，"来时动唱盈盈曲，年少那堪数死生"。尤其王有信的表演，似乎到了出神入化的境界。《滕王阁看王有信演牡丹亭二首》云："韵若笙箫气若丝，牡丹魂梦去来时。河移客散江波起，不解销魂不遣知。桦烛烟销泣绛纱，清微苦调脆残霞。愁来一座更衣起，江树沉沉天汉斜。"①这首诗的着重点是一个"看"字，就是说，完全是以一种观众的眼光欣赏此剧。它不仅描述了演员高超的演唱技巧以及深厚的表演功力，更重要的是涉及观众观剧后的心理状态与感受。在这里，观者与演者融为一体，出现了"舞蹈者不知情之所自来，赏叹者不知神之所自止"的"道"境。他再一次表明：完美的戏曲意境，不是单向操作所能完成的，而是剧作家、演员、观众三者共同创造的结晶，这也是戏曲意境特殊性之所在。那么，宜伶的表演为何能达如此纯熟而进入艺术的高层境界？汤显祖应宜伶的要求撰写了一篇奇文，这就是《宜黄县戏神清源祖师庙记》，这是中国剧坛的第一篇从舞台实践中来探讨戏曲表演的文章。

《宜黄县戏神清源祖师庙记》和《玉茗堂四梦》一样，像一泓不竭之清泉，滋润着一代又一代表演艺术家，引领他们进入美妙而奇特的戏剧之"道"境，在历史上演绎了不少如痴如醉、动人心弦的美好故事。梅兰芳先生在谈及《惊梦》一折表演时说："这段表演是要表现仪静体娴的杜丽娘在梦中逸趣翩

---

① 汤显祖：《玉茗堂全集》（第18卷），上海：上海古籍出版社，1995年，第15页。

翩的神态,偶而一挥水袖和轻轻的转身,都是为了增加梦中飘忽的形象。"[1]白云生先生谈柳梦梅的表演,其出场姿态是进行了多方研究而确定的,目的是"表示从远方飘忽而来"的意境。他说:"《惊梦》这一折与其他剧本中的梦境不同,别的梦境是单方面的做梦,梦中人物除做梦者本人以外,都是幻想的人物;而这出戏则是双方在同一梦境中,所以在表演上与其他的梦境大不相同,双方情感交流要很细腻。"表演艺术大师们对汤著的理解与喜爱是如此敏悟、深刻和执着,并把汤著当作他们艺术生涯的毕生追求,辛勤地呵护,认真地实践,准确地把握。可以说,他们在舞台演剧中那一系列的形式流程,都灌注了一种生命的活力。他们天才地把这种由灵感思维激发的活的意象外化于程式之中,使他们的心灵不断呈现一种变幻莫测的审美意境,亦即汤显祖所描述的"道"境。

---

[1]　龚国光:《〈牡丹亭〉的人文精神与现代诠释》,创作评谭,2016 年第 2 期,第34 页。

第五章　理学文化的批判

　　要想比较深入地理解戏剧美学文艺思潮所说的"同出"而"两行"的意蕴，就不能不联系到整个宋明理学文化的嬗变势态。和理学中朱学一派侧重于探求心性修养之可靠途径者有别，陆、王心学是执着于自信式的"良知"之性的。朱学辨析"未发""已发"之别，又深明"心统性情"之理，于是产生了"格物致知"的实践理性方法论，用以补充"体验未发"的道德信仰式意念。倘若没有具体可循的实践方法，则信仰永远变不成现实。但是，实践的具体性和复杂性又与信仰的纯粹性相互冲突，而实践的长期性和艰巨性又使普遍道德化的目的变得非常遥远。尤其重要的是，理学将道德律令视为天地万物之客观规律的基本思路，这必然导致自律即是本能所固有的意识，而这样一来，本初之一念，就与积久之履践相等同了。缘此，入明而心学为主流之际，如王学泰州学派一系，甚至有了"见满街都是圣人"的惊人之语。然而这里，人性的普遍道德可塑性便与人性的自然道德合二为一了。在这里，包含着一个悖论，对泰州学派来说，企图把道德自律变成本能的合理追求，实质上是被自然本能之"有"其道德性亦"无"其道德性的两可现实性给异化了。于是，在朱学中处于道德实践过程之始点与终点两端的自然人性与道德人性，在王学泰州一系的阐发实际中，就挤到同一个平面上来了。从而不论是影响于文学甚巨者之李贽的"童心"说，还是公安派数子的"性灵"论，其中都含纳着自然人性与道德人性的双重发生原理。而问题之关键因此又必然在于，能够在思理上完全容含此双重存在者，只能是"心无一善，故能尽天下万物之善"的无为而无不为之理。即如李贽之"童心"说，实与其所谓"真心"者相发明，而"真心"者，"诸相总是吾真心中一点物"，也就是说，诚如苏轼所言："静故了群动，空故纳万境"，"真"与"空"便相契合，而如此一来，那体现在"无时不文，无人不文，无一样创制体格而非文"之论述中的"童心"之"真"的个性自然价值，就与带彼岸色彩的空静之心"同出"而"两行"了。综上所述，整个王学泰州学理的要领，说穿了就是要寻求俗人情欲追求的合理化与圣人道德律令之自然本能化的合一，换言之，也就是钟于情而又执于理，"情""理"之"同出"而"两行"，乃题内应有之义，哪里有单纯的所谓以"情"反"理"呢？

　　程颐虽认为一物有一理，"须是察"，但他更注重从书本上、身心上"察"，也即反求诸己,向内穷其理。这就是他所说的:"致知在格物,格物之理,不若察之于身,其得尤切。"这种"察之于身"的格物,为其后"反身格物""格心"之说奠定了基础。程门弟子杨时即认为,"凡形色具于吾身者,无非物也,而各有则焉。反而求之,则天下之理得矣。由是而通天下之志,类万物之情,参天地之化,其则不远矣"。"形色具于吾身者"即指耳目口鼻等这些人体的组织器官,这些物都有其运动的规则。杨时认为,"格物"就是要"格"这些"物",无须泛穷客观外物。"穷理"亦是明此"物"之"则",而无须察万物之理。简言之,格物就是在自己身上的"格",弄清人体各器官的运作规律,这就是"反身""反求"。而"反身""反求"于自身之理,即可获得外物之理、万物的普遍法则。这种主观主义的认识论,就连朱熹也感到它的悖谬处,明确提出"格物"之"物"应是客观事物("格,至也。物,犹事也。穷至事物之理,欲其极处无不到也"),并且说:"格物只是就一物上穷尽一物之理。"即是说,天下万物万事只有一一加以研究才能明理。这实际上就说明,仅仅"反身格物"不可能获得万事万物之理。然而,朱熹由于并不太看重外事外功(他一生不喜做官,登进士后五十余年中,壮于外者仅九考,立朝才四十日,主要是著书讲学),所以他并不太看重外在客观实践活动,而偏重内心的道德实践。正因为此,他在《大学或问》卷一所言的"即物"("致知之道在乎即事观理以格夫物")就仍以书本、身心为主,他的"穷理"也非真正专注于客观外在的一事一物之物理、规律,而更多是他在《大学或问》卷二所说的"念念之微""讲论之际""性情之德"等,因而其"格物""致知"说,理性致思有余,而实践力行不足。

第一节　爱之天下

在早期的戏剧中,我们看到爱是征服一切、给予一切的源泉。在莎士比亚看来,男女情爱是个人幸福和世俗生活的最高表现,是人性的体现。两情相悦的爱可以将苦修的旦旦誓言抛到九霄云外(《爱的徒劳》);可以让父母之命、媒妁之言的陈腐婚姻观念无地自容(《温莎的风流娘们》);可以使冤家对头结为夫妻(《无事生非》)……由男女情爱推而广之的友谊与博爱精神也是莎士比亚热情礼赞的,它可使离异的朋友重修于好(《维洛那二绅士》);可以让人们不分贫贱富贵、不计荣辱毁誉地患难与共(《皆大欢喜》);可以战胜贪婪、狠毒、残酷,解决流血冲突(《威尼斯商人》);还可以让自然与超自然、生命与非生命、瞬间与永恒、无限与有限的界限全部消失(《仲夏夜之梦》)。正因为他将爱等同于人文主义,所以他热情地礼赞爱,甚至包括男女之爱。

在历史剧中,也贯穿着莎士比亚通过爱实现和谐理想的艺术构思,它体现为爱国家、爱人民。如果说戏剧表现的是爱可以征服一切,有了爱便可各遂所愿的话,那么历史剧则是为了说明没有爱世界将会陷于混乱,丢失了爱将会导致国家分裂、人民受难、兄弟阋墙、君臣反目、父女为仇。正是从和谐的理想出发,莎士比亚以爱作为评判标准,对那些昏庸无道、残暴不仁、没有爱心的国王进行了严厉的谴责;对封建地主的叛乱和篡位夺权的阴谋进行了无情的鞭挞。他对兄弟相残、父女为仇、人性异化的现实表示愤慨;对受剥削、受奴役、生活在水深火热中的下层群众倾注了自己的深切同情,肯定他们的生存权力和人性尊严。尽管他看不到他们在斗争中的主导作用,但给予了他们足够的爱心。

理查三世就是莎士比亚揭露的一个典型,他之所以残害无辜,仇恨一切美好事物,不仁不义,是因为变态的心理导致的一种爱心的缺乏。对这样一个因爱的缺乏而导致和谐的世界丧失的人,莎士比亚让他死无葬身之地。而对亨利五世这样知错能改、以仁治国、以德待人、以爱救世的君王,莎士比亚则推崇备至、大加赞赏。但是,以爱为中心的和谐世界毕竟只是莎士比亚的理想追求和乌托邦建构,而不是建立在现实基础上的。因此,爱的乐章里常常掺杂着不和谐的音符。他笔下的爱,往往又蒙上了功利的阴影。例如,巴萨尼奥向鲍西娅求婚只是为了"了却债务";彼特鲁乔为了丰厚的嫁妆可以牺牲自己的爱情;安哲鲁因为未婚妻失去了高贵的哥哥和嫁妆而另求芳心。在莎士比亚的戏剧中,尽管所有的矛盾都因爱而得以和解,人人各遂所愿,但又让人感到这只是他的一种美好心愿,采用的只是一种浪漫主义的偶然、误会与巧合,而不是生活的必然。

莎士比亚的著名悲剧《哈姆莱特》中,主人公哈姆莱特是当时文艺复兴时期人文主义者的典型形象。他认为世界是一个光彩夺目的美好天地。他有着深入思考,竭力去认识社会、探寻答案的能力和顽强的探索精神。第一次出场的哈姆莱特,观众看到的已不再是一个乐观的青年。父死母嫁,叔叔继位,诚挚的爱情、友谊化为泡影,他幻想中阳光普照的世界变成了伤风败德的荒野。他不知道这变故的原因,然而他急于想知道这一切,心中的疑虑使他忧郁延宕。这时莎士比亚在舞台上让哈姆莱特父王的鬼魂出现,告诉他:"那毒害你父亲的蛇,头上带着王冠。"克劳狄斯卑鄙的行径激起了哈姆莱特的愤怒。父王"复仇"的嘱托,使哈姆莱特担负起了"重整乾坤"的重任。这样剧情突破时空的限制,省掉了老哈姆莱特被克劳狄斯害死这一经过的大量笔墨,观众依靠感觉、直观以至想象,也依靠相应的分析和判断,知道了事情发生的原由,理解哈姆莱特为"重整乾坤"而开始了一场殊死的搏斗,使剧情急转,迅速进入高潮。

　　汤显祖的著名传奇剧《牡丹亭》，为塑造具有叛逆性格的杜丽娘形象，赋予了杜丽娘的"情"以超越生死的巨大力量，通过虚幻离奇的情节，描写了杜丽娘的斗争及其胜利。全剧五十五出，第一至九出主要描写生于名门望族的杜丽娘小姐不甘囿于官衙中的孤寂生活，为剧情作了铺垫与交待。至第十出《惊梦》，杜丽娘走出闺房来到花园，第一次看到了真正的春天，为自己"生于宦族，长在名门，年已及笄，不得早成佳配，诚为虚度青春"而忧闷。由伤春至入睡，进入梦中，与柳梦梅梦中相会。实际上以"梦"开始，只是作为全剧情节的起端，"入梦"为剧情发展起了奠基的作用。杜丽娘因伤春而入梦，因入梦而病，因病而死。杜丽娘死后，汤显祖又让她的鬼魂出现展开情节，与柳梦梅幽媾，使剧情向纵深发展。杜丽娘一生所经历的三种境界，从现实到梦幻，再到幽冥，再回到现实，由生而死，又由死到生，全剧起端、过渡、发展都是用"梦"这一手法把剧情联结起来，起到了承上启下的"枢纽"作用。

　　汤显祖与莎士比亚两人呕心沥血创造的"情爱"形象——杜丽娘与朱丽叶，她们生活在人间，却也依托于宗教世界：杜丽娘离开了"石道姑"，不但精神的爱情"还魂"无望，肉身也将彻底"灰飞烟灭"；朱丽叶是在教堂中完成了她的爱情愿望，但也在十字架下用肉身的死亡换来了精神爱情的解放。《牡丹亭》中的石道姑，虽然带有嬉笑倾向，却是汤显祖佛道思想"介入"与"游离"的矛盾体现，这是题外之话。《罗密欧与朱丽叶》中，罗、朱的"逾轨"，有爬阳台的幽会，但《牡丹亭》中，只有杜丽娘梦中的"梅来"——柳梦梅的到来与云雨，即使在《西厢记》中西厢下的"露滴牡丹开"，在这里都被省略——不是简单地省略，而是弃而不用了。人类由肌肤触觉产生的两性之爱，在这里完全化成了在精神世界的遨游与追求——追求精神世界的永恒而不是肉身愉悦的刹那。

　　在《牡丹亭》中，杜丽娘因情而亡，实际上是因"梦"而亡。这看起来非常虚幻，其实是更为真切的。"梦"非实在，只是一种"虚在"，因"虚"而求"真"，是佛道的"彼岸"世界，它与"药"无关，也与身体无关，只是与人的精神相关。"精诚所至，金石为开"。但在汤显祖这里，变成了只要精神到了，生理的问题、肉身的情爱，全部都可以在"梦"中完成——这已不是简简单单的"情"了，而是用精神取代了人的一切身体行为，所以汤显祖要反复交代，用石道姑的嘴说："花神休坏了他的肉身也"（第23出《冥判》），借杜丽娘自己的口说："是，伴情哥则是游魂，女儿身依旧含胎。"（第36出《婚走》）更绝妙的是，柳梦梅与杜丽娘的幽媾，只是一种精神的交流，而非存在世界的肉身交往，就如杜丽娘骂小春香的那样："蠢丫头，幽欢之时，彼此如梦"（第54出《闻喜》），所以这仅仅是"梦情"而已。这也是汤显祖在他日后的《南柯记》与《邯郸记》两部传奇中反复渲染的佛道"出世"思想。但在《牡丹亭》中,汤显祖用正题的形式破题,在某种意义上说,它是中国古代"邦有道则仕,邦无道则可怀而卷之"的文人情结在两性关系上的曲折与无奈的体现。

《牡丹亭》中的柳梦梅因画而思人,因思而遇鬼,因鬼而真得丽人,其事因的出发点是"画"——美人之图像。我们清楚的是:杜丽娘自己的"写真"是全身图,就如同小丫头春香说的那样:"淡东风立细腰,又似被春愁著。"(第十四出《写真》)但不甚清楚的是:杜丽娘为什么会非常蹊跷地称这幅"自画像"为"行乐图"("这一幅行乐图,向行家裱去"),这让我们不禁好生奇怪。古代历史上中国两性爱情的文人观和民间观——民间系统与文人系统,从两种不同的途径上传达与表现出来。从《孔雀东南飞》、卓文君、蔡文姬、王昭君、杨贵妃、《琵琶记》《西厢记》《牡丹亭》《长生殿》到《桃花扇》,体现了古代中国的文人情爱观念;而从嫦娥、孟姜女、牛郎织女、《天仙配》、梁祝到《白蛇传》,则体现了古代中国的民间情爱观念。比起民间的爱情故事,包括明后期的拟话本,文人"直抒胸臆"的传奇故事看重的是精神上的情爱突破,更具时代色彩的是,这种精神上的两性故事往往还被融入了"出世"的佛道思想,带上了一种文人特有的意蕴。杜丽娘的从生到死,从死到生,都只为一个"情"字——性爱,但却是精神的性爱,肉身的性爱只存在于"梦"中,所谓"只为痴情慕色,一梦而亡"(第二十七出《魂游》)。这虽然可以看作是中国古代构筑在封建礼教上的"情爱",也可以看作是古代中国文人情爱观念的反映,但汤显祖的高明之处在于:他不仅将杜丽娘与柳梦梅的精神性爱世俗化——肉欲化了,就连老学究陈最良都说:"小姐害了'君子'的病,用的是君子。毛诗:'既见君子,云胡不瘳?'这病有了君子抽一抽,就抽好了"(第十八出《诊祟》),而且还带上了政治色彩——对偏安杭州南宋朝廷的政治格局的批判。但可以明确的是,在杜丽娘和柳梦梅的心目中,杜丽娘的美丽就等于"闭花羞月之貌"的"脸面",而不是"身子"——中国人的"闭花羞月之貌",主要是"颜面",而非身体,颜面代表了"美丽"所在的一切。

中国戏曲舞台上女性的"绰约多姿"和"羞花之貌",是存在世界中少见的,甚至是"无见"的。所以中国戏曲的舞台规矩是"'身段功架'是讲造型美,'一招一势'是讲造型美的表现过程"①。其所传达的信息是:舞台不仅是个传奇故事,其实质是从外形到精神的传奇——此非人间有,只为天上有。所以在《惊梦》中,杜丽娘要假柳梦梅的嘴来唱出:"【山桃红】这一霎天留人便,草藉花眠。则把云鬟点,红松翠偏。见了你紧相偎,慢厮连,恨不得

---

① 林树明:《多维视野中的女性主义文学批评》,北京:中国社会科学出版社,2004年,第56页。

肉儿般团成片也,逗的个日下胭脂雨上鲜。"(第十出《惊梦》)这当然不是一般的肉欲之想,而是汤显祖在"出入"佛道界后对精神性爱的"实有"的突破——那么一点点的拨开精神云雾见分晓的叛逆行为。

在《牡丹亭》与《罗密欧与朱丽叶》中,"画"与"药"代表了不同的时间与空间的宗教寄托——中西文人对生命宗教体验的差异性。在《罗密欧与朱丽叶》中,"药"是戏剧故事中的一个重要物件,它导致了罗密欧与朱丽叶爱情发展的结局,以及故事情节急转直下的变化。药对人的身体发生作用,是一种人的身体的生理反应,它对应的是罗与朱恋情的肉体性质。莎士比亚与文艺复兴时期的一切伟大的艺术家一样,对中世纪基督教文化的批判与反抗是从身体的肉欲切入的:从禁欲到对人的身体肉身欲望的开放,解放的首先是人的肉身,其次才是精神枷锁的打破。这是一种从身体表象向灵魂深处的途径通道。所以后来的尼采才会这样宣称:"我完全是肉体,不再是别的;灵魂不过是附属于肉体之某物的名称而已。"唯其如此,西方基督教的世俗化,从神格降为人格,首先是从精神情爱到肉身欲爱的降格,从还原人的本性来求得人性的解放。

但相隔千里的中国却不同。《牡丹亭》与汤显祖可以说是古代中国这一时期情爱文化的代表——明代中后期思想解放思潮中情爱观念的文人系统的表现。作为"画"的主人公的杜丽娘,是因"梦"而生情,其情愫的动因是青春的性欲"骚动"。在这一亩三分地的"出将""入相"的戏剧舞会上,汤显祖向观众传递了一个非常明确的信息:因"画"而爱的恋情是最高的恋情——文人之情。"画"是柳梦梅神游的根基,也是汤显祖神游的根基。我们可以这样说,对汤显祖来说,对佛道的游离是绝对的,对佛道的介入则是相对的。所以在《牡丹亭》中,表现了汤显祖对佛道态度的出出入入与生生死死。杜丽娘自己的"画真",就是汤显祖在佛道态度上的犹豫体现。用杜丽娘还魂后对柳梦梅说的话:"秀才,比前不同。前夕鬼也,今日人也。鬼可虚情,人须实礼。"(第 36 出《婚走》)

一"画"而开局,一"药"而结局,在这里我们看到了汤显祖与莎士比亚在对待两性关系解放上的不同态度与处理方式。画是笔墨的,精神的;药是化学的,生理的。一从精神入手,一从生理入手,虽都是指向人的性爱解放,但表现与解决的途径截然相异。一个是从精神到肉体,一个是从肉体到精神,出入之间,体现了不同的生命态度:时间的生命与空间的生命,流逝的生命时间与观望的空间生命,生命的韧性与生命的力量,参透时间的"美梦成真"与生存空间的"适者生存"。这既是中西方性爱伦理上的差异,也是艺术观念和艺术传达上的差异。在"一亩三分地"的戏曲舞台上,咏唱的不是肉身的生灭变化,而是精神的悲喜变化,它导致了杜丽娘必然在性爱中以喜剧收场，因为我们看到的并不是杜丽娘肉身的胜利，而是性爱精神的胜利。

汤显祖与莎士比亚是不朽的，杜丽娘与朱丽叶也是不朽的。莎士比亚认为，"只有经由悲剧性的破裂或是经由乌托邦式的和解，才能化解理性与激情的冲突。其处在宿命论与理性、超自然与超自然的理性心理主义间的犹豫不决，正代表着他当时正处在一个新时代与旧时代的断裂带，同时也表现了他对当时环境中紧绷状态所产生的嗅觉灵敏度"。莎士比亚的犹豫也是汤显祖的犹豫，但他们最终都摆脱了人间生命与宗教生命的纠缠，用自己的笔墨讴歌了人类精神的解放。[①]

第二节　法之天下

戏剧作为艺术，其美学个性的自由发展毕竟是生成于对自然和社会之生命否定的不间断的历史抗争中；艺术家美学个性的自由发展，终究是对人的本质全面实现这历史发展的必然要求，实际上不可能实现的现实世界的历史超越。由是，戏剧艺术个体性的抗争和超越，正实现于独立自存的美学个性同其所处的社会和时代之种种"偶然"的"现成因素"，即实现于社会力量及其现成的艺术功利观和价值取向之间，以及美学生命不间断的相互否定与克服的历史过程中。唯有在这美学生命轨迹中，才能够更真切地观照出被视为"异端"的汤显祖艺术现象的美学实质。因此，处于当时历史变革时期的汤显祖，尽管他似乎并无所谓纯粹的观念或严整的体系，但是，"凡与陈腐观念格格不入的各种各派思想，他似乎都愿意汲取，多种观念交织融合在一起"[②]，构成一个"雄浑博大、坚洁深秀"的美学生命观。是以，在他的《玉茗堂四梦》中，竟然全面而又深刻、形象地表现出社会思想、哲学思想和文艺思想；在其诗文中，其理论触角几乎遍及人文科学的各方面。诚可谓"史、玄并作，雅、变不拘"（韩敬《玉茗堂全集序》）。据此，明代人曾称其"于诸史百家蒐不沉酣渔猎，而能达其幽深玄微，化其陈腐声格"（陈洪谧《玉茗堂选集题词》）。当代学者叶长海则对于这种广泛深入的融和与交织，确切地指出："正是他思想的可贵之处，因为它反映了当时的时代特色：儒家道统

---

① 刘慧英：《走出男权传统的藩篱——文学中男权意识的批判》，北京：三联书店，1995 年，第 45 页。

② 叶长海：《中国戏剧学史稿·汤显祖戏剧论著概说》，北京：中国戏剧出版社，2005 年，第 134 页。

的一统天下已被各类叛逆者冲击得支离破碎。"①因而,其独具风姿的美学生命观及其艺术实现,正体现为他对"重新铸合新精神的历史使命"的认识过程。其间,交织着矛盾心理、梦幻思想与悲剧情绪。

当然,毋庸讳言,汤显祖在以美学个性自由发展的生命观,力求使戏剧从"礼"的统制和"理学"压制下挣脱出来,复归和张扬其诸如遗留至春秋时代原始形态的"全民性"(《中国戏曲通史》),诸如元杂剧之"不得其平而鸣"及其"以舒其佛郁感慨之怀"(胡侍《真珠船·元曲》)的富于悲剧感的美学个性;却同时也为自己所"意识不到地"(列宁)于当时特定的理论语境,曾经以"合君臣之节""浃父子之恩"(《庙记》)等传统观点来论述戏剧的社会作用;甚至在论说"情"的社会作用时,也强调礼义的作用:"圣王治天下之情为田,礼为之耜,而义为之种"(《南昌学田记》)。这并非有碍于这位在"内圣外王"那种儒家修身为世思想观念下成长的知识分子,在历经社会坎坷尤其是仕途磨难的过程中,意识到自我本质及其个性在个体被逼消融于其间之群体中的真实存在,甚而与之生发出类似于构成生物进化历程的种种富于生命推动力的"有害的变异",因而更难以抑制其"性命于戏"以寻觅和实现美学意义上的艺术个性在戏剧艺术中的复归和张扬。诚如其《寄邹梅宇》之谓:"'二梦记'殊觉恍惚。惟此恍惚,令人怅然。无此一路,则秦皇、汉武为驻足之地矣。"②这些话,确如叶长海所言,"曲折地表示,他的戏曲创作是有所追求的;而且说明,作者醉心于自己的'梦想'之中"。《与门人贺知忍》则说得更为明确:"既不能留鸡肋于山城,又不敢累猪肝于安邑。乏绝坎坷,都无足道。时有啸歌自遣耳。"在这里,"既表示了他不与世俗同流合污的气节,也表示了无可奈何的消极情绪"③。于是,不难想象,汤显祖一生的艺术生命形态正是戏剧本体美学生命力构成动因的真实展现:"所居玉茗堂,文史狼籍,鸡坩豕圈,杂沓庭户。萧闲咏歌,俯仰自得。胸中魁垒,发为词曲。"(蒋士铨《玉茗先生传》)

汤显祖"法之天下"的社会观,同"情"与"理"相对立的哲学观有着内在的联系,《牡丹亭题词》说:"第云理之所必无,安知情之所必有邪。"这就是说,用道学家的"天理"来衡量,不可能或不允许存在的感情欲望,却存在于人类的实际生活中,应该尊重这个客观存在,不能用"天理"来限定人们的物质和精神活动。因此,"情"与"理"相对立的哲学观具有冲破"天理"这一精

---

① 叶长海:《中国戏剧学史稿·汤显祖戏剧论著概说》,北京:中国戏剧出版社,2005 年,第 134 页。

② 杨剑明:《论汤显祖的美学生命观》,戏剧艺术,2001 年第 6 期,第 55 页。

③ 王永健:《汤显祖与明清传奇研究》,台北:台北志一出版社,1984 年,第 107 页。

神枷锁的意义。当然,"情"是一个宽泛的概念,其具体内容及表现形式各不相同。汤显祖把情分为善恶两种,指出"性无善恶,情有之"(《复甘义麓》),"贵生"是区分情之善恶的标准,"天地之性人为贵,故大人之学,起于知生,知生则知自贵,又知天下之生皆当贵重也"(《贵生书院说》)。"人尽可以饿死而我独饱,天下之士皆可辱可杀,而我独顽然以生"(《郫水朱侯行之记》),便是极恶之情。反之,人的正常的物质和精神要求则是善情,"情"与"理"的对立,从某种意义上说,就是善情与恶情的对立。儒家也承认人是有感情的,提出"发乎情,止乎礼",要求人的感情欲望不超越封建礼教的范围。汤显祖说的情与儒家说的情有着本质的区别。

《牡丹亭》中的杜宝是封建正统思想的代表,"天理"的化身,"法之天下"的维护者。他笃信孔孟之道,大言不惭地吹嘘"治国齐家也则是数卷书(孔孟的经书)"[①]。为了把杜丽娘培养成"知书识礼"的封建淑女,他请来腐儒陈最良做杜丽娘的塾师,要杜丽娘钻在经书里,用传统的道德规范约束杜丽娘的身心。在《闺塾》中,杜丽娘的侍女春香和陈最良唱了一出对台戏,公开嘲笑死读经书的腐儒:"比似你悬了梁,损头发,刺了股,添疤纳,有甚光华!"揭露经书的危害:"《昔氏贤文》把人禁杀。"[②]陈最良把《诗经》中"关关雎鸠"这一章解释为歌颂"后妃之德",春香凭她的直观感受指出这是一首情诗。陈最良要杜丽娘"思无邪",春香偏要劝诱她去游后花园,做违犯闺禁的事。古代优美诗歌的影响,春香对封建礼教本能的反抗,姹紫嫣红、充满生机的园亭景色,打开了杜丽娘的眼界,使她看到在传统的思想、秩序之外,还有一种新的生活、新的世界。这新的思想、新的世界充满了魅力,对"一生爱好是天然"的杜丽娘有着巨大的吸引力,那"今古同怀"的自由爱情,莺歌燕舞的自由生活,"朝飞暮卷,云霞翠轩,雨丝风片"的良辰美景,令她神往!

《闺塾》和《惊梦》在杜丽娘面前展示了两种不同的生活世界,她面临着两种不同的选择:遵守"天理",做"法之天下"的顺民,或是做叛逆者。杜丽娘既已看到了一种新的生活,当然不愿再回到旧的生活轨道上去。但是,现实是严酷的,不允许她背叛"法之天下",而要用"天理"把杜丽娘培养成新的"锦屏人"——杜宝、杜母式的人物。杜丽娘和她的生活环境产生了巨大的冲突,可是在她生活的那个"儒门旧家数"的环境中没有她的知音,找不到可以与她共同冲破封建"世法"罗网的人,怀着"这衷怀那处言"的苦闷,在梦幻中她遇到了似曾相识的秀才柳梦梅。这只不过是一场梦,梦醒了,杜丽娘被

---

① 王永健:《中国戏剧文学的瑰宝——明清传奇》,南京:江苏教育出版社,1989年,第165页。

② 汤显祖:《玉茗堂全集》(第32卷),上海:上海古籍出版社,1995年,第200页。

无路可走的悲哀折磨的,郁郁成病。然则只知"天理",但又有爱女之心的杜宝,抱着"一个哇儿甚七情"的信条,不承认杜丽娘是有感情的人。当杜丽娘的思想发展到与"天理"不相容的地步,"碎绿摧红"的西风夺去了她的生命。《牡丹亭》艺术地再现了杜丽娘觉醒和她的生命被扼杀的历史,对"天理""法之天下"进行了强烈的控诉。

汤显祖并不满足于控诉,因为杜丽娘死了,"情之天下"和"法之天下"的斗争并不会就此停止,他以神奇的幻想让杜丽娘复活,与柳梦梅结成了夫妇。柳梦梅是个饱学之士,"日炙风吹"的贫寒生活,使他深思唐代的韩愈做了一篇《送京文》,柳宗元写了一篇《乞巧文》,为什么到他这个柳宗元的二十八代玄孙,其间经历了数百年,仍然"不曾乞得一些巧来""不曾送的个穷去?"①对现实的不满、改革现状的强烈要求,使他把自己比作独傲霜雪的梅花,要冲开冰雪般严酷的黑暗世界,敢于批判尊孔读经"半部论语治天下"的谬论。他热情大胆,富于幻想,敢于追求自由幸福的生活。他于赴京赶考途中染病,旅寄梅花庵,一天到后花园游赏,拾到了杜丽娘将死时自画的春容,后来杜丽娘的鬼魂向他诉说了自己的身世,要求他开坟启棺,使之重生。按《大明律》:"开棺见尸,不分首从皆斩。"②柳梦梅认为"这个不妨",大胆地按杜丽娘的魂儿的嘱托行事,使她获得了重生。"情根一点是无生债。叹孤坟何处是俺望夫台? 柳郎呵,俺和你死里逃生情似海。"③杜丽娘和柳梦梅的结合是"情"的结合。尽管杜丽娘复活,柳梦梅中了状元,"法之天下"的执法者杜宝并不感到欣慰,反而上本劾奏柳梦梅系劫坟之贼,杜丽娘为妖魂所化,不可不诛。

"情"与"理","情之天下"和"法之天下"的斗争是严酷的。在同道学家的斗争中,柳梦梅"人雄气雄"、嬉笑怒骂地嘲弄杜宝:"你这孔夫子,把公冶长陷缧绁中,我柳盗跖打地洞向鸳鸯冢,有日呵,把燮理阴阳问相公,要无语对春风"④,指出"数卷书"并不是齐家治国的法宝,"法之天下"并不能给人带来幸福。人死不能复生,杜丽娘死而复生,柳梦梅在将要开刀问斩的绝境中获得状元的桂冠,在"情"与"理"的斗争中,杜丽娘和柳梦梅是胜利者。作者这样处理寄托着自己的艺术理想,"兵风鹤尽华亭夜,彩笔鹦销汉水春。天道到来那可说,无名人杀有名人。"(《偶作》)历史上具有新思想的人物遭到了道学家的辱骂和杀害,但后来具有新思想的人物总是从他们那儿汲取

---

① 汤显祖:《玉茗堂全集》(第 2 卷),上海:上海古籍出版社,1995 年,第 300 页。
② 汤显祖:《玉茗堂全集》(第 5 卷),上海:上海古籍出版社,1995 年,第 152 页。
③ 汤显祖:《玉茗堂全集》(第 7 卷),上海:上海古籍出版社,1995 年,第 172 页。
④ 汤显祖:《玉茗堂全集》(第 15 卷),上海:上海古籍出版社,1995 年,第 255 页。

思想养料继续战斗，新思想、新事物终究要代替旧思想、旧事物。汤显祖在《牡丹亭题词》里说："天下女子有情，宁有如杜丽娘者乎，梦其人即病，病即弥连，至手画形容传于世而后死。死三年矣，复能冥冥中求得其所梦者而生。如丽娘者，乃可谓之有情人耳。情不知所起，一往而深。生者可以死，死可以生。生而不可与死，死而不可复生者，皆非情之至也。"①《牡丹亭》以它歌颂的"生者可以死，死可以生"，冲破封建礼教藩篱的"至情"充满了艺术的魅力，打动了古今的读者、观众。与《牡丹亭》相反，《南柯记》《邯郸记》对恶情、"法之天下"进行了深刻的批判。

《南柯记》中原淮南郡裨将淳于棼，因偶然酒后使性，失去了主帅的欢心，弃官落魄，但他那"学时流，立奇功俊名"的一念情根并未断除，一天醉后，梦见紫衣官用华丽的车辆把他接到大槐安国，招为驸马，不久被封为南柯郡太守。淳于棼在南柯郡二十年，虽然在与檀萝国作战中打了败仗，遭到右丞相段功的妒忌，仍然被调回京做了左丞相。乐极悲来，公主在回京的路上死了，人情与公主在世的时候大不相同，国王忌惮他位高权重，右丞相段功又用流言攻击他，使淳于棼被送回人间，淳于棼醒后，才知自己做了一场梦。

汤显祖通过淳于棼在大槐安国的苦乐兴衰，刻画了大槐安国的人情世态，南柯郡在淳于棼的治理下表面上是官清民安。《风谣》一出写道：

【孝白歌】(众扮父老捧香上)征徭薄，米谷多，官民易亲风景和。老的醉颜酡，后生们鼓腹歌……

【前腔】(众扮秀才捧香上)行乡约、制雅歌，家尊五伦人四科。因他俺切磋，他将俺琢磨……

【前腔】(扮村妇女捧香上)多风化，无暴苛，俺婚姻以时歌《伐柯》。家家老小和，家家男女多……

【前腔】(扮商人捧香上)平税课，不起科，商人离家来安乐窝。关津任你过，昼夜总无他……②

有人认为《南柯记》是歌颂仁政的，的确，淳于棼在南柯郡实行的是仁政而非暴政，这个剧本揭露的正是仁政背后的肮脏黑暗。淳于棼当上南柯郡太守，靠的是公主瑶芳的力量，他自己毫不隐讳做的是老婆官，"风流偏打内家香"。淳于棼官运亨通，他的朋友也跟着飞黄腾达，田子华当上了南柯郡的

---

① 汤显祖：《玉茗堂全集》(第 20 卷)，上海：上海古籍出版社，1995 年，第 153 页。

② 汤显祖：《玉茗堂全集》(第 23 卷)，上海：上海古籍出版社，1995 年，第 55 页。

司农,周弃当上了司隶。淳于棼同公主到南柯赴任,前任官吏为他们起造驸马府、公主殿,置办珍珠轿、销金伞,这一切淳于棼毫无例外地享用了。他在南柯郡仅为公主避暑,建造白玉砌裹、五门十二楼的瑶台城,用费就很可观,何况每年还要向王亲贵戚送问安、贺生、庆节之礼,这些钱财哪一项不是靠搜刮民脂民膏而来? 于边境建造瑶台城对国防不利,但公主要避暑,国家安危可以不管。公主移居瑶台成了战争的导火线,在战争中,淳于棼首先考虑的是公主而不是南柯郡的安危,因为公主的命运决定着淳于棼的地位和前途。"公私去后烦遮盖",淳于棼在南柯郡所干的事是那么见不得人的。淳于棼得志时"获至贵而无勤,受万金而无讥,失志时任语嘿以无佳"(《感宦籍赋》)。一切以君主的意志为转移,这就是大槐安国的"法"。

> (生)齐家治国,只用孔夫子之道,这佛教全然不用。
>
> (生)孔子之道,君臣有义、父子有亲、夫妇有别、长幼有序、朋友有信。
>
> (旦)依你说,俺国里从来没有孔子之道,一般立了君臣之义,俺和驸马一般夫妇有别,孩子们与你父子有亲,他兄妹们依然行走有序,这却因何?
>
> (生笑介)说是这等说,便与公主流传这经卷罢了。[1]

淳于棼与瑶芳公主这番议论,说明不论是以孔夫子之道立国,还是以佛教的经义立国,大槐安国的"法",都是按照君君、臣臣、父父、子子等封建关系确立的,是地主阶级意志在法律上的体现。按照这种法,不论是实行仁政还是暴政,它所维护的都是地主阶级的利益。《南柯记》揭露了仁政后面的肮脏黑暗、封建社会"法"的不合理,这是汤显祖的一大进步。

《南柯记》既非歌颂"仁政",淳于棼治理下的南柯郡更不是汤显祖的理想国。如果说汤显祖在遂昌任知县时曾经有过实行仁政的幻想,在写《南柯记》时,他已经抛弃了这种幻想。汤显祖在遂昌时抱定"灾由人兴,非虎非豺,我去其苛,物象而和"(《遂昌灭虎祠记》)[2]的宗旨,同"武横奸盗"的"贵倨之家"进行了斗争,结果为项东鳌切齿,以至祸不可解(沈德符《野获篇》)。官场现实表明:"与人主不亲,无以摄重,柄国者,非籍手宫掖,亦安能久擅大权战。"(《张洪阳相公七十寿序》)淳于棼在大槐安国不正是靠裙带关系,结交权贵,通宫掖,亲人主,做了 20 年太守,又升为左丞相吗? 一旦失去了这

---

① 汤显祖:《玉茗堂全集》(第 24 卷),上海:上海古籍出版社,1995 年,第 15 页。

② 汤显祖:《玉茗堂全集》(第 25 卷),上海:上海古籍出版社,1995 年,第 17 页。

种关系,淳于棼的地位、权力立刻化为乌有。"王荆国久禅理,遭遇信主,莫克白终其用,神物固不可为耶?"(《与汤霍林》)无论是王安石,还是汤显祖自己的经验,都使他得出了"神物固不可为"的结论,淳于棼作为艺术典型体现的正是这种思想。

汤显祖深刻地认识到孔夫子之道和封建法律是君权和封建社会秩序的支柱。在《牡丹亭》和《南柯记》中对孔夫子之道、封建法律都进行了大胆的嘲弄与批判。《南柯记》对明代法律实质的揭露更尖锐,该剧第二十一出《录摄》,南柯郡的署印官与他的部下有一段对话:"(丑跪扶吏起介)我从来衙里没有本《大明律》,可要他不要?(吏)可有可无。(丑)问词讼,可要银子不要?(吏)可有可无。(丑恼介)不要银子做官么?(吏)爷既要银子,怎不买本《大明律》看,书底有黄金。"①所谓孔夫子之道,封建法律维护的是地主阶级的权力利益。汤显祖在《邯郸记题词》里写道:"独叹《枕中》生于世法影中,沈酗噂呓,以至于死,一哭而醒。梦死可醒,真死何及。"②他希望通过该剧破除人们对封建"世法"的迷恋。

汤显祖的《邯郸记》是一幅被金钱、权威笼罩,险恶、虚伪、黑暗的社会图画。在这个剧本里,卢生虽是个穷困的书生,却有一套完整的地主阶级人生观,一心向往"大丈夫当建功树名,出将入相,列鼎而食,选声而听,使宗族茂盛而家用肥饶,然后可以言得意③。在梦幻中他与崔氏结成了夫妇,希望通过科举考试获得功名。崔氏对他说:"奴家四门亲戚,多在要津,你去长安,都须拜在门下,还有一件来,公门要路,能够容易近他。奴家有着一'家兄'相帮引进,取状元如反掌耳。""你道'家兄'是谁?'家兄'者钱也。奴家所有金钱尽你前途贿赂。"④凭着"家兄和门阀势力,万岁爷亲点卢生为头名状元,满朝勋贵相知都保他文才第一"⑤。所谓科举考试不过是地主官僚之间政治、经济实力的较量,是地主阶级内部在科举旗号下进行的权力财产再分配斗争。主考官宇文融对卢生怀恨在心,不仅因为他打破了宇文融把前宰相裴行俭之子、武三思之婿裴光庭取为头名状元取媚权贵的计划,还因为卢生以天子门生自居,在琼林宴上又得罪了宇文融,宇文融企图用开河、领兵打仗等计谋陷害卢生,由于卢生懂得压迫、剥削的统治之术,不仅没有被害,相反由于河功、边功在封建统治集团中的地位越来越高了。

---

① 汤显祖:《玉茗堂全集》(第 32 卷),上海:上海古籍出版社,1995 年,第 185 页。

② 汤显祖:《玉茗堂全集》(第 33 卷),上海:上海古籍出版社,1995 年,第 189 页。

③ 汤显祖:《玉茗堂全集》(第 34 卷),上海:上海古籍出版社,1995 年,第 132 页。

④ 汤显祖:《玉茗堂全集》(第 36 卷),上海:上海古籍出版社,1995 年,第 321 页。

⑤ 汤显祖:《玉茗堂全集》(第 38 卷),上海:上海古籍出版社,1995 年,第 78 页。

卢生开通永济河、打败吐番、开边千里,靠的是什么?《邯郸记》写道:"锹锄流血汗,工食费民财。"卢生的"河功"建立在劳动人民的血汗基础上,而他的"军功"也是靠"施军令斩首如麻""坑害人民"建立的。卢生的功劳是杀人有功、剥削有功。凭着上述功劳卢生被封为定西侯,宇文融抓住卢生在雁足之上,开了番将私书的可疑行为,给他加上"通番卖国"的罪名,奏明皇上,判处死刑。卢生在被押赴云阳市斩首的时候,他的妻子上殿鸣冤,皇上开恩,免其死罪,把他放逐到崖州鬼门关烟瘴之地。宇文融还想害死他,幸而番将之子来朝,说明真情,卢生被召回朝,封为上相,宇文融被处死。《邯郸记》不仅对卢生这类地主官僚剥削、压迫人民的本质进行了重要的揭露,同时还对地主官僚的虚伪性和欺骗性进行了有力的批判。《极欲》这出戏写道:

> 皇帝赐卢生二十四名女乐。
>
> 卢生:……似这等女乐,咱人再也不可近也。
>
> 崔氏:这等,公相可谓道学之士,何不写一奏本,送朝廷便了。
>
> 卢生:这欲有所不可。礼云,不敢虚君之赐,所谓却之不恭,受之惶愧了。[①]

卢生一方面向崔氏大讲名教、大谈君子戒色,实则把 24 名女乐分为 24 房,荒淫无度。在汤显祖笔下,卢生不过是个"行若狗彘"的道学家。

汤显祖创作《牡丹亭》和"二梦"时,明王朝已是"元气羸然,痕毒并发"(《明史》卷三百九),"世人乱萌"(《答兵不帆》)已成为有目共睹的事实,封建社会必然走向灭亡的征兆已明显地暴露了出来。"二梦"以犀利的笔锋对"天理"和"法之天下"进行了无情的鞭笞和揭露。《牡丹亭》对"情之天下"的歌颂,《南柯记》《邯郸记》对"法之天下"的否定,构成了汤显祖剧作强烈的批判精神和理想主义精神。汤显祖创作《南柯记》《邯郸记》后,在给邹梅宇的信中说:"二梦记殊觉恍惚,此恍惚令人怅然。无此一路则秦皇仪武为驻足之地矣。"[②]在《南柯记》中说过"梦了为觉,情了为佛","二梦"中淳于棼、卢生最后皈依于佛,所以钱谦益认为汤显祖的剧作"要于洗荡情尘,销归空有"(《汤显祖传》),这样理解汤显祖的剧作既不符合汤显祖的一贯思想,也不符合汤显祖的本意。

人们应当还记得禅僧达观的话,"谓人鬼有两心,无是理",言外留下一

---

① 汤显祖:《玉茗堂全集》(第 1 卷),上海:上海古籍出版社,1995 年,第 156 页。

② 汤显祖:《玉茗堂全集》(第 4 卷),上海:上海古籍出版社,1995 年,第 198 页。

片发挥的天地,而人鬼一心之理自可滋生其间。汤显祖所谓"自非通人,恒以理相格"①的"理",正是人鬼两界而不能通会之。"理"在这个意义上,他那"理"无者"情"必有的论断,显然并不包含许多论著中所确认的反叛理学内容。实际上,汤显祖正是以"梦"这种特殊的方式使得生死两界有了沟通的桥梁,而"梦"的虚幻性、想象性和其作为潜意识释放的自我实现性,恰好使作家完成了对主人翁现实追求之价值和此追求之象征性(虚拟性)实现的双重肯定。不仅如此,通过对"梦中之情"的肯定来否定"形骸之论",还深含着另一层更为重要的精神内蕴。从其批判"必因荐枕而成亲……"处不难发现,"梦中之情"具有超越"形骸"的纯粹精神性质。唯其如此,我认为,汤显祖之"梦中之情",与后来曹雪芹《红楼梦》中的"意淫"一说是精神相通的。《红楼梦》第五回警幻仙子有一段人们定然熟悉的话,意思是说,那"天分中生成一段痴情",乃是与"皮肤淫滥"相绝缘的。换言之,"意淫"已然是由世俗情欲上升到道德理想层次的性爱精神。简单来说曹雪芹所说的"皮肤淫滥"与汤显祖所说的"形骸之论",意义分明相通。这样一来,汤显祖所提倡的不能以形骸之理相格的"至情",就包含着批判世俗情欲的道德文化色彩了。程允昌的《南九宫十三调曲谱序》载汤显祖语曰:"离情而言性,一家之私言也;合情而言性,天下之公言也。"理学心性讲求与世间情感所钟相合一,所谓"唯情论"的实质,其实正是"合情而言性",进而言之,乃是"情性论"。

时代稍后于汤显祖的卓人月尝道:"崔莺莺之事以悲终,霍小玉之事以死终,小说中如此者不可胜计。乃何以王实甫、汤若士之慧业而犹不能脱传奇之窠臼邪?余读其传而慨然动世外之想,读其剧而靡然兴俗内之怀,其为风也否,可知也。"其实,若就《玉茗堂四梦》之整体而言,卓人月所说的"慨然动世外之想"与"靡然兴俗内之怀"就兼而有之了。唯其兼而有之,故"其为风也"者,也就兼有道德讽喻与情欲诱导的双重意味。一般说来,道德讽喻与情欲诱导是相互冲突的。作为彼此对立的两种价值选择,其现实可行的唯一统一形态,即是先儒所确立的中和规范,所谓"发乎情,止乎礼义",亦即执两端而取其中。然而,在整个中国文化传统中,除了此中和方式外,尚有老庄道家智慧的无为而无不为。在这里,清静无为的内涵恰恰是无所不为,表现在主体意志上,缘此而有了超世的入世态度;表现在思维模式上,缘此而有了忘却自我之后对此忘却的忘却;于是,把意志和思维间的关系问题归结到理学文化背景下的文学性情观念,存天理,灭人欲,作为一种抽象判断,一方面涵盖不了天理、人欲间的复杂的思理联系,另一方面也涵盖不了天理

---

① 汤显祖:《玉茗堂全集》(第 2 卷),上海:上海古籍出版社,1995 年,第 11 页。

流行而无所不在的理学自身的推阐过程,从而无论是程、朱还是陆、王,都在致力于探寻一种能够统合心性之理与人欲之情的理想方式,而在这一探寻过程中,陆、王一系所受到的禅文化的影响,以及泰州学派中人的出身特点,使得入明以后的理学思维更鲜明地表现出世俗色彩。只要我们能从自身的经验中比较一下外在的道德说教与自发的道德要求的区别,就不难理解,使道德追求具备一定的实际利益,无疑是能使道德文化建设流于空谈的有效方式。正是在这个意义上,泰州学派提出的"利己利他",以利益诱导来劝人向善,是兼有学理之合理性与实践之可行性的。正是在这种兼顾到满足世人利欲和实现道德教谕两方面的思想方法的影响下,才有了汤显祖那"世外之想"与"俗内之怀"异质同体的文学构想模式,而此模式显然正是其"合情而言性"之理学文学观念的具体体现。

禅寂之意是否可用于艺术表现呢?汤显祖认为可以,"法与道之际,可以言心,可以言天下"①。不过,这种艺术表现有特殊的形态,那就是"本乎无欲,归乎无极,归乎无欲",既以无情无欲的道法作为文学的本体,又以它为审美创造的归宿。汤显祖说他晚年决意填词作赋,时或作些小诗短文,仅仅是为了"自怡悦",这是说他的这些艺术创造不是为社会人生,而是为自己——为那个使活生生的人变为槁木死灰,使丰富多彩的思想感情变幻为禅寂之意的道与法。由此可知,汤显祖文学表现禅寂之意的主张是非常消极的。但他在创作实践中,并没有全心全意地去实现这一主张。只不过,他所能做的,也是尽可能接近它,把它作为自己的一种审美思想,这便是汤显祖晚年创作(尤其是《南柯记》和《邯郸记》)的主导倾向。这种倾向,汤显祖在理论上和实践上都有过具体表现。

汤显祖十分注意探究社会治乱的历史变化规律,并提出从"理""势""情"三方面的交互作用来考察和认识历史变化规律。这方面的论述散见于他的许多文章中,但他于逝世前一年(万历四十三年,1615)写的《沈氏弋说序》集中论述了这个问题,文虽短,却颇能反映汤氏的主张。

第一,他认为,适应社会的客观需要,人才会应运而生,但人才能否有所作为,要受历史客观趋势和自身力量大小的制约。他曾将管仲、吴起、商鞅的法治与王安石变法做过对比,认为在春秋战国那种乱世条件下,"势不得不急法而治,时则霸才兴焉"②,管仲、吴起、商鞅等人是适应时代与社会需要应运而生的霸才,他们"急法而治"都取得了显著成效。但"急法而治"的改革并不能在任何时候、任何情况下都能成功,人才仍要受时势和自身力量

---

① 汤显祖:《玉茗堂全集》(第9卷),上海:上海古籍出版社,1995年,第57页。

② 汤显祖:《玉茗堂全集》(第12卷),上海:上海古籍出版社,1995年,第212页。

大小的制约。他以王安石变法为例,详细推究了王安石变法成败的原因,指出"如以王公自治其县,青苗固效;专之方岳,则均转方田无不可者;专之边郡,则保甲保马无不可者。何也,势所得为也"(《滕侯赵仲——实政录序》)。王安石在自己专责治理的地区之内,根据社会的需要,顺应人情,发挥主观能动性,努力推行局部的改革,理、势、情协调一致,因而取得了成功。但"举天下而急为之,安石不能用宋"。因为王安石新法推行过于急迫,朝廷与地方的反对势力非常强大,而王安石并无控制全国的政治力量,故在一县一地能成功的改革,施行于全国则不一定能成功。汤显祖总结为"势不行也"。汤显祖还以岳飞之死为例来说明这个问题:"予独怪王(指武穆王岳飞)以大将之才,为战将之用,而用益以不终。当时无将将者……高宗之资,不能为肃若代(指唐肃宗、代宗),亦其势然……或曰,王何不竟灭虏而朝,附于人臣出境遂事之义此不然也。观金起时,其君臣父子叔侄将相之间,皆意念深毅,经略雄远,非可猝猝乘弊而竟者。且其时诸将并以诏还,王以偏师济乎?夫王以归而死,得为世所哀怜逃而往,王之为王,未可知也王所谓进退维谷者与。……虽然,孝宗时而王在,犹之不能用王。盖孝之不能为代,亦犹高之不能为肃。何也? 徽高在,高与孝虽有志,势皆有所不得行。"(《岳王祠志序》)这真是一篇精彩的史论。汤显祖指出岳飞的悲剧固然是由于"当时无将将者",岳飞用非其才。更重要的原因却是"势不得行",不仅是假设岳飞不奉诏而朝,而孤军深入敌境,"直捣黄龙"的壮志未必得遂,而且假若孝宗时岳飞尚在,主张北伐的孝宗仍然不能用岳飞。这样的分析便不将岳飞的悲剧看作历史的偶然,而是视为时势的必然。在历史的长河中,个人的作用毕竟是会受到制约的。

第二,他认为,人才的作为固然会受历史客观趋势的制约,但个人的历史活动不应被动地被社会具体时势所左右,仍应努力有所作为,争取成功。他举好友李三才为例,李三才在税使"称诏横乱"的不利时势下,毅然"发决英雄之气,力奋其身,号怒戏笑,与中贵人相横决,争数千里民命。贫者徙者,可以复业,居可以居,行可以行,而乱可以止。所谓社稷之力臣也"(《读嘈抚小草序》)。可见"功有所自成,而力有所自积"。积力才能成功,"有力之人"必须勇于用力,才能有所作为。汤显祖还称赞他的好友赵邦清在滕县的改革,指出赵在滕亦受豪右阻挠,但赵"怒容渥丹,奋髯眉相抵,挠者行避去"(《滕侯赵仲——实政录序》)。而赵又身体力行,常"独身驰数十里察视,晓夜暴露不少体。……衣褐食稗,而宫馆驰传,俎豆咏歌之节,必明以清"。终于"凡得隐田并垦除数千顷,买牛千头,活饥民数万人,归流民数千户。……宾舍有序,学士诵歌,市贾无饰,男女廉贞。休休于于,河洛之间,葱然一善国也"(《赵子蜺眩录序》)。可见,汤显祖对于个人在历史进程中能起的作用作了充分肯定。

汤显祖还强调在同样的历史时势和客观条件下的个人主观努力，并将这种主观努力由仕宦从政扩大到修身养性。他在《答门人吴芳台舶使》书中盛赞海瑞、魏允贞等人为国家做出的贡献，称赞他们"卒称名臣"，又谆谆告诫吴芳台："昔人称身处脂膏，不能自润。……吾弟市虽小，不妨以大人自为也。宦东粤者，清浊皆易见。吾弟勉之。"晚明时期的广东，商品经济发达之地，身处这样的地方，或清廉，或贪浊，关键在于自身的努力，即能否以"大人自为"了。所以他对于后进少年，都反复叮咛他们为官"必须不要钱，不惜死"（《与门人时君可》）。"初入仕路，眼宜大，骨宜劲，心宜平。勿乘一时意兴，便轻落足，后费洗祓也"（《寄李孺德》），告诫他们不要走错路。即使在他弃官回乡之后，仍在致友朋的书信中一再表示："古人云：'匈奴未灭，何以家为？'此时亦非吾辈作家时也。"（《与李九我宗伯》）"天下忘我属易，吾属忘天下难也"（《答牛春宇中丞》），申明不忘天下的决心，社会责任感依然非常强烈。

第三，他认为，判断历史人物的作用不应"以成败论"，而应重视历史人物在历史活动中的主观动机，这实际上也是对"情"的肯定。他曾说过："天下凡有意义之事，常力不能致，而心喜之，口道之。喜极而致，固人情也"（《蕲水朱康侯行义记》），又说："天下士亦安可以成败论也"（《明故朝列大夫国子监祭酒刘公墓表》）。认为对于有意义之事，只要心喜之，即有完成它的主观动机，即使"力不能致"，甚至终归失败，也是值得肯定的。他以唐代"永贞革新"时的王叔文、柳宗元为例，说柳宗元"读天下之书，怀尧舜之业"，是"天下之才俊贤人也"。对于王叔文，他虽恪于封建传统观念，视其为"世之所谓狂劣无底者也"，但他也认为柳宗元与王叔文"同心"而"相与以济"，是因为他们"欲急世患而成功名"，意念皆在"唐室可兴"，改革弊政、中兴唐室的主观愿望是应该肯定的。所以，他认为王叔文"虽未竟其谋，不可谓无吕（吕尚）葛（诸葛亮）之心矣"。他甚至为韩愈在纪念柳宗元的文章中于柳氏的"委曲用世之志，不为发挥一言"而深感遗憾，认为在这一点上，韩愈的见识和普通人没什么两样。可见，汤显祖重视的是历史人物的"委曲用世之志"，而不以成败论人。

基于这样的认识，汤显祖对于本朝人物的评价，也常从他们在社会活动中的主观动机着眼。一个显著的例子是他对自己的老师，万历年间"言道德而负经济"的相国张位的评价。万历二十四年（1595），张位在任吏部尚书、武英殿大学士期间，曾疏请万历皇帝"勤朝讲，发章奏，躬郊庙，建皇储，录废弃，容狂直，寡细过，补缺官，减织造，停矿使，彻税监，释系囚"（见《明史》卷二一九《张位传》），力图有所作为。张位"初官翰林，声望甚重，朝士冀其大用。及入政府,招权示威,素望渐衰",与首辅赵志皋多有摩擦。万历二十六年(1597),终因朝鲜用兵事,在党争中失败,"夺职闲住"。不久又被诬为"妖书"《忧危竑议》的主使,"诏除名为民,遇赦不宥","位有才,果于自用,任气好矜。其败也,廷臣莫之救。既卒,亦无湔雪之者"。对于这样一位失败了的政治家,汤显祖极为同情,指出他的失败在于"发决太早,未能收拾天下贤士,厚集其势,而轻有所为"。但原其初心,其实"意念皆在国家",主观动机是好的,故汤显祖认为张位仍不失为"天下所属心望为名相者",历史作用不容忽视。

汤显祖对于社会治乱的历史变化规律及个人作用的认识直接影响了他的社会改良主张与实践,他也常将对古人的评价与对时政的评论结合在一起。因此,他对历史经验的总结,其实是为现实而发的。《简论汤显祖的社会改良理想》一文曾详细论述了他的法治与教化并举的改良主张及实践效果。他在遂昌的种种举措,其实都尽力想使理、势、情兼顾。比如他既打击隐占田亩、逃避赋税的豪右劣绅,又"稍用严理课",对付私自采薪开矿的"流傭""隐民",并"勒杀盗酋长十数人"(《遂昌新作土城碑》),目的在于"急法而治"。但他更重视加强教化,他在遂昌创建书院,"因百姓所欲去留,时为陈说天性大义",以求得"赋成而讼希"(《答吴四明》)。甚至除夕释囚,又让罪囚元宵观灯,约期而返,以示诚信不欺。在他的努力下,确实也使改良在一定程度上得以实现,以至使遂昌这块地方"小国寡民,服食淳足"(《寄曾大理》)。而汤显祖自己也能"五日一视事,此外唯与诸生讲德问字而已"(《答吴四明》),似乎已实现了"赋成而讼希"的目标。但法治是把双刃剑,他对付的是"武横奸盗"的"贵倨"之家和失去土地的"流傭""隐民",在不改变旧的生产关系的情况下所实行的局部改良,既不能持久,也不能深入,于是改良者被迫主动撤退,挂冠而去。改良的实践虽然以幻灭而告终,但汤显祖的改良理想并未泯灭,并且通过戏曲创作一再进行艺术的表现。我们在《牡丹亭·劝农》及《南柯记》的《风谣》《玩月》《卧辙》中都可以看到汤显祖对封建治世的美好憧憬。剧中的南柯郡与南安府虽然存在着明显的封建性的社会等级差别,但是人们的相互关系却绝对协调,全社会呈现出亲睦一家的融洽景象,"物阜民安,辞清盗寡","家安户乐,海阔春深","仁风广被,比屋歌谣"……正是理、势、情三者"并露而周施"的理想写照。这种描写,既有他对自己在遂昌的那段得意经历的美好回忆及对赵邦清等友朋政绩的曲折赞颂,也是他对历史发展变化规律的一种领悟及对社会改良理想的升华。

第三节　情之天下

　　在汤显祖及其莎士比亚各自自身以及相互之间互为抵牾和矛盾的艺术行为及其观念之中，尤其是在其间的审美意识裂缝中，恰恰正见出由"情"所实现的美学生命力，正不断赋予戏剧艺术以美学个性自由发展意义上，具有独一无二的不可替代和不可重复特征的"自身生命"本分。至于意识本身究竟采取什么形式，这是完全无关紧要的。在马克思主义奠基人看来，这种观察方法并不是没有前提的。它从现实的前提出发，而且一刻也不离开这种前提。它的前提是人，但不是处在某种幻想的与世隔绝、离群索居状态的人，而是处在一定条件下进行的现实的、可以通过经验观察到的发展过程中的人。只要指出这个能动的生活过程，历史就不再像那些本身还是抽象的经验论者所认为的那样，是一些僵死的事实的搜集，也不再像唯心主义者所认为的那样，是想象的主体和想象的活动。依据科学的历史观，我们不难从所谓"拗折天下人嗓子"的艺术现象中，认识到戏剧的美学生命在艺术创造历程中实现为：一方面，在戏剧作为个别门类艺术的本体"个别特殊"意义上，它作为艺术家的审美主体意识及其能力，在美的质的统一意义上，历史地连接着主客体内外世界之间的所有方面，从而成为第一性的"自己生命的生产"的原动力，即或艺术生产力的根本方面；另一方面，在戏剧作为艺术的本体普遍或一般意义上，它是艺术家在与自然和社会以及不同方式或不同时代的作为"他人生命生产"的艺术语言之间，达到美的量的统一意义上的历史分立性和历史连续性的统一，即或艺术的生产关系构成方面。由这两方面共同实现的历史和逻辑一致的交融，正历史地体现为美学意义上"生命的生产"的一切方面。

　　在中世纪的英国，基督教是英国封建王朝的卫道士，教会致力于神化和辅佐王权。中世纪后期教会走上了腐败和极端的道路，宗教禁欲主义盛行。教会极端蔑视人性，认为人天生就是有罪的、肮脏的，人的一生就是赎罪的过程，但这种压抑人性的状态是不可能长期持续的。1453年东罗马帝国灭亡，大批学者携带着古希腊、罗马的文献手抄本和文物逃往西欧，同时人们在罗马城的废墟中发掘出了许多古罗马雕像。这呈现出了一个与中古世纪截然不同的古代文化，进而拉开了文艺复兴运动的序幕。文艺复兴的核心思想即人文主义思想，主张思想自由和个性解放，肯定人是世界的中心。显然，人的地位被提升了，"情"和"欲"在经历了几百年的神学压抑后第一次得到了解放。莎士比亚生活在"伊丽莎白时代"，当时文艺复兴运动正在欧洲盛行,在文学领域闪烁着人文主义思想的优秀作品在英国不断涌现。其中包括用新格律写的诗歌、用白体诗写的新戏剧、各种新散文、《圣经》新译本以及大量古典作品的英译。当时的戏剧反映世俗的现实生活,集中体现了人文精神和人文关怀的理想。

汤显祖与莎士比亚的戏剧作品都充分肯定了"人情"和"人欲",讴歌了人类美好爱情的必然性和普遍性。两位戏剧家都揭示了人的"内宇宙"的许多真相和奥秘,以及对自由的自然性情的向往和追求。这种人类代代相传的心理积淀,它是超越在个人之上而又遗传保留下来的群体经验和普遍精神,是人类心理中最原始、最隐蔽的潜意识领域。他们的作品都寄寓着人以"情"为中心的社会理想,充满着丰富与热情的人文关怀精神。在当时重"人"主"情"的思潮中,汤显祖戏剧正是以"情"抗"理"文学的典型代表。他的文学实践始终围绕一个"情"字,探索"人"的本性和价值,标举个性自由的思想。与汤显祖相似的是,莎士比亚感情至上的思想是他所处的时代人文主义影响的产物。人文主义思想的核心是人的个性解放,其矛头指向长期束缚着人的个性的封建制度和教会神权统治。人文主义发现了人,主张发挥个人才智,争取个人幸福和个性解放,提倡世俗生活,把个人从封建制度和教会统治的束缚下解放出来,用"情""爱"来解决社会问题。

讴歌纯正自由的爱情是莎士比亚很多戏剧作品共同体现的精神。在莎士比亚看来,"对世俗生活的追求是人的本性,人有权享受爱情的快乐,这是宇宙的法则,生命的意志,是世俗生活的最高表现。人生要是没有情便成为相互竞争的利己主义,成为毫无意义的混乱,情是理智清醒的条件,是人格成长的中心动力。它不受唯我主义的与逃脱责任的妨碍,它是真正的自我肯定的人生与活力的唯一基础"①。莎士比亚肯定人有享受现实生活欢乐的权利,而爱情是人世间最大的欢乐和幸福,可以使人焕发出生机蓬勃的朝气,充满旺盛的精力和充沛的感情。莎士比亚的早期代表作《罗密欧与朱丽叶》以明朗、欢快的笔调谱写了一曲爱情的赞颂。两个主人公从一见钟情至死都在追求真诚的爱情。别林斯基评价这部戏剧:"莎士比亚《罗密欧与朱丽叶》的感染力出之于爱情观念,因而那热情洋溢激动人心的语句从一对恋人的口中喷涌而出,如浪涛翻动,似明星闪耀。这是爱情的感染力,因为在《罗密欧与朱丽叶》的抒情独白中,看的明明白白的不单单是恋人的互相欣赏,也还有庄严、骄傲和充满陶醉感的爱情披沥,那是把爱情神话了的一种感受。"莱辛也说过:"我只认识一个悲剧,爱情在里面的帮助起着极大作用,

---

① 张玲:《"主情论"观照下的汤显祖和莎士比亚比较》,苏州大学学报(哲学社会科学版),2005 年第 5 期,第 63 页。

那就是莎士比亚的《罗密欧与朱丽叶》。"①罗密欧与朱丽叶的爱情本身不是悲剧性的,冲突产生的基础并非男女主人公的感情本身。他俩的感情始终是和谐的,彼此无限忠诚。悲剧产生于一对恋人的美好感情同敌对仇恨世界之间的冲突。其他作品中,如《仲夏夜之梦》《爱的徒劳》《维纳斯与阿童妮》《辛白林》《冬天的故事》等,青年男女的至爱真情都被浓墨重彩地反复描写,他们为挣脱封建家长的束缚,或摆脱政治的迫害,以各种大胆自由的方式实现着自己的爱情理想。

事实上,当知觉在真与假之间晃荡的时候,人就会产生幻觉。这种情绪在艺术欣赏中经常出现,那是因为艺术创造了意识从知觉到错觉、再从错觉到知觉的摇摆,从而使人们震惊。现实生活的世界有自己的真实逻辑,以此为标准,艺术作品的世界就是假的,是错觉,但同样,艺术作品本身也有自己的真实逻辑,这两个世界的真实逻辑有相关之处,但并不相同。"艺术现实是一个比日常现实更为真实的世界,艺术是把在日常生活中的暧昧呈现给人们,使其可以看、可以听,并以此种方式把暧昧的事物公示出来。所以,在这种时候,作为'现实'而被确信的世界就变成了'欺骗的世界'。这当然就引起了价值的逆转。"②观众在欣赏艺术作品的时候,如果坚守现实世界的真实逻辑,那就不能真正地欣赏艺术作品所创造的世界,相反,如果欣赏者完全消除两者之间的界限,从而完全确信艺术的世界是真实的世界,并放弃了自己在现实生活世界的位置,那么,这样的观者也并不是艺术的接受者,艺术欣赏者的体验有幻想的一面,但也要具有现实感。就如弗洛伊德所说的:"幻觉和现实的不一致并不能干扰幻觉给人们带来的快乐。而这些幻觉则是从幻想的生活中获得的,当现实感发展起来的时候,这种幻想就明显地免除了现实测验的要求,并且和非常难以实现的满足愿望的那种目的分道扬镳。在这些幻想般的快乐的顶端是对艺术作品的享受,由于艺术家的作用,艺术作品向那些自己并不会创作的人开放了。"③

莎士比亚作品为了表现至爱真情,完全打破了古代希腊悲剧的"三一律",把幻想与现实统一起来,并且用浪漫主义的手法创造出各种各样充满奇思妙想的独有艺术天地,以充分表现"情"的美好和热烈,其中最有代表性的是《仲夏夜之梦》。莎士比亚把在现实生活中无法自由享受美好真挚爱情

① 张玲:《"主情论"观照下的汤显祖和莎士比亚比较》,苏州大学学报(哲学社会科学版),2005 年第 5 期,第 63 页。

② 孙家绣:《论莎士比亚四大悲剧》,北京:中国戏剧出版社,1990 年,第 70 页。

③ 弗洛伊德著,高觉敷译:《精神分析引论》,北京:商务印书馆,1984 年,第 161 页。

的恋人带到神奇的森林仙境,真挚奔放的感情在这儿获得了完全的解放和自由。作者使主人公的至情让自然与超自然、生命与非生命、瞬间与永恒、无限与有限的界限全部消失。莎士比亚的其他戏剧也都在一定程度上用浪漫主义的表现手法实现至真感情,如神话色彩和传奇色彩较浓的《暴风雨》中,作者将不平常的景象、非尘世的音乐与传奇的爱情故事融合在一起;再如充满诗意的森林风光和火热感情的《维洛那二绅世》;还有《威尼斯商人》剧中,莎士比亚把人们带入了贝尔蒙特这个音乐与爱情的仙境。浪漫的气氛得到烘托,爱情的主题再次得到说明。无论莎士比亚的浪漫主义手法多么奇特、大胆、有悖于现实,追求爱情的形式多么奇特,至真的感情无疑是真实的,富有现实生活的特征,它使人们的心灵和情感发生改变并最终化为了艺术。这很好地印证了"主情论"代表人物汤显祖对文艺创作的概括:"因情成梦,因梦成戏。"

汤显祖以"情"的标举与"性""理"之类艺术观念"一刀两断",而独以"啸歌自遣",终生醉心于自我构筑的"梦想"之中,这样的美学生命个体及其个性存在,并不就是与"自为(自觉)"的社会存在或所谓普遍一般等相割裂的自在之物或具体个别的自发性存在物。它是人类历史不断消除"有个性的个人与偶然的个人之间的差别",向着美学个性独立自存、自由发展的必然趋势。因此,汤显祖的至情说及其艺术创作与李贽重个体和物欲的哲学观及其"童心说"文艺观,能够共同构成明代文艺领域个性解放的主潮。这就不难理解,为什么在当时,尤其是"临川之梦"所开启的"人情之大窦",在社会上竟然引发出"艳篇满目"的空前盛况,而文人学士皆以争当"情痴"为时尚。诸如王骥德就直言声称:"我从来自苦多情累","我原是有情痴"(散曲《都门赠田姬》)。而冯梦龙则更是"情痴"热浪之推波助澜者。他曾这样为《情史》作序:"余少负情痴","见一有情人,辄欲下拜";尝戏言:"我死后不能忘情世人,必当作佛度世,其佛号当云'多情欢喜如来'。"甚至,立下创立"情教"的宏愿:"我欲立情教,教海诸众生。"诚如潘之恒所言:"此一窦也,义仍(汤显祖)开之,而天下始有以无情死者矣。"(《亘史·杂篇》卷二《瑾情》)据当代学者周育德梳理,汤氏言情旗帜下的追随者和响应者,一直延绵至清代乾隆年间。其中,在康熙年间创作出世人称为"热闹牡丹亭"《长生殿》的洪昇,也是把情视为超乎时空、超乎生死的不朽的东西,把情视为一切美好行为的动力。这种前所未有的艺术的美学生命态势,确如后来的《共产党宣言》为我们所揭示的人类历史趋向:"代替那存在着阶级和阶级对立的资产阶级旧社会的,将是这样的联合体,在那里,每个人的自由发展是一切人的自由发展的条件。"①

其实,个体性美学个性的独立自存自由发展,作为我们对汤显祖美学生命观理论实质的认识,它具有历史的有机性和统一性。这是说,个体性美学个性的独立自存自由发展,是指作为"一个特殊的个体","一个理想性(或观念性)的整体"的独立自存自由发展,包含有这样两方面内涵:一方面是被思维过和被感觉过的社会作为主体的自为(自觉)的和实际存在;另一方面是"在现实世界里他也既作为社会的实际存在的观照和实际享受,又作为人的各种生活表现的整体而在那里存在着(客观地存在着)"。② 正是在这一意义上,马克思把"人"确认为"一个特殊的个体"。大概正是缘起于个体性美学个性所具有的历史有机性和统一性,历来标示汤显祖美学生命观的"情"的丰富美学内涵,生发出研究者由各自视角和方法的不一见解。或认为指"伟大的思想"(侯外庐《论汤显祖剧作四种》);或认为指"一般人情"(游国恩等《中国文学史》);或认为指"现实生活"(周贻白《中国戏曲发展史纲要》)。叶长海则概括为,"一个更为复杂的概念","在不同的时间,不同的场合,'情'所指的内容是不同的"(叶长海《中国戏剧学史稿》)。

汤显祖"情"的美学内涵,体现为在戏剧艺术中开始意识到个体性美学个性的观念化真实存在。无论是"因情成梦、因梦成戏"的艺术家,还是"如丽娘者"这种幻觉化的"有情人",在他看来,正是经由其作者之"情"或角色之"情"的表现和确证,才成为超越尘世乃至生死界限而具备"真情"的生命活体,是以能够克服自然和社会对人的个体生命和自我本质的生命否定,而达到既非"入世"亦非"出世"的"遁世"境界,即美学意义上人的个体获得美学个性独立自存自由发展的艺术世界。由于这是经由"情"与"理"在戏剧艺术中历史地实现美学意义上生命的否定之否定而生成的至情境界,因此,尽管他或她只是于一勾栏之上,也往往不过"发梦中之事",却能够使戏剧艺术具备其所处时代"个人和历史环境"的坚实的"思想基础",能够隐含地在当时富于历史感地显示出:"有个性的个人与偶然的个人之间的差别,不仅是逻辑的差别,而且是历史的事实。"③因而才能够在美学的现实意义上体现这种"差别"的真实存在及其特定社会的"不同含义",并实现对该种"差别"在美学领域的不断消除。

由此就不难见得:如果说,在汤显祖一生中占有重要位置的《紫钗记》,

---

① 马克思,恩格斯:《马克思恩格斯选集》(第3卷),北京:人民出版社,1995年,第143页。

② 杨剑明:《论汤显祖的美学生命观》,戏剧艺术,2001年第6期,第52页。

③ 毛效同:《汤显祖研究资料汇编》,上海:上海古籍出版社,1986年,第70页。

在其 20 多岁创作此剧前身《紫箫记》时，其较为明显的"讥托"是由于艺术家个性沉没于由专制社会下生成的狭隘的个体的个别抗争，即尚未独立自存的艺术个性面对强大的社会一般力量还只是一种"偶然"的存在，因而"是非蜂起，讹言四方"（《紫钗记题词》），剧本被当政者"抑止不行"；那么，汤显祖由此而悟得"传事而止，足传于时"的道理（《玉合记题词》），则正显示出理性的社会性与感性的社会性，经由社会一般与个体个别在审美主体的"个别特殊"（歌德）性意义上的"有机融合"（别林斯基）而构成的美学意义上独立自存的艺术个性，开始朝着自觉自由地认识和控制"个人的自由发展和运动的条件"这样的美学生命走向行进；即如在"志"与"理"的限制下，以其志附于情而情大于理、高于理且情与理不可并存的审美抉择，实现其同艺术门类本体之间有限的然而是自由的生命联系。因此，之后其戏剧艺术生命转向倾注于艺术本体美学个性，一改原先剧稿中对人世浅薄的乐观态度，致力于不再直露"讥托"而内在社会批判性更强烈更具现实本质力量的人物形象的创造。这使得 30 多岁时改于南京，40 多岁时定稿于遂昌的《紫钗记》，正如今人夏写时所剖析的那样，"实为当时政坛的一个侧影，而李益的遭遇，就有汤本人遭遇的影子"。由是，从《牡丹亭》起，我们从汤显祖更进而由《紫钗记》之"在实不在虚"，在更具美学个性的艺术层面上转向"以虚用实"的创作历程中，不仅能够通过其"题材处理的灵活性、艺术形象的丰富性和浪漫主义创作方法"，感悟到其与戏剧本体之间美学生命联结的自由度在不断深化和提升，实现其"骀荡淫夷，转在笔墨之外"（《答凌初成书》）的论曲主张；而且，从其不满于社会现实而于其为了"真"、为了"觉"、为了"哭"而发出"啸歌"的后"三梦"中，能够真切地体验到中国"16 世纪后期人的心灵、人的精神变化"。因而，"三梦"被称为"中国封建时代人间痛苦的三部曲"，确实在于汤显祖正是在这种痛苦历程的描述中，表示了对当时现实的不满、失望与否定。

汤显祖在《庙记》中认为"为人美好，以游戏而得道"①的"清源祖师"，以其流传人间的戏剧之"道"及其"弟子盈天下"而足以与孔子、佛老相联系和比较；尽管"无祠"，其道却不减二氏。由是，更从"名教"的角度阐释有机融合"一般之情"的"个体之情"，在戏剧审美力量构成意义上的美学含义："人有此声，家有此道，疫病不作，天下和平。岂非以人情之大窦，为名教之至乐也哉！"②这应当被我们看作是汤显祖将普遍深入地启开"人情之大窦"的"情"的美学生命力，与以"名教"为标示而实质上正是其在"一切人的自由发

---

① 汤显祖：《玉茗堂全集》（第 40 卷），上海：上海古籍出版社，1995 年，第 255 页。

② 汤显祖：《玉茗堂全集》（第 15 卷），上海：上海古籍出版社，1995 年，第 152 页。

展"意义上认识的艺术感染力及其社会教育作用,在理论上实现开创性的美学联结。由是汤显祖甚至以与道学相抗衡的方式,石破天惊地将戏剧的美学生命活动称之为"道学"。如其《复甘义麓》所言:"弟之爱宜伶学二梦,道学也","伶因钱学'梦'耳,弟以为似道"。而在其《睡庵文集序》中,则更将人的"道心"与人的"深情"沟通起来。其言云之谓:"道心之人,必具智骨,具智骨者,必有深情。"[①]这在更深层的美学意义上,力图揭示出戏剧中美学个性在感性情感与理性精神之间更为内在、更具本原性的"道心"与"深情"乃至"天理"与"私欲"这种相互关系中的美学联系。这样地经由认识和沟通"天理"与"私欲"来深入生发艺术的美学个性内涵,正如李贽大胆肯定人的私欲并将它认作推动社会前进的动力,其实质是在戏剧中沟通了"天理"与"私欲"之间历史的和逻辑的美学联结,从而更完整地显现出戏剧的美学生命缘起及其终极性原动力内在有机联系的美学内涵。对此,叶长海在敏锐地揭示两者关系美学意义的同时,认为"汤显祖所论之'道学'的深刻意义,恰恰在于瓦解了道学家固有的理论体系"。这是因为,立足于重视作为社会存在物的个人以及人的物质生活和欲望这样的历史前提,汤显祖在这里进而更以对"天理"与"私欲"之间内在现实关系的深刻领悟,赋予其标示美学个性自由发展的"情"以更具历史感的理论内涵。

汤显祖美学生命观实现戏剧的艺术本性复归和张扬,还体现为对本体作为个别艺术门类的审美形态构成的特殊性,在美学个性自由发展的审美逻辑意义上的独到认识。基于"天理"与"私欲"之间的历史关系的认识,汤显祖同时正以两者之间在审美逻辑关系上的联结,抉发出其中所蕴含的艺术的审美形态构成的逻辑特性。在作为一篇曲论的《牡丹亭记题词》中,汤显祖所谓"情"与"理"的审美逻辑联系,正被叶长海置于"主观情思"与"客观事理"之间,因而,其逻辑关系的审美联结,在艺术中具体实现为允许按作者的意愿及情感的逻辑来解构戏剧,而不能光以事物的常理来相格相克,这是由于,"人世之事,非人世所可尽"。因此,只要合乎美学生命的实现需求,戏剧审美形态构成的逻辑特性,完全能够于"一勾栏之上,几色目之中",上天下地、出生入死,乃至于"生天生地生鬼生神,极人物之万途,攒古今之千变"。(《庙记》)

汤显祖以"情"的标举而成为开一代风气者,其美学生命观在戏剧本体论层面上,集中体现为以美学内涵重新生发的"情",给予戏剧以美学个性自由发展意义上艺术本性的复归和张扬。他不仅明确提出具有美学个性自由发展内涵的"情",是戏剧的美学生命缘起和出发点,是其审美力量的构成动

---

① 　汤显祖:《玉茗堂全集》(第17卷),上海:上海古籍出版社,1995年,第12页。

因;而且,更在自觉追求戏剧实现"一切人的自由发展"①这样的终极性美学理想及其价值取向上,肯定戏剧的巨大审美力量。

汤显祖的情/理对立观点。他说:"事固有理至而势违,势合而情反,情在而理亡。"(《沈氏弋说序》)"情有者理必无,理有者情必无,真是一刀两断语。使我奉教以来,神气顿王。"(《寄达观》)"第云理之所必无,安知情之所必有邪!"(《牡丹亭记题词》)明代道学泛滥,道学家奉行的信条是"存天理,灭人欲",竭力想通过维护封建纲常的神圣地位、抑制人们追求自由和幸福的各种愿望来巩固其腐朽的统治。汤显祖尊尚人欲,反对以理格情,这反映了他反对封建礼教对人的严酷摧残,肯定个性自由的民主思想因素。据程允昌《南九宫十三调曲谱序》记载:长洪阳谓汤若士曰:"'君有此妙才,何不讲学?'若士答曰:'此正是讲学。公所讲者是性,我所讲者是情。盖离情而言性,一家之私言也,合情而言性,天下之公言也。'"汤显祖站在"天下之公言"一面,反对"一家之私言",这正是他的文学作品人民性的集中表现。反映在他的文学观上,十分强调情对创作的作用,而他所说的情具有反封建的进步思想内容,为中国传统的"缘情说"加添了新的时代内容。

在如此复杂而又微妙的美学个性对象化过程中,不可能像人类一般物质生产仅仅作为智力的物化过程,因此,马克思曾经基于强调艺术由其自身与对象的特殊,所形成的特殊的"关系规定性"产生的构成方式的特殊,同时揭示出,与一般物质生产方式相比,艺术的"物化"过程更为复杂和丰富。而情感即如汤显祖所标识的"情",作为审美主体对客观世界能动感应的对象性存在,并非是"神秘的心灵的分泌物"。因此,同主体与产品之间存有较大感情距离的物质生产不同,在艺术中,艺术家几乎是情不自禁地把情感倾注于自己的作品中,整个过程正体现为主客观之间在"个别特殊"环节获得有机融合的"情感逻辑"。因而,艺术家比一般生产者更鲜明地使他的作品成为确证和实现他的个性的对象。

诗歌(其他文学作品也不例外)产生于情,这实际上是说,只有当诗人感情激荡,非陈诗不足以展其义,非长歌不足以骋其情的时候,写出来的作品才会有真情实感,才能打动人心。对此汤显祖在《调象庵集序》中有过这样的描述:"万物当气厚材猛之时,奇迫怪窘,不获急与时会,则必溃而有所出,遁而有所之。常务以快其信结。过当而后止,久而徐以平。其势然也。是故冲孔动键而有厉风,破隘蹈决而有潼河。已而其音泠泠,其流纤纤。气往而旋,才距而安,亦人情之大致也。情致所极,可以事道,可以忘言,而终有所不可忘者,存乎诗歌、序记、词辩之间。固圣贤之所不能违,而英雄之所不

---

① 杨剑明:《论汤显祖的美学生命观》,戏剧艺术,2001年第6期,第53页。

能晦也。"①他称赞《调象庵集序》里面的作品是作者"郁触喷进而杂出于诗歌文记之间……盖其情也"②。这就在写作动因上否定了无病呻吟的"作品"。

汤显祖不仅提出了情生诗歌的情感本体论,而且提出了以情为本的戏曲写情论,认为戏曲的属性和功能在于抒情和传情,"曲中传道最多情",其关于情—梦—戏之美学建构论成为明代戏曲写情论最具特色的理论形态。明代戏曲写情论是在反对曲坛风教说之中崛起,反对戏曲观念的理性化(伦理化)和戏曲创作的重理倾向,成为当时戏曲美学的主导思想。当时曲坛上的风教论坚持理学的极端伦理主义,偏向于劝惩教化而宣扬忠孝节义。"不关风化体,纵好也徒然","若于伦理无关紧,纵是新奇不足传","备他时世曲,寓我圣贤言"。风教说力主演绎和图解理学概念和伦理教条,把戏剧创作引向僵化陈腐的方向,那种宣扬风化进行伦理说教的曲目,如邱浚的《五伦全备记》和邵灿的《香囊记》等,一时被推崇和渲染。这种戏曲理性观受到了激烈批评,"风教当就道学先生讲求,不当责之骚人墨士也";"戏场中安容道学套头?"他提倡"主风情"而否弃"主风教",呼吁从表演实践中扫除道学积习。明代戏曲写情论代表人物包括徐渭、汤显祖、王骥德、冯梦龙、张琦、徐复祚、祁彪佳等人,而以汤显祖为旗手和中坚。明代戏曲写情论以情感为戏剧美学的思想核心,强调"天下之至种情""种情无限""情字写之不穷",确认了情感的本原性特征及其对戏曲的本质规定性。简要说来,明代戏曲写情论包括了三方面内容:其一,以情论曲,曲以言情,这是就戏曲的美学本质而言。其二,曲达人情,曲尽人情,这是就戏曲的文体特性而言。其三,动人之切,感人之深,这是就戏曲的审美功能而言。汤显祖作为明代戏曲写情论的最重要代表人物,不仅把情感作为戏曲创作的灵魂和核心,而且在戏曲创作的艺术构思上提出了"因情成梦,因梦成戏"的建构图式,在情感内容与戏曲形式的关系上提出了以情役律的情形观,并在具体创作实践中苦心孤诣地加以实施。其《玉茗堂四梦》以情感的本体思考和情感的审美超越为精神标格和艺术特色。汤显祖以戏曲写作为生命存在的一种独特方式,"终为情作使""于情剧"③"终是为情使"。戏曲表情既是艺术的本性之自然,也是艺术家的天职,这就表现出情感创造的责任感和使命感。

较之陆九渊,王阳明更为自觉地把思维指向于内在的心性,"圣人之学,

---

① 汤显祖:《玉茗堂全集》(第2卷),上海:上海古籍出版社,1995年,第9页。

② 汤显祖:《玉茗堂全集》(第8卷),上海:上海古籍出版社,1995年,第93页。

③ 江西省文学艺术研究所:《汤显祖研究论文集》,北京:中国戏剧出版社,1984年,第53页。

心学也","心,生而有者也",一再强调"于心体上用功"。在《传习录》中,王阳明曾提出一个著名论点:"意之所在便是物。"所谓"意",是心体在活动过程中的表现形式,而作为被主体所感知的"物",则是已为意识所作用并进入意识领域的存在。这就实际上为明中叶以后文人大张旗鼓抒写自我提供了某种可以依凭的思想端倪。在心与情的关系上,则彻底消除了程朱以性化情、存理灭欲的强制色彩,强调了主体的自为能力,把普遍之"理"内化于个体的"心"之中。王阳明心学在明中叶以后很快成为一代思潮,其影响非常深远。汤显祖正是在这种哲学思想基础上,建立起自己的尚情理论,"世总为情,情生诗歌,而行于神。天下之声音笑貌大小生死,不出乎是。因以憺荡人意,欢乐舞蹈,悲壮哀感鬼神风雨鸟兽,摇动草木,洞裂金石。其诗之传者,神情合至,或一至焉;一无所至,而必曰传者,亦世所不许也。"这里提到"情生诗歌,而行于神","行"在此有流动、转化之意。就是说,由情而达神,其作品产生的必定是一种美好而奇特的境界,这种境界,是"情神合至"的结果。所谓"神情合至","情"是作品产生艺术魅力的根本原因。"神"是指情感表现的途径和形式,是"情"之感人的效果。汤显祖所描述的,实际上就是一种理想的审美意境。李泽厚先生在《意境浅谈》一文中,强调意境必须依赖形象才能存在,因此,他把"意"与"境"看成是两对范畴的统一:"意"是情与理的统一;"境"是形与神的统一。我们在情、理、形、神的相互渗透、相互制约的关系中可以窥破"意境"形成的秘密。汤显祖《调象庵集序》所云:"情致所极,可以事道,可以忘言","事"即侍奉之意,"道"即理。那么,这是一种什么样的"理"呢?《牡丹亭记题词》云:"第云理之所必无,安知情之所必有邪?"情到之处即是理。这就是汤显祖情理一体的真正含义。情合乎理,形造乎神,于是"意境"也就出现。而"世总为情"这一命题的提出,则明显带有哲学与人生理念色彩。因此,汤显祖的尚情理论,与明代中后期的社会思潮是密切相关的。重要的是,汤显祖进而探讨了戏曲的本源:"人生而有情。思欢怒愁,感于幽微,流乎啸歌,形诸动摇。或一往而尽,或积日而不能自休。盖自凤凰鸟兽以至巴渝夷鬼,无不能舞能歌,以灵机自相转活,而况吾人。"①汤显祖不仅明确指出戏剧艺术是"情"的产物,而且深刻揭示了"情"是人类自然天性这一客观存在。他正是以此为基点标示出戏曲的本源,使其具有更为深厚的基础。这种彻头彻尾的"返朴归真",是陆、王心学所始料不及的。而所谓"志""性""欲"等概念,也统统被汤显祖一一破除,并融摄于"情"的范畴之中,成为"缘情言志""合情论性""以情统欲"等一体不分的新型关系,从而为其正面抒写自然情欲,并超越原有意境和开拓新的意境作了

---

① 汤显祖:《玉茗堂全集》(第30卷),上海:上海古籍出版社,1995年,第156页。

理论上的充分准备。

汤显祖在《牡丹亭》一剧的《题词》中说："情不知所起，一往而深。生者可以死，死可以生。生而不可与死，死而不可复生者，皆非情之至也。"[①]汤显祖认为，有情人生的最高境界是"至情"，他的《牡丹亭》是"至情"的体现，受禁锢极深的杜丽娘无论是做梦、做鬼还是做人，都体现出"至情"无限。深闺之中的杜丽娘从小接受的是四书五经的教育和封建伦理文化的熏陶，一个偶然的机会，《诗经》中诗句"窈窕淑女，君子好逑"引起了这个怀春少女对爱情的渴望。而后花园中大自然的勃勃生机再一次激发了她内心深处的青春的萌动，与之俱来的还有爱情难以实现的烦恼。杜丽娘不禁感叹眼前的"姹紫嫣红""良辰美景"，自己的美好青春，无奈都"付与断井颓垣"。然而冷酷的现实迫使她只能在梦中寻求理想的爱情，她在梦中邂逅了书生柳梦梅，一见倾心。理想与现实的强烈反差，又使她备受煎熬，以致忧郁而死。成为亡魂之后，杜丽娘在一个虚幻的世界里摆脱了世俗社会的种种束缚，与梦中情人柳梦梅相遇相许，于是又因情而生，喜结良缘。

汤显祖的代表作《玉茗堂四梦》都是以"情"为创作的灵魂和核心的：《紫钗记》中痴情的霍小玉，《牡丹亭》中为爱情死而又为爱情生的杜丽娘，《南柯记》和《邯郸记》中经历了真情、恶情和矫情而最终消极遁世的主人公，所有人物和情节无一不围绕一个"情"字。《玉茗堂四梦》中，人类与生俱来的真情都得到了全面生动的表述。真情成为人物矢志以求的永恒目标，同时也构成了人物生死变化中强大的内驱力量。汤显祖通过《玉茗堂四梦》歌颂与赞扬的"情"是与维护封建专制制度和封建伦理规范的"理"相对立的。在《玉茗堂四梦》中，通过"情"与"权"、"情"与"理"的尖锐冲突及斗争的描写，成功地构建了"真情人"的人格形象，展示了"情"的至高无上。最能体现"情""理"冲突的是《牡丹亭》中杜丽娘的形象。为了追求真情，她不仅要与封建社会的外部环境作斗争，还要勇于背叛自己所受的封建礼教的熏陶和教育。

综上所述，东方的汤显祖和西方的莎士比亚，虽然相隔万里，生活的地理环境不同，文化土壤不同，代表的社会阶层不同，但是他们都处在"东西方的文艺复兴"时期，都深受人文关怀思潮的影响，所以在文学作品中都热情呼唤和赞颂人间的真情、真爱，也塑造了很多"至情""痴情"的人物形象。

一部作品可以写得气象万千，也可以写得单纯澄澈。莎士比亚的多数作品属于前者，《牡丹亭》也属于前者。在《牡丹亭》中，剧作家的笔触几乎涉及封建社会的各个方面、各个角落，头绪错杂，人物繁多，仿佛为整个社会画

① 汤显祖：《玉茗堂全集》（第 30 卷），上海：上海古籍出版社，1995 年，第 158 页。

了一幅巨幅肖像。《牡丹亭》的创作主旨是为青年男女对基于和谐性爱的幸福婚姻的追求正名，反对"存天理、灭人欲"的程朱理学，这已是一个不争的定论。就实现这一主题思想而言，剧作家完全可以采用《梁山伯与祝英台》那样的单一情节线索。但汤显祖的追求显然不止于此，他要为剧作主线提供更广阔的社会生活背景，使作品在展开中心主题的同时对社会形成全景观照。在这一点，汤显祖和莎士比亚可谓不谋而合，两人同样显示出了后来由巴尔扎克在小说领域里推向极致的宏大抱负和宏伟气魄，即成为"同时代人们的秘书"，做"社会"这个"历史家"的"书记"。

非中心线索的设置大大增加了《牡丹亭》的信息包容量，使作品具有了更开阔的视野，那么它们的价值是否仅在于此，而与戏曲主旨的表达无甚关系呢？回答是否定的。杜宝劝农、李全骚乱、杜宝平乱等情节看似与杜、李的情爱主题无关，而实际上却起到了极为重要的深化主题作用。如前所述，《牡丹亭》的主旨是以情反理，为人俗正名。而实际上，程朱理学并非没有其合理内核，它体现了文明对人类自我毁灭本能的极端恐惧。情与理的冲突，既有特定的文化、阶级内涵，又是文明人类所处的永恒悖论处境。灭人欲固然违反人道，而情欲泛滥也将使人类走向自己的反面。因此，对理的张扬自有其合理的一面。然而，事物的发展往往就是这样容易走向极端，对理的过度强调终于使人们忘记了理的平衡角色，而将之看成了目的本身，理由此发生异化，由人的手杖变成人的枷锁，人也随之发生异化，由理的主人变成了理的奴隶。《牡丹亭》中杜宝顽固不化的原因之一正在于此。如果说以理为本使人压抑人性，而碌碌于世事则使人漠视甚至忘记人性。杜宝劝农、李全骚乱、杜宝平乱甚至柳梦梅赶考等情节，为我们勾画出了一幅扰攘世事图。在这幅扰攘世事图中，生命的基本需求和个体的生存价值被完全遮蔽了、淹没了，人们碌碌于功名利禄，为幸福服务的手段再次成为目的本身，人以另一种方式发生异化。杜宝之所以将女儿的相思病视为"往来潮热，大小伤寒，急慢惊风"[1]，将病因视为"则是些日灸风吹，伤寒流转"[2]，正是他碌碌于事务，遗忘了人的本真情感所致。而杜夫人尽管也满脑子封建女德，絮叨着"花神""柳精"，却能从人情人性出发，说出"看甚脉息。若早有了人家，敢没这病"中的之语。由此可见，理学的禁锢压抑并不能完全消灭人性，而殚精竭虑于俗务却会使人的本真情感流失尽净。这正是非主线索向我们发出的深刻启示，也是杜宝显得冥顽不化的另一原因。以上两重原因都触及文明人类自身的深层矛盾，但表面看来，前者更带有时代色彩，而后者则明显

---

① 汤显祖：《玉茗堂全集》(第 20 卷)，上海：上海古籍出版社，1995 年，第 23 页。
② 汤显祖：《玉茗堂全集》(第 21 卷)，上海：上海古籍出版社，1995 年，第 62 页。

显示出了超越时空的普遍性。

　　非主线索对主旨的另一贡献是对战乱的书写加强了人的惜生之感。圣人言："不知生，焉知死。"反用之，不知死，焉知生！世事飘忽，人命如草，面对死亡，人们常常不得不对自身习以为常的生存方式进行反思，被迫重新思考人生的价值和意义。惜生之感就是这种反思的结果之一。意大利文艺复兴时期的人文主义文学家薄伽丘之所以赋予《十日谈》以黑死病的背景，原因正在于此。学者的研究表明，14世纪欧洲爆发的大瘟疫是文艺复兴时期人文主义思想产生的重要原因。汤显祖在《牡丹亭》中安排战乱线索，尽管可以从影射时事、文学传统等方面考虑其动机，但客观上，这一线索却突出了杜丽娘追求个性解放、性爱幸福的真理性价值，赋予了杜丽娘的生命要求以更大的道德合理性。同时，在一片死的气息中，杜丽娘的鲜活生命也显得更加璀璨夺目，光彩照人。

　　莎士比亚一生创作了大量的戏剧，享誉世界文坛，曾被马克思称为"人类最伟大的天才之一"，被本·琼斯称为"时代的灵魂"，然而他的戏剧题材却绝少出自自己的独创，大多来自古代或外国的神话、历史故事和传说故事。著名悲剧《哈姆莱特》取材于12世纪末丹麦流传的一个故事传说，其故事梗概与《哈姆莱特》大为相似，这一故事曾为丹麦编年史家萨克松·格拉玛蒂克记述，此后在15世纪，曾被法国文艺复兴时期的作家贝尔福列在其《悲剧故事集》中采用，据传在莎士比亚之前，英国已经有了悲剧《哈姆莱特》。《罗密欧与朱丽叶》是莎士比亚著名的悲剧，但罗密欧与朱丽叶这个悲剧故事并不是莎士比亚的原创，而是改编自阿瑟·布卢克1562年的小说《罗密欧与朱丽叶的悲剧历史》。《威尼斯商人》，其题材来源于民间故事，类似的故事长期在欧洲流传，在中世纪故事集《罗马的事业》中就有类似的故事。《奥赛罗》的故事取材于16世纪中叶意大利作家钦提奥的短篇小说《威尼斯的摩尔人》。李尔王的故事最早见于12世纪的《不列颠诸王本纪》，16世纪的《英格兰·苏格兰·爱尔兰编年史》也有叙述，莎士比亚的《李尔王》是根据16世纪90年代伦敦上演的悲剧《李尔王和他的三个女儿的真实编年史》改编的。《麦克白》则是根据一个苏格兰贵族杀害国王篡位的历史故事改编。而在创作著名的历史剧《亨利五世》时，莎士比亚明显地参考了拉斐尔·豪林锡特的《英格兰·苏格兰·爱尔兰编年史》、爱德华·豪尔的《兰卡斯特和约克两大尊贵望族的联合》、尼柯拉斯的《阿金库尔》战史和约翰·普涅特的《政权简论》。其10部写英王的戏都取材于英国历史，尤其是14至15世纪的英国历史，这10部戏分别是《查理六世》上、中、下三篇，《理查三世》《理查二世》《约翰王》《亨利四世》上、下篇，《亨利五世》《亨利八世》。《安东尼与克莉奥佩特拉》取材于希腊语作家普鲁塔克的《希腊、罗马名人传》的英译本。

综上所述，对以往题材的创造性改编是莎翁戏剧创作的一大特点，对于莎翁来说以往的题材并不随着逝去的日历一起撕掉，而是为千代所共享。从旧而出，萌生新意，颇似千年的老木头发出新芽，既有历史又有新生。而能把这类题材处理得混融自然，亦显出创作手法的老辣。旧有题材有个好处是已在以往读者那里混了个脸熟，对其的重新利用给人以似曾相识的感觉，大凡大家创作都有这种情况，钱钟书先生也曾指出"好诗似曾相识"。这一点颇似苏轼在诗里铺排典故，他的"入手便用，似神仙点瓦砾为黄金"，对旧题材的处理要如水中着盐不露痕迹。恰如有学者指出："在冲破前人和旁人的窠臼，自成一格的同时，莎士比亚并不虚无主义地一味反对借鉴、吸收乃至模仿。众所周知，他几乎从来不去从无到有创造新的故事，而是经常采用历史、古剧和流行叙事诗中现成的情节，因此常被戏称为'剽公'。"同时代剧作家格林出于对莎士比亚杰出成绩的嫉妒曾说他是："暴发户式的乌鸦，用他人的羽毛打扮了自己。"这一段话后来常被学者们高频率地引用，来反衬莎士比亚在当时的迅速崛起。然而如果从题材的借用这方面来说，格林的确也是道出了一定的实情，从而揭示了莎翁剧作的一大特征。

这种情况同样出现在汤显祖的戏曲创作中，他也是一个文章妙手，照样从别人那里抄袭，其著名的《玉茗堂四梦》均取材于前人小说话本：汤显祖《牡丹亭》所依据的是明初话本《杜丽娘慕色还魂》；《紫钗记》取材于唐人小说《霍小玉传》，只是对其结局作了改动；《南柯记》源于唐人李公佐的传奇小说《南柯太守传》；《邯郸记》来源于唐人沈既济小说《枕中记》。汤显祖一生作传奇五部，自己最为欣赏也是世人最为欣赏的要数《牡丹亭》剧，王思任在《批点玉茗堂牡丹亭叙》中说道："若士自谓一生'四梦'，得意处惟在《牡丹》。"而据明代沈德符《顾曲杂言》记载，《还魂记》一问世便"家传户诵，几令《西厢》减价"。李渔也在《闲情偶寄·词曲部》说："汤若士明之才人也。诗文尺牍尽有可观，而其脍炙人口者，不在尺牍诗文，而在《还魂》一剧。使若士不草《还魂》，则当日之若士已虽有而若无，况后代乎！是若士之传，《还魂》专之也。"《牡丹亭》之所以引起世人如此关注与喜爱，是因为汤显祖在剧中彰显的"至情"论。

汤显祖在晚年弃官之后，便称自己"为情作使，劬于伎剧"，汤显祖论诗歌曰："世总为情，情生诗歌而行于神。"[①]汤显祖在其唯一的戏曲理论专著《宜黄县戏神清源祖师庙记》一文中一开头就谈到了戏曲的起源："人生而有情。思欢怒愁，感于幽微，流乎啸歌，形诸动摇，或一往而无尽，或积日而不

---

① 汤显祖：《玉茗堂全集》(第17卷)，上海：上海古籍出版社，1995年，第32页。

能自休。盖自凤凰鸟兽，以至巴渝夷鬼，无不能歌能舞，以灵机自相转活，而况吾人。奇哉，清源祖师！演古先神圣八能千唱之节，而为此道。"①在《牡丹亭记题词》中说："天下女子有情，宁有如杜丽娘者乎？梦其人即病，病即弥连，至于画其形容，传于世而后死。死三年矣，复能冥冥中求得其所梦者而生；如丽娘者，乃可谓之有情人耳。情不知所起，一往而情深。生者可以死，死可以生。生而不可与死，死而不可复生者，皆非情之至也。"②他不但在题记和戏曲专著中强调情，还借剧中人之口进一步强化情的重要性，如杜丽娘说："生生死死为情多。"在《闹殇》一折中，借侍女春香之口所说的："世间何物似情浓？"他强调曲词应当情真意切，这样才能"入人最深，遂令后世之听者泪，读者颦，无情者心动，有情者肠裂"。《牡丹亭》其曲文之优美，感情之真切，已为历代文人学者所赞赏。

"主情论"主张"情至"观念，认为在文艺创作中，真情不必拘泥于现实生活的形式，而应当通过奇妙的艺术形式得以充分的展现，所谓"因情成梦，因梦成戏"。席勒有一段话能很好地用来解释"主情论"的情至观念："不仅使自己超出每个明确和有限的现实达到可能的事物的领域，而且甚至可能超越可能事物的界限，或者飞翔在幻想的世界中"，"感情是真实的，不过对象是虚构的，超越了人性的界限。如果感情严格坚持对象的感性真实，那它就不可能有这样的飞跃"③。与"情至"观念紧密相联的总是浪漫主义的艺术形式和表现手法，即运用大胆的幻想，异常的情节、鲜明夸张的人物形象、神话色彩、奇特的异域情调和平凡的日常景象相交织、对照。语言和表达方式灵活、自由、通俗。"主情论"的代表人物汤显祖将这种艺术表现手法极其简洁地概括为"因情成梦，因梦成戏"。"主情论"的观念和理论从中国晚明哲学思潮出现后得到广泛的确立。当时的时代是封建社会晚期，资本主义生产关系正在萌芽，商品经济带来了观念的变化。人们要求张扬个体欲求的实现，开始怀疑儒家正统观念。在政治和哲学领域，束缚人性的程朱理学的权威性正在日益衰落，以王阳明心学为代表的怀疑程朱理学的思潮在社会上出现。新思潮提倡个性解放，对人给予了充分的肯定和尊重，其表现之一就是肯定"人情"和"人欲"。这股思潮对文学领域产生了直接的影响，掀起了爱情戏的创作热潮。尤其是汤显祖的《牡丹亭》问世后，涌现出大批自由抒发内心真情实感的小说和戏剧。正是在这一时代思潮下，戏曲创作和批

---

① 汤显祖：《玉茗堂全集》（第18卷），上海：上海古籍出版社，1995年，第45页。

② 汤显祖：《玉茗堂全集》（第25卷），上海：上海古籍出版社，1995年，第68页。

③ 陈晓兰：《女性主义批评与文学诠释》，兰州：敦煌文艺出版社，1999年，第137页。

评"主情"的观念得到了广泛的确立。

汤显祖和莎士比亚是同一时代的两位戏剧巨匠,他们都是一个戏剧时代的代表人物。莎士比亚是欧洲文艺复兴时期伟大的作家之一,是英国伊丽莎白戏剧时代的旗手。汤显祖是中国明代伟大的作家之一,是明清传奇的最主要的代表作家。他们的戏剧作品不仅都代表着一个时代的巨大成就,而且都给后世文学以深远的影响。细读汤显祖的代表作《玉茗堂四梦》与莎士比亚的戏剧,我们会发现两位大戏剧家都致力于赞美至深真情,表现人之情感与生俱来而不可压抑的真理。重"情"主"人"是他们的共同的人生哲学基调。在这一主题上,这两位东西方戏剧巨匠不约而同地达成了如此高度的一致,有其深刻的思想、哲学和社会根源。"主情论"的主旨就是对人给予充分的肯定和尊重,肯定"人情"与"人欲"。"主情论"的主要代表人物汤显祖提出"世总为情""人生而有情",主张"情"的流露是无法使其休止的,因此应当任情自然发展。"主情论"的其他代表人物,如冯梦龙、李卓吾、罗钦顺、王廷相等提出了"天地若无情,不生一切物""饮食男女,人所同欲""夫人之有欲,固出于天"等思想;同时还出现了"情感物化"论、"情生万物"论、"天下一情所聚"论、"爱欲为人生之根"说、"情根万劫无生死"论等主张,这些共同构成了"主情论"体系的核心与主体。"主情论"认为"情"是创作的来源与内容,并用"情"去解释传统的言志说。所谓"情生诗歌,而行于神","志也者,情也。万物之情,各有其志","主情论"强调"情"是不可回避的客观现实,所谓"缘境起情,以情作境",主张艺术来自于现实生活中的真情实感。

"主情论"充分肯定与尊重人的"情",以"情"反对"理",肯定人的自然天性和自然合理的欲望,控诉一切违背自然天性的行为。"主情论"的代表人物认为:"盖声色之来,发于情性,由乎自然,是可以牵合矫强而致乎?故自然发于情性,则自然止乎礼仪,非情性之外复有礼义可止也。惟矫强乃失之,故以自然为美耳,又非于情性之外复有所谓自然而然也。"为人"不必矫情,不必逆性,不必昧心,不必抑志",而应"直心而动";"情有者,理必无;理有者,情必无"。而兰姆就道出了这种区别,戏剧诉诸视觉和听觉,是"瞬息间的",而且还有无法忽略的观众在场。与阅读这种缓慢的、不受感官左右的"细致的思维过程"相比,戏剧观众的智力活动程度不深,根本无法"理解伟大心灵内在的运转和活动"。因此,兰姆虽然能在观看戏剧演出之中获得快感,但思想并没有被体现出来,相反他们实际上只是把一个美好的梦幻物质化了,把它降低到了有血有肉的水平。我们为了追求得不到的实体,放弃了梦幻。这种演出起了摧残我们头脑的作用,使它不能自由的形成观念,使它受到实体的束缚和压迫。

汤显祖与莎士比亚的戏剧中都通过变幻瑰奇的梦境、曲折离奇的情节和奇特的异化形象(如神、鬼、阎王、仙子、精灵、巫婆)表现人间至情,昭示人性的必然要求和情感理想的必然实现。《牡丹亭》中杜丽娘的生而死,死而生,以及"寻梦""玩真"等情节,都是虚幻的、不真实的,但在某种意义上又有一定的合理性:正处于青春妙龄、情窦初开的杜丽娘渴望自由浪漫的爱情,但对于终日呆在闺房中、只能接触和接受父亲和老师的封建说教的杜丽娘来说,这是多么不现实的事啊。她只能在梦中与青年男子柳梦梅"千般爱惜,万种温存","一灵咬住"而始终不放,为了爱情而放弃生命也在所不惜。真情所至,虽然只是在梦中得到了实现,却又十分可信,所谓"梦中之情,何必非真"? 同样,在莎士比亚的《仲夏夜之梦》中,那场森林之梦是男女主人公追求至真爱情的形式,但这并非是完全虚无的,不能单纯视之为幻觉,因为它使人们的心灵和情感发生了改观,并最终化为了艺术。汤显祖与莎士比亚都求助于梦幻的世界,通过梦与醒、幻与真、生与死的矛盾关系探索"情"的本质,这是因为只有在梦幻中,他们才能实现无情的现实中无法实现的理想,抒发心中的郁闷。作为诗人,莎氏和汤氏都有人生短而无助的悲剧意识以及人生如梦的深切省悟。正是基于对人生现状的根本失望,两位剧作家才需要从梦幻世界里寻找喜剧的慰藉,以挣脱这个令人窒息的可悲现实,让爱情战胜人间的纲常例律乃至死亡,从而使悲剧或潜在悲剧转变为大团圆的喜剧。

虽然汤显祖与莎士比亚都采用了真与幻的手法体现"情至"观念,但两者处理这对矛盾时采取了截然不同的手法——汤显祖采取了较单纯的绝对神秘的处理方法,而莎士比亚则采用了相对圆融的转换手法。这是因为汤显祖的传奇戏剧赞颂的是至上的绝对完美的爱情,具有传奇的抒情性质。而莎士比亚却以游戏人生的方式在戏剧中创造出和谐、调和与平衡,因而更为辩证地处理了两者之间的矛盾。通过以上比较,不难发现中西方在社会、文化、审美及人性的发展等方面经历着相同或相似的历程。具体到封建社会,都是男权专制。体现在社会制度上,是君主专制,男性执政;体现在家庭中,都是父权、夫权至上,妇女始终处于受压迫与奴役的地位。在人性发展上,都受到封建礼教、伦理道德及各自宗教的重重束缚,人们强烈要求挣脱清规戒律的羁绊,追求个性解放,个性自由,而情与理的斗争尤其激烈。个性解放的号角在西方吹得更嘹亮,更声势浩大,文艺复兴犹如浩荡的春风,摧枯拉朽,英国迎来了人性解放的春天。而在封建势力依旧强大的中国,个性解放的呼声最终被黑暗吞没,人们追求自由的道路更漫长曲折。正因此,莎士比亚在恰当的时代成就了自己的辉煌,而汤显祖虽才华横溢,却生不逢时。他创造了一些不朽的佳作,却历经挫折,难成功业,最终心灰意冷,辞官弃文,隐归故里。这是历史的遗憾。

　　汤显祖与莎士比亚的作品都突出了"情"与"理"、"情"与"法"、"情"与现实的冲突。汤显祖亲眼看到无数的人们备受封建礼教摧残，真情备受压抑的惨景，对他们寄予深切的同情。同样，莎士比亚生活在人民中间，并为人民写作。在现实生活当中，封建的有财有势者的压迫，封建当权者的胡作非为和蛮横专断阻碍着"情"的美好理想的实现，这使莎士比亚义愤填膺。两位戏剧家都将生活中的实践和体验移情到戏剧创作中，在作品中表现出了"情"与"理"的尖锐冲突。莎士比亚的作品中大多反映了"情"与封建恶俗、封建压迫和封建世仇的对立。汤显祖的作品中大多反映了"情"与"灭人欲"的程朱理学及封建统治的对立。矛盾对立的结果，在汤显祖、莎士比亚的不同时期的作品中都有相同之处。两者在早期都对"情"的胜利寄予美好的理想，认为"情"的斗争必然会胜利。汤显祖在创作早期作品《紫钗记》《牡丹亭》时，仍然有实现政治理想的抱负。他改革吏治，纯化地方风气，感化人民觉悟，认为人生而有情，也同样存在良知、致良知，要发挥和尊重人的个性。他廉洁自守，举措实施得当，深得百姓爱戴。因此，处于早期创作的汤显祖的思想充满了浪漫和朴实的色彩，对"情"的胜利也寄予了美好的理想。莎士比亚的早期创作正值英国日益强盛的时期，新兴的资产阶级逐渐形成积极进取的乐观主义精神。他们继承欧洲人文主义的传统，高举反封建的大旗。莎士比亚身处这样的社会和时代，受到了极大的鼓舞和浸染。因此这个时期的作品突出了"情"和"友谊"等美好的主题，高歌礼赞了"情"的伟大，对"情""理"的矛盾和斗争采取了和解的方式，作品也都以"有情人终成眷属"为结局，如《仲夏夜之梦》和《罗密欧与朱丽叶》。但两位戏剧家在一定程度上都未彻底摆脱"理"和现实的束缚以及时代的局限。就汤显祖而言，《牡丹亭》中杜丽娘"鬼可虚情，人须实礼"的言辞，科考得第、君王明断、下旨完婚的结局充分反映了这一点；而莎士比亚的早期作品中描述的人文主义的情和爱，其实现动机是美好的，但他把希望寄托于道德改善，恶人的良心悔悟，以及天意、神力或奇迹是不切实际的。因此，他的作品中既有恋人山盟海誓和死的抗争，又想通过联姻来唤醒"理性"，两难境地中，情感作了赎罪的羔羊，让人在"理性"和"不朽"的真情间徘徊，体味追求幸福的天赋人权和它附加条件的含义。汤显祖和莎士比亚的不同之处在于，由于汤显祖仍然希望改良国政，在一定程度上仍然信奉三纲五常的思想，在揭示出"情"与"理"矛盾的同时，又强调了它们还存在可以统一的一面。因此，他将"情"的理想实现寄托在阻碍、压抑"情"的终极根源封建统治阶级身上。莎士比亚将基督教思想作为戏剧创作思想的主要来源，因此，他将"情"的实现寄托于上帝的神赐或宗教的力量。

　　"主情论"所处的中国晚明时期与莎士比亚的年代都属于封建制度瓦

解、资本主义上升的历史时期。"主情论"与人文主义的文学思想以及代表作品有着极大的相似和可比之处。因此,运用比较文学研究的"阐释"法,用"主情论"这个发展得比较成熟和完整的理论体系来诊释并比较汤显祖和莎士比亚的作品是具有合理性的。"主情论"为我们提供了可以中为洋用的方法,用中国的"主情论"阐释莎士比亚的作品是一个新的尝试,使我们能更深刻全面地领会莎士比亚对"情"的理解和人文主义思想的大主题,补充了从其他角度展开的研究,如女性思想、人物刻画、心理描写、创作手法等。"主情论"提供了一个新的视角,使我们能更好地比较这两位东西方戏剧巨匠在作品中对"人"与"情"的哲学探究,以及两者作品中表现人之情感的大主题。这种比较对于从其他角度展开的比较研究有着一定的相通性和借鉴意义。

第六章　结　语

　　威廉·莎士比亚和汤显祖是 16 世纪与 17 世纪之交东、西文化背景下的两位杰出的戏剧大师。莎士比亚被公认为英国文艺复兴时期最伟大的天才义学家。他是演员、导演、剧院老板，也是诗人和戏剧家。他一生创作了 37 部戏剧、2 部长诗和 154 首十四行诗。这些作品涉及历史、政治、社会、人生等广阔的领域，具有博大的人文主义思想。其中，以爱情为题材的 17 部喜剧主要创作于 1590 年至 1600 年期间，这时正是伊丽莎白女王在位的时候，经济繁荣，王权巩固，人民生活暂时稳定，社会矛盾还没有大量暴露出来，所以这一时期作品的思想内容的特征是乐观主义，追求欢快生活，追求真理，反对禁欲主义，反封建主义。他的作品真实地反映了现实生活，描绘了人的情感和心灵，具有强烈的时代气息。莎士比亚不仅属于一个时代，而且属于所有时代；他不仅属于英国，而且属于全世界。他被马克思称为"世界艺术的高峰之一"是当之无愧的。正当文艺复兴的浪潮席卷欧洲时，东方也出现了中国戏曲的繁荣。在中国戏曲史上，金元杂剧和明清传奇前后相辉映，明代的汤显祖和他的《牡丹亭》把中国当时的戏曲推向了顶峰。汤显祖生活在危机四伏、动荡不安的明代中晚期。这个时代倡导尊经崇儒，奉程朱理学，顺从天意又不违背人伦的封建礼教统领着人们的思想和行为。汤显祖的一生没有名利双收的莎士比亚那么好运，他有追求仕途的理想和忧国忧民的情怀，但是一生不得志。万历二十六年（1598）三月，汤显祖弃官移居临川玉茗堂，先后完成他的杰作《牡丹亭》以及其他的戏曲《南柯记》《邯郸记》，这三部戏曲和先前改编的《紫钗记》一起被称为《玉茗堂四梦》。一方面，他在作品中无情地批判了晚明封建社会及其封建礼教；另一方面，他崇尚个性解放，突破了禁欲主义的束缚。汤显祖无穷的艺术魅力和永恒的审美意蕴，已经成为中华民族的一笔重要的精神文化财富，而汤显祖也因此被誉为"东方的莎士比亚"[①]。

---

　　①　袁行霈编:《中国文学史》,北京:高等教育出版社,1999 年,第 145 页。

第一节 莎汤戏剧美学观比较的诗学价值

在莎士比亚看来,和谐世界的达成,一方面要靠人的自我努力,但这种自我努力是建立在"他者"提携基础上的,"他者"将人内心的善激发出来,从而使人具有宽恕仁慈的情感;另一方面要依攀"他性"的提升。只有这样,人身上善的品质才能沿着爱与圆满所指引的方向前行。莎士比亚将尖锐的社会矛盾化解为善恶两种力量的斗争,最后在神秘"他性"的启示下,善战胜恶,得到和谐与圆满。在莎士比亚看来,这个神秘的"他性"使有罪的恶人都失去了生存的价值,也为有罪的人指出了得救之路。他的"诗的遗嘱",其实就是爱的遗嘱。

文学是文学家个性精神的投影,文学家的个性精神在一定程度上决定着文学的品位和价值,考察文学家个性精神是文学研究的重要角度。明代伟大文学家汤显祖以其内涵丰富、卓尔不群的个性精神,创作了具有不朽价值的伟大剧作,和莎士比亚东西辉映,在世界文学史上具有重要地位。汤显祖深刻、丰富的个性精神,比较集中地体现在他留下的大量尺牍中。鲁迅先生指出:"从作家的日记或尺牍上,往往能得到比看他的作品更明晰的意见,也就是他自己的简洁的注释。"①从汤显祖的尺牍中,我们可以强烈感受到他那种至真至诚的个性品质、意趣充盈的精神风貌和心灵自由的价值旨向。汤显祖留给后人的文学遗产是丰富的,不仅有绚丽多彩的戏曲、脍炙人口的诗文,而且还带着真知灼见的文学理论气息。作为文学批评家的汤显祖,对戏曲、诗文、小说和词都提出了很多有价值的意见,而其中又以戏曲论和诗文论最为重要,而在戏曲论和诗文论中,诗文论所涉及的范围又较为广泛。鉴于目前我国学术界对此很少问津,本书试图对汤显祖的诗文理论进行简要的论述。

如前文已然论及者,汤显祖在文学思想上主张"梦中之情,何必非真",而人们又都知道,其创作实践相应地也都是"因情成梦,因梦成戏"②,并因此而有《玉茗堂四梦》之代表作。如果说其"合情而言性"③的观念与泰州学派之自然人性与道德人性"同出"而"两行"的思理影响有关,那么,作为一个

---

① 陈顺馨:《中国当代文学的叙事与性别》,北京:北京大学出版社,1995年,第44页。

② 汤显祖:《玉茗堂全集》(第7卷),上海:上海古籍出版社,1995年,第127页。

③ 汤显祖:《玉茗堂全集》(第8卷),上海:上海古籍出版社,1995年,第109页。

文学家,当其"合情而言性"之际,如何同时满足世间情欲的要求和道德理想的要求而又令其不失文学的魅力,便是其灵思投注之处了,而其之所以肯綮于"梦"者,原因也正在这里。体现于复合性的自由即是两面选择的自由,而此间所谓选择者,关键在于,应首先具备一种对于非正统乃至于反正统之存在的价值认可和实践容纳。

汤显祖曰:"从来可欣可羡可骇可愕之事,自曲士观之,甚奇;自达人观之,甚平。""昔人云:我能转法华,不为法华转。得其说而并得其所以说,则乐而不淫,哀而不伤,纵横流漫而不纳于邪,诡谲浮夸而不离于正。"①请注意,汤显祖所提倡的,并不是一般意义上的浪漫情思和奇诡想象。自楚骚而志怪而传奇,如此之浪漫奇诡境界,原是连绵不绝的。而在当时特定的背景下,以王守仁之为"狂者"、李贽之为"疏狂"、袁宏道之为"颠狂"为参照,此处汤显祖所言之"纵横流漫""诡谲浮夸"的文学风格,皆以其"士有志于千秋,宁为狂狷,毋为乡愿"的主体"狂狷"之气为内在依据。不仅如此,这种"狂狷"之气,又具有鲜明的时代色彩。在《点校〈虞初志〉序》一文中,汤氏称:"然则稗官小说,奚害于经传子史?游戏墨花,又奚害于涵养性情耶?东方曼倩以岁星入汉,当其极谏,时杂滑稽;马季长不拘儒者之节,鼓琴吹笛,设绛纱帐,前授生徒,后列女乐;石曼卿野饮狂呼,巫医皂隶徒之游。之三子,易尝以调笑损气节,奢乐堕儒行,任诞妨贤达哉!"②如果再联系到袁宏道那关于"五快活"的生动表述,就可以发现,"狂狷"之气的具体内容,实际上是指一切与儒雅规范相冲突的行为表现,若一言以蔽之,则又可说是放荡不妨德性。情思放荡之体现于文学者,或谐谑游戏,或艳丽绮靡,或奇幻诡怪而荒诞不经,总之,因此而必然赋予文学主体以某种离经叛道的自由。然而,这离经叛道本身必须同时又是崇经奉道的,也就是放荡之自由同时也包含着反对放荡的自由。这样一来,要想使放荡不妨德性的基本命题不致成为任正反指向自发冲突的无机思维,就必须有一个对于"不妨"之特定机制的确认:"我能转法华。"究竟如何"转"?缘此遂有了汤显祖的"气机"之论。

"通天地之化者在气机,夺天地之化者亦在气机。化之所至,气必至焉。气之所至,机必至焉。""天下有中气,有畸气。中主要而难见,畸挚激而易行。气与机相辅相轧以出。天下事举可得而议也。吾以为二者莫先乎养气。"③何谓"机"?"自凤凰鸟兽以至巴、渝夷鬼,无不能舞能歌,以灵机自相转活,而况普人。"尽管汤显祖又尝言诸葛亮"精其技""至于木牛流马",两相

---

① 汤显祖:《玉茗堂全集》(第13卷),上海:上海古籍出版社,1995年,第159页。
② 汤显祖:《玉茗堂全集》(第18卷),上海:上海古籍出版社,1995年,第227页。
③ 汤显祖:《玉茗堂全集》(第20卷),上海:上海古籍出版社,1995年,第17页。

联系,则"机"者乃是人为技术与自然规律在一切生命活体之生动表现中的统一,换言之,"机"之"胜"便是指认识并掌握客观规律后主体所获得的无往而不极其妙的出神入化。但汤显祖又认为,虽说"善画者观猛士舞剑,善书者观担夫争道,善琴者听淋雨崩山……尽其意势之所必极,以开发于一时"[1],亦即"机"者有待开发("发机"——开发灵机),但这有待开发的"机"本身,却又是"其人心灵"之固有的。他反复强调"自然灵气"的"天授,无假人力",并称"士奇则心灵,心灵则能飞动,能飞动则下上天地,来去古今,可以屈伸长短生灭如意,如意则可以无所不如"[2]。这样看来,"机"分明具有本质规定和普遍规律的意义,而"发机"却并不就是认识论意义上的发见。其实,所谓"发机"者,显然有受王守仁之"致良知"观念影响的性质。王守仁道:良知是造化的精灵,这些精灵"生天生地,成鬼成帝,皆从此出,真是与物无对。我今说个知行合一,正要人晓得一念发动处便即是行了"[3]。看来,汤显祖言中之"发机",在思维理性上,是与王守仁的"致良知"一脉相承的。在这里,"一念发动处"是个关键。汤显祖论"气机"尝引"万物皆出于机,皆入于机,而张湛注曰:"机者,群有之始。"[4]以是而通于"几"。《系辞下传》:"几者动之微。"孔颖达《正义》云:"几,微也,是已初之微,动谓心动事动。初动之时,其理未著,唯纤微而已。若其已著之后,则心事显露,不得为几;若未动之前,又寂然顿无,兼亦不得称几也。几是离无入有,在有无之际,故云动之微也。"[5]用理学心性义理的话语来讲,此即谓"未发""已发"之临界态,有"已发"之势而未为"已发",亦即周敦颐所说的"动而未形,有无之间者,几也"。以上这些颇为琐细的论证无非是要提醒人们明晓,从王守仁的"致良知"到汤显祖的"发机",其所执着的乃是心念离无入有之最初符合的特定情界,唯其如此。汤显祖所谓的"机""灵机",实质上具有纳公安派之"性灵"入乎"良知"之域的文化意味:作为理学文化之阐释,"灵机"意味着自我性情之自由发展,而"动而未形"处即合乎道德本性;作为文学思想之阐释,"灵机"则意味着神思飞扬、性情放荡的浪漫奇诡世界在发生之初就是无违于人格理想与风雅规范的。只是这样一来,王守仁所说"只二念发动处即是行"的"行",便显得格外艰难。亦唯其如此,汤显祖才提出了"莫先乎养气",而其

---

① 汤显祖:《玉茗堂全集》(第 29 卷),上海:上海古籍出版社,1995 年,第 32 页。

② 汤显祖:《玉茗堂全集》(第 30 卷),上海:上海古籍出版社,1995 年,第 119 页。

③ 陈卫平:《第一页与胚胎——明清之际的中西文化比较》,上海:上海人民出版社,1992 年,第 27 页。

④ 汤显祖:《玉茗堂全集》(第 27 卷),上海:上海古籍出版社,1995 年,第 103 页。

⑤ 汤显祖:《玉茗堂全集》(第 28 卷),上海:上海古籍出版社,1995 年,第 98 页。

"气"之"中主要而难见，畸挚激而易行"的思想。汤氏此说的要领，正在于教人于"易行"处履践。此间"中""畸"之难易区别，自有久远之渊源。《论语·子路》曰："不得中行而与之，必也狂狷乎！"《孟子·尽心下》有解："孔子岂不欲中道哉，不可必得，故思其次也。""狂狷"，即"畸"而"激"者。在《寄石楚阳苏州》一文中，汤显祖道："有李百泉先生者，见其《焚书》，畸人也。"而他自己呢？"一世不可余，余亦不可一世。"足见，其"易行"处，并非指谓与世浮沉而随流逐俗，亦非指谓循规蹈矩而投足拟迹，而恰恰是要以反潮流的姿态出现，以像李贽那样"异端"的姿态出现。于是，便有了以此"异端"之"畸气"开发"灵机"，从而以其"畸"而造境"中道"的推论。

如此"气机"之论的重要意义在于，它在宣告：离经叛道之"异端"在本质上才是理想建构之实践途径。这样它就兼具有对现存秩序的批判性和对理想规范的维护性。这一思想，影响于文学观念，必然有对传统亦正统之文学史观的冲击。如其《青莲阁记》云："世有有情之天下，有有法之天下。唐人受陈、隋风流，君臣游幸，率以才情自胜，则可以共浴华清，从阶升，娱广寒。令白也生今之世，滔荡零落，尚不能得一中县而治。彼诚遇有情之天下也。今天下，大致灭才情而尊吏法。"其"有情""有法"之析，自属肤浅，且言中又隐含着企羡李白之遇荣宠的庸俗心理内容，但他对"陈、隋风流"的正面肯定，却是不争之事实。正是这种"律之风流之罪人，彼固歉然不辞"的"风流"意志，支持着他对"飞仙盗贼""佳冶窈窕""花妖术魅"的欣赏，亦支撑着其"因梦成戏"而满足世人情爱功名之求的艺术构想，从而最终凸现出长期为学人所称扬的"唯情论"思想观念和文学业绩。但是，问题的症结却在于，如此"风流才情"，以其适俗性质，恰恰是与"狂狷"之"畸气"相冲突了。如果对正统与传统的反叛只意味着迎合或适从于世俗情怀之自发流行，则"狂狷"适成"乡愿"；同样道理，从"易行"处履践者，倘若没有一种由易而窥难的精神攀登意识，则"中主要而难见"者势将因此而泯灭不存了。于是，回到以"畸气"而开发"灵机"的话题，就像庄子说"畸人者，畸于人而侔于天"，而荀子则说"中则可从，畸则不可为"一样，汤显祖这种颇有整合儒、道思理的观念本身，不能不具有两全而又两难的矛盾特质。否则，固然可造就极其生动而丰富的存在形态，但同时又必然导致价值失准和行为失范。亦唯其如此，复合结构之中必须有一种解析机制。请看汤显祖之说，"万物当气厚才猛之时，奇迫怪窘，不获急与时会，则必溃而有所出，遁而有所之。常务以快其蓄结，过当而后止，久而徐以平，其势然也。是故冲孔动健而有厉风，破隘蹈决而有潼河，已而其音泠泠，其流纤纤。气往而旋，才距而安，亦人情之大致也。情致所极，可以事道，可以忘言，而终有所不可忘者，存乎诗歌序记词辩之间。固圣贤之所不能遗，而英雄之所不能晦也！"①在这里，不仅指出了事物发展中的变化特性，而且指出了某一形态所以形成的特定条件，这就有了解析的理性。首先，"蓄结"是由阻碍造成的，如"冲孔动健而有厉风"②，通道的狭小势必造成流体的激烈猛壮，联系其批评当时社会重吏法而不重才情从而企羡唐代之世的心理表述，可以看出，其"畸气"之养，并非绝对之念，而是有条件的，倘若社会本重才情，则"蓄结"无从形成，从而"畸气"自将平和，这无异于在呼唤一种理想的社会机制。其次，情之极处，可事道而忘言，而存乎诗文抒发中者，自当是那未及于"过当而后止，久而徐以平"者，这就有了事道与事文的分解。文学乃宣情之器，情思流荡的文学创作与性情依理的道德涵养，虽同关性情，但毕竟是两件事。有了这里的解析分解，则我们所说的复合性价值结构便分出了层次，理出了脉络：以"气"之"中""畸"之分为线索，"发机"之义便分为理想与现实、理论与实践两层，又以"言"之"忘"与"不可忘"为线索，"情致"所向又被分作"事道"与"事文"两系，于是，离经叛道之"异端"精神，因此而只具有相对的价值，而性灵流荡之文学才情，同样也只具有相对的价值。

　　汤显祖二重文学观是有它的鲜明特征的。下面，我们来分析比较它们的第一个特征。第一重文学观认为，情感是文学本体，文学应表现人的自然情感，只有抒写真情的作品才能传神感人，流传于世。自然界和人类社会是文学创造的物质基础，"作者以效其为，而言者以立其辨，皆是物也"③是作家对物质世界的把握，有其独特的方式，那就是情感判断。汤显祖认为，物质世界产生和发展的动力，在于"理""势""情"三者的矛盾运动，它们"乘天下之吉凶，决万物之成毁"④。当三者被主体的人把握时，"理"就成为"是非"之理，即判断事物是非的标准；"势"就成为"轻重"之势，即决定事物取舍的依据；"情"就成为"爱恶"之情，即对事物的情感评价。当这个主体的人是作家时，对三者的矛盾运动便会衍生出诸多形式，如"理至而势违""势合而情返""情在而理亡"⑤等，作家最善于感受和把握"情在而理亡"这种形式。"情在理亡"是汤显祖第一重文学观的根本命题，它是深刻的，包含着人性解放的内容。

　　汤显祖还提出，只要作家的情感是真实的，他甚至可以不顾现实生活的

① 汤显祖：《玉茗堂全集》（第 27 卷），上海：上海古籍出版社，1995 年，第 86 页。
② 汤显祖：《玉茗堂全集》（第 32 卷），上海：上海古籍出版社，1995 年，第 30 页。
③ 汤显祖：《玉茗堂全集》（第 34 卷），上海：上海古籍出版社，1995 年，第 322 页。
④ 汤显祖：《玉茗堂全集》（第 1 卷），上海：上海古籍出版社，1995 年，第 115 页。
⑤ 汤显祖：《玉茗堂全集》（第 16 卷），上海：上海古籍出版社，1995 年，第 20 页。

实际情况,将创造对象进行虚构和变形。如他非常欣赏王维的冬坛芭蕉图,就是从画家真情出发,冲破自然规律的束缚,将分别属于不同季节的冬景和芭蕉写于一幅之上,创作出"王摩诘之冬景"。第二重文学观认为,文学要表现禅寂之意。所谓禅寂之意,是指世俗情欲消除后的一种心境和意绪。当人的精神意向由外部世界返归内心世界,沉入与现实生活脱离的心境,冥思遐想,忘却世俗情欲,全部身心进入佛家之法、道家之道的虚空状态,主体的人和人的主体地位消失,这样人的精神世界便弥漫着禅寂之意的云雾。汤显祖说,仕宦生涯使他困倦不堪,一旦归田后,禅寂之意与日俱增,身同槁木,心如死灰,忘却身心,而同道、法融为一体。"道者,万物之奥,吾保之而已。"①道、法本是佛道两家术语,用于描述对世界的精神体悟。汤显祖借用它们来表述他体悟到的那种视不可见、听不可闻、无法言说、难以体验的世界本体。万事万物的存在变化、人的思想感情的生生灭灭,都是进法外化的结果,人一旦返归内心,复杂丰富的思想感情又反过来内化为道法本体,变为无情无欲的禅寂之意。

综上所述,汤显祖认为可用以开发"灵机"的"畸人"之"气",既是反正统反传统的"异端"精神,又是"心念一动"之初就合乎道德人性的发生原理,兼有对"吏法"式性情规范的冲击和理想化道德规范的信仰。这里包含着一个朴素而深刻的道理,只有怀着对纯粹理想本体的信奉之心,那对传统或现存精神秩序的叛离、批判、讽刺、调侃,才具有追求真理的性质。犹如禅者,其所提倡的以欲止欲,实质在于以满足世俗人间之正常要求的"平常"方式引导世人去体会悲悯仁慈的佛性。亦如汤氏《玉茗堂四梦》,其以文学象征性艺术的方式"圆"了世人的情爱功名之"梦",但同时又看破世人之"梦"而揭示出一个超越的主题;反过来说也可以。归结到"合情而言性"论上,自孔子就认识到"乡愿,德之贼也","中道"难求而必行"狂狷",而后经历了漫长的心理体验和学理探询,士人们终于还是发现,先贤的执着与困惑竟是永久性的,于是,在同样地企望彼岸性精神境界的同时,此岸性的人生选择,是必也"狂狷"而不可"乡愿"。这是因为,"狂狷"者以其"畸于人"之"畸气"察赋,不致于在世俗时使自己庸俗化,不得已而求其次的潜在意识总在提醒着他们,人生有种种现实目的,但在此之上还有个终极目的。此终极目的犹如"法华",我们只能(只可能)以现实具体的"我"的方式去体认它,而绝不是相反。但是,有没有这个终极目的,那却是会有天大差别的。唯其如此,所谓"两行",最终便是"真""俗"之"同出":世俗之存在永远是个无法回避的现实,我们只能努力建构起"真"的精神世界,好使那世俗世界不致成为唯一真实的

---

① 汤显祖:《玉茗堂全集》(第 17 卷),上海:上海古籍出版社,1995 年,第 19 页。

存在;对世俗的适应、认可乃至于欣赏,必须同时伴随以超越世俗的独立意识和批判精神,一种超越于生活之上的认同和欣赏,乃是我们必需的态度。其实,不仅是明代中期,往前往后,人欲横流总如秋潦遍地,世情之泥泞每造成庸俗者易而高洁者难的人格铸塑态势,值此之际,躲避式的清高只能造成脱俗者的孤独,而其人之所执着的精神建设相应只能流于经院式的清谈。亦唯其如此,明代王学泰州学派及其影响下的文学诸子,其带有"异端""狂狷"风格的思想行为,实际上是对清谈式的理学义理和物欲化之世间情怀的批判性整合。严格说来,我们通过汤显祖之情性论思想观念所体会到的,与其说是彼时智者的高明见解,不如说是性情中人既不能忘情亦不能忘义的痛苦思索,它留给我们的是一种不会过时的人文课题,是一种包含着困惑和矛盾的思维经验。若能从中受点启发,则今日之学人便不致于在提倡"礼治"之际忽略了一部礼教史所遗存下来的民族性格之积疾,而今日之青年应当在设计"修身"工程时勿忘先哲前贤"必也狂狷"的人格锋芒。现代化的"合情而言性"论,基本上还是一片空白!

　　在神貌关系上,汤显祖强调以神为主,神貌兼胜。如他论诗词强调要以"语意"为主,"填词平仄断句皆定数,而词人语意所到,时有参差。古诗亦有此法,而词中尤多。即词中字之多少,句之长短,更换不一,岂专恃歌者上下纵横取协耶!"(《玉茗堂评花间集》评语)关于诗文则比较集中地反映在他的《孙鹏初遂初堂集序》一文中,文章从神貌兼胜的要求出发,分析了李、何复古派文学的缺点,而重点则对于反对七子而出现的一种轻视艺术性的错误倾向进行了鞭辟入里的批评。这是明代文学批评史上一篇很出色的文章。此文第一段中,作者指出,世上的事物无不可以用神和貌来加以概括。比如一棵树,"长润森好恢瑰曲折"[①],这些外部特点是它的形貌,而薪木燃烧后能把火不断传下去则是它的神明。又比如人,言语表达人的内心世界,所以为神明,而反映在人外表上的"明暗刚柔"等特征则为貌。文学作品也是如此,遣词用句、声调音节、结构布局都是貌(形式),而神则主要指作品的思想内容,它反映了汤显祖对文学作品神貌关系的基本看法:第一,神固然是重要的,貌同样也不可忽视。第二,文学形式有它自己的规定性和规范性,作家在写作的时候,一定要遵从这些艺术要求,不可任其一己之好恶,为所欲为,即"位局有所,不可以反置;肌脉理有隧,不可以臆属"之谓,否则,必然会反过来影响"神明"的表现。第三,强调神对貌的决定作用,"籍其神明,有至不至"[②]。文学作品形式方面的优劣得失,毕竟是同作品的思想内容密不可

---

① 汤显祖:《玉茗堂全集》(第11卷),上海:上海古籍出版社,1995年,第259页。

② 汤显祖:《玉茗堂全集》(第22卷),上海:上海古籍出版社,1995年,第147页。

分的。接着,汤显祖批评李梦阳、何景明"未有能兼""神明",这实际上是"腰文"的一种委婉说法;至于他又肯定了李、何的文章"瑰如曲如,亦可谓有其貌",一是因为李、何在学习古人作品的形貌方面确实有一定的收获,艺术上也有一些长处,不应一概否定;二是因为汤显祖为之作序的人是李、何的赞同者,因此序文难免有些迁就其所好,从"轩然世所谓传者也"①的句意来看,汤显祖本人对此还是有所保留的。文中说:"间者文士以神明自擅,忽其貌而不修,驰趣险仄,驱使稗杂,以是为可传;视其中,所谓反置而臆属者,尚多有之。乱而靡幅,尽而寡蕴。则之以李、何,其于所谓传者何如也。然而世有悦之者焉。"②李、何的错误在于求貌而失却神明,这些"间者(近来)文士"的错误从一个极端走到了另一个极端,自擅神明,"忽其貌而不修",不重视艺术学习,破坏形式的规范,险仄稗杂,粗制滥造,还居然受到一些人的喜爱。在汤显祖以前,反对前七子并产生了较大影响的是"唐宋派",他们主张吸取古人神理,反对李、何等人句拟字模的做法。这固然比七子高明。此派的重要成员唐顺之还进一步提出:"但直抒胸臆,信手写出,如写家书,虽或疏卤,然绝无烟火酸馅习气,便是宇宙间一样绝好文字。"(《答茅鹿门知县第二书》)这从肯定文学作品一定要有真情实感来说,是有相当价值的,但是作为一种文学主张,它却带有严重的局限,降低文学艺术标准的主张,成为一部分不想在艺术上花苦功夫的人替自己辩解的理论依据。这给诗文创作带来了不可低估的危害。汤显祖上面的批评该与这一情况有关。可惜的是,汤显祖这一意见并未引起后来的创新派的足够重视,所以在他们的一些文学主张和作品中也发生了诸如此类的错误。

汤显祖在《答吕玉绳》书中曾说:"承问,弟去春稍有意嘉隆事,诚有之。忽一奇僧唾弟曰:严、徐、高、张,陈死人也,以笔缀之,如以帚聚尘,不如因任人间,自有作者。弟感其言,不复厝意。赵宋事芜不可理。近芟之,《纪》《传》而止《志》无可如何也?"这封书信透露了汤显祖史书编纂工作的一些消息,表明他曾打算记述明嘉靖、隆庆间史事。但一"奇僧"(当即达观和尚)却认为严嵩、徐阶、高拱、张居正都已是"陈死人"了,不必为他们作什么评论,不如留心时事。汤显祖因而辍笔,并改而从事《宋史》的修订工作。到他给吕玉绳写信时,已大致完成了《宋史》改本中的《本纪》《列传》部分,而诸《志》的改订则尚未动笔。

《宋史》修于元末,仓促成书,自至正三年(1266)三月开局,至正五年(1268)十月即已告成。卷帙浩繁而疏漏最多,特别是建炎南渡以后的史事,

---

① 汤显祖:《玉茗堂全集》(第 26 卷),上海:上海古籍出版社,1995 年,第 8 页。

② 汤显祖:《玉茗堂全集》(第 38 卷),上海:上海古籍出版社,1995 年,第 187 页。

全祖望甚至斥为"荒谬满纸",于二十四史中向以芜杂著名。因此,自元末始,即有不少学者有志于重修《宋史》。据赵翼《廿二史札记》所述,元末周以立及其曾孙周叙(时已至明中叶)相继诠次,均未成书。嘉靖中,廷议更修《宋史》,以严嵩为礼部尚书兼翰林学士主持其事,然亦未能告成。后来柯维骐编成《宋史新编》,王维俭撰成《宋史记》。早于赵翼近百年的朱彝尊《书柯氏〈宋史新编〉后》曾说:"宋辽金元四史惟《金史》差善,其余潦草牵率……先是揭阳王昂撰《宋史补》,台州王洙撰《宋元史质》。皆略焉不详,至柯氏而体稍备。其后临川汤显祖义仍,祥符王维俭损仲,吉水刘同升孝则,咸有事改修,汤、刘稿未定,损仲《宋史记》沉于汴水,予从吴兴潘氏钞得仅存……予尝欲据诸书考其是非异同,后定一书。惜乎老矣,未能也。"(《书亭集》卷四十五)据朱、赵二家所述而去其重,元末至清初,曾修订过《宋史》者已有八家。而据钱谦益《跋东都事略》(《有学集》卷四十六)、全祖望《答临川先生问汤氏宋史帖子》(《结亭集》外编卷四十三)等记载,除朱彝尊、赵翼提到的八家之外,至少还有归有光、顾炎武、黄宗羲等人都曾改修过《宋史》,其中最为人所称道的是汤显祖。

最早提及汤氏改修《宋史》的是钱谦益,他在《跋东都事略》一文中说:"《宋史》既成,卷帙繁重。百年以来有志删修者三家:昆山归熙甫,临川汤若士,祥符王损仲也。……若士番阅《宋史》,朱墨涂乙,如老学究兔园册子,某传宜删,某传宜补,某人宜合某传,某某宜附某传,皆注目录之下,州次部居,厘然可观。"似曾亲睹汤氏稿本。而记述最详的是全祖望,他说:"临川《宋史》,手自丹黄涂乙,尚未脱稿。长兴潘侍郎昭度抚赣,得之延诸名人足成其书。东乡艾千子、晋江曾弗人、新建徐巨源皆预焉。网罗宋代野史至十余簏其后携归吴兴。"(《答临川先生问汤氏宋史帖子》)指出汤氏未完成的稿本被巡抚南赣的潘酳所得,潘又曾延请艾南英、曾异撰、徐世溥等,欲"足成其书"。全祖望文还详述汤氏的《宋史》改本流传情况:明亡之后,汤氏稿本归潘氏之婿吕及甫,及甫曾约请黄宗羲"为之卒业",黄宗羲亦"欣然许之",但未能如愿。及甫卒,汤氏稿本由及甫从子吕无党(名葆中)携入京师,欲据稿本刊刻刷印。事未果而无党死,是书旋归花山马氏(马曰)。马氏之书散出,汤氏稿本流入海宁沈氏(沈廷芳)家中,其间全祖望曾有机会得见是书,"阅其大概"。至全祖望撰此文时,书稿已归太仓金氏(金檀),而稿本经几易其主,所存亦仅止《本纪》《列传》。时至今日,汤显祖的《宋史》改本已不知流落何处,也可能早已不存于天壤间了。

汤显祖的《宋史》改本虽然未能流传下来,但它的史学价值及它所反映出的汤氏的史学观点,仍然是可以探寻的。我们且看全祖望在《宋史帖子》中对汤氏改本的描述:"其书自《本纪》《志》《表》,皆有更定,而《列传》体例之最善者,如合《道学》于《儒林》(原注:梨洲先生论《明史》不当分立《道学传》,本此);归嘉定误国诸臣于《奸佞》;列、秀、荣三嗣王独为一卷,以别群宗(原注:《宋史》不为荣王立传)皆属百世不易之论。至五闰禅代遗臣之碌碌者多蔓,建炎以后名臣多补,庶几《宋史》之善本焉。"全祖望是曾阅读过汤氏的《宋史》改本的,故所述较为具体。据全氏的描述,汤显祖对《宋史》旧本的更定有如下几点:一是取消《宋史·道学传》,将其并入《儒林传》中。二是将南宋"嘉定误国诸臣"归入《奸佞传》中。三是将英宗生父濮王允让、孝宗生父秀王子仁、理宗生父荣王希三人传记列为一卷,以与其余宗室诸工相区别。四是删五代入宋诸臣之碌碌者。五是补南宋建炎以后名臣。其中,尤以取消《道学传》影响最大。汤显祖为什么要取消《道学传》,他自己没有说。受他启发而于清初坚决反对立《道学传》的黄宗羲、朱彝尊倒说了许多话,详见黄宗羲《移史馆论不宜立理学传书》和《南雷文定》前集卷、朱彝尊《史馆上总裁第五书》卷三十二等文。限于篇幅,本书不拟详述。大概说来,黄、朱二人认为元人修《宋史》首次立《道学传》,"言经术者入之儒林,言性理者别之为道学。又以同乎洛、闽者进之道学,异者置之儒林",将好端端的大一统的儒学,分出了门户,立道学,则是以程朱一派为正统,"而于大一统之义乖矣"。他们认为"儒林足以包道学,而道学不可以统儒林"①。说来说去,总之是为大一统儒学巩固其正统地位。全祖望说:"《宋史》分《道学》于《儒林》,临川礼部若士非之。国朝修《明史》,黄征君黎洲移书史局,复申其说,而朱检讨竹垞因合并之,可谓不易之论。"(《移明史馆帖子五》)值得注意的是,黄宗羲曾看到过汤氏的《宋史》改本,因此他"复申其说",既曰"复申",其理由至少不会与汤氏的主张毫无联系,此其一。其二,汤显祖也是主张"孔子之道",并拥护儒学正统地位的,而且对理学家的讲学习气持一定的保留态度。他说过:"直心是道场,道人成道,全是一片心耳。……最胜处不在讲学。"(《答诸景阳》)"少年人不在平心定气,而在读书能纵能深,乃见天则耳"(《答邹公履》)。基于这样的认识,他自然不会赞成将道学从儒林中分出,来抬高道学的地位。其三,晚明时期道学已越加虚伪,一些文人抨击道学,抉摘情伪,言辞非常激烈,如汤显祖素所佩服的李贽揭露道学家"阳为道学,阴为富贵,被服儒雅,行若狗彘"(《续焚书》卷二《三教归儒说》)。汤显祖自己也常批评柔媚虚伪的假道学习气,对于"此时男子多化为妇人,侧行俯立,好语巧笑,乃得立于时。不然,则如海母目虾,随人浮沉,都无眉目,方称盛德"②的社会现象表示不满。这些都表明了他对道学的反感。除此之外,他认为

---

① 汤显祖:《玉茗堂全集》(第 32 卷),上海:上海古籍出版社,1995 年,第 172 页。
② 汤显祖:《玉茗堂全集》(第 33 卷),上海:上海古籍出版社,1995 年,第 107 页。

加强亲情与维护天理是一致的。他不但为荣王补传立说，且将濮、秀、荣三王传记合为一卷，以示与宗室诸王有别，这也是他的情理兼顾主张的一种表现。

虚与实在中国古典文论、美学及哲学中是一个含义丰富、内容充盈的概念范畴，举凡艺术表现中的真实与虚构、有限与无限、有无相生、显与隐等都是其牵扯到的范畴。它最早源于老庄哲学的有无相生论，严羽《沧浪诗话·诗辨》中的"盛唐诸人惟在兴趣，羚羊挂角，无迹可求。故其妙处，透彻玲珑，不可凑泊，如空中之音，相中之色，水中之月，镜中之象，言有尽而意无穷"①是强调用虚，司空图《诗品·含蓄》中的"不着一字，尽得风流"，强调的也是用虚，刘勰《文心雕龙·隐秀》："……是以文之英蕤，有秀有隐。隐也者，文外之重旨也；秀也者，篇中之独拔者也"，其中"秀"为实，"隐"为虚，至唐代发展成熟的意境理论更是强调"虚实相生"。

在戏剧艺术中虚实论主要侧重的是"虚构"与"真实"这一层面。王骥文在《曲律》中提到了虚与实的问题，他说："剧戏之道，出之贵实，而用之贵虚。《明珠》《浣纱》《红拂》《玉合》，以实而用实者也；《还魂》、'二梦'以虚而用实者也。以实而用实也易，以虚而用实也难。"这里是说在题材的选用上要尽量真实，用古往今来现成的史实事件，这样写出来的戏才具有真实感，仿佛真人真事。但在艺术创作中则要讲究虚构，比如汤显祖的《玉茗堂四梦》，其中对于梦境、鬼魂、死而复生等的描写实际上就是虚，可是由于感情深挚，一样使人觉得是真，一样可以打动人心，这是因为情真而事亦真的缘故，用真人真事算不上好的本领，以虚用实让观众觉得假亦是真才是创作的最高境界。胡应麟提出了在传奇创作中应该注重虚构："凡传奇以戏文为称也，亡往而非戏也，故其事欲谬悠而亡根也，其名欲颠倒而亡实也，反是而求其当焉，非戏也。"②梅孝己在《墨憨斋新定洒雪堂传奇序》中说："传奇之事，何取于真？作者之意，岂遂可没，取而奇之，亦传者之情耳。"③认为作者之意才是最重要的，不能用真来束缚作者创作时的艺术构思与想象。徐复祚在《曲论》中说："要之传奇皆是寓言，未有无所为者，正不必求其人与事以实之也。"吕天成在《曲品》中说："（戏曲）有意驾虚，不必与实事合。"谢肇淛在《五杂俎》中也直陈过："凡为小说及杂剧、戏文，须是虚实相半，方为游戏三昧之

---

① 朱光潜：《诗论》，北京：三联书店，1984 年，第 122 页。

② 中国大百科全书出版社编辑部：《中国大百科全书·戏曲文艺》，北京：中国大百科全书出版社，1983 年，第 215 页。

③ 中国大百科全书出版社编辑部：《中国大百科全书·戏曲文艺》，北京：中国大百科全书出版社，1983 年，第 320 页。

笔。"以上诸家从不同的角度探讨了戏曲中虚与实的问题,总体上表现为对虚的侧重。

汤显祖也集中地论述了艺术真实的问题,他认为在戏剧创作中分为情真和理真,不必以理真,即用事物常理来限制情真。他在《牡丹亭记题词》中:"嗟夫!人世之事,非人世所可尽。自非通人,恒以理相格耳。第云理之所必无,安知情之所必有耶。"①这种戏剧创作以作者的感情逻辑为依准,当情与理相冲突时,当以情为重。这一观点汤显祖在《答凌初成》里进一步地表达出来:"不佞《牡丹亭记》大受吕玉绳改窜,云便'吴歌'。不佞哑然失笑曰:昔有人嫌摩诘之冬景芭蕉,割蕉加梅,冬则冬矣,然非王摩诘之冬景也。"②可见,他所继承的艺术创作论实则与王维的艺术精神是相通的,王维在作画时,多不问四时,往往以桃、杏、芙蓉、莲花共画一景,这虽与常理相违背,却是画家意外之处,浑然天成,不可以用常理来堵塞画家的意趣。艺术门类不同,创作手段却是相通,汤显祖特别看中的正是在戏剧创作过程中的真情、至情,他反复强调这一点,在《牡丹亭记题词》中说:"情分为真情和矫情。真情是与天同一,与道一致的,是符合天道的,而那些为非作歹、贪婪腐败、欺压百姓的假道学家所宣扬的则是矫情,是丑恶的。人生有真情,则情不知所起,一往而深,生者可以死,死可以生,生而不可与死,死而不可复生者,皆非情之至也。"③这体现出了汤显祖的"情至论",实际上强调的是一切人间真情,不包含虚伪的矫情。

之后的冯梦龙也认为情真事就真,不必拘泥于常理:"谁将情咏传情人,情到真时事亦真。"李渔在《闲情偶寄》中也说过:"传奇所用之事,或古、或今,有虚、有实,随人拈取。古者,书籍所载,古人现成之事也;今者,耳目传闻,当时仅见之事也;实者,就事敷陈,不假造作,有根有据之谓也;虚者,空中楼阁,随意构成,无影无形之谓也。"这种用古人现成之事的说法,西方的亚里士多德早在《诗学》中提到过:"在悲剧中,诗人们都坚持采用历史人名,理由是:可能的事是可信的;未曾发生的事,我们还难以相信是可能的,但已发生的事,我们却相信显然是可能的;因为不可能的事不会发生。但有些悲剧却只有一两个熟悉的人物,其余都是虚构的;有些悲剧甚至没有一个熟悉的人物,例如阿伽同的《安透斯》,其中的事件与人物都是虚构的,可是仍然使人喜爱。因此,不必专采用那些作为悲剧题材的传统故事。那样做是可笑的;因为甚至那些所谓熟悉的人名,也仅为少数人熟悉,尽管如此,仍然为

---

① 汤显祖:《玉茗堂全集》(第40卷),上海:上海古籍出版社,1995年,第53页。
② 汤显祖:《玉茗堂全集》(第42卷),上海:上海古籍出版社,1995年,第119页。
③ 汤显祖:《玉茗堂全集》(第43卷),上海:上海古籍出版社,1995年,第257页。

大家喜爱。"①

欧洲戏剧理论虽然也强调虚构,但更侧重于实,贺拉斯在《诗艺》中说虚构要切近真实。他说:"如果画家作了这样一幅画像:上面是个美女的头,长在马颈上,四肢是由各种动物的肢体拼凑起来的,四肢上又覆盖着各色羽毛,下面长着一条又黑又丑的鱼尾巴……如果你有缘看见这幅图画,能不捧腹大笑么?……有的书就像这种画,书中的形象就如病人的梦魇,是胡乱构成的,头和脚可以属于不同的种类。"②在贺拉斯看来,尽管允许虚构,但虚构也是有原则的,是建立在真实的基础之上,这是他的一个基本原则。无论是早期的摹仿说还是16世纪钦提奥所说的"诗人写事物,并不是按照它们实有的样子,而是按照它们应当有的样子去写"③,其偏重的都是真实。到了维加这里更是明确了真实的重要性:"不可能的事必须避免,因为只应该摹仿真实的情况,这是基本原则。"④他讲的真实实际上是指语言的真实,语言要符合说话人的身份、情景。他说:"如果是一位国王在说话,就须尽量摹仿王侯的严肃;如果是一位老年人在说话,就要显出他谦虚,肯思考;如果写男女相爱,就要写出动人的情感。"⑤他在《真真假假》的喜剧里借一个角色之口说:"只要符合真实,我就不管什么理论。相反,死板的理论叫我厌烦。"⑥他认为戏剧的教育作用来自艺术对现实的忠实的、逼真的反映。他把"真实"作为现实主义的基本原则。他说:"除了真实以外,没有什么东西。不能有任何的虚假,不管是为了教谕的目的或者是为了艺术的'规律'和'规则'!但这种真实并不是肤浅的和无关紧要的,而是巨大的,有意义的,有关重要问题的真实,经过广泛概括的真实,也是整个人民生活的真实。"⑦因此,他要求喜剧必须"反映人生"。这与其他人文主义艺术家一样,始终坚持"艺术的目的是逼真地反映现实"以及"可以和自然一样"⑧的原则。

英国文艺复兴时期戏剧理论的主要代表人物锡德尼明确地提到在进行戏剧创作时要让艺术规律去制约历史规律,"它没有必要去跟随故事,而有

---

① 亚里士多德,贺拉斯:《诗学诗艺》,北京:人民文学出版社,1962年,第29~30页。

② 亚里士多德,贺拉斯:《诗学诗艺》,北京:人民文学出版社,1962年,第137页。

③ 赵渭绒:《世远莫见其面,觇文辄见其心——从汤显祖与莎士比亚戏剧创作看14—16世纪中欧戏剧理论》,西南民族大学学报(人文社科版),2009年第1期。

④ 同上。

⑤ 同上。

⑥ 同上。

⑦ 郭英剑:《男性与女权主义文学批评》,外国文学,1997年第3期,第158页。

⑧ 海涅著,温健译:《莎士比亚笔下的女角》,南京:译文出版社,1981年,第77页。

自由去虚构全新的内容,或者把历史安排得最合乎悲剧的方便"①。莎士比亚缺乏系统的理论著作,但他对于戏剧的真实性问题却是通过其剧作表现出来的:"自有戏剧以来,它的目的始终是反映自然,显示善恶的本来面目,给它的时代看一看它自己演变发展的模型。"(《哈姆莱特》)莎士比亚主张一种老老实实的写法,要求字里行间没有矫揉造作的痕迹,只有这样才能成为一部绝妙的著作。总之,中国和欧洲这一时期虽然都有关于戏剧的真实与虚构的讨论,强调虚实相生、虚实相伴,但从以上的论述不难看出,在中国侧重于以虚用实,欧洲则偏重于实,这与从亚里士多德、贺拉斯以来的摹仿说,西塞罗的戏剧是"生活的摹本、习俗的镜子、真实的反映"②之说,到后来雨果提出的"戏剧必须是一面焦点集中的镜子"等欧洲传统是分不开的。而中国戏剧的虚实论则明显与欧洲不同,这与中国源于老庄哲学的传统诗学及诗论中的以虚用实、贵虚静说等关系密切。

第二节　莎汤戏剧美学观比较的人文内涵

在莎士比亚时代,人文主义成为广泛的社会风气,不论国王贵族,还是普通民众,都受其感染而具有不同程度的人文主义倾向。而许多作家和艺术家更是走在前列,他们的创作表现了对生活的乐观情绪,且和人文主义的兴衰荣辱紧密相连,反映了人文主义思想的整个历史过程。在中国,自隋唐设科举制度以来,知识分子都把科举及第作为进身求仕的道路。明代中、晚期,趋炎附势成了升官捷径,科场舞弊、中下层文人仕进的道路被大大缩小。汤显祖早负文名,但因拒绝张居正接纳而两次落第,但以其屡次应试来看,还是热衷于科举的。时代精神和作家素质、境遇的不同,给莎士比亚与汤显祖时代的戏剧带来了不同的文化基调,前者是生动丰富的人性自身,弥漫着一种自然人格和精神人格充分舒展的情调,而不是抽象的观念和义务,后者几乎被当时的诸多时代特征打下了深深的烙印,但在其经历曲折坎坷的生活道路和痛苦的彷徨求索之后,终于能顺应历史的潮流,敏锐而勇敢地站到时代的最前列。

汤显祖和莎士比亚同时将各自的"主情"人文主义思想以戏剧的形式展现给大众。汤显祖对明晚期传奇戏曲艺术主题的发展功不可没,他主张"以

---

① 基·瓦西列夫著,赵永穆等译:《情爱论》,北京:三联书店,1984年,第69页。

② 江西省文学艺术研究所:《汤显祖研究论文集》,北京:中国戏剧出版社,1984年,第55页。

情抗理"的思想使自己的作品足以与传统文学分庭抗礼,并形成了自己独特的戏剧美学理论。汤显祖认为戏曲是"情"的产物,"因情成梦,因梦成戏",戏剧的本质在于抒发情感,塑造了一个个追求真情的鲜活人物形象。汤显祖的"情"的范围比较广泛,是指人的自然情感和欲望,可以包括爱情、父母子女之亲情、友情、士大夫的情怀等。

《牡丹亭》是汤显祖的代表作,也是中国戏曲史上浪漫主义的杰作。作品通过杜丽娘和柳梦梅生死离合的爱情故事,热情歌颂了"情"的力量。杜丽娘为情而死,为情而复生,成为有情人的典型。杜丽娘出身官宦之家,自幼受到无所不在的封建文化束缚。白日里打个盹儿、衣服上绣成双的花鸟,都会被视为大逆不道,就连去后花园闲逛也受到约束:"这后花园中冷静,少去闲行"(第十出《惊梦》)。"恁般景致,我老爷和奶奶再不提起"(第十出《惊梦》)。她强烈渴望自由的生活和爱情。杜丽娘没有一个现实的情人,只有到梦中去追寻,并在渴望中燃尽生命的能量。即使她到了阴间仍继续追寻,终于又因情而复生,并且坚决不向封建礼教低头,拒绝了父亲让她离开柳梦梅的要求。剧中的杜丽娘,一再表达了自己为情至上的决心:"前日为柳郎而死,今日为柳郎而生"(第三十二出《冥誓》),"生生死死为情多"(第二十七出《魂游》),"死里逃生情似海"(第三十六出《婚走》)。

莎士比亚的人文主义的思想核心也是呼唤人间的真情、真爱,主张发挥个人才智,争取个人幸福。他认为:"人生要是没有爱便成为相互竞争的利己主义,成为毫无意义的混乱。爱是理智清醒的条件,是人格成长的中心动力。"[1]莎士比亚作品中表现的"情"和"爱"也是含义广泛的。"它包括了各种内心活动,从冷淡到一般的喜悦直到强烈的愤怒与绝望。他为我们创造了一部情史,一句话,他向我们揭示了上述各种情欲的全部系统。在所有的诗人中间,也许只有他以难以言传的并且从各方面看来都是非常明确的真实性描写了心灵的疾病:忧郁症、精神失常、疯狂。"[2]

《罗密欧与朱丽叶》是莎士比亚早期创作中唯一的悲剧。这虽然是悲剧,却歌颂了纯真的爱情。罗密欧与朱丽叶冲破家族的世仇勇敢追求真爱,并且为了对方不惜献出生命。在莎士比亚的笔下,还有很多大胆追求爱情的女性。例如,《奥塞罗》中的苔丝狄蒙娜,虽然周围人都很鄙视奥赛罗黝黑的肤色,但她仍坚信自己的眼光,把心和财产全都奉献给德才兼备、经历丰富的奥塞罗,最后瞒着父亲与所爱之人私奔。《威尼斯商人》中的夏洛克由

---

① 李祥林:《性别文化学视野中的东方戏曲》,香港:香港天马图书有限公司,2001年,第104页。

② 黄仕忠:《婚变、道德与文学》,北京:人民文学出版社,2000年,第24页。

于痛恨基督教,所以反对女儿吉雪加和罗伦佐恋爱。为了爱情,女儿不仅敢于和自己的父亲作对,和罗伦佐私奔,而且还背叛自己的信仰,决定改信基督教。正如她表白的:"罗伦佐啊! 你要是能够守信不渝,我将要结束我的内心的冲突,皈依基督教,做你亲爱的妻子。"①莎士比亚热情地赞颂了人们发自内心深处的真挚爱情,以及这些青年男女依靠真情迸发出的能量来冲破传统的婚姻价值观,追求自主的幸福。

意大利学者加林指出:"人文主义所引起的深刻变革不可能不反映到宗教方面。人文主义是对人的救赎,对自由的歌颂,它宽容、尊重一切信仰,尊重自由的批评。"②这样的世界观必然导致一种"对人类社会生活的新构思:建立在理性基础之上并从道德上加以重建,既能给人以尘世的幸福,又能拯救人的灵魂"。莎士比亚戏剧就是这种"既能给人以尘世的幸福,又能拯救人的灵魂"的杰作。人文主义的价值观必定兼求尘世的幸福和灵魂的得救,因为其社会理念是人的全面发展,而全面发展的人生必然包含物质欲望的满足和精神境界的升华两类内容。人作为出类拔萃的高级动物,作为"宇宙的精华、万物的灵长",区别于其他动物的本质特征在于拥有道德、理想、信念,能够超越自我而趋于永恒,除了一般关注还有终极关注。"超越自我"是人类独具的品质,而寻求超越作为人的自我,意在达于何种境界? 答案只有一个,就是与终极存在者或上帝合一。可以说,真诚、执着、积极向上的人生必然与上帝遇合,只是对于信徒而言,遇到的是超自然的崇拜对象;对于其他人来说,遇到的则是作为真、善、美、仁慈、正义之终极聚合体的上帝理念。这就是终极关注的内涵,莎士比亚以其不朽的剧作对它做出了形象化的诠释。

以暴力反抗邪恶的方式将抽象的爱赋予了人文主义内涵,使读者和观众从悲剧的结局中看到了善和美的东西正在不断壮大,但它并没有消除邪恶,也没有实现和谐的理想。莎士比亚从中看到的是和谐的要求和通过源于人性中的善与爱去实现这两个实际要求之间的冲突,看到的是和谐理想的破灭。在转身的忧叹中,莎士比亚看到了以人文主义为存在基础的爱的有限性,并通过哈姆莱特的毁灭,对这种存在方式予以了彻底的否定。但莎士比亚是个理想主义的执着追求者,暂时的失望或失败并没有击垮他。他曾幻想用道德与法律来遏止人性中的恶,实现和谐的理想。在悲剧创作的夹缝中,他创作了显示道德和法律力量的《一报还一报》。伊莎贝拉恳求摄

---

① 莎士比亚著,朱生豪译:《莎士比亚全集》(第 7 卷),南京:译林出版社,1994 年,第 126 页。

② 李小江:《女性性别的学术问题》,济南:山东人民出版社,2005 年,第 74 页。

政官安哲鲁饶恕自己弟弟克劳狄奥的罪过,而安哲鲁却提出以她处女的贞洁作为交换条件。伊莎贝拉除竭力通过严格的自我约束、遵守道德规范,去克服任何堕落的诱惑外,还试图通过法律的力量使自己纯洁无瑕。但在她的内心中,却充斥着阴暗与仇恨。当化装成神父的公爵提出让安哲鲁的未婚妻玛丽安娜代替伊莎贝拉去满足安哲鲁的肉欲时,伊莎贝拉立即同意。殊不知,她自己的贞洁是以别人的贞操为代价获得的。而且在她知道安哲鲁违背誓约,仍然要处死克劳狄奥后,仇恨得咬牙切齿。最后,只有当玛丽安娜不计个人得失,恳求她宽恕安哲鲁时,她才看到了真实的自我,认识到自己的行为缺乏爱的品质,终于宽恕了安哲鲁。莎士比亚本来是为了证明道德、法律的力量,但结果却恰恰说明了通过道德和法律这些理性主义教条获得人性超越的无望与无效。最后解决矛盾,使一切归于和谐的仍然是爱的力量。这种爱,又绝不仅仅只是世俗的爱情、友谊。

莎士比亚通过对哈姆莱特、鲍西娅等一系列艺术形象的塑造重新发现了"人"的价值,肯定了"人"的力量。然而长期以来,人们在颂扬文艺复兴在反封建、反宗教神权方面的功绩时,却忽略了人文主义的思想局限性。作为文艺复兴运动中颇有成就的剧作家莎士比亚,其悲剧的主人公大多是帝王将相,悲剧所反映的内容也大都是他们的悲欢离合,是把他们"人生有价值的东西毁灭给人看"[①]。《哈姆莱特》的主人公哈姆莱特,是丹麦的王子,奥菲莉亚称他是"朝臣的眼睛,学者的辩舌,军人的利剑,国家所瞩望的一朵娇花,时流的明镜,人伦的典范,举世注目的中心……"[②]《奥赛罗》的主人公奥赛罗,威尼斯的主将,击退塞浦路斯进攻的主帅;《李尔王》的主人公李尔王是不列颠王国的国王,他可以随意剥夺或授予女儿们继承权或分封国土;《麦克白》中主人公麦克白,苏格兰军中大将,带领将士击退挪威人的进攻,使国家和民族转危为安。总而言之,莎士比亚四大悲剧的主人公身份是特殊的,地位是一般人所不能及的,他们对历史的作用是不可低估的。在莎翁的眼里,这些人是改造世界的动力,只有他们才能重整乾坤,把人类从神学思想桎梏中解放出来,这恰恰反映出了人文主义在英雄史观上的思想局限性。

莎士比亚的戏剧从主题到人物刻画和细节描写,处处放射出人文主义者反封建、反神权神性的强烈思想光芒。在戏剧中,针对中世纪封建制度和禁欲主义的束缚,他尊重妇女,歌颂爱情,塑造出一系列理想化的资产阶级

① 李平:《世界妇女史》,海口:南海出版社,1995 年,第 37 页。
② 莎士比亚著,朱生豪译:《莎士比亚全集》(第 7 卷),南京:译林出版社,1994 年,第 182 页。

新女性的可爱形象，如《威尼斯商人》中的鲍西娅、《无事生非》中的琵特丽丝、《皆大欢喜》中的罗莎琳、《第十二夜》中的奥丽薇娅等，这些女性大多具有坚强的性格、高尚的情操、出众的智慧和青春的活力。她们敢于向传统的封建礼教挑战，勇敢地追求婚姻自由。莎士比亚以极大的热情讴歌了人的价值，肯定了人的力量。他对人的热情讴歌正是对中世纪教会统治的强烈抗议。麦克白听信女巫预言将邓肯王杀死，弑君篡权。为什么夫妻之情被谗言所废，为什么坏人有机可乘，为什么父女之情一刀两断？为什么弑君篡权？原因只有一个：极端个人主义在作祟，一切以我的感受为出发点和归宿，以自己的荣辱为核心。什么夫妻之情、父女之情、朋友之谊，均变得苍白无力。由此可知，悲剧主人公的理想，闪耀着人文主义的光辉，揭示了理想与现实之间不可调和的矛盾。但也反映了他们理想中极端个人主义的思想倾向，正是这种思想倾向，使他们有的失去理智，有的主观武断，有的过于绝情，有的失去战机，成为悲剧人物。综上所述，莎士比亚的剧作像一面镜子，反映了文艺复兴时期作为主导思想的人文主义思想的进步性和局限性。

莎士比亚的局限，也是那个时代人文主义者的局限，莎士比亚的思想认识当然还超越不了那个时代人文主义者的局限，莎士比亚还看不到产生"恶"的社会根源，因而只能在传奇剧中提出"道德感化"[①]的办法，以艺术的方式来指示克服"恶"的途径。在后期戏剧创作期间，英国社会的矛盾和危机比他创作悲剧时还要严重。实现人文主义理想的任何可能性都被无情地粉碎了，苦闷的莎士比亚在现实中找不到出路，只好借用传奇剧的形式，把理想的表达寄寓在未来之中，因而他的理想必然染上奇谲的梦想色彩，显示出朦胧的空想性质。莎士比亚就像其他所有文艺复兴巨人一样，表现了人文主义思想，引导人们认识自己，懂得人的价值、尊严和力量。莎士比亚的戏剧早已超出了英国文艺复兴时期，飞越了英国国界，跳出了英语语言的限制，超越了历史，穿越了时空，成为全世界人民共同的宝贵财富。莎士比亚戏剧是一座艺术宝库，世界各国的文艺工作者都从这座宝库中吸取题材和灵感，重新改编或制作富于时代色彩的艺术作品，受到了世界各国人民的喜爱。

16 至 17 世纪的中国和英国都处于资本主义萌芽阶段，新旧思潮互相碰撞。西方正值人文主义高峰时期，情与理的冲突表现为与禁欲主义、封建包办制度、贵族世仇及门第观念的抗争。中国在封建礼教的重重束缚下，人性被压抑的程度更为严重。汤显祖作为男性剧作家和封建官僚，他没有站

---

① 刘慧英：《走出男权传统的藩篱——文学中男权意识的批判》，北京：三联书店，1995 年，第 49 页。

在维护男权和封建道德的立场，他不仅关注到女性的不幸，更为她们呐喊。相同的爱情主题，既反映了中西方人民在封建思想的制约下，爱情这一与生俱来、自然美好欲望被压抑的巨大痛苦，更抒发了他们共同的心声——对自由纯洁爱情和美好幸福生活的热烈向往，对人性解放的强烈呐喊。莎士比亚创造了一个又一个浪漫的爱情故事，汤显祖创造的则是不朽的爱情神话。莎士比亚的爱情剧是文艺复兴背景下闪烁的繁星，《牡丹亭》则犹如皓月一轮，照亮了中国几千年封建礼教统治的暗夜。同时我们也看到，西方女性对爱情婚姻自由的追求虽充满坎坷，但人文主义思潮为她们打开了寻求个性解放的大门。而身处封建礼教重重束缚下的中国女性仍然被浓重的黑暗包围，她们的美好愿望只能在梦中实现，正如剧中的杜丽娘。真正的杜丽娘在剧情开始不久就抑郁而死，复活的只是她的鬼魂。因此，中国女性的解放之路比西方更漫长而艰险。深刻洞察现实的汤显祖也只能借鬼魂创造出幸福结局来告慰她们。

　　《圣经》中记载该隐嫉妒上帝对其兄亚伯的偏爱，愤而杀死亚伯，嫉妒因此被《圣经》列为人类七大罪之一。在现实生活中，嫉妒与野心、权力、情欲、物质等的追求相结合，日益世俗化、普遍化、多样化，深入各个方面，腐蚀人们的心灵，使人类逐步走向异化和疯狂。在莎剧中，嫉妒无处不在，制造了一起又一起误会甚至悲剧。《奥赛罗》中，奥赛罗由于嫉妒，亲手杀死了纯洁无辜的苔丝狄蒙娜，使原本真挚美好的爱情毁于一旦；《冬天的故事》里，国王里昂提斯因为嫉妒，把王后赫米温妮关入监牢，并把刚出世的女儿丢弃，妻离子散16年之久；《皆大欢喜》中，公爵遭到弟弟弗莱德里克的嫉妒，被放逐，之后弗莱德里克又嫉妒侄女罗瑟琳的贤德美貌超过自己的女儿西莉娅，将其驱逐，弗莱德里克的爱人奥兰多遭到其兄奥列佛的妒忌，屡遭迫害。如此种种，不胜枚举。汤剧也如此，《紫钗记》里，李益因才遭到嫉恨，卢太尉屡次拉拢不成遂陷害之；《邯郸记》里，卢生同样因官场得志，遭人嫉恨，屡遭陷害，几乎丧命；《南柯记》里，淳于棼遭到右相段功的嫉恨，终遭贬逐。

　　同样是嫉妒的主题，两位大师的侧重点和表现方式又有所不同。莎翁关照的嫉妒更具有普遍性和广泛性。他把目光投向广大的人间，不仅全面生动地揭示了人性中嫉妒这一致命的弱点和因嫉妒产生的种种罪恶，更把嫉妒细化，分为很多种类，既有对爱情和权利的妒忌，更有对美德、才能的妒忌。其人物的经历和结局也各不相同，有以悲剧性的死亡结束的，如《奥赛罗》；也有以喜剧性的团圆结束的，如《冬天的故事》和《皆大欢喜》。无论结局如何，莎翁对嫉妒的严厉批判态度一目了然。他的作品反复告诫人们嫉妒之心不可有，小则产生不必要的误会，伤害自己的亲人朋友；大则危及生命，造成无法挽回的沉重损失。汤翁关注的只是官场这一特定人群。淳于梦和卢生都是出仕的文人,都因才能遭嫉恨。这与他的个人经历及时代文化背景有着巨大的联系。在中国几千年的政治文化传统中,儒家文化占主导地位,通过科举步入仕途是儒生们平生最大的愿望。汤显祖也不例外,他胸怀报国之志,希望通过科举大展宏图却屡遭权贵打压。他的老师及好友也有多人遭受不公正待遇。晚明政治的极端腐败黑暗,大批知识分子被埋没或诬陷。严酷的现实使汤显祖无法实现他的政治理想,于是在 1598 年辞官回乡,自号茧翁,过起隐居生活。他的戏剧创作生涯也就此终结。

在文艺复兴时期的英国,戏剧蓬勃发展,欣欣向荣,不仅为广大平民喜爱,更为皇室推崇,成为社会文化娱乐活动的主流。莎士比亚作为剧团的股东和编剧,是职业的剧作家。他创作的根本目的是赚钱,因此满足观众的兴趣,创造更多的商业价值和娱乐价值是他唯一的追求。在他眼里,世界就是一个大舞台。他用旁观者的姿态,看遍人生百态。他创作的范围和空间都比汤显祖自由,比起他同时代的剧作家及后人都远为广泛,而这恰恰成就了他的伟大。

贪婪作为《圣经》所列人类的七大罪之一,在莎剧中得到彻底的揭露和批判。在莎士比亚看来,贪婪首先表现为对金钱的强烈占有欲,它反映了在资本社会金钱的主导地位,金钱万能的思想正在深入并开始主宰英国社会。《威尼斯商人》中,夏洛克对金钱的贪欲胜过了对女儿的亲情;《雅典的泰门》中,对金钱的贪婪使人们泯灭了一切良知。即使在看似美好纯洁的爱情背后,金钱的巨大魔力依旧存在。巴萨尼奥向鲍西娅求婚,无非是为了谋取她的嫁妆偿还自己欠下的债务。彼特鲁乔向凯瑟丽娜求婚,只为得到她那笔可观的嫁妆。其次,在《哈姆莱特》《皆大欢喜》《理查三世》《亨利五世》《麦克白》等众多剧中,莎士比亚突出表现了对王权的强烈贪婪。为了夺取王权,不惜兄弟相残,同室操戈。贪婪还表现为对情欲的放纵和贪恋。文艺复兴时期的英国以马基雅维利主义为代表的个人主义又风行一时。莎剧正反映了这一错综复杂的人性变异。

莎士比亚身处那个时代,必然受到影响。所以在哈姆莱特刚刚回到丹麦,面对着父亲死亡、母亲改嫁、叔父篡位的一系列打击时,是鬼魂揭露了这场宫廷斗争的阴谋,并在他处于极端矛盾的时刻一再鼓动他去复仇。最终哈姆莱特付诸行动,完成了复仇重任。在剧中,鬼魂成了激励哈姆莱特复仇的潜在驱动力。这正是赛内加戏剧的直接影响。另外,资本主义处在上升时期的背景,文艺复兴运动的推动和人文主义思想的传播,使莎士比亚的作品闪耀着人文主义思想的光辉。人文主义思想家们理想的社会基础是道德的和谐与秩序,所以在莎士比亚的悲剧中当恶势力一旦产生,破坏了原有的和谐与秩序,冲突也就出现了,善恶交锋,甚至美好的善与恶一同毁灭时,作为人文主义思想家的莎士比亚也没有忘记维护他自己理想中该有的道德和谐与秩序。《哈姆莱特》写于1600年左右,此时的英国已由原来的黄金时代进入了白银时期,叱咤风云的伊丽莎白已经风烛残年,女王的年老无嗣引起了王室内部对王位继承权的纷争。1602年2月,蒙难多年的埃塞克斯伯爵也举起反旗——而这仅仅是朝野危机的一个小小缩影。面对严峻的时势,敏锐的莎士比亚看到了王位争夺的残酷性,于是就更进一步营造出一个悲剧世界:克劳迪斯毒死丹麦国王——哈姆莱特的父亲。对于这样的混乱时代,莎士比亚必然要发出自己的呼喊以避免一个国家的道德和谐与秩序因恶的一时得势而失去平衡,努力维护自己的理想。而这需要有一个强有力而且令当时的人们绝对服从的形象出现,发出强有力的声音。于是,冤魂出现了。他讲出了事实,对黑暗的现实提出了控诉,他要求复仇。当哈姆莱特在得到鬼魂的暗示后,就会喊出:"这是一个颠倒混乱的时代!唉,倒霉的我却要负起重整乾坤的责任。"[①]鬼魂作为维护道德和谐与秩序的形象,其力量不是实在形体上的,是针对于人类心灵的。这种力量表达了一个人文主义者善良的愿望,表现出一个作家和思想家的心胸。

　　然而社会却是一种"惟中庸兮巧休居,袭至德兮反无谐"(《感士不遇赋》),"妙语巧笑,乃得立于时"(《答马心易》)的情状。在这种黑暗的现实中,充满真气的汤显祖,其心灵怎么能不受到痛苦的磨难!他在《答王宇泰太史》书中,集中倾诉了他内心的悲愤:"世之假人,常为真人苦。……然观今执政之去就,人亦未有以定真假何在也。大势真之得意处少,而假之得意时多。"[②]真假异位,是非颠倒,汤显祖的痛苦、愤慨是环境的虚伪与其真情性尖锐冲突的结果。汤显祖的非凡之处在于,在这种黑暗的社会环境中,他不仅没有磨掉这种真诚性情,也没有像古代失意文人那样,仅仅借文学创作宣泄自己的不平,而是把"真"上升到人生价值层面进行思考,把真作为一种生命之本来竭力固守和终生张扬。这使他和文学史上的平庸作家划清了界线,也和真性情流露的作家有所区别。他在晚年给儿子开远的信中说:"宝精神则本业固,谨财用而高志全"(《与男开远》),这里既是在教育儿子,又何尝不是自己人格执着追求的真实写照?在戏剧创作中,汤显祖同样也把真作为文学的内在价值,《牡丹亭》中对杜丽娘生死至情的热情歌颂就是对至真情性的开掘与张扬。

　　以至真至诚的个性精神为基础,并把"爱人"视为立身之本的态度,决定

---

　　①　莎士比亚著,朱生豪译:《莎士比亚全集》(第5卷),南京:译林出版社,1994年,第85页。

　　②　汤显祖:《玉茗堂全集》(第24卷),上海:上海古籍出版社,1995年,第22页。

了汤显祖必然要对美好理想进行矢志不移的追求。汤显祖认为："丈夫涉世，亦贵善行其意，俗吏不足为也。"①入世的目的就是要实现抱负，实践理想，"行其意"。"意"在汤显祖的终生追求中，绝不仅仅是经邦治国的理想，它还有更深刻的含义，这就是对人的本质、对人生价值和意义的关注和追寻。对理想、真理的追寻，汤显祖是通过两条途径来实践的：一条是仕途实践；另一条是文学创作实践。在《答李舜若观察》书中，他记载了自己任遂昌县令时的实践活动："斗大平昌，一以清净理之，去其害马而已。"②他的社会理想就是实现清平、廉洁，"清风所至，吏民洒然"（《答王太蒙中垂》），关心人民衣食和疾苦、尊重人民生存发展权利的"葱然一善国"。为此他敢于仗义直言，甚至上书皇帝，弹劾当朝宰相，矛头直指皇帝为首的封建大地主、大官僚的腐朽统治。然而"仕途"是"诽俊疑杰"、黑白颠倒的，怎能容忍汤显祖这样一个至真至诚的理想追求者！在《答张起潜先生》书中，我们可看到他精神上的磨难："睹时事，上疏一通，或曰上震怒甚，今待罪三月不下，弟子不精不神，盖可知矣。"③这种身心的磨难在中国古代正直的士人中司空见惯。不过汤显祖并没有因世道的黑暗和个人遭际就放弃了对真理、理想的追求："天下忘吾属易，吾属忘天下难也"（《答牛春宇中垂》），"乱世思才，治世思德，惟中世无所思。然吾辈不能不为世思也"（《答丁右武》）。仕途的遭际使他清醒地认识到，自己的理想和意趣是不容于仕途、不容于黑暗环境的。个体与环境的冲突使他对真理、理想的认识和追求有了突破性进展，这充分表现在他的创作实践中。《玉茗堂四梦》深刻表现了他对人本质的探究和对人生意义、价值的追寻，这种倾向最接近"表现神圣性、人类的最深刻旨趣以及心灵的最深广的真理"④。这使他成为我国古代文学史上最具人文色彩、最有启蒙魅力的伟大文学家。

汤显祖和莎士比亚的人文思想所体现的共同点在于他们的作品，尤其是爱情婚姻题材的作品对女性问题的反映、关注和思考。他们深刻地体察到女性处于封建制度受压抑的最底层，都从女性的题材中找到了反封建斗争的最好突破口。他们塑造出一系列有自我意识的女性形象，使之集中代表"情"与"理"、人文主义与"理学"的矛盾冲突。虽然他们的作品不以女性解放为主导目标，但作品中都流露出女性意识的萌动和对平等的两性关系的呼唤。正是基于此，这两位伟大的戏剧家的作品为女性主义文学批评提

---

① 汤显祖：《玉茗堂全集》（第 26 卷），上海：上海古籍出版社，1995 年，第 86 页。
② 汤显祖：《玉茗堂全集》（第 34 卷），上海：上海古籍出版社，1995 年，第 23 页。
③ 汤显祖：《玉茗堂全集》（第 34 卷），上海：上海古籍出版社，1995 年，第 117 页。
④ 简·弗洛姆著，张鑫译：《为自己的人》，北京：三联书店，1992 年，第 110 页。

供了很好的文本,反之,女性主义文学批评则为分析比较他们的作品提供了有效的新视角。

汤显祖和莎士比亚是东西方戏剧史上同时代出现的两位伟人。在 17世纪,东西方从经济到政治、哲学、思想和文学等各个领域都同时经历着划时代的反封建思想启蒙和文艺复兴。这两位戏剧家似乎在东西方遥相呼应。汤显祖倡导主"情"思想,提出"天地之性人为贵"和"人生而有情",肯定"善情",即人的正常感情和物质需要;批判"恶情",即压抑人性的种种私情私欲,与"存天理,灭人欲"的封建理学针锋相对,控诉理学对人性的压抑。莎士比亚则标举人文主义,高举"人性""人欲"的旗帜,认为人生而平等,肯定人的情感、意志、价值和个性的生命欲求,反对封建思想对人的束缚。在人文关怀的大主题上,两位戏剧家是如此地不谋而合。

第三节　莎汤戏剧美学观比较的现实意义

结论是一目了然的。如果说汤显祖以及他所代表的时代思潮有意于劝导世人的话,那么,这一劝导的指向便是并行的两条心灵之路。犹如宋人黄庭坚"左手为圆右手方,世人机敏自能尔。一风分送南北舟,料想神功亦如此"①的诗句之所喻示,宋明理学之变伴随着禅学精熟而流行,整个中国文化和士人文化心理因此呈现出一种特有的机变智慧,而此智慧的核心,便是讲求对立双方的兼容并使之两全于同一主体。质言之,一种价值复合性的思维模式和心理结构因此而成熟,而主体的自由正因此复合性而得以实现。

文章写得好与不好同作者有直接的关系,汤显祖认为,这关键要看作者是否为有灵性的"奇士"。他说:"天下文章所以有生气者,全在奇士。士奇则心灵,心灵则能飞动,能飞动则下上天地,来去古今,可以屈伸长短生灭意,如意则可以无所不如。"(《序丘毛伯稿》)"奇士",就是杰出的文学人才。在汤显祖看来,这些"奇士"的灵性与他们优厚的先天条件是分不开的,他说过:"大致天之生才,虽不能众,亦不独绝。"(《王季重小题文字序》)又说:"天下大致,十人中三四有灵性。能为伎巧文章,竟佰什人乃至千人无名能为者。"(《张元长嘘云轩文字序》)在《超然楼集后序》一文中,他把作者具备"殊绝秀卓伟厉"②的天资作为写好文章的前提之一。这说明汤显祖的文学思想带有唯心主义的成分。他又指出,写作不能光靠作者的先天条件,还得依

① 汤显祖:《玉茗堂全集》(第 26 卷),上海:上海古籍出版社,1995 年,第 15 页。
② 汤显祖:《玉茗堂全集》(第 27 卷),上海:上海古籍出版社,1995 年,第 66 页。

赖于作者后天的学习和丰富的生活经历。他说："竞学然后其资庶以有所立于时而不废；外阻山川间游之观，则不适。""无曲折顿挫之迹，亦不能有所愤会而成文。"（《超然楼集后序》）这表明，他认为作者没有勤奋学习、广泛游览以及在仕途上"曲折顿挫"的遭遇这些因素，先天条件再优厚也不可能写出优秀的作品来。汤显祖说的"灵性""灵气"是指把作者的天资和获自后天的才能融合为一体的创作个性，而文章则为其自然的流露。他十分强调"灵气"的作用："世间惟拘儒老生不可与言文。耳多未闻，目多未见，而出其鄙委牵拘之识，相天下文章，宁复有文章乎？予谓文章之妙，不在步趋形似之间。自然灵气，恍惚而来，不思而至。怪怪奇奇，莫可名状，非物寻常得以合之。"（《合奇序》）汤显祖嘲讽"拘儒老生"少见寡闻，主要倒还不在于指他们书念得少，而是指他们把复杂的文学创作活动简单地理解为仅仅是几条文章规格程式的应用，完全忽视了作家创作个性的重要作用。但汤显祖说的"灵性"带有一种神秘色彩，这反映了他认识上的局限。

至真至诚是一个真正文学家追求崇高文学的深刻旨趣所必备的个性品质。从汤显祖的尺牍中，我们可以处处感受到这种至真至诚个性品质的存在。它具体表现为三个方面：对自我真性情的张扬；对他人的真诚爱护；对理想至真至诚的追求。他在《答余中宇先生》中说："某少有伉壮不阿之气，为秀才业所消，复为屡上春官所消。然终不能消此真气。"①汤显祖从小就具有一种正直之气，虽然后来历经磨难，却终不思改。他的实践活动也可说明这点。他在进入仕途之初，两次科考拒绝首辅张居正的结纳，而遭致落第，但他并没有因此使自己的"侠风"变为"媚骨"，坚持了正直高洁的人品。在金陵为官 10 年，他的这种真率性情同样毫无掩饰，因而被奸人诬为"是狂奴，不可近"②。其间他写的《论辅臣科臣疏》更是他至真性情毫无顾忌的张扬。疏中深刻揭露了大明弊政，矛头直接指向皇帝，铮铮铁骨，一腔正气，这在"百官沉寂，禁若寒蝉"的大明官场中，需要何等的勇气！汤显祖之所以能这样执着于真性情，是因为他认识到真气对一个有志者的价值："直心是道场。道人成道，全是一片心。"（《答诸景阳》）这里的"道"是理想，是真理。汤显祖认为要想追求理想、"成道"，实现人生价值，必须有"直心"，即至真至诚之心。他认为文学家尤其要有这种至真至诚之心，因为"不真不足行"（《答张梦泽》），不真就不具备做文学家的基本条件。因而至真至诚在汤显祖的个性精神特征中不仅是自然流露，更是刻意追求。他认为人的品性精神的

---

① 汤显祖：《玉茗堂全集》（第 2 卷），上海：上海古籍出版社，1995 年，第 60 页。
② 汤显祖：《玉茗堂全集》（第 9 卷），上海：上海古籍出版社，1995 年，第 117 页。

最高境界便是至真至诚:"正直忠厚,至性然也。"①

汤显祖对他人的真诚爱护是至真至诚的,这与审美主体的理性是密切相联的,这种理性也是他追求理想矢志不移的内在原因。在《答黄右文》中,他写道:"弟学殖浅赛,然语人未尝不尽其诚,况于右文公子乎!"②汤显祖认识到:"不能爱人,不能成身",爱人是他的立身之本。应当注意到,汤显祖的"爱人",其"人"的内涵与正统儒家思想中各有等级之分的"人"是不相同的,这里的人是平等的人,而他的"爱人",则是充分肯定人的正常情感,并以此冲击道学家"存天理、灭人欲"对人性的摧残,因而汤显祖的"爱人"具有鲜明的时代特点。

汤显祖不仅对历史与现实有清醒的认识,而且长于史学,非常重视文献的整理和史书的编纂,且常以良史自负。他的理想当然是能"立言"。他将立言分成三个层次,最理想的是文章能"秉朝家经制彝常之盛"(《答李乃始》),参与国家的"馆阁典制著记"(《答张梦泽》),即能参与国家史官编纂工作。但他深知"名第卑远,绝于史氏之观"(《答李乃始》),做朝廷史官的愿望已不能实现。于是求其次,"不得与于馆阁大记,常欲以子书自见",以求"成一家之言"。但因"贫病早衰,终不能尔"(《答张梦泽》)。不得已再求其次,"积精焦志"而专注于"韵语"(包括戏曲诗赋)。他虽自谦"词家四种《玉茗堂四梦》,里巷儿童之技",但也深信"大者不传,或传其小者"(《答李乃始》),并认为"韵语行,无容兼取"(《答张梦泽》),在戏曲诗赋的创作方面倾注了大量精力。但他并未放弃对著史和文献整理的偏爱与追求。他曾花十年时间校订《册府元龟》,因为《册府元龟》"惟取六经子史,不录小说",所收多历代君臣事迹,经过编者的"甄综贯穿,使数千年事无不条理秩然,可资览古之助",这正符合他重视史鉴的志趣。他还曾计划为张居正等当代政治家作传,以知人论世,并重修《宋史》。史学方面的成就也是令人钦佩的。但由于他重修的《宋史》并未完稿,且未能刻印流传,故其在史学方面的建树往往为其戏曲诗文创作成就所掩。探究一下他对《宋史》的修改主张,正可以与他的历史观相印证。

在传奇剧中,神秘的"他性"所起到的作用不像早期戏剧中的"他性",仅仅只是产生一种特异的审美效果。更重要的是,莎士比亚幻想通过这种神秘"他性",使人性在神秘体验中得以超越,达成爱,从而求得和谐圆满的理想未来。戏剧是一种以创造完整的舞台形象为目的的综合性艺术,它受到舞台时间和空间的限制,而在尊重这种"限制"的同时,打破这种"限制"、掌

---

① 汤显祖:《玉茗堂全集》(第13卷),上海:上海古籍出版社,1995年,第88页。

② 汤显祖:《玉茗堂全集》(第44卷),上海:上海古籍出版社,1995年,第93页。

握舞台时空辩证规律,便是剧作家们进行创作时必须考虑的因素。处在地球东西两端,而又生在同一时代的两位文化巨匠莎士比亚与汤显祖笔下的"梦幻"(鬼魂、女巫、精灵、幽灵等)手法的运用,正是为打破这一限制,在艺术上获得了极高的成就。二者在组织剧情发展、揭示人物内心世界以及寄寓作者理想诸方面均有着异曲同工之妙。

1995年夏,中国引进了美国迪斯尼公司根据莎士比亚《哈姆莱特》改编的动画片《狮子王》,这部影片引起了中国观众的极大兴趣。该片向全球发行时,共有10多种语言版本。其中华语版在香港放映时,创下了200万美元的动画片票房记录。该片在上海放映时,不但受到孩子们的极大欢迎,也得到大人们的喜爱。据统计,儿童观众占观影人数的三分之一,成年人占三分之二。上海一家电影院放映了10天,就创下了1 000多万人民币的票房收入。有人评价《狮子王》是当代动画版的莎士比亚作品,也有人评价说:"向来被视作小儿科的动画片扬眉吐气了,拍出了令大人们不得不刮目相看的具有雄浑大气的巨片。"许多观众认为该片取得巨大成功的原因是故事情节生动,富有人生哲理,画面优美,音乐动人,造型别致,语言幽默。《狮子王》可谓是重新改编莎剧的一部成功之作。这些早期改编的莎剧作品,使中国人民初步认识到莎剧的丰富多彩,同时也丰富了中国早期话剧舞台上的演出剧目,这对于促进中国话剧的发展起到了积极作用。

在莎剧中国化方面做出过重要贡献的有两位重要的戏剧家:一位是李健吾教授,他在20世纪80年代根据《麦克白》改编的《乱世英雄》(由著名导演黄佐临导演)和根据《奥赛罗》改编的《阿史那》,曾在中国剧坛引起轰动。他认为改编莎剧,除了基本的灵魂要与莎剧原作产生共鸣外,改编者还必须注意两点:一是到历史里体现它的高贵,二是到语言里提炼它的诗意。有人在评价李健吾改编的莎剧作品的成就时说:他只借助原著的骨骼,完全以中国的风土创造出崭新的人物、氛围和意境,那是化异国神情为中国本色的神奇,不留一丝一毫的斧凿痕迹。另一位是顾仲彝教授,他根据《李尔王》改编成的现代讽刺悲剧《三千金》(由著名导演费穆导演),由于题材富于现代色彩,演出时也取得了很大成功。

中国戏曲是中华民族艺术的瑰宝,在中国具有深厚的文化土壤。戏曲以它特有的艺术魅力,赢得了中国和世界观众的赞赏。具有远见卓识的中国戏剧工作者,早在20世纪20年代就从莎剧中寻找题材改编戏曲,如将《哈姆莱特》改编成川剧《杀兄夺嫂》上演,受到观众的热烈欢迎。对莎剧改编戏曲历来有不同的意见,持反对态度的有三类人群:一是观众,他们在舞台上看惯了中国古代历史人物的故事,一下子要他们看古代洋人的故事,很不习惯;二是莎剧爱好者,他们担心改编戏曲会把莎剧原貌改得面目全非,糟蹋了莎士比亚；三是戏曲演员，他们演惯了传统戏，与这类新戏格格不入。他们说："我从小学戏，祖师爷从来没给咱说过这些戏，前辈艺人也从未演过洋戏，叫我怎么演？"

从中国戏剧发展史来看，将著名话剧改编成戏曲上演已是屡见不鲜的现象。例如，郭沫若的《虎符》《南冠草》《蔡文姬》，曹禺的《雷雨》《日出》《原野》等，曾先后改编成京剧、昆剧、越剧、沪剧、汉剧、评剧等各种戏曲形式上演，同样受到广大戏曲观众的欢迎。可以说，在中国，戏曲观众要比话剧观众多得多，所以，凡是受到观众欢迎的话剧，一旦改编成戏曲，自然会赢得更多的观众。既然中国话剧可以改编成戏曲上演，外国戏剧为什么不可以改编成戏曲上演呢？上海的海派京剧早在 20 世纪 30 年代就大胆采用外国故事编成京剧上演了，如汪笑侬的 16 本京剧《瓜种兰因》、夏月润的 8 本京剧《拿破仑》、张春华的《侠盗罗宾汉》等。这些题材新颖的京剧一上演就轰动了上海滩。因此，闻名全球的莎士比亚戏剧更可以改编成戏曲上演了。实践证明，将莎剧改编成戏曲上演是中国普及莎士比亚戏剧的一条康庄大道。1986 年在中国北京、上海分别举行的首届莎士比亚戏剧节期间，莎剧改编成戏曲的剧目为数不少，计有京剧《奥赛罗》、昆剧《血手记》(《麦克白》)、越剧《第十二夜》和《冬天的故事》、黄梅戏《无事生非》。这 5 个戏曲剧目的演出，使中外观众耳目一新，一时间也好评如潮。有评论家在论评越剧《第十二夜》时指出："演出的成功在于将莎剧原作所蕴含的追求个性解放、爱情自由的浪漫主义精神与越剧本身明丽、潇洒的风格巧妙地结合了起来，造成内层和外层的基本和谐。舞台上这些洋味十足的欧洲少男少女，让中国观众亲切地感受到了文艺复兴时期的时代风貌。"[①]日本的莎士比亚专家、"前进座"导演看了此剧以后也赞赏地说："用音乐的形式演莎士比亚的戏，在世界上也是一种新的尝试。越剧通过演莎士比亚走上了世界舞台。"[②]京剧《奥赛罗》在表演手法上做了新的尝试，无论在唱腔、化妆、布景等方面，都有新的创造，观众评价甚高。美国夏威夷大学的魏莉莎博士、教授(Dr. Elizabeth Watchman)率先用英语演唱了传统京剧《凤还巢》《玉堂春》，使中、美两国观众大开眼界，特别使美国观众感到京剧艺术的美妙无穷。既然美国人可以用英语唱京剧，中国人为什么不可以也用英语唱莎剧呢？著名京剧女花脸齐啸云女士原先学习的是英国文学，后来改行唱京剧，她在一次莎士比亚诞辰纪念会上，与另一位著名演员张云溪同台用英语演唱《奥赛罗》片断，博

---

① 李泽厚：《美的历程》，北京：文物出版社，1981 年，第 11 页。
② 李枝盛：《〈牡丹亭〉和〈罗密欧与朱丽叶〉之人生哲学比较研究》，学术论坛，2000 年第 1 期，第 10 页。

得了观众的热烈赞赏。齐啸云认为用京剧演莎剧，既可以帮助演员更好地领会莎士比亚语言艺术的魅力，也有助于外国朋友更好地理解中国戏曲艺术的魅力。一位外国观众看完她的演出以后，紧握她的手说："非常好，非常有趣！我们仿佛一下子懂得京剧了。"①昆剧《血手记》的演出，更加激起了观众对莎剧的兴趣，这出戏对原著《麦克白》进行了较大的改写，从而变成了一出地道的中国戏。此剧采用了许多昆曲特有的艺术手法，使戏曲一开场就紧紧吸引住观众。例如，开场的三个女巫，由三位丑角扮演，他们以矮子功来表演人物的内心世界是别开生面的。1988 年 8 月该剧在英国爱丁城堡戏剧节演出时，从世界各地来的观众们为之惊讶和激动，出现了争看昆剧的动人场面。观众惊异地发现演出者对莎剧原作精神的忠实，同时，昆剧乐队的美妙演奏和演员的美妙唱腔，也使他们着迷。有评论家指出，该剧虽不同于莎剧原文演出，但并没有歪曲这出悲剧的想象力，而是经过润色，更具有欣赏性了。英国文化协会在昆剧《血手记》演出的第二天，举行了盛大的酒会，主持人说："两年前我们为日本歌舞伎《麦克白》的成功演出在此举行过酒会，今天中国昆剧《血手记》的成功演出，又使我们再次为《麦克白》欢呼，干杯！我们协会近年来变成了《麦克白》凯旋而归的协会了。"②由此可见，用戏曲形式改编莎剧，不但受到中国观众的欢迎，同样也使外国观众大加赞赏。

利用莎剧故事改编成戏曲，已成为中国戏曲界人士的共识，莎剧和中国戏曲有不少相通之处，改编莎剧对发展中国戏曲大有好处。中国戏曲目前处于不景气的局面，其中一个原因是剧目的缺乏。自改革开放以来，中国观众的思想也日趋开放，他们既愿意看更多优秀的传统戏、新编历史剧和反映现代生活的戏曲，同时也渴望观赏外国的优秀戏剧。由于莎剧题材丰富，人物众多，情节生动，中国戏曲工作者愿将莎剧改编成戏曲，即使是一个剧本，也可以改编成若干折子戏，如《威尼斯商人》既可以改编成一部戏，也可以突出夏洛克的贪婪，改编成《肉券》，也可以突出鲍西娅的机智。由此观之，从莎剧吸取创作题材是取之不尽的，有的戏剧家说："在这座丰富的宝库中，即使捡一粒沙子出来，也可以变成闪闪发光的金子。"③

中国戏曲偏重唱腔，往往忽视故事情节的生动性。但新时代的观众已经不满足于在剧场里听演员大段的唱腔，他们既要听优美的唱腔，也要看曲

---

① 李银河：《妇女：最漫长的革命》，北京：三联书店，1997 年，第 27 页。

② 乔纳森·卡勒著，陆扬译：《论解构》，北京：中国社会科学出版社，1998 年，第 48 页。

③ 毛效同：《汤显祖研究资料汇编》，上海：上海古籍出版社，1986 年，第 74 页。

折生动的情节。莎剧之所以至今仍然受到人们的喜爱,其中一个重要原因就是情节的生动性,莎剧故事情节的发展,往往既出人意料而又在情理之中,使人赞叹不已。中国戏曲往往只有一条故事线索,风格较单纯,悲剧往往一悲到底,喜剧往往是"大团圆",不像莎剧具有悲喜剧混合的特点。莎剧在情节处理上大有讲究,他的悲剧往往能达到"悲中有喜悲更悲"的意境,他的喜剧也在笑声中包含着深刻的哲理,他的历史剧更给人以深刻的历史反思。所以,中国戏曲工作者在改编莎剧过程中往往能触发灵感,感受其无穷魅力。

莎剧中有不少歌舞场面,这些歌舞场面为莎剧增光添色,使观众倍感赏心悦目。中国戏曲在很大程度上可以说是歌舞剧,其中的歌舞场面往往是剧中的精彩之处。如《贵妃醉酒》中的醉舞,《梁山伯与祝英台》中的蝶舞,等等,都具有很强的观赏性,而莎剧中的歌舞场面可以为中国戏曲提供美丽的画面,如《仲夏夜之梦》中的歌舞场面,《冬天的故事》中乡间舞蹈的场景,改编成戏曲以后,舞台效果会更加美妙动人。即使非歌舞场景,也可以变成动人的歌舞场景,如《麦克白》中的三个女巫在改编成昆剧以后,变成了三个小丑的舞蹈,令观众惊喜。

中国戏曲舞台上有许多鲜明人物形象,如红脸关公、白脸曹操、黑脸包公、花脸张飞,等等,可算是家喻户晓,可是这些形象有两个明显的缺陷:一是脸谱化,正面或反面人物的个性一看脸谱就可以猜到个"八九不离十";二是单一性,所谓单一性是指人物性格不是多方位地表现他们丰富的内心世界和矛盾性格。也就是说,好人样样都好,坏人样样都坏,性格层次单一化、绝对化。然而在现实生活中是没有绝对的好人和坏人的。而莎氏笔下人物形象多姿多彩,性格丰富,没有十全十美的好人,也没有十恶不赦的坏人。他塑造的每一个形象都给人以真实感,都是活生生的人,都有他们的七情六欲,各国艺术家都能对莎剧人物有不同的理解。例如,夏洛克,有人说他不通人性,但也有人同情他遭受种族歧视之苦;有人赞赏哈姆莱特是人文主义的英雄,但也有人将他塑造成令人讨厌的哈姆莱特。中国戏曲可以从琳琅满目的莎剧人物中,吸取创造灵感,京剧《奥赛罗》、昆剧《血手记》、越剧《第十二夜》、黄梅戏《无事生非》的成功演出便是明证。这些莎剧中的人物经过中国戏曲的改造,更加光彩夺目,不仅使中国观众感到新颖别致,也使外国观众着迷惊叹。

莎剧的现实主义精神至今仍有借古喻今的作用,具有强大的生命力。中国戏曲的主题意识比较单一,不像莎剧主题那么的多义性。中国戏曲十分强调道德的作用,"善有善报,恶有恶报"可以说是中国戏曲的永恒主题。可是现实生活往往并不是这样。因此将莎剧改编成戏曲,往往能够深化中国戏曲剧目的主题,莎剧的语言美可为中国戏曲提供美妙的唱词。中国戏曲讲究唱腔的优美动听,故而要求唱词华美。中国不少传统戏曲的唱词都像是优美的抒情诗,特别是文人编写的剧本,无论唱词和念白,都具有较强的文学性、令人陶醉。莎士比亚是伟大的诗人、剧作家,他的剧本言辞华丽、诗意盎然,移植到中国戏曲来是非常合适的,这是中国戏曲改编莎剧的有利条件。同时,莎剧的语言美还表现在具有深刻的哲理性,不少莎剧中的语言可以作为我们的人生格言。中国戏曲如能将莎剧中的美妙语言编入中国戏曲中的唱词和念白中去,岂不是更能增强戏曲的魅力?世界需要和平,人类需要爱、友谊和真诚,莎剧中所宣扬的真、善、美是永恒的。中国人民需要莎士比亚!世界人民需要莎士比亚!汤显祖以其《玉茗堂四梦》著称于世,成为中国文学史上第一流的戏剧家;又以其新鲜活泼的思想观点及对“至情”的提倡、歌颂,对弊政的积极改革,而成为站在晚明那个时代前列的思想家、封建社会的一个积极改良者。

过去学术界对汤显祖的研究,多半侧重于其文学(特别是戏曲)成就,许多研究文章又往往夸大了汤氏对“情”的提倡及对“理”的批评,而很少注意汤氏对“理”的肯定及对情理协调的提倡与维护。为此,我们曾在前面的比较阐述中,分别从汤氏哲学伦理思想的内在矛盾,社会改良理想的形成与幻灭,及晚年思想的转变对“后二梦”创作的影响等几个方面加以论述过。这部分内容旨在说明汤显祖并不笼统地反对“理”,只是反对封建礼教与封建道德中过分违反人情的东西。而且他和当时的进步知识分子一样,并不从根本上反对封建秩序,只是反对封建暴政、苛政、弊政。他其实主张“遂情存理”,认为情与理是应该而且可以和合协调、互倚互补的,他的理想是建立一个法治与教化并举、封建秩序协调而稳定的社会,而情理兼顾、存理遂欲的人性伦理观念正是他的社会改良主张的理论基础。近年来,我们在研究中注意到,汤显祖在他的政治改良实践中,还形成了自己独特的历史观,并十分重视史书的编撰与文献的搜集整理,也取得了可观的成绩。而汤显祖的历史观及史学成就,也从一个侧面反映了他的情理协调的人性伦理观念及社会改良理想。因此,对这一论题加以研究,可能有助于更全面地了解和评价汤显祖。

汤显祖对自己所处的时代是如何认识的呢?他将封建社会分为“治世”“中世”“乱世”三种形态,说:“乱世思才,治世思德。惟中世无所思。然吾辈不能不为世思也。”(《答丁右武》)汤氏诗文又说:“世实需才,而未必能需才。才与世所以长左,而叹世怜才者相望于今昔也。”(《寄林丹山》)可见他认为自己处于“思才”“需才”的乱世。这种认识当然是逐步形成的。青壮年时期,刚踏上仕途时,他阅历尚浅而又豪气干云,对于治国从政都抱着简易而乐观的态度。他在 37 岁时写的一首诗中说:"历落在世事,慷慨赴王术。神州虽大局,数着亦可毕。"(《三十七》)自负而又乐观的情绪溢于言表。此前在《答余中宇先生》中也说:"某少有伉壮不阿之气,为秀才业所消,复为屡上春官所消,然终不能消此真气。观察言色,发药良中。某颇有区区之略,可以变化天下。"以"变化天下"的医国手自居,对自己的药方深信不疑。但他此时并无治国的具体方略,对国事的艰难、官场的腐败、人民的疾苦也缺乏具体深切的认识与体验。此后,他仕途坎坷,随着阅历渐深,民虞渐悉,心气渐平,对社会现实的了解与认识也日渐深刻,对于国事便由乐观转为忧虑。因此他无情地揭露弊政,主张改良吏治,整顿朝纲,选贤用才,打击兼并,发展农桑。社会现实使他认识到,在当时的形势下,需要"急法而治"的霸才。他曾说:"佐王之才常宽,而取伯之才常急。……盖昔桀纣之法胥亡,而亳镐之法常在。伊莱旦奭之辅,固得以从容而铺德义,敖翔而登太平。及其时,天下已定,法制已信,风俗已成,如是而诛之,如是而赏之,俯仰之间,益可以休然而无事矣。幽平之后,先王《雅》《颂》之制,衰废无存。诸侯相攻并,敝者先亡,势不得不急法而治。时则伯才兴焉。齐管仲、楚吴起、秦卫鞅三人者,其著也。大致亦《周官》正地比,受官成,画一于经略会计之意。而急持之,归于富强其国。……如晋文公之伯晋,子产之存郑,皆是也。"(《滕侯赵仲一实政录序》)将处于乱世而变法的管仲、吴起、商鞅等"富强其国"的历史功绩与处于"天下已定,法制已信,风俗已成"的治世的贤相伊尹、周公等"铺德义""登太平"的历史功绩相提并论,正是有感于乱世需要法治,社会改良需要霸才的初衷。因此,他对自己所处时代的认识,正是他呼唤改革并在从政中努力加以实践的认识基础。可以说汤显祖的历史观同他的政治、伦理思想密切相关,他力图从社会现实出发来探究历史变化规律及个人的历史作用,也注重以史为鉴来评议现实社会,力求寻找改良的药方。

莎剧改编成中国戏曲不是没有困难的。一方面要克服戏曲工作者的因循保守思想,提高对莎剧的理解水平,创作思想上更要进一步开放;另一方面,在改编过程中,如何使莎剧风格和中国戏曲水乳交融、紧密结合,还有待于进一步实践和探讨。现在的主要问题是,改编以后的戏曲往往把莎士比亚味淡化了。另外,如何把莎剧中的美好语言融进戏曲中去也存在着一定的困难。《狮子王》的成功经验,给全世界的戏剧工作者提供了范例。我们相信,充分利用莎剧这座宝库来制作具有现代意识的各类文艺作品是大有前途的。多年来,我国文艺工作者将莎剧改编成话剧、戏曲、木偶戏、连环画、通俗故事,已经取得了很大成绩,今后还应该继续努力开掘这座宝库,为具有中国特色的精神文明建设做出新的贡献。

普希金说过悲剧表现的是人和人民,人的命运和人民的命运。莎士比亚和汤显祖的终极关怀也是人和人民。他们的共同理想是建设和谐的家庭、国家和社会，实现人与人、社会、自然之间的和谐共处。他们都渴望建立有秩序的、充满宽容、博爱的社会人文环境。在这个世界里，没有尔虞我诈，没有阴谋与诡计，没有贪婪与野心，没有嫉妒与仇恨，没有流血与战争，只有无私的爱和温暖。男人与女人真诚相爱、彼此信赖，父母慈爱，子女贤孝，君主贤明仁爱，大臣忠勇能干。人们各尽其职、团结互助，共同建设美满幸福的生活。因此莎士比亚的喜剧都以矛盾和冲突的化解为结局，人物之间达成和解；其悲剧则都批判了人性的弱点，家庭与社会的黑暗、不和谐。汤显祖的《玉茗堂四梦》也同样鞭挞了封建制度的丑恶及人们灵魂的扭曲。莎士比亚在《暴风雨》中，汤显祖在《南柯记》中不约而同地构建了美好的人间桃源。虽然它们同样短暂，却寄予了作者深切的人文关怀和渴望超越现实的理想。所不同的是莎士比亚的理想世界源于基督教思想的影响。基督教强调禁欲，贪婪、嫉妒、仇恨、色欲等都被视为罪恶。基督教还教育人要宽容、退让、隐忍，要无条件地宽恕别人的罪恶，甚至要爱你的敌人。汤显祖的理想世界则基于儒家思想的影响，强调仁、爱、礼、义、忠、信。虽然他们都有各自的思想局限性，但二者对美好自由生活的向往同样真挚而又伟大。

通过以上分析对比，莎士比亚与汤显祖戏剧在主题选择上可谓英雄所见略同。虽然作品产生的时代背景使文学主题的规定性意义产生了流变，但毕竟共同体现了人文主义者追求个性解放的文学特点和时代特征。这些旷世名作在热情讴歌真善美的同时，又尖锐地针砭时弊，揭露了人性共同的弱点，批判了封建社会及资本主义萌芽时期人们对金钱、权势等种种物欲的贪求，并卓有远见地预见了崇尚物质追求对人性的异化，表达了对美好和谐世界的向往之情。他们在相同的时间，不同的国度，各自造就了自己的伟大与不朽。

参考文献

[1]阿尔维托·曼古埃尔著,吴昌杰译.阅读史.北京:商务印书馆,2002.

[2]阿尼克斯特著,安国梁译.莎士比亚传.郑州:海燕出版社,2001.

[3]埃默里·埃里奥特著,朱伯通译.哥伦比亚美国文学史.成都:辞书出版社,1988.

[4]奥古斯特·倍倍尔著,沈端先译.妇女与社会主义.北京:三联书店,1955.

[5]巴赫金.陀斯妥耶夫斯基诗学问题.北京:三联书店,1990.

[6]保罗·德·曼著,李自修等译.解构之图.北京:中国社会科学出版社,1998.

[7]北大哲学系.西方美学家论美和美感.北京:商务印书馆,1982.

[8]陈顺馨.中国当代文学的叙事与性别.北京:北京大学出版社,1995.

[9]陈卫平.第一页与胚胎——明清之际的中西文化比较.上海:上海人民出版社,1992.

[10]陈晓兰.女性主义批评与文学诠释.兰州:敦煌文艺出版社,1999.

[11]方汉文.比较文学高等原理.海口:南方出版社,2002.

[12]弗洛伊德著,高觉敷译.精神分析引论.北京:商务印书馆,1984.

[13]龚鹏程.大家都来做女巫.台中:佛光人文社会学院编译出版中心,2001.

[14]高濂.玉簪记.《古典戏曲丛刊初集》影印明继志斋刊本.

[15]歌德著,张可、元化译.莎剧解读.上海:上海教育出版社,2003.

[16]顾索尔.家庭制度史.上海:上海文艺出版社,1989.

[17]顾燕翎.女性主义理论与流派.台中:台湾女书文化事业有限公司,1999.

[18]郭英德.独白与对话——论明清传奇戏曲的抒情方式.北京师范大学学报,2000(5).

[19]郭英剑.男性与女权主义文学批评.外国文学,1997(3).

[20]简·弗洛姆著,张鑫译.为自己的人.北京:三联书店,1992.

[21]海涅著,温健译.莎士比亚笔下的女角.南京:译文出版社,1981.

[22]海涅著,绿原译.古典文艺译丛·莎士比亚的少女和妇人.上海:上海文艺出版社,2007.

[23]黑格尔著,朱光潜译.美学.北京:商务印书馆,1979.

[24]白林.花朵的勇气——中国当代文学文化的女性主义批评.北京:九州出版社,2004.

[25]黄文锡.旷代情圣汤显祖.南昌:江西人民出版社,2003.

[26]黄仕忠.婚变、道德与文学.北京:人民文学出版社,2000.

[27]霍尔著,冯川译.荣格心理学入门.北京:三联书店,1987.

[28]基·瓦西列夫著,赵永穆等译.情爱论.北京:三联书店,1984.

[29]江西省文学艺术研究所.汤显祖研究论文集.北京:中国戏剧出版社,1984.

[30]康正果.风骚与艳情——中国古典诗词的女性研究.上海:上海文艺出版社,1988.

[31]康正果.女权主义与文学.北京:中国社会科学出版社,1994.

[32]克里斯蒂娃著,张新木译.恐怖的权力.北京:三联书店,2001.

[33]黎活仁.女性的主体性:宋代的诗歌与小说.台北:台北大安出版社,2001.

[34]李玲.中国现代文学的性别意识.北京:人民文学出版社,2002.

[35]李平.世界妇女史.海口:南海出版社,1995.

[36]李祥林.性别文化学视野中的东方戏曲.香港:香港天马图书有限公司,2001.

[37]李小江.女性性别的学术问题.济南:山东人民出版社,2005.

[38]李新灿.女性主义观照下的他者世界.北京:中国社会科学出版社,2001.

[39]李银河.妇女:最漫长的革命.北京:三联书店,1997.

[40]李泽厚.美的历程.北京:文物出版社,1981.

[41]李枝盛.《牡丹亭》和《罗密欧与朱丽叶》之人生哲学比较研究.学术论坛,2000(1).

[42]林丹娅.当代中国女性文学史论.厦门:厦门大学出版社,2003.

[43]林树明.多维视野中的女性主义文学批评.北京:中国社会科学出版社,2004.

[44]刘慧英.走出男权传统的藩篱——文学中男权意识的批判.北京:三联书店,1995.

[45]罗婷.女性主义文学与欧美文学研究.北京:东方出版社,2002.

[46]孟宪强.莎士比亚在我们的时代.长春:吉林大学出版社,1991.

[47]米歇尔·福柯著,黄勇民、俞宝发译.性史.上海:上海文化出版社,1988.

[48]马克思著,刘丕坤译.1884年经济学哲学手稿.北京:人民出版社,1979.

[49]玛丽·沃尔斯通克拉夫特著,王蓁译.女权辩护.北京:商务印书馆,1995.

[50]玛里·亚柏林.维多利亚小说中的病房场景——生病的艺术.香港:剑桥大学出版社,1994.

[51]玛丽·伊格尔顿著,胡敏等译.女权主义文学理论.长沙:湖南文艺出版社,1989.

[52]马耀民.众声喧哗与正文的口述性.中外文学,2009(2).

[53]毛效同.汤显祖研究资料汇编.上海:上海古籍出版社,1986.

[54]闵家胤.阳刚与阴柔的变奏.北京:中国社会科学出版社,1995.

[55]乔纳森·卡勒著,陆扬译.论解构.北京:中国社会科学出版社,1998.

[56]曲家源,白照芹.六十种曲·紫钗记评注.长春:吉林人民出版社,2000.

[57]莎士比亚著,朱生豪译.莎士比亚全集(8卷本).南京:译林出版社,1994.

[58]沈德符.中国古典戏曲论著集成·顾曲杂言.北京:中国戏剧出版社,1980.

[59]孙家绣.论莎士比亚四大悲剧.北京:中国戏剧出版社,1990.

[60]孙绍先.女性主义文学.沈阳:辽宁大学出版社,1987.

[61]苏红.多重视角下的社会性别观.上海:上海大学出版社,2004.

[62]苏霍姆林斯基著,张金长等译.关于爱的思考.南宁:广西人民出版社,1986.

[63]汤显祖.玉茗堂全集.上海:上海古籍出版社,1995.

[64]特里·伊格尔顿著,伍晓明译.20世纪西方文学理论.西安:陕西师范大学出版社,1986.

[65]王春荣.女性生存与女性文化诗学.沈阳:辽宁大学出版社,2002.

[66]王力.中国古代文学十大主题.沈阳:辽宁教育出版社,1990.

[67]王蠡甫.西方文论选.上海:上海译文出版社,1985.

[68]汪榕培.邯郸记.北京:外语教学与研究出版社,2003.

[69]汪榕培.牡丹亭.上海:上海外语教育出版社,2000.

[70]王瑞鸿.人类行为与社会环境.上海:华东理工大学出版社,2003.

[71]王维昌.莎士比亚研究.合肥:安徽大学出版社,1999.

[72]王晓明.批判空间的开创.上海:东方出版中心,1998.

[73]王永健.汤显祖与明清传奇研究.台北:台北志一出版社,1984.

[74]王永健.中国戏剧文学的瑰宝——明清传奇.南京:江苏教育出版社,1989.

[75]王政,杜芳琴.社会性别研究选译.北京:三联书店,1998.

[76]王佐良,何其莘.英国文艺复兴时期文学史.北京:外语教学与研究出版社,1995.

[77]魏国英.女性学概论.北京:北京大学出版社,2003.

[78]维拉·伯兰.文学与疾病——比较文学研究的一个方面.文艺研究,1986(1).

[79]吴秀华.明末清初小说戏曲中的女性形象研究.南京:江苏古籍出版社,2002.

[80]西蒙·波伏娃著,陶铁柱译.第二性.长沙:湖南人民出版社,1986.

[81]徐朔方.汤显祖全集(14卷本).北京:北京古籍出版社,1999.

[82]徐朔方.汤显祖与莎士比亚.社会科学战线,1978(3).

[83]徐渭.徐渭集(6卷本).北京:中华书局,1982.

[84]杨俊霞.从女性主义文学研究到性别文学研究.河北大学学报,2004(8).

[85]姚玳玫.想象女性.北京:中国社会科学出版社,2004.

[86]叶舒宪.性别诗学.北京:社会科学文献出版社,1999.

[87]余秋雨.戏剧理论史稿.上海:上海文艺理论出版社,1983.

[88]乐黛云.中国女性意识的觉醒.文学自由谈,1991(3).

[89]约瑟芬·多诺万.女权主义的知识分子传统.南京:江苏人民出版社,2003.

[90]张冲.莎士比亚专题研究.上海:上海外语教育出版社,2004.

[91]张弘.比较文学的理论与实践.上海:华东师范大学出版社,2004.

[92]张宏生.明清文学与性别研究.南京:江苏古籍出版社,2002.

[93]张京媛.当代女性主义文学批评.北京:北京大学出版社,1992.

[94]张泗洋.莎士比亚在我们的时代.长春:吉林大学出版社,1991.

[95]珍妮薇·傅雷丝著,邓丽丹译.两性的冲突.天津:天津人民出版社,2003.

[96]周芳芸.挣扎在畸形生存空间的女人.四川师范大学学报,1997(4).

[97]周育德.汤显祖论稿.北京:文化艺术出版社,1991.

［98］邹自振.四梦与小说之关系.明清小说之研究,2004(2).

［99］邹元江.明清思想启蒙的两难抉择.华中师范大学学报,2002(7).

［100］朱光潜.诗论.北京:三联书店,1984.

［101］朱捷.论汤显祖的《紫钗记》.江海学刊,1995(3).

［102］马克思,恩格斯.马克思恩格斯选集(6卷本).北京:人民出版社,1995.

［103］汤显祖.汤显祖诗文集(8卷本).上海:上海古籍出版社,1982.

［104］中国大百科全书出版社编辑部.中国大百科全书·戏曲文艺.北京:中国大百科全书出版社,1983.